Buch

Zwei starke Frauengestalten stehen im Mittelpunkt dieses Romans, der eine grandiose Liebeserklärung an die elementaren Kräfte des Lebens ist: Nach dreizehn Jahren Ehe stellt die Journalistin Iris Lehto fest, daß ihr Mann sie betrügt. Tieftraurig begibt sie sich in den alten Bergbauort Olkikumpu, um dort das Grab ihrer Großeltern zu besuchen. Auf dem Friedhof kommt es zu einer folgenschweren Begegnung mit ihrer alten Tante Natalia, in deren Verlauf sie auf ein lange gehütetes Familiengeheimnis stößt: auf die Affäre ihrer Großmutter mit einem Fremden und auf den Tod eines Kindes, das genau an dem Tag ums Leben kam, als ein zweites geboren wurde…

Eine archaische Geschichte von großer sprachlicher Kraft, in der die großen Themen der Literatur wie des Lebens – Liebe und Haß, Vergeltung und Versöhnung – den Ton angeben. Kraftvoll und sinnlich wie die »Blechtrommel«, mystisch wie die alten Erzählungen, wunderbar poetisch und verschwenderisch schön. Ein herausforderndes Buch, extrem wie das Land, aus dem es kommt, unvergeßlich für jeden, der in seine Geschichte eintaucht.

»Leena Landers Roman ist ein bemerkenswerter Beitrag zu der in Finnland mit dem Fall des Eisernen Vorhangs in Gang gekommenen Debatte über die neuere Geschichte des Landes, ihre Mythen und Legenden.« *Neue Zürcher Zeitung*

Autorin

Leena Lander, geboren 1955, ist eine der bedeutendsten Autorinnen der finnischen Gegenwartsliteratur. Sie ist mehrfach preisgekrönt, ihre Bücher wurden in sieben Sprachen übersetzt, zahlreiche Verfilmungen ihrer Romane sind in Arbeit. Leena Lander lebt mit ihrem Mann und ihren drei Söhnen im Südwesten Finnlands in der Nähe von Turku. Bei btb-Hardcover gerade erschienen: »Die Insel der Schmetterlinge«.

Leena Lander bei btb-Tb:

Der Schatten des Richters, Roman (72216)

btb
Aus Freude am Lesen

btb

Leena Lander

Mag der Sturm kommen

Roman

Aus dem Finnischen von Angela Plöger

btb

Die finnische Originalausgabe erschien 1994 unter dem
Titel »Tulkoon myrsky« bei Werner Söderström, Helsinki

Die vorliegende Übersetzung wurde vom
Finnish Literature Information Centre, Helsinki, gefördert

MIT EINEM NACHWORT VON ANGELA PLÖGER

Umwelthinweis:
Alle bedruckten Materialien dieses Taschenbuches
sind chlorfrei und umweltschonend.

btb Taschenbücher erscheinen im Goldmann Verlag,
einem Unternehmen der Verlagsgruppe Bertelsmann

1. Auflage
Genehmigte Taschenbuchausgabe August 1999

Umschlaggestaltung: Design Team München
Umschlagfoto: TIB/Swanstock
Satz: Filmsatz Schröter GmbH, München
RK · Herstellung: Augustin Wiesbeck
Made in Germany
ISBN 3-442-72133-4

In der Erde und in den Steinen gibt es viel Unbekanntes. Aber da alle Metalle gesucht und gefunden werden müssen, so ist ein solches Suchen und Arbeiten nicht geringzuschätzen, vielmehr zu achten und zu rühmen. Diese Lust und Begehrlichkeit, Bergbau zu treiben, sollte man keinesfalls unterdrücken und einfach abtun, denn genauso wie die jungen Männer Lust zur Liebe verspüren und wie das Trachten der Bienen nach Rosen geht, aus welchen sie Honig und Blütensaft saugen, ebenso willig und geneigt sollte der Mensch sein, indes ohne Gier, Erz zu suchen und Bergbau zu betreiben.

Sigrid Aronus Forsius,
Mineographia, 1643
(Erstes schwedisch-finnisches
Lehrbuch für Mineralogie)

Das Kind, zart und hell, steht mitten auf dem Hof, still, ohne sich zu rühren.

Was möchtest du, Kleine?

Ich möchte sterben.

Nein, leg das Bild weg. Denk nicht daran. Das tut weh. Du willst nicht wissen, was geschehen ist.

Du willst eine Geschichte von den Steinen erzählen. Die haben dich doch immer fasziniert. Schon als Kind hast du ganz gewöhnliche Steine gesammelt und gewaschen und sie in Pappkartons unter dem Bett aufbewahrt. Deine Schwestern fanden das erst komisch, dann mitleiderregend. Ihrer Ansicht nach ergab das überhaupt keinen Sinn. Steine, das ist doch nichts. Die bekommt man umsonst.

Aber so ist es nicht. Ein Stein ist Zeit, die unerschütterliche Geduld der Zeit.

Ganze Magnetfelder können sich umpolen, der Erdboden kann sich verschieben, aber der Stein bleibt.

Der Stein bleibt, und der Fels spricht.

Sagte Vida Harjula.

Es ist ihre Schuld, daß du nicht von der Zauberkraft der Steine losgekommen bist. Daß selbst in jenem grauenhaften Moment, als du in der zentralen Kammer des neolithischen Ganggrabs von Newgrange stehst, das Sonnenlicht des Mittwinters in die totale Finsternis dringt und eine zarte Kinderleiche preisgibt, deine Gedanken bei dem Altar verweilen, der sie trägt.

Er ist aus Granit, anders als die anderen Opferstellen der Grabkammer, die aus Sandstein und Schiefer gemacht sind. Gerade diese Platte ist am besten erhalten, sie ist nahezu makellos rund. Knapp einen Meter im Durchmesser. Über und über verziert, von beiden Seiten.

Wenn du die spiralförmigen Muster leicht berührst, sagen dir die Fingerspitzen sofort, daß der Meißel des Steinmetzen nicht aus Metall, sondern aus Stein war. Winzig kleine Schläge dicht bei dicht. Die Arbeit war langwierig und mühsam, aber es gab keine andere Wahl. Der Künstler lebte zu einer Zeit, als auch das Kupfererz noch ein Stein unter vielen war. Noch niemand war darauf gekommen, diesen Stein zu erhitzen. Niemand hatte bemerkt, daß man ihn schmelzen, daß man ihn biegen und formen, ja gestalten kann wie ein Töpfer den Ton, mit dem einzigen Unterschied, daß er nach dem Abkühlen so hart wird wie Stein.

Nein, diese Platte hat ihre Form viel früher erhalten, ziemlich genau vor fünftausend Jahren, wenn man der Beweiskraft radioaktiven Kohlenstoffs Glauben schenken darf.

Vor fünftausend Jahren schleifte eine Horde von Menschen, die als äußerst primitiv gelten, riesige Steinblöcke ohne neuzeitliche Hilfsmittel Hunderte von Kilometern weit, errichtete daraus einen gewaltigen Grabtempel und stellte die Opferplatten in der zentralen Grabkammer auf. Dann warteten diese Menschen auf den Augenblick, an dem die Sonne am kürzesten Tag des Jahres den schmalen Gang entlang bis zu ihnen strömte. Am Tag der Wintersonnenwende.

Und niemand weiß, warum.

Wenn überhaupt jemand, dann müßtest du es wissen. Deshalb bist du doch hier. Um das Geheimnis der Steine zu lüften. Um an einem solchen Tag hierherzukommen, muß man allerhand Mühen auf sich nehmen. Man muß sehr, sehr glaubwürdig sein. Dennoch ist es ein Wunder, daß du es geschafft hast, die Voraussetzungen zu erfüllen. Vielleicht war es die keltische Gastfreundschaft, oder deine exotische skandinavische Herkunft und deine skandinavischen rätselhaften Examina haben die Iren beeindruckt. Und dein guter Geist, dem schuldest du ebenfalls Dank. Vida Harjulas Liebhaber. Dem, der ihr Leben zerstört hat.

Ich bin ein Mann, der sich verliebt wie ein Stein, der ins Wasser fällt, halsüberkopf, bis auf den Grund. Falsch. Auf diese Weise habe ich mich nur in dich verliebt…

Vergiß es. Gemein, die Briefe eines anderen zu lesen. Auch die Tatsache, daß der Empfänger tot ist, ändert daran nichts. Eine unrühmliche Indiskretion war es trotzdem. Wenn deine Großmutter gewollt hätte, daß du die Briefe liest, dann hätte sie sie dir doch gegeben, oder?

Nicht, daß diese pathetischen Zeilen noch für irgend jemanden von großer Bedeutung wären. Sie waren ein ebenso grimmiges Spiel, wie es fast alle Anstrengungen des Menschen in diesem Leben sind, sie lenken nur davon ab, daß die Zeit vergeht und man dem Grab näher kommt. Das Spiel der Liebe ist nicht ernster zu nehmen als all die anderen, aber natürlich sehen das diejenigen, die es spielen, anders. Mit dem nötigen Ernst spielen. Statthaft oder nicht. Wenn man sich ihm ergibt, muß man die Regeln beherzigen. Sich der Gewalt des Spiels ergeben. Sich verzaubern lassen. Gespannt sein. Trotz des ungewissen Erfolgs alle nur erdenklichen Fähigkeiten einsetzen: Mut, Schläue und Geistesgegenwart in dem lodernden Kampf der Liebe.

Erst, wenn man sich aus dem Spiel zurückzieht, darf man gewahr werden, wie zerbrechlich es war, wie rituell sein Charakter, wie grobschlächtig seine Masken: *so schwarz wie die*

Erde, so weiß wie der Schnee, und was zuletzt kommt, ist der Tod.

Und was war das für ein großes Spiel, das heilige Schauspiel des Opfers, für das dieser Tempel errichtet wurde? Vielleicht war auch das ein Traum von der Unsterblichkeit. Der Glaube an einen immer wiederkehrenden Neubeginn, bei dem die Finsternis über dem Abgrund schwindet, das Licht aus der Finsternis hervortritt und die Leere sich mit Sinn füllt.

Warum sonst hätte ein in seinen blinden Instinkten gefangener steinzeitlicher Mensch dieses architektonische Wunder geschaffen, diesen erstaunlichen steinernen Palast zu Ehren des kärglichsten Lichtes des Jahres?

Ein starker, uns unbekannter Gott riet ihm, ein ewiges Monument zu errichten für den Augenblick, in dem die unbegreifliche Länge und die Kürze der Zeit miteinander verschmelzen, in dem die Verzweiflung über die Vergeblichkeit alles irdischen Tuns sich wenigstens für einen Augenblick in Stärke verwandelt. Eine lichtfeine Brücke von der langen Nacht zum Tag. Eine Gelegenheit, zu spüren, wie das Leben, das unaufhaltsam in Richtung Nichtsein fortschreitet, langsamer wird und einen unter seine Fittiche nimmt wie ein großer, schützender Vogel. Die schwindelerregende, nur einen Augenblick währende Flucht aus der lächerlichen Kleinkariertheit des Alltags, aus der ewig nagenden Furcht vor Enttäuschung, aus dem schlechten Gewissen, aus dumpfer Schuldhaftigkeit. Der Gebieter über die Zeit zeigt sich seinem Spielzeug gewogen und nimmt das Opfer an: Mit dem Veilchengeschmack des Erfolgs auf der Zunge und Hochspannung in den Fingerspitzen berührst du dein einzigartiges Dasein, du bist, hier und jetzt.

Doch nein. Anstelle all dessen zeigt der Fels dir den Tod, die sinnlose Gewalt. Anstelle von Reinigung wird dir Erschütterung geboten, ein Opfer. Der entseelte Körper eines kleinen Mädchens. Ist es dasselbe Kind, dessen Verschwinden ganz Irland betrauert? Die kleine Teresa, um deretwillen die tränenüberströmte Mutter in der abendlichen Nachrichtensendung flehte: Ich bin arm, aber ich will alles geben, was ich habe, wenn ich nur mein Kind wiederbekomme!

Alles, was ich habe, wenn ich es nur wiederbekomme.

Alles, was ich habe.

Such Halt an dem neben dir stehenden Mann, schließ die Augen. Du hast es dir nur eingebildet. Du hast nichts gesehen, du weißt nichts. Wer kann der Mutter die schrecklichste aller Nachrichten überbringen? Du jedenfalls nicht. Du nicht.

Das Kind, blond und unauffällig, steht in der biergelben Frühlingssonne, starrt in eine Pfütze. Was hast du? Was möchtest du, kleines Mädchen?

Es steht dort, ohne sich zu rühren, in seinen roten Gummistiefeln, vollkommen konzentriert, verschanzt sich in den diamantenen Spiegelungen der Pfütze. Das gemächliche Motorengeräusch des Autos geht das Kind nichts an. Es weint nicht, es reagiert nicht. Es ist nur da.

Was möchtest du, Kleine?

Ich möchte sterben.

ERSTE SOHLE

Beim Eindringen in den Felsgrund besteht das Verfahren, das sich als wirkungsvoll erwiesen hat, darin, das zu sprengende Gebiet in Tiefenebenen aufzuteilen. Die erste Sohle liegt nicht weit unter der Erdoberfläche, und die tiefste Sohle ist der Grund, bis zu dem man mit der vorhandenen Technik vordringen kann. Die Sohlen werden quer zum Erz in Sprengeinheiten, Schürfe und Pfeiler aufgeteilt. Der Verlauf der Schichten wird durch Bohrungen überprüft, um so ein genaues Bild von den Erzvorkommen zu erhalten.

Sean O'Brien, On the Geology
and Tectonics of the
Olkikumpu Ore Field and Region,
Bull. 1936

OLKIKUMPU, MAI 1936

Der Mann steht an dem zugeschaufelten Grab. Er weint nicht, er klagt nicht, aber er ist auch nicht bereit zu gehen.

Es ist Eero Harjula, mein Großvater. Sein Kind ruht da unter der kühlen Erde, und auf dem Grabhügel liegen Kränze: *Letzte Ruh an diesem Ort, Herr, o gib mir fort und fort, und an deiner Hand mich leit' hin zur ew'gen Seligkeit. In Sehnsucht Tante Natalia …*

Der Arzt, der die kleine Leiche untersucht hatte, meinte die Eltern dadurch zu trösten, daß er ihnen erzählte, ihm selbst seien schon zwei Kinder weggestorben. Das eine als Neugeborenes und das andere an einer Lungenkrankheit. Ja, tatsächlich zwei, und Ihnen erst dieses eine. So ist das Leben eben, daran muß man sich gewöhnen.

Aber man gewöhnt sich nicht daran. Man hat gar nicht die Zeit, sich daran zu gewöhnen, weil es so heimtückisch schnell und unerwartet geht: Man hat ein niedliches, liebes Mädelchen, in seiner sensiblen Art lebhaft wie eine Bachstelze. Es gibt einfach nichts an ihr auszusetzen. Bis sich ein Wind erhebt, über das Kind hinwegstreicht, und es ist nicht mehr da.

Der Mann weint nicht. Er weint nicht, aber er will auch nicht nach Hause.

Und die Frau, seine Ehefrau Vida, geht den von Hängebirken gesäumten Sandweg entlang zur eisernen Friedhofspforte, steht da und sieht nach dem im Wagen schlafenden Kind. Es hat seine Faust neben die Wange gelegt, die rosig schimmernden Fingerspitzen fahren leicht zusammen und bewegen sich, als die Frau das Deckbett anhebt, um sie zuzudecken. Die Frau wendet sich, lautlos weinend, vom Wagen ab und schreitet über das wuchernde Moos am Grund der Pfützen mit dem grünen Wasser hinweg, ohne sich darum zu kümmern, daß sie nasse Füße bekommt.

Sie kehrt zu dem Mann zurück und faßt ihn am Ärmel.

»Laß mich.«

Die Blicke reichen nicht zueinander hin, der Mann will die Frau nicht in seiner Nähe haben, er kann den Verlust nicht mit ihr teilen.

Die Frau berührt ihn erneut. Berührt ihn, obwohl sie weiß, sie sollte es nicht tun.

»Herrgott, darf man denn nicht mal in Ruhe um sein einziges Kind trauern?«

Aber die Frau läßt sich nicht abweisen, sie packt den Ärmel, hängt daran, während ihre Schultern von leisem Schluchzen zucken, auch wenn der Mann noch so sehr versucht, sie abzuschütteln.

Zum ersten Mal begegnete ihr Eero Harjula im Kontor. Dieser schönen Dolmetscherin, Witwe eines Kumpels, von der alle sprachen.

Die so völlig anders war als die anderen.

Sie verstand sich ja nicht einmal geziemend zu kleiden. Helle Kleider voller winziger, glänzender Knöpfe, an den Ohren schamlos große, goldene Gehänge. Hat man denn solche Ruchlosigkeit schon erlebt, ihr Mann war kaum ein Jahr tot. Von

Trauer keine Spur. Nein, immer lächelnd und ihrem Gegenüber direkt in die Augen blickend, so klare, ausdrucksstarke Augen, die Abraumhalde nennen Sie also *tumppa*, Herr Harjula, das ist doch sicherlich dasselbe Wort wie *dump*, das man bei uns in Kanada benutzt hat? Herr Harjula! Als würde man sich, auch wenn man zehnmal Obersteiger ist, dort unter der Erde in einen Herrn verwandeln.

Aber die Leidenschaft, das Verderben, packte ihn erst, als er ihr Lachen hörte. Er hatte zwar versucht, einen Scherz zu machen, aber das Lachen überraschte ihn dennoch. Es sprudelte aus ihr heraus, es strömte über, es flatterte auf einen zu wie ein vom Wind gebauschtes Frühlingslaken. Es nahm ihm den Atem. Der Mann war wie gelähmt. Wurde rot. Er war sich sicher, daß die Frau im Grunde über seine Unbeholfenheit lachte. Mußte er denn auch so groß sein und Hände wie Schaufeln haben! Ganz bestimmt amüsierte sich die Frau über sein rot angelaufenes Äußeres, das alles verriet: Welche Farbe hat das Feuerwehrauto, Herr Harjula?

Herrgott, wie er sich schämte. Er schämte sich! Er war wütend, und ihm war so siedend heiß, daß er die Frau am liebsten auf der Stelle ins Hinterzimmer geschleift und über sie hergefallen wäre, um ihr zu zeigen, was für ein Kerl er war.

Aber hätte er das fertiggebracht? Niemals. Obendrein ließ er noch die Stundenzettel auf den Boden fallen, und die Frau kam hinter ihrem Schreibtisch hervor, da ist noch einer, Herr Harjula, hob den Zettel rasch auf, der unter den Stuhl geflattert war, und gab ihn samt einem elektrischen Schlag dem Mann in die lächerlich zitternde Hand.

»Und *jäkleiki* ist bestimmt eine Art Bohrmaschine, das kann nichts anderes sein als *jack leg*, und *Lainari* ist natürlich ein *Leyner*, so ein älteres Modell, nicht wahr?«

Aber der Mann bekam kein Wort mehr heraus, er, der nun wirklich keine Angst vor Mädchen hatte, wie manch ein Schürzenjäger aus der Gegend bezeugen kann. Diesmal aber kein

Wort, sondern stumme Flucht hinaus und wildes Treten in die Pedale bis nach Hause. Wobei er für keinen Augenblick vergaß, wie der schwarze Rock um das Hinterteil der Frau gespannt hatte, als sie sich zum Fußboden hinabbückte.

»Und wie nennen Sie diesen Stock, mit dem man den Sprengstoff tief unten im Loch deponiert, Herr Harjula?«

Die Augen voller Lächeln und an den Fingern winzig kleine Tintenkleckse. Der Federhalter bereit, ein wichtiges Detail festzuhalten.

Warum bloß haben die mich geschickt? zürnte der Mann im stillen: Wie kann ich ihr denn sagen, daß sie den meist Schwanz nennen. Oder Pimmel. Je nach Laune.

Nein, es gab keine andere Möglichkeit, als die Flucht zu ergreifen und wie verrückt nach Hause zu strampeln. Da kamen ihm die weißgekleideten Prediger aus der Tiefebene zu Fuß entgegen, die schwarzen Bücher unter dem Arm, was denn sonst, betet für mich, Brüder, rief er ihnen zu, betet, daß die Frau aus diesem Sünder einen rechtschaffenen Mann macht! Wahrhaftig, auf dieser unvergeßlichen Fahrt schwor der eingefleischte Junggeselle, der Obersteiger Eero Harjula, die aus Kanada ins Heimatland zurückgekehrte Bergarbeiterwitwe Vida Tichonow zu heiraten, koste es, was es wolle, und zwar noch vor Ablauf der Trauerzeit.

Aber so einfach war das nicht. Jetzt, wo die Frau den Eindruck gewonnen hatte, daß der Mann ein bedauernswerter Tolpatsch war, an den man keinen Gedanken zu verschwenden brauchte. Und dabei wäre es auch geblieben, wenn ihm nicht der Zufall in Gestalt eines Sportfestes für die Bergleute zu Hilfe gekommen wäre.

Er war immer ein guter Schütze gewesen. Als er noch keine zehn Jahre alt war, hatte er unter Anleitung seines Vaters sogar mit dem Vorderlader bemerkenswert gut getroffen, aber jetzt wunderte es ihn doch, wie er unter dem sengenden, skeptischen Blick der Frau eine solche Gelassenheit hernahm! Wie er es schaffte, seine große Faust zu so stoischer Ruhe zu zwingen, daß er die ganze Mannschaft haushoch besiegte, die eigenen Leute und die Gäste!

Auch beim Dreihundert-Meter-Scheibenschießen Volltreffer. Während die anderen drauflosballerten, daß die Prellschüsse nur so pfiffen. Auch die Kumpels wollten ihren Augen nicht trauen, als sie gingen, um die Scheibe abzunehmen.

Isidor Haarla, der Kontorchef, hatte seine Scheibe überhaupt nicht getroffen, was allgemeine Verwunderung hervorrief, weil er oft – scheinbar im Scherz – damit geprahlt hatte, wie viele Aufständische er im Freiheitskrieg abgeknallt hatte.

»Wie kann man einen Menschen erschießen, wenn man nicht mal die ein Meter breite Scheibe trifft?«

Aber Isidor Haarla verzog keine Miene:

»Vielleicht sind ein paar Rote in der Mitte verschont geblieben, aber um so mehr Kadaver gab es an den Flanken.«

Solche Scherze gefielen den Männern nicht sonderlich, auch wenn man sie nicht ernst nehmen konnte.

»Hat der Krieg auch Sie das Schießen gelehrt, Herr Harjula?« fragte Vida Tichonow. Der Mann fand, daß in ihrem Blick ein ganz neuer, respektvoller Ausdruck lag.

»Nein«, lachte er. »Menschen habe ich nun doch in Ruhe gelassen. Im Jahre achtzehn hab ich nur auf Wölfe gefeuert.«

Ich habe Wölfe geschossen und war der Mann im Haus, obwohl ich erst vierzehn war, so ein Held war ich!

»Obwohl ich eine Winchester hatte für den Fall, daß plötzlich ein Bär auftaucht. Aber es ist keiner aufgetaucht. Ich bin ein einfacher Mann, der von Politik nichts versteht.«

Vida Tichonow lächelte.

Und sagte nicht nein, als der Mann ihr eine rote Limonade und ein Bündel Lose spendieren wollte. Sie gewann schließlich nichts weiter als irgendein Buch, es schien aber, als freute sie sich sehr darüber.

Am wichtigsten war es dem Mann, der Frau öfter ihr Lachen

zu entlocken. Dieses tiefe, verschwenderische Lachen, das ihn verrückt machte. Das aber seinen Geschichten galt, nicht seiner Hilflosigkeit.

Er ließ sie neben sich in der Schaukel Platz nehmen und erzählte ihr, wie er einmal auf einem Bauernhof hatte arbeiten müssen:

»Als das Bergwerk nach einem Einsturz eine Zeitlang geschlossen war. Da mußte man sich etwas einfallen lassen, damit einem das Brot nicht ausging. Ich ging also auf einen Bauernhof: Für einen so kräftigen Burschen findet sich doch sicherlich Arbeit? Jaa, warum nicht, sagte der Bauer und gab mir eine Hacke und einen Stapel Säcke. Wenn du nur kein Faulpelz bist, denn Faulheit dulde ich nicht. So redete er, während er mich auf den Kartoffelacker führte. Ich faul? Ich fing an zu rackern, als hätte ich Schaufeln statt Hände, und die hab ich ja auch, diese Pranken, in denen steckt Kraft, das kann ich dir sagen. Aber als ich nach zehn Stunden Feierabend machte, da fand sich am Boden des Sacks nicht mehr als ein Kilo Kartoffeln. Der Bauer wurde sehr nachdenklich, als er das bemerkte. Er meine es ja nicht böse, aber er finde doch, daß das nun wirklich zu wenig sei. Ich darauf, so ist es nun mal gegangen. So nämlich, daß ich anfangs, als ich begann, in dem Acker zu graben, all die Kartoffeln fand, die nun in dem Sack lagen. Aber nachdem ich einen halben Meter tief gegraben hatte, fand ich bis in eine Tiefe von zwölf Metern keine einzige Kartoffel mehr ...«

Etwas in dem Mann zitterte jedesmal vor Angst, wenn er anfing, ihr eine neue Anekdote zu erzählen, denn er fürchtete, jemand anders könnte sie ihr schon vor ihm aufgetischt und als eigenes Erlebnis ausgegeben haben. Aber Vida enttäuschte seine Erwartungen nie, ihr wunderbares Lachen nahm ihm in immer gleicher Weise den Atem. Es verging nur ein Monat, da schlief er mit ihr.

Tja, also, er schlief und schlief mit ihr.

Freilich war er es, der die Initiative ergriff. Aber Vida Tichonow stand ihm in nichts nach. Auch beim Geschichtenerzählen nicht: Möchten Sie hören, wie gefährlich das Leben der finnischen Bergleute in Kanada war, Herr Harjula?

Na, warum nicht, wenn die kleine Süße es ihm erzählen wollte.

Freilich, genau das wollte die kleine Süße:

Einmal passierte es, daß in Creighton Mine ein Kumpel in der Mittagspause an einer nicht näher bezeichneten empfindlichen Stelle von einer Bremse gestochen wurde. Die Folge: eine gewaltige Schwellung und schreckliche Qualen. Jemand versicherte dem sich vor Schmerzen windenden Pechvogel, daß der Schmerz aufhören würde, wenn er die schlimme Stelle in Buttermilch tauchte. Da ging dieser Kumpel, ich glaube, er hieß Matti, in die nächste Molkerei und tat genau das. Unglücklicherweise kam aber ein Mädchen von der Molkerei dazu und fragte, was um alles in der Welt Matti dort mit ihrer Buttermilchkanne mache. Der Mann war natürlich verlegen, er fragte, ob das Mädchen dergleichen noch nie gesehen habe. Darauf das Mädchen: Doch, aber ich habe noch nie gesehen, wie er geladen wird!

Das Mädel hatte ja Geschichten auf Lager!

Der Mann beschloß, sich keine Sorgen zu machen. Letztlich erregte ihn eine so aufrichtige Schamlosigkeit nur noch mehr, laß mich wenigstens deine Bluse aufknöpfen, kleine Vida! Aber als er sich mit seinen großen Händen an den verdammt fest sitzenden, winzigen Knöpfen zu schaffen machte, kam er damit überhaupt nicht zurecht. Er war durchaus kein unerfahrener Mann. Eher gewöhnt, das zu bekommen, wonach ihm gerade der Sinn stand, aber diese Frau hatte aus dem Ausland so verdammt ausgeklügelte Harnische mitgebracht, daß er nicht wußte, wie er damit umgehen sollte.

Die Frau wußte es.

Sie führte den Mann in ihre kleine Wohnung, zog sich still

aus und gab sich dem Mann ohne viel Umstände hin, so als würde sie ihm eine Tasse Kaffee servieren.

Anfangs war das schön, das mußte er zugeben. Unter dem Korsett hatte die Witwe einen wohlgeformten Körper, auch wenn die Brüste für seinen Geschmack etwas zu klein waren. Und wie gern sie sich verwöhnen ließ! Auch auf eine Weise, zu der manch eine, die schüchterner war als sie, nein gesagt hätte.

Sie hatte das so gern, daß dem Mann schon Zweifel kamen. Er dachte bei sich, daß eine so bereitwillige Frau doch eine allzu fragwürdige Heiratskandidatin war. Wie könnte er nur auf diskrete Weise herauskriegen, ob sie sich überhaupt noch zum Heiraten eignete?

Gar nicht.

Denn Vida Tichonow wollte nicht heiraten.

»Die Ehe bedeutet eine Versklavung der Frau«, erklärte sie gelassen, glitt unter der Decke hervor und spazierte quer durchs Zimmer, bekleidet nur mit ihrer Selbstsicherheit: Gerade wir sollten über so etwas nicht reden, wir haben es doch so gut, ich fühle mich so zufrieden wie noch nie, machen wir uns doch einen Kaffee und genießen das Dasein.

Doch so einfach konnte der Mann das Thema nun doch nicht fallenlassen, nicht wahr.

Versklavung?

Von dieser Seite hatte er die Sache noch nie betrachtet. Er war eher der Auffassung, daß die Ehe eine Fallgrube sei, in die die Frauen die Männer um jeden Preis treiben wollten. Wie oft hatte er schon ein schlechtes Gewissen gehabt, weil er es nicht schaffte, den entscheidenden Schritt zu tun. Hatte guten Mädchen nachgeweint.

Aber Vida Tichonow war ein völlig anderes Kaliber. Geheiratet wird nicht, um nichts in der Welt. Glückliche Ehen gibt es nicht. Das ist die Methode der kapitalistischen Gesellschaft, die Frau ihrer Individualität zu berauben. Außerdem konnte sie sich nicht vorstellen, irgend etwas mit Pastoren zu tun zu haben und den Segen dieser Schlangen auch nur für eine einzige ihrer Handlungen entgegenzunehmen.

So so. Und warum nicht?

Die Frau setzte sich ans Kopfende des Bettes und legte seinen Kopf auf ihren warmen, weißen Schenkel.

»Die Pastoren haben die Waffen gesegnet, mit denen mein Bruder im Klassenkrieg am Rand der Kiesgrube erschossen wurde«, sagte sie. »Sie zielten auf das Mitgliedsbuch der Arbeitervereinigung, das an seine Brust genagelt war. So hab ich es gehört.«

»Es wurde so viel geredet. Auf beiden Seiten«, murmelte der Mann, räusperte sich und schaute, krank vor Begierde, auf das dunkle Gestrüpp vor seinen Augen.

»Egal, was geredet wurde, aber dort in der Kiesgrube ist er gestorben. Mit sechzehn Jahren.«

»In Kanada warst du doch aber bereit zu heiraten.«

»Ja«, gab sie zu und strich ihrem Liebhaber über die Haare. »Da hab ich tatsächlich geheiratet.«

»Und dein kanadischer Mann, hat er dich gut behandelt?«

»Ja, aber er war kein Kanadier, sondern Ukrainer. Er hat mich gut behandelt in den zwei Monaten, die er nach unserer Hochzeit noch lebte.«

»Was, zum Teufel, ist ihm denn passiert?«

»Er ist vom Schornstein einer Eisengießerei gefallen. Er war dabei, ihn in zweihundert Fuß Höhe zu reparieren, als er irgendwie vom Gerüst abrutschte.«

»Hast du nicht gesagt, er wäre Bergmann gewesen?«

»Ja, das war er auch, aber für die Arbeit am Schornstein bekam er Gefahrenzulage, und er hatte die fixe Idee, uns ein Haus kaufen zu wollen. Bei jeder Schornsteinreparatur stürzten im Durchschnitt zwei Mann ab, deshalb wurde dafür ungeheuer viel bezahlt.«

Der Mann blickte der Frau verstohlen ins Gesicht, um zu sehen, ob ihr Tränen in die Augen traten, und tatsächlich meinte er, am Rand der grünen Augen eine kleine Rötung zu bemerken. Finstere Eifersucht packte ihn:

»Der Mann muß dir ja sehr viel bedeutet haben, obwohl er ein Russki war und dich so schnell zur Witwe gemacht hat.«

»Er hätte gern noch leben dürfen, aber jetzt denke ich nicht mehr an ihn. Ich wollte zurück nach Finnland, aber er wollte lieber dort bleiben. So daß wir sicherlich doch nicht glücklich geworden wären. Er war nicht so fortschrittlich wie ich. Er meinte, der Platz der Frau sei zu Hause und der Mann entscheide, wo das Zuhause ist. Aber das sagte er erst, als wir verheiratet waren. Daß jetzt Schluß damit sei, daß ich immer in die Versammlungen der Arbeiterfrauen laufe. Auch die Sonntagsschule sollte ich aufgeben.«

»Die Sonntagsschule?«

»Wir haben sonntags die Kinder der Einwanderer unterrichtet. Abwechselnd. Geschichte des Sozialismus und so was. Du weißt schon. Damit sie zu anständigen Menschen heranwuchsen.«

»Bist du Kommunistin, Vida?«

»Sagen wir eher, Sozialistin. Anfangs war ich nichts, aber nachdem die meinen Bruder abgeschlachtet hatten, hab ich mir gedacht, daß sie auch hinter mir her sind. Mein anderer Bruder war zur Legion Murmansk nach Nordrußland geflohen und hatte sich der britischen Armee angeschlossen. Ich folgte ihm. Fast den ganzen Weg dorthin hab ich zu Fuß zurückgelegt. Mit siebzehn ist man noch zu allen möglichen Verrücktheiten fähig. Aber ich habe meinen Bruder gefunden, und die Engländer beschafften uns Einreisepapiere für Kanada.«

»Wie war es da?«

Vida Tichonow lachte:

»Nett und gemütlich wie immer im Ausland: fünfzehn Stunden Arbeit täglich, wenig Geld, Ratten und Krankheit und Trauer und entsetzliches Heimweh. Mein Bruder ist dort gestorben. Er wurde lungenkrank von der Luft im Kohlebergwerk.«

»Und dieser Jewgeni Tichonow war der einzige Mann, den du … liebgewonnen hast?«

»Ja. Ich hätte gern in einer freien Beziehung mit ihm gelebt, aber er hat gesagt, wenn ihm ein Unglück zustößt, dann gibt es keine Entschädigung. Und so ist es dann ja auch gekommen. In dieser Hinsicht war er klüger als ich.«

»Und andere hast du danach nicht gehabt?«

»Nein.«

»In keiner Weise?«

»Nein. Ich hab mich in keinen anderen verliebt.«

So war das also. Alles ganz klar und einfach. Und der Mann wußte nicht mehr, was er denken, woran er glauben sollte. Je mehr er darüber nachdachte, desto gemeiner wurden seine Phantasien. In seinen schlimmsten Alpträumen sah er geile, geifernde Kerle hinter der Tür der erschrockenen Einwanderin lauern, wurde als machtloser Zuschauer Zeuge von schamlosen Kämpfen, blutigen Schößen, dem Aussetzen von Säuglingen.

Aber dann streiften die Haare der Witwe in verhängnisvoller Weise seine Weichen, er spürte den aufreizenden Duft ihres Schoßes und war verloren.

Ihm schien, als wäre Vida Tichonow von Anfang an zu klug für ihn gewesen. Sie behandelte ihren Liebhaber, wie sie wollte. Redete wie ein Wasserfall, behielt aber ihre Geheimnisse, die an ihm nagten und seinen Hunger nur noch wachsen ließen, dennoch für sich.

Zuletzt stand es mit Obersteiger Eero Harjula so schlimm, daß es für ihn kein Halten mehr gab. Nicht einmal die erschütternde Unbefangenheit schreckte ihn noch ab, mit der die Frau das Päckchen mit den Verhütungsmitteln hervorholte: Ich will keine Kinder, merk dir das!

Über den seligen Tichonow hatte die Witwe offenbar nichts weiter hinzuzufügen. Aber auch das gab sie in lauterster Gutmütigkeit, mit kindlich klarem Blick zu verstehen: »Ach, sprechen wir nicht mehr von ihm, er ist doch tot, von ihm ist nichts übrig, ich mußte einfach glauben, daß das, was sie in den Sarg gelegt hatten, der arme Genja war.«

So als ginge es um irgendeinen zufälligen Bekannten, an den sie sich nicht einmal mehr so genau erinnerte.

Das schlimmste war, daß sie ihn zwang, für die Nacht fortzugehen. Die Hauswirtin duldete keine Übernachtungsgäste. Und Vida Tichonow fürchtete, ihre gute und billige Wohnung zu verlieren.

Jeden Abend mußte der Mann mit weichen Knien zu seiner leeren Wohnung strampeln. Allein. Müde. Verlassen und ausgenutzt.

»Sehnst du dich überhaupt nach mir?«

»Na, aber Liebster, ich denke doch die ganze Nacht an dich.«

Ich denke die ganze Nacht an dich.

Die ganze Nacht.

Nur an dich, Liebster.

Aber Vida Tichonow schlief, schlief garantiert jede Nacht, die Gott werden ließ, wie ein Murmeltier, sofort nachdem der Mann verschwunden war, das sah man ihr am nächsten Morgen an. Der Mann dagegen tat kaum ein Auge zu, weil er darüber nachgrübelte, woran es lag, daß er, anders als dieser lumpige Russe, Vida Tichonow als Ehemann nicht gut genug war.

Innerhalb von zwei Wochen hatte die Frau Eero Harjula, einen gesunden Mann, an den Rand des Wahnsinns getrieben. Kein Zweifel, er würde in der mahlenden Mühle der freisinnigen Umarmungen dieser Frau zugrunde gehen. Würde ersticken an der tonnenschweren Eifersucht schlafloser Nächte, an höllischem Mißtrauen, an Einsamkeit, Magenkrämpfen, verzehrender Leidenschaft und der Angst, verlassen zu werden.

So faßte der Mann seinen Entschluß.

»Wir müssen heiraten! Oder ich sterbe.«

Vida Tichonow lächelte und begann ihre Knöpfe zu öffnen, aber der Mann ergriff ihre Hand.

»Nein«, sagte er. »Nicht, bevor du es versprochen hast.«

»Aber du weißt doch. Ich will nicht heiraten.«

»Dann mußt du zu einer Beerdigung.«

»Muß ich nicht.«

»Mußt du doch.«

Standesamtliche Trauung. Davon rückt sie nicht ab. Wenn die Sache nicht ohne Pastor über die Bühne geht, dann unterbleibt sie eben. Also gut, willigt er ein. Wahrscheinlich gaben der cremefarbene Satin und der Spitzenstoff, die in Kjisiks Stoffbude eingetroffen waren, endgültig den Ausschlag. Aus Vida Tichonow wurde Vida Harjula, und alles war so gut, wie man es sich nur vorstellen konnte.

Oder war es, bis das Mädchen geboren wurde.

Danach veränderte sich die Frau.

Eigentlich geschah es schon während der Schwangerschaft. Wochenlang war sie in Tränen aufgelöst, als sie erfuhr, daß sie schwanger war. Der Mann verstand das nicht. Er hatte nie gedacht, daß die Frau es ernst meinte, als sie sagte, sie wolle keine Familie. Das war irgendwie unnatürlich. Keine andere Frau war so.

Irgendwann beruhigte sie sich zwar, aber etwas an ihr war anders. Fremd. Sie beschäftigte sich gedanklich mehr mit dem Kind, wandte sich ab von dem Mann, vom eigenen Körper. Sie wies den Mann nicht ab, nein, das konnte man ihr nicht vorwerfen, wirklich nicht, aber in der Art, wie sie sich in seinen Armen gab, lag etwas Befremdliches.

Der Mann dachte, das liege an dem Kind. Als das Mädchen geboren war und der Mann ihre Brüste berühren wollte, die jetzt groß und weiß waren und von bläulichen Milchadern durchzogen, prall gefüllt mit süßer Flüssigkeit, hielt die Frau die Hände davor, so als wollte sie sagen, daß sie nun nicht mehr ihm gehörten, sondern dem Kind.

Jetzt, wo er am Grab steht, erinnert sich der Mann daran, wie er eines Nachts so große Eifersucht auf das Kind empfand, daß er ihm die Milch wegtrank. Die Frau schlug mit den Fäusten auf ihn ein, aber er war viel stärker.

Als er sich jetzt daran erinnert und das frische Grab seiner Tochter ansieht, preßt ein fürchterlicher Schmerz sein Inneres zusammen. Daß ich der Kleinen auch diese Freude genommen habe! Daß ich mehr an ihre Mutter dachte als an sie, das zarte Elfenkind!

Papa, sagte sie vertrauensvoll zu ihm. Papa. Papa Papa, darf ich mitkommen? Sie erinnerte sich nicht daran. Sie wußte nicht, was der Mann ihr angetan hatte, als sie noch ein Säugling war und in ihrem einsamen Bett so schreckliche Sehnsucht nach der Mutter hatte.

Papa, darf ich …

Der Mann knüllt das Taschentuch in seiner Tasche zusammen. Er will es nicht hervorholen, solange die Frau da ist.

Wer konnte denn so etwas ahnen? denkt er. Ich habe Fehler gemacht, wer täte das nicht, aber der Tod – das ist zuviel. Den Tod habe ich nicht herbeigerufen. Und dann noch einen solchen.

»Siehst du«, fragt Eero Harjula heiser und wendet sich seiner Frau zu. »Siehst du nun, wozu der Umgang mit wildfremden Menschen führen kann?«

Die Frau senkt ihr Gesicht, das vom Weinen fleckig ist, nickt.

»Aber durch Heulen erwecken wir sie nicht wieder zum Leben.«

Nein, das ist wahr.

Der Mann holt das Taschentuch aus der Tasche und reicht es der Frau. Und die Frau nimmt es an, schneuzt sich und wischt sich die Augen.

Seit die Leiche des Mädchens gefunden wurde, ist das die erste Geste des Trostes, die der Mann seiner Frau gegenüber zeigt: Du hast auch ein Recht darauf zu leiden. Bist immerhin die Mutter des Kindes. Noch dazu eine gute Mutter. In dieser

Hinsicht kann ich kein schlechtes Wort sagen. Eine gute Mutter. Zumindest so lange, bis.

»Die Zeit«, murmelt der Mann, während er seine kotigen Schuhe abtrampelt, »die Zeit ist das einzige Heilmittel.«

Die Frau nickt, bricht aber von neuem in stilles Weinen aus. Die Besonnenheit des Mannes geht über ihre Kräfte.

»Hörst du, was ich sage, Vida?«

Die Frau nickt. Ihre Frisur hat sich unter dem Trauerschleier halb aufgelöst. Am Morgen hat sie die Haarnadeln nicht gefunden, hatte keine Kraft zum Suchen.

Sie kümmert sich nicht mehr darum, wie sie aussieht. Sie, der es immer so wichtig war, die Schönste von allen zu sein.

»Eines Tages werden wir sicherlich ein neues Kind bekommen«, sagt der Mann und macht sich an dem schwarzen Band am Arm zu schaffen, um der Frau nicht in die Augen sehen zu müssen. »Wir bekommen eine neue kleine Aino, und alles fängt von vorne an. Wir lassen keine fremden Menschen zu uns, besuchen nicht Hinz und Kunz, damit sie es nicht lernt, Unbekannten zu vertrauen, nein, wir bewahren sie gemeinsam vor allem Übel ... vor den bösen Verlockungen, die ein so kleines Wesen in seiner Kindlichkeit überhaupt nicht begreift ...«

Er kann nichts dafür, die Finger pressen sich gegen die Handflächen, er spricht, als sage er etwas Auswendiggelerntes auf, er kann das Weinen nicht länger hinunterschlucken, heult stattdessen laut auf wie ein geschlagenes Kind.

»Wir werden ein neues Kind haben«, sagt Eero Harjula, als er sich beruhigt und die Nase geschneuzt hat.

Die Frau späht verloren in Richtung Pforte. Die Federn des Wagens knarren leise.

»Was?« fragt der Mann herausfordernd, obwohl er selbst nicht weiß, was er mit der Frage meint.

Die Frau ist still, ihre Schultern hängen herab, als warteten sie auf einen Schlag. Kein Knarren mehr. Vielleicht war es nur der Wind gewesen.

»Hast du schon an deine Mutter geschrieben? Wegen dem da?«

Die Frau streicht sich das Haar aus den Augen, schiebt es unter den schwarzen Schleier. Sie kann oder will nicht antworten.

»Wir können ihn nicht behalten. Das verstehst du doch? Du schaffst es nicht, ihn zu pflegen. Nicht jetzt, wo du das Mädchen verloren hast. Auch der Arzt sagt, daß du nicht gesund bist. Es kann sogar die Schwindsucht sein. Die ist ja ansteckend und nicht gut für das Neugeborene. Du mußt dich erholen können. Wenn deine Mutter es nicht will, kann ich mit Natalia reden. Ich hab gesehen, daß manche Leute eine Anzeige in die Zeitung setzen, aber das find ich nicht gut, ein Mensch ist ja kein Hundejunges …«

Der Mann meint, daß seine Stimme nicht vorwurfsvoll klingt, überhaupt nicht, aber seine Frau schweigt immer noch. Trotzig wie ein Kind. Geradezu ablehnend.

»Natalia liebt Kinder. Das weißt du doch. Und eigene waren ihr nicht vergönnt. Sie würde es gut behandeln.«

Keine Antwort.

Nun ist es aber genug, auch seine Geduld ist irgendwann zu Ende, dieses hartnäckige, unsinnige Schweigen geht zu weit! Der Mann tritt vor seine Frau, faßt sie an den Schultern: Sieh mich an, Frau, jetzt siehst du deinen Mann an. »Woran denkst du, Vida? Woran?«

Die Frau fährt zusammen. Zieht sich etwas zurück, bückt sich dann, um die Schroffheit der Geste zu verdecken, und ordnet die Kranzschleifen, die auf dem Grabhügel flattern.

»Ich denke an den Stein«, antwortet sie so leise, daß es kaum zu hören ist. »Ich überlege, was für einen Stein wir ihr setzen sollen.«

Eero Harjula und die Qual des betrogenen Mannes.
War es das oder etwas anderes? Und wieso denke ich überhaupt, daß alle Geschichten mit einem Grab beginnen? Auch das hat natürlich mit den Zwangsvorstellungen meiner Kindheit zu tun. Schlimmer noch als das manische Sammeln von Steinbrocken war, daß ich mich besonders in der Gesellschaft von Grabsteinen wohl fühlte. Ich zeichnete sie auf Papier, schrieb die Namen der Verstorbenen ab, erfand Lebensgeschichten.

Und, was am peinlichsten ist, ich sprach mit ihnen.

Mit den Grabsteinen! Aber damals brachte man Kinder noch nicht zum Psychologen, und hätten sie ihre kleine Schwester gegen einen Beutel Steine eingetauscht. Und wenn, dann hätte es einem professionellen Helfer keine große Genialität abverlangt, um herauszufinden, daß der ganze Unsinn bestimmt von der Erschütterung herrührte, daß wir die INSEL verlassen mußten. Daß ich in verletzlichem Alter erst die Mutter und bald darauf auch das Paradies meiner Kindheit verloren hatte. Eine behütete Welt, die nur aus sonnenbeschienenem Fels und Wasser und endlosem Spielen bestand.

Ich kam in die Stadt, die uns allen fremd war. Die nicht mit uns spielen wollte. Da standen wir nun in unseren Faltenröcken und Tennisschuhen am Stadtrand und waren für die Ureinwohner des Krähwinkels eine Lachnummer.

Auf der INSEL, wo Vater der König gewesen war, hätte niemand gewagt, uns auszulachen. Nicht im Traum, nein, das wäre unvorstellbar gewesen.

Doch in der Stadt war alles anders. Wir hatten nicht einmal das Geld, um am Kiosk auch nur Gummibärchen für einen Penni das Stück zu kaufen, und sprachen anders als die anderen. Überhaupt keine Mutter und ein verrückter Vater. Und wenn wir das alles vielleicht noch verkraftet hätten, so bot doch allein die Tatsache, daß wir auf dem Friedhof wohnten, den anderen immer einen Anlaß zum Sticheln.

Ein normaler Mensch wird doch nicht Friedhofswärter: eine Hütte mit zwei Zimmern nur zweihundert Meter von den Gräbern entfernt. Was aber das Merkwürdigste war: dieser Wärter hatte Kinder, einen fürchterlichen Schwarm Töchter. Wie hatte man in der Gemeinde nur eine solche Fehlentscheidung treffen können; wie paßten die Stimmen spielender Kinder zur Ruhe des geweihten Bodens?

Manch ein Pfarrer war unsretwegen verärgert, weil er beim Trauerpsalm bemerkte, wie die Gäste mißbilligend den Kopf nach den Silberweiden wandten, wo ein befremdliches Getuschel und Rumoren zu hören war, weil wir uns um den besten Ausguckplatz balgten. Einmal stürzte ein frischgebackener Witwer in das offene Grab, während er verblüfft die nackten Beine von Linnea anstarrte, die den Rasenmäher schob.

Es hagelte Beschwerden. Das war ja wohl eine Obszönität sondergleichen, daß man aus dem letzten Gang eines Menschen, einer doch wohl feierlichen Angelegenheit, einen Akt machte, dem zu einer Farce nicht viel fehlte. Schlecht erzogene und spärlich bekleidete, profane Personen störten auf gröblichste Weise den Vollzug des heiligen Sakraments.

Der Rat der Kirchengemeinde konnte zu seiner Verteidigung nur menschliches Mitleid anführen: Wenn der Krebs fünf Kindern die Mutter wegnimmt und wenn der Mann sein Leben lang für die Gemeinde gearbeitet hat, dann kann man die Familie nicht ohne ein Dach über dem Kopf lassen.

Der Vater wurde schriftlich abgemahnt, aber nicht entlassen. Der Fall ging in die Geschichte der Gemeinde ein als Lobgesang auf die christliche Barmherzigkeit: *Siehe auf das Amt, das du empfangen hast in dem Herrn, daß du dasselbige ausrichtest.* Brief des Apostels Paulus an die Kolosser, Kapitel vier, Vers siebzehn.

So durfte ich meinen verzauberten Garten behalten, meine Geheimnisse in der bemoosten Steinmauer des alten Friedhofs verstecken, wo die Eidechsen sie bewachten. Der alte Friedhof, an dessen Rand wir wohnten, war voller unglaublich schöner Skulpturen. Es gab nackte, trauernde Frauen, Engel, zum Flug ansetzende Vögel, Flammen und Sterne.

Der neue Teil war etwas anderes. Arbeiter mit Traktoren waren damit beschäftigt, von Jahr zu Jahr immer mehr Land für neuen geweihten Boden zu gewinnen. Spezialisten der Steinbranche kamen und bohrten Löcher in den Fels, um seine Unversehrtheit und die Gleichmäßigkeit der Färbung zu prüfen. Manchmal ließen sie mich auch dann noch dabeisein, wenn sie die Sprengkraft der Ladung wählten, und ich lernte, daß es das wichtigste ist, die Stärke und Zündungsrichtung so zu wählen, daß der Block sich in der gewünschten Weise löst und der Spaltungsprozeß nicht durch den natürlichen Schichtverlauf unterbrochen wird.

Als beim Friedhof außer einem Steinbruch auch eine Grabsteinhauerei gegründet wurde, begann ich die aufregenden Einzelheiten der Spaltung, Keilung, Stückigbohrung und schließlich der abschließenden Veredelung von Granit zu verstehen.

Vida, die Großmutter im Altenheim, wußte von den Geheimnissen des finnischen Felsgrunds mehr als irgendeine andere mir bekannte Person. Die Frau eines Bergmanns, die, abgesehen von den zehn Jahren in Kanada, fast ihr ganzes Leben in der Nähe des Bergwerks Olkikumpu zu Hause gewesen war. Aber letztlich brachte auch die Kanada-Reise sie dem heimischen Fels näher. Als sie nach Finnland zurückkehrte, ebenso arm, wie sie gegangen war, aber mit ausgezeichneten englischen Sprachkenntnissen, wurde sie bei dem von den Briten beherrschten Nickel- und Kupferbergwerk als Dolmetscherin angestellt.

Beryll, Turmalin, Spektrolit, Granat, Quarz, Amethyst, Korund, Cordierit, Rodonit, Jaspis ... Allein ihre Namen waren wie Beschwörungen, mit denen Vida uns in den Bannkreis der Steine hexte. Sie erzählte uns vom Bau der Pyramiden, von der Königstochter, die bei lebendigem Leib in einer Felshöhle begraben worden war, und von Menschenfressern, die Megalithen aufstellten.

Jeden Sonntag zwei Stunden lang. Der schweigsame Vater brachte uns in seinem Ford, den die Leute Badewanne nannten, hin und holte uns auch wieder ab – das Modell eignete sich besonders für den Transport auch größerer Grabsteine –, aber er selbst blieb nicht da, um Großmama Gesellschaft zu leisten. Der Geruch im Altenheim verursachte ihm Übelkeit. Ebenso wie der im Krankenhaus, in das sie Mutter zuletzt gelegt hatten. Auch damals verbrachte er den größten Teil der Besuchszeit draußen, auf einer Parkbank, wo ihn die todkranke Mutter von ihrem Bett aus stumm betrachten konnte.

Aber was soll's, letzten Endes vermißte niemand Vater Harjula. Vida selbst am allerwenigsten. Sie hatte genug damit zu tun, uns Mädchen anzuleiten. Mit welchen Geräten man was in welcher Art von Boden fand. Und woher man wußte, ob ein Fund der Mühe wert war.

Von Diamanten brauchte man nicht zu träumen. Auch nicht

von Smaragden, Rubinen oder Saphiren. Nein und damit basta. Die wertvollsten Edelsteine gab es hier nicht. Das lag am wahnsinnig, unfaßbar hohen Alter des Felsgrundes, der unvorstellbar alt war. Die vor Milliarden von Jahren entstandenen Gesteinsarten waren schon dabei, schlichtweg trüb zu werden.

Aber nun seht doch nicht so enttäuscht aus, Mädchen, unser Pegmatitgranit ist trotzdem eine richtige Schatzkammer … Denkt nur einmal an den Spektrolit, der sich auf dem Hinterhof jedes beliebigen Hauses finden läßt … in einem gewöhnlichen Rapakivigebiet. Wie er schillert in den Farben des Regenbogens, wie die Halsfedern einer Taube …! Oder sucht euch irgendwo einen Fluß mit klarem Wasser. Mit etwas Glück bleibt im Kescher eines scharfäugigen Menschen so ein prachtvoller, sündigroter Almandin vom Grund hängen … Aber natürlich sind die Bergwerke die besten Fundstätten, daran läßt sich nicht deuteln …

Ja: die Bergwerke.

Ach, wie konnten einem doch die Menschen leid tun, die bis ans Ende ihrer Tage nichts anderes kennengelernt hatten als das Leben über Tage!

Obwohl Frauen niemals in den Bergwerksschacht einfahren durften, hatte Vida einen endlosen Vorrat von Geschichten über das Leben im Inneren des schwarzen Steins auf Lager, von Omen, Unglücken und Bergwerksteufeln, Geistern von Männern, die unter Tage ihr Leben verloren hatten:

Der Stein kann sprechen, daß ihr es nur wißt. Aber er spricht nur zu denen, die einen Sinn für den Stein haben. Gift-Iivari hatte den. Und Emmanuel Aarnio, der Pikkönig. Wenn Pikkönig Eero zurief, komm, der Felsen hat ein Zeichen gegeben, gleich passiert was, dann hat mein Mann aber die Flucht ergriffen. Und dann stürzte der Stollen ein, genau an der Stelle, an der er gestanden hatte. Zweieinhalb Wochen lang bohrten sie, um den Stein in Stücke zu kriegen …

Geschichten ohne Ende. So dachte man zumindest, bis Vida überraschend starb. Falls sich das von einer über Neunzigjährigen überhaupt sagen läßt, von der man annimmt, daß sie nur deshalb ewig lebt, weil sie schon immer da war.

Und als Erbe ein Haufen Steine und Briefe, Zeitungsartikel, Todesanzeigen. Erst jetzt hab ich erfahren, daß Großmama auch eine Tochter hatte. Aino Helena Harjula, geboren im Jahr 1930, gestorben an demselben Tag, an dem mein Vater geboren wurde.

Das Kind, das Vida niemals erwähnte, dessen Fotos sie uns nicht zeigte. Darüber spricht man nicht, das liegt ganz tief unten im Grundwasser der Erinnerung vergraben. Sprechen wir zuerst von den Steinen, nichts kann den Steinen etwas anhaben, die Steine sind ewig. In den Steinen liegt alle Zeit, dieser Augenblick, die Vergangenheit und die Zukunft.

»Wen die Götter lieben, den holen sie sich jung«, sagte Vida, wenn sie in der Zeitung Todesanzeigen von Kindern fand.

Wie die von den Zwillingen, die im Gebäude der Apotheke am Uusimaaweg wohnten.

Blasse, in sich gekehrte Kinder, denen ich begegnete, wenn ich meine kleine Schwester von der Parktante abholte. Fünf oder sechs Jahre alt, großäugig und ganz entzückend, obwohl noch schmuddeliger gekleidet als unsere Viola. Aber während die energische Viola sich im Schweiße ihres Angesichts mit Sandkuchen abplagte und im Sand wühlte, während sie kicherte und den anderen Kindern Sand in den Hosenbund ihrer Regenhosen füllte, saßen diese Jungen nur schweigend nebeneinander und schoben jeder sein kleines Auto eintönig die abblätternden Ränder der blaugestrichenen Sandkiste entlang. Ahmten konzentriert mit tiefer Stimme das Motorengeräusch nach, flüsterten miteinander.

Dann, eines Tages, die Verletzung.

Ich hole meine kleine Schwester ab, die, wie gewohnt, vor

mir wegrennt und sich weigert, nach Hause zu gehen. So setze ich mich neben die Zwillinge. Beide haben ein neues kleines Auto. Das ist ein Ereignis. Selbstverständlich. Ich muß nach der Marke fragen, es laut bewundern. Daimler Benz. Ein Mercedes, sagt der andere. Den erkennt man an dem Stern, erklärt der Junge, der direkt neben mir sitzt. Ohne den Blick zu heben, aber doch irgendwie stolz. Die andern haben nur Opel und Ford und Volkswagen. Na so was, woher habt ihr denn diese tollen Dinger?

Aber gleichzeitig bemerke ich es, das dunkle Rinnsal von Blut, das unter der ausgebleichten Steppmütze hervor durch die Haare aufs Ohr und von dort nach unten tropft. Von meinem Vater, sagt der Junge. Er ist heute nach Hause gekommen, flüstert er.

Auch der Bruder blutet, das Blut perlt von seiner weißen Stirn wie roter Sprühregen. Ich hole tief Luft, stehe auf, zeige auf die Jungen.

Aber die Parktanten tun so, als wenn nichts wäre, obwohl zwei der ihnen anvertrauten Kinder schwer verletzt dasitzen. Was ist passiert? frage ich, aber die Jungen weichen einer Berührung aus.

Was ist hier eigentlich los? Die Tanten, die normalerweise so überfürsorglich sind, daß es einem schon auf die Nerven geht, tun nichts, sie winken mir zu, lächeln, Viola war heute wieder große Klasse, sagen sie und wiederholen mit Lachtränen in den Augen die altklugen Reden meiner Schwester.

Ich bedeute ihnen, sich die Jungen anzusehen, aber die Tanten nicken nur, ja, sind das nicht goldige Gören, so lieb und mit wenigem zufrieden, wenn alle so wären, dann würde man für diese Arbeit gar keinen Lohn annehmen wollen. Wahrhaftig, die Tanten benehmen sich, als wäre alles in schönster Ordnung, als gäbe es im Gesicht der Jungen nichts Ungewöhnliches zu sehen. Und ich bin hier fremd, gerade erst von der INSEL gekommen, ich habe nicht die Kraft zu sagen, daß hier unter uns zwei Knirpse am Verbluten sind, und ihr blöden Weiber sitzt da und tratscht. Seht ihr nicht, daß diese verdammten Blagen über und über voll Blut sind?

Und dann, als ich die Jungen wieder ansehe, ist das Blut verschwunden, und leise streitend schieben sie ihren weißen Mercedes den Sandweg hinauf und hinunter, im Gesicht die geheimnisvolle Selbstgenügsamkeit der Zwillinge.

War es nur Sand? Unmöglich, daß ich mir das alles nur eingebildet habe, oder etwa doch …?

Die Schwestern behaupteten später, ich hätte die ganze Geschichte im nachhinein erfunden. Daß es mir ähnlich sehe, Punkte für den künstlerischen Gesamteindruck eines Horrorstücks einzuheimsen.

Daß ich die Geschichte von den Blutspuren erst eine Woche nachdem in der Zeitung über ihr Schicksal berichtet worden war, erfunden hätte. Der aus dem Gefängnis entlassene Vater hatte im Zustand geistiger Verwirrung seine beiden Kinder mit dem Bügeleisen getötet.

Sie bekamen kein großes Denkmal. Die Mutter war mittellos. Ein Holzkreuz mit einem kleinen eisernen Schild, das die Namen, das Geburts- und das Todesjahr der beiden Jungen anzeigte. Später befestigte sie an dem Kreuz ein kleines Händepaar aus Gips. Betende Hände. Das war alles.

Abgesehen davon, daß ich in einem Geschäft ein paar Matchboxautos stibitzte und sie den Jungen zur Freude viele Male den kleinen Hügel hinauf- und hinunterfahren ließ.

OLKIKUMPU, DEZEMBER 1933

In dichtem Schneegestöber steht Vida Harjula auf dem Bahnsteig und wartet auf den Zug nach Helsinki. Da steht sie und bibbert vor Kälte, neben sich den Koffer und ihre kleine Tochter. Der große Weihnachtsbaum mitten auf dem Hof der Station strahlt mit seinen glänzenden Bändern wie ein schmuckes Ballkleid. Die Menschen stehen da, neben sich die Pakete mit den Weihnachtsgeschenken, und lächeln ihr zu, denn sie nehmen an, sie sei eine von ihnen, unterwegs zur Großmutter oder zur Tante, um mit den Verwandten den Steckrübenauflauf und den Duft der Kerzen zu genießen und mit ihnen um das beste Rezept für eingelegte Heringe zu wetteifern.

Sie erwidert das Lächeln, will nicht an das ungemütliche Hotelzimmer denken, das auf sie wartet; nicht an die Schwierigkeiten, die sich in der großen, fremden Stadt vor einer alleinstehenden Frau mit Kind zwangsläufig auftürmen. Aber sie hat sich doch früher schon durchgeboxt, in viel heikleren Situationen, warum also nicht auch in dieser?

Man boxt sich durch, wenn man muß.

Sie muß fortgehen und den Mann von der Last befreien, die er nie auf sich genommen hätte, wenn er es gewußt hätte.

Ich habe ihn nicht absichtlich betrogen, sagt sich die Frau und bückt sich, um den Schnee vom Aufschlag der roten Samtmütze ihrer Tochter zu wischen: Ich hatte nur angenommen, ich wäre stärker, aber darin habe ich mich geirrt.

Wie begann der Zerfall?

Wer weiß. Solche Dinge vollziehen sich unmerklich. Wer käme denn darauf, sie zu suchen, die kleinen Risse, die nahezu unsichtbaren, haarfeinen. Keine großen Schrammen oder Schrunden, o nein! Sie standen jeden Morgen auf so wie immer, zogen sich an, gingen zur Arbeit, aßen ihr Abendbrot, liebten sich, legten sich zur Ruhe. Nichts anderes, nichts auffallend anderes geschah.

Vida Harjula glaubte an ihre Liebe, glaubte, daß sie so unerschütterlich sei wie der Felsen, auf dem ihr Leben gründete. Während andere Leute ihren Stolz hinunterschluckten und sich in die Schlangen der Armeleuteküche einreihten, konnte ihr Mann erhobenen Hauptes ins Lohnbüro marschieren und das abholen, was er sich mit harter Arbeit im Innern der Erde verdient hatte.

Erst später sollte die Frau mehr von den Steinen lernen. Und hören, daß das Gestein sich beim Auftreten von Spannungszuständen lockert. Im Stein entstehen haarfeine Risse, und das führt mit der Zeit dazu, daß er bröckelig wird.

Spannungskonzentrationen, die sich zuletzt auf jede erdenkliche Weise entladen können. Als plötzliche Einbrüche. Sogar als Explosionen.

Natürlich stritten sie sich, wie unter Liebenden üblich, wer täte das nicht? Es gab Dinge, bei denen sie gedanklich absolut nicht übereinstimmten, und dann schmiß sie die Sachen hin und er die Türen zu, aber das alles gehörte zu einer richtigen Ehe, man brauchte deswegen nicht sonderlich besorgt zu sein. Eher schon stolz, weil es trotz allem von Liebe und Verlangen zeugte: Wenn ich die Schlafzimmertür von innen absperre, dann wirkt das auf ihn wie Öl ins Feuer, und ich beginne schon zu fürchten, daß er durch die Wand geht!

Bis dann anderes, Ernsteres geschah. Völlig Verrücktes.

Die Frau, die schon gelernt hatte zu akzeptieren, daß ihre Seele sich ab und zu aus dem Körper löste und auf eigenen, unbekannten Wegen dahinschwebte, erlebte eine Erschütterung von Grund auf.

Sie begann, Dinge falsch zu hören. Und nicht nur einfach verkehrt, sondern auf eine abscheuliche, böswillige Art falsch. Begann über Wörter zu stolpern, die sich veränderten.

Das erste Mal geschah es an einem sonnigen Sonntagmorgen, als der Mann mit einer Schüssel Wasser und Rasierzeug in der Hand in der Tür stand.

»Hast du schon mein Totenhemd gebügelt?«

»Was?«

»Ich hab gefragt, ob du schon mein Sonntagshemd gebügelt hast.«

»Ich hab was ganz anderes verstanden.«

Der Mann runzelte die Stirn:

»Was?«

Die Frau antwortete nicht.

»Wasch dir die Ohren«, sagte er, zauste ihr die Haare und lachte fröhlich.

Zuerst begriff die Frau nicht. Sie, die sich selbst schon vor Jahren in einem medizinischen Buch unter dem Stichwort *Geisteskrankheiten* wiedererkannt hatte, konnte sich doch nicht eingestehen, verrückt zu sein. Aber angesichts dieser neuartigen, sonderbaren Symptome mußte sie sich allmählich eingestehen: Sie steckt in mir, die verhängnisvolle Verrücktheit, ich weiß jetzt, daß ich krank bin. Dennoch wollte sie nicht glauben, daß der Wahnsinn stärker war als ihre Liebe. Daß er ein eigenes Leben führte in ihr, neue Wege ersann, um sie zu zermürben. Sie, die sich so stark und gesund fühlte. Aber sie mußte es einsehen.

Als es sich wiederholte.

Es konnten Wochen, ja Monate vergehen, aber dann:

»Ich war gerade im Geschäft und hab den Kredit bezahlt«, erzählte der Mann beiläufig, als er von der Frühschicht kam.

»War es eine große Rechnung?«

»Nein«, erwiderte er und löste seine Schuhbänder. »Darüber hab ich mich auch gewundert. Dann ist mir eingefallen, daß Tane das eine Mal nicht berechnet hat, als er mit dir im Lager gelegen hat.«

Sie kniff die Augen zusammen und lächelte wie über einen Witz: »Gelegen?«

Der Mann stellte die Schuhe ordentlich nebeneinander, tapste gähnend ins Schlafzimmer:

»Das ist gar nicht verwunderlich. Ich bin noch einmal zurück und hab zu Tane gesagt, du hast sicherlich den Einkauf vergessen, als du im Regal keine Patronen mehr hattest und mit meiner Frau ins Lager gegangen bist, wo noch welche gelegen hatten. So hast du es doch erzählt, nicht wahr? Vor zwei Wochen, Mittwoch oder Donnerstag. Er hat sich gleich erinnert und sich mächtig gefreut, daß ich mir das gemerkt hatte.«

Die Frau schwieg einen Augenblick.

»Wo noch welche gelegen hatten. Hast du das vorhin gesagt?«

»Ja. Warum bist du so erstaunt? Meinst du, ich hätte nichts davon sagen sollen? Ich brauche keine milden Gaben, und der arme Teufel versucht doch auch, auf seine Kosten zu kommen ...«

Die Angst traf sie wie flüssiges Blei. Verbrannte sie. Ließ sie erstarren. Aber sie verbarg es. Sie glaubte immer noch an ihre eigene Gewitztheit. Sie würde ihren Mann überlisten, und sie würde ihren Wahnsinn überlisten. Auch wenn der Mann etwas bemerkt haben sollte, auch wenn seine Liebe erlahmen sollte, konnte sie doch sein Verlangen entfachen.

Sie tippelte die kleinen Geschäftsviertel von Olkikumpu auf und ab und kaufte allerlei hübsche Kleinigkeiten, auf denen der Blick des Mannes verweilen konnte, nachdem er aus dem schwarzen Felsenschlund heimgekehrt war. Blumen und Spitzendeckchen waren ein wichtiger Bestandteil des heimischen Trugbilds, aber sie waren ein Nichts im Vergleich zu dem, was die Frau aus den Nächten zu machen verstand. Auch an einem kalten Winterabend suchte sie ihre Zuflucht nicht bei Lamahemden so wie die anderen Frauen, sondern zitterte in ihrem pfirsichfarbenen Seidenhemd, das an der Seite tief geschlitzt war. Und als an der Hauptstraße das Cinema eröffnet wurde, sah sie sich von Anfang an fleißig die Filme an und lernte aus ihnen weitere Tricks wie kleine, zufällig wirkende Bewegungen, die Wirkung hoher Absätze, die richtige Art, sich weicher, langsamer, lockender zu bewegen.

Manchmal war das alles ein so spannendes Spiel, daß sie gewissermaßen selbst in den Bann der neuen femme fatale geriet, als die sie sich entpuppte. Und hätte beinahe vergessen, warum sie sich so viel Mühe gab.

Aber dann geschah Unvorhersehbares. Strikt Verbotenes. Obwohl sie äußerste Vorsicht hatte walten lassen und so akkurat gewesen war, daß niemand sich hätte vorstellen können, daß eine so lässige Person wie Vida Harjula in irgendeiner Sache so konsequent sein könnte. Aber darin war sie es gewesen. Da der Mann nicht bereit gewesen war, es zu tun, hatte sie selbst alle zwei Wochen ein kleines Päckchen besorgt, obwohl er deshalb lange, mißbilligende Blicke auf sie geworfen hatte: Können wir nicht langsam aufhören mit diesen Scherzen? *Nein!* Nein. Nein. Nein.

Dennoch ging etwas schief, ein unbekannter Faktor: Die Blutung blieb aus.

Welch schrecklicher Augenblick.

Zu begreifen, daß der Wahnsinn in ihr sich auch noch ausbreiten wollte, vervielfältigen, vermehren.

»Ich kann es nicht bekommen«, dachte sie. »Ich muß ihm sofort sagen, daß ich auf keinen Fall ein Kind bekommen darf.«

Aber kann man so etwas sagen? Sie hatte doch gegen das Gesetz verstoßen, als sie geheiratet hatte. Sie durfte nicht heiraten, durfte keine Kinder bekommen, nicht so sein wie die anderen. Sie hätte alle ihre Leidenschaften ersticken, mit der Warnglocke der Aussätzigen herumlaufen müssen. Sie aber konnte nicht ohne sein. Sie konnte es nicht. Wollte vergessen. Wollte einen Mann in sich und um sich haben. In den Armen eines Mannes einschlafen und neben ihm aufwachen. Du bekommst mich, wenn du ohne Kinder auskommen kannst, sagte sie zu ihm. Das kann ich, gab er zurück. Ich will keine Kinder, ich will dich.

Dich, dich, dich. Nur dich, dein ureigenes, geliebtes Selbst.

Und Vida Harjula, verrückt wie sie war, glaubte ihm.

Jeden Tag sammelte sie Mut, um ihren Mann um Geld zu bitten, damit sie zu einer vertrauenswürdigen Engelmacherin gehen konnte. In verklausulierten Formulierungen versuchte sie, bei einigen ihrer Nachbarinnen, die sie oberflächlich kannte, in Erfahrung zu bringen, ob es im Ort eine solche weise Frau gäbe. Sie erzählte von dem bedauerlichen Unglücksfall, der ein unverheiratetes Mädchen in ihrer Verwandtschaft getroffen habe, und malte eine große Tragödie aus. Die Frauen aber starrten sie nur mit erschreckten Kulleraugen an, ohne überhaupt zu begreifen, was von ihnen erwartet wurde.

Sie ersann eine Reihe von phantasievollen Vorwänden, um in die Stadt zu fahren, war überzeugt, daß ein der Flasche verfallener Arzt ihr dort helfen würde. Aber der Mann befand, daß keiner von ihnen beiden einer Reise bedurfte. Sie sprang im Schlußsprung vom Teppichklopfgestell, schloß sich am hellichten Tag in der Sauna ein und lag dort stundenlang. Als der Mann nach Hause kam, war sie feuerrot wie ein Krebs. Eero Harjula fragte nichts, runzelte nur die Stirn. Schließlich blieb ihr kein anderes Mittel mehr übrig als der Trick mit der Stricknadel.

Voller Abscheu und Angst schleppte die Frau das Strickgerät zwischen Daumen und Zeigefinger ins Klohäuschen, ohne auch nur eine Ahnung davon zu haben, wie sie die Sache anstellen sollte. Als sie zwanzig Minuten beim Gestank von Kot und Urin in der eiskalten Bude gehockt hatte, um die richtige Ausgangsposition zu finden, war sie allmählich reif für ein Zeichen vom Himmel, egal welches. Sie fluchte. Und sie betete.

Eine der beiden Adressen reagierte: Ein fremdes Auto kam auf den Hof gekurvt. Der rettende Engel war ein schmuddeliger Versicherungsvertreter. Die Stricknadel flog in die Tonne, und eine angstschweißgebadete Vida Harjula entschwebte dem Außenklo, um den verdutzten kleinen Mann mit Kaffee und Pfefferkuchen zu bewirten. Sie unterschrieb einen Versicherungsvertrag zur umfassenden *Absicherung des Nachwuchses*.

So hielt das Unglück Einzug in ihr Haus und begann kräftig in ihr zu wachsen. Nahezu unmerklich hörte die Frau auf, sie selbst zu sein, und wandelte sich zur Beschützerin ihres Unglücks, zur Verhehlerin des geheimnisvollen, vogelfreien Säuglings. Wenn ich nun schon unzurechnungsfähig bin, warum soll ich dann nicht pfeifen auf die unnützen Gewissensbisse, dachte sie in einem Anflug von neuartiger, heiterer Verantwortungslosigkeit. Mit neugieriger Rührung erlebte sie ihren wachsenden Leib und beschloß am Ende, an ein *Wunder* zu glauben. Wunder geschahen schließlich und wurden ständig in der ganzen Welt getan; warum sollte sich nicht auch mit Vida Harjula eines ereignen?

Und so glitt das Kind aus ihr heraus und purzelte zwischen sie beide hin. Das winzige. Eine Sumpfelfe, die unter dem moltebeergelben Haarschopf hervorschaute, die man nicht gerufen hatte, der niemand erlaubt hatte zu erscheinen, doch da war sie, zappelnd, hell lachend, in den Schlaf gesunken. Und die Frau war so bezaubert, daß sie vergaß, bei dem Kind nach den ersten Anzeichen des Wahnsinns zu forschen. Es war doch so vollkommen. Und wenn es nun einmal so ungestüm in diese

Welt zu kommen verlangt hatte, daß es durch nichts aufzuhalten gewesen war, was konnte man dann dagegen tun: doch nur dem Leben seinen Lauf lassen!

Natürlich wurde Vida Harjula aus Schaden klug. Noch jetzt, während sie Hand in Hand mit dem Mädchen auf den Zug wartet, lächelt sie traurig, wenn sie daran denkt, zu was für einer raffinierten Zauberin magischer Liebesspiele sie im Laufe der Jahre erblühte, als sie verzweifelt versuchte, den Mann auch ohne Vereinigung glücklich zu machen. Sie glaubte fest daran, daß ihre durchtriebene Ungeniertheit ansteckender Natur sein würde, sein mußte. Sie würde ihren Weg auch zu dem Mann finden, ihm ins Blut gehen, so daß es ihm an nichts mangelte …

Aber es gelang nicht.

Der Mann litt. Sie sah es an allem: Er veränderte sich zusehends, als er endlich begriff, daß er an eine verrückte Frau gekettet war. Noch dazu in einer Verbindung, die das Gesetz verbot. Aber er war zu stolz, als daß er sich beklagt hätte. Er litt an dem Verlangen nach einer bresthaften Frau.

Er litt und schoß, denn er brauchte es, auf den Abzug zu drücken, er mußte sehen, was er anzurichten vermochte, wo er so voller Feuer und Grimm war.

Allmählich wurde alles schlimmer und schlimmer. Eero Harjula wurde zu einem wahren Haustyrannen. Er wütete auch gegen seine Frau, aber meistens richtete sich seine Gereiztheit gegen das Kind. Nie saß das Mädchen gerade genug am Eßtisch, nie aß es genug, nie ging es rechtzeitig schlafen.

Wenn er zu dem Kind sprach, war seine Stimme immer häufiger hart und ohne Nuancen. Einmal zog er den Gürtel aus seiner Hose und fuchtelte damit vor den Augen der Dreijährigen herum, nur weil sie ihre Spielsachen nicht in den dafür bestimmten Karton geräumt hatte.

»Wenn du das Kind anrührst«, schrie Vida Harjula, »dann

verlassen wir dieses Haus, und du siehst uns niemals wieder!«

Diesmal beruhigte sich der Mann, aber dabei blieb es nicht.

Eines Morgens gellendes Kinderweinen aus der Küche!

Das Mädchen kauerte hinter einem Stuhl, der Mann, merkwürdig anzusehen, saß am Kopfende des Tisches.

»Du verwöhnst sie vollkommen«, sagte er vorwurfsvoll. »Sie hat im Brei herumgemanscht und ihn auf den Fußboden gekippt, als sie glaubte, ich würde es nicht sehen. Und hat obendrein noch geschwindelt, das habe nicht sie gemacht. Zuerst war es der Hund. Dann hatte irgendein verdammtes Häschen ihren Brei auf den Fußboden gekippt. Lügt mir einfach ins Gesicht ...«

Die Frau nimmt das heulende Kind schnell in die Arme:

»Hast du sie geschlagen, Eero?«

Der Mann seufzt.

»Ich hab sie nicht geschlagen. Ich hab ihr eine Ohrfeige gegeben, damit sie lernt, sich anständig zu betragen. Mach um Gottes willen keinen Aufstand deswegen, es wird höchste Zeit, daß das Mädel lernt, sich zu benehmen. Wenn man schon in diesem Alter flucht, was soll dann ...«

»Scher dich zum Teufel!«

»Scher dich selbst zum Teufel!«

»Darauf kannst du dich verlassen.«

Ihr blieb also nichts anderes übrig. Sie verstand, worum es ging: Ihre Krankheit bewirkte langsam, aber sicher, daß auch ihr Mann nervös wurde. Er sah das Kind als jemanden an, der den Wahnsinn seiner Frau fortsetzte, und strafte das kleine Mädchen, wo er dessen Mutter strafen wollte.

Sie mußte also fort. Die Feindseligkeit stand schon zu lange im Raum, es hatte keinen Sinn mehr, die Sache fortzusetzen. Der Mann war jung und stattlich, er würde jede Frau bekommen, die er haben wollte. Er brauchte sich nicht mit einer Kranken zu begnügen.

Deshalb steht Vida Harjula nun mit ihrem Mädchen auf dem dämmerigen Bahnsteig und spürte auf der Zunge den zitronensauren Geschmack der Eifersucht auf die künftigen Liebesaffären ihres Mannes. Sie badet in Selbstmitleid, obwohl sie so kerzengerade steht und auf den Zug in die unbekannte Hauptstadt wartet, wo sich die Menschen in den Suppenschlangen streiten und von der Heilsarmee Kleider erbetteln. Aber es ist auch ein Ort voll großstädtischen Zaubers und der Möglichkeit, man selbst zu sein. Wie gut würde ihr doch eine richtige Stadt tun nach diesem elenden, erstickenden Dorf, wo jeder jeden belauerte. Wenn sie Glück hätten und sie eine gute Arbeitsstelle in einem renommierten Büro fände, was würden sie beide dann für ein Leben führen: ein heiteres und ein wenig verschwenderisches, sie würden in den Zoo gehen und ins Museum und ins Theater. Und auch ins Kino, immer wenn ein neuer Film anläuft.

Sie würden mit der Straßenbahn fahren. An einem Winterabend würden sie am Bahnhofskiosk herrliche heiße Wurst kaufen. Sie würden den Bulevardi in modischen zweireihigen Mänteln entlangspazieren und im »Café Fazer« Windbeutel essen. Und wer weiß, wenn sie ein gutes Kindermädchen findet, kann sie auch manchmal tanzen gehen. Ein Glas eiskalten Weißwein trinken oder so einen Drink wie Marlene Dietrich im »Blauen Engel«, einen mit einer Kirsche drin …

Die Frau lullt sich mit mutmachenden Schwärmereien ein, will die ungezogenen Absichten des Mädchens nicht zur Kenntnis nehmen. Das Kind hat es satt, neben ihr zu stehen. Es reißt sich los, nur der graue Fäustling bleibt in der Hand der Mutter zurück, trippelt fast bis zum Rand der Schienen, bevor die Mutter es einfangen kann. Jemand hat eine leere Limonadenflasche auf die Bahn geworfen, und das Mädchen streckt seine kleine, nackte Hand danach aus.

»Nein«, sagt die Frau. »Dann kommt der Zug und überfährt dich, Aino.«

Das Mädchen kämpft gegen ihre Hand, daß die dünnen Zöpfe zittern, aber die Mutter nimmt es auf den Arm und hält es mit Gewalt fest, auch wenn es sich noch so sehr windet und mit den Fäusten schlägt.

»Bald kommt der Zug.«

»Nein.«

»Doch, er kommt.«

»Fährt er nach Itania?«

»Nein. Er fährt nach Helsinki.«

Das Mädchen zu beaufsichtigen, ist ein hartes Stück Arbeit, und wie wird sie es übers Herz bringen, das Kind einem wildfremden Menschen anzuvertrauen? Hat sie nicht kürzlich erst in der Zeitung die Geschichte von einem Vierjährigen gelesen, den die Mutter als Aufsicht für den noch kleineren Bruder zu Hause gelassen hatte, während sie selbst in eine Klebstoffabrik arbeiten ging? Die Kinder hatten mit Streichhölzern gespielt, und das ganze Haus war abgebrannt. Nach den kleinen, verkohlten Leichen mußte viele, viele Tage lang in den Ruinen gesucht werden.

Aber die Frau hat ihren Entschluß gefaßt. Und freut sich, als der Zug endlich in der Station einläuft. In dunklen Schwaden wirbelt der Rauch auf und hüllt sie in den Duft des großen Abenteuers.

»Vida! Aino!«

Plötzlich steht der Mann da wie aus dem Boden gewachsen. Im offenen Wintermantel, barhäuptig.

»Liebste, was hast du vor?« fragt er und nimmt Frau und Tochter in die Arme.

»Wir gehen fort.«

»Nein, meine Lieben, nein!«

Seine Stimme ist so voller wilder Verzweiflung, daß sich die Reisenden, die schon eingestiegen sind, nach ihnen umsehen.

»Laß mich vorbei, Eero, wir fahren jetzt.«

Sie versucht, in ihre Stimme etwas von dem morgendlichen Grimm hineinzulegen. Doch hier, im munteren Getümmel der Abholer und nervösen Reisenden, fällt ihr das schwer. Sie brauchte die schweigende Unterstützung der Emailtöpfe, Flikkenteppiche und Küchenstühle aus Flammenbirke, doch hier prallt ihr Ärger an der schnaufenden Lokomotive, an deren ungeheurer glänzender Eisenmasse ab.

»Nein. Nein nein nein, was hab ich falsch gemacht? Daß ich Aino geschlagen habe? Papa bittet um Verzeihung.«

Der Mann nimmt die Hand des Kindes in seine, streichelt und küßt sie:

»Verzeih mir, Aino. Verzeih, verzeih mir, Papas Liebling.«

Die Frau wendet, peinlich berührt, ihren Blick ab; so hatte sie sich das nicht vorgestellt. Sie war sich doch ziemlich sicher gewesen, daß der Mann erleichtert sein würde, sie loszuwerden.

Das Kind schaut den Vater unverwandt an, sagt nichts.

»Eero, wir fahren jetzt. Sei so gut und tritt beiseite. Die Menschen müssen doch vorbeigehen können.«

Zwei Schuljungen sind hinter dem Mann stehengeblieben, werfen einander bedeutungsvolle Blicke zu.

»Vida, sag mir, was ich tun soll«, flüstert der Mann heiser. »Ich werde alles tun, was du nur willst. Willst du, daß ich dich auf Knien anflehe? Ich werde dich auf Knien anflehen, wenn du es verlangst.«

Sie sieht ihn überrascht und traurig an, nimmt das Kind auf den Arm wie einen Schild und wendet sich ab, um in den wartenden Zug einzusteigen.

Aber sie kommt nicht dazu.

Vor ihren Augen, unter den Blicken der mit Weihnachtspaketen beladenen Reisenden, der zahllosen gläsernen Glotzaugen des Zuges und des mißtrauischen Stationsvorstehers kniet der Mann auf dem festgetretenen Schnee nieder und schlingt die Arme um seine Frau: »Verlaß mich jetzt nicht, Vida. Ich flehe dich an, verlaß mich jetzt nicht.«

OLKIKUMPU, MAI 1936

Die Kinder. So zart und leicht verletzlich. Vielleicht ist es gut, daß mir das alles erspart geblieben ist, denkt Natalia Viita, während sie das Stativ für die Kamera aufstellt. Man muß sie doch ständig im Auge haben und beschützen, und trotzdem kann irgend etwas entsetzlich schiefgehen.

»Wann kommt Aino ihren kleinen Bruder anschauen?« fragt Vida Harjula, während Natalia ein Bild von ihr und dem Neugeborenen macht. Sie ordnet sich die Haare. Lächelt. Denkt nicht mehr an den Schmerz, die platte Nase des Jungen hat sich gegen die Brust gedrückt, der Kleine ist dort eingeschlafen, die Brustwarze noch halb im Mund.

Natalia würde ihre blonde Schwägerin lieber vor einem anderen Hintergrund als nur vor Laken und Kissenbezug fotografieren. Aber der kraftvolle Gesichtsausdruck der Frau beherrscht das Bild mühelos. Das Fenster zerstreut das Sonnenlicht und verringert die Kontraste. Natalia beschließt, den Hintergrund etwas unscharf zu stellen, und belichtet nach der im Schatten liegenden Haut der Frau und der Empfindlichkeit der Finger des Kindes.

Aus Vida Harjula sprudeln die Worte nur so heraus.

»Ist das nicht ein schöner Junge?«

Schön? Eher ein Frosch oder ein kleiner Kirgise mit seinen geschwollenen Augenlidern, die er nur einen Spaltbreit aufbekommt, denkt Natalia Viita.

»Mit der Zeit wird er schon menschliche Züge annehmen.«

»Natalia!«

»Halt den Mund und rühr dich nicht.«

Sie sollte sie nicht so anfahren. Eine Frau, die gerade eine Geburt hinter sich hat und deren sechsjährige Tochter schon allzulange verschwunden ist. Aber Natalia will dieses Bild, und deshalb muß sie so sein wie immer. Sie muß etwas wollen, damit sie nicht anfängt zu heulen und dieser Frau den vielleicht letzten glücklichen Augenblick ihres Lebens verdirbt. Nein, lieber verewigt sie ihn auf ihrem Autochromfilm, und damit das gelingt, braucht sie eine Belichtungszeit von fast zwei Sekunden bei Blende acht. Und Unbeweglichkeit.

Und bewahr dir diesen warmen Strahl in deinen Augen und halt die eine Hand entspannt unter dem Nacken. Gut. Fast vollkommen. Die safrangelben Butterblumen wiederholen sich als kleine Punkte an den Rändern des Grüns in den Augen, ein Kontrast zur Bettwäsche, zum Nachthemd, zu den Kissen. Weiß, die Brautfarbe. Aber auch die des Todes.

Natalia tut der Kopf weh, vom Wachen und Warten, aber das hat jetzt keine Bedeutung. Das helle Hemd und die gebräunte Haut der Frau kontrastieren gut miteinander, Details der Haut sind sogar in den schattigen Bereichen zu erkennen.

Ein warmes Bild. Schön und ungekünstelt. Noch entstellt keine Trauer die Züge der Frau, nicht einmal Unruhe.

Glück. Das ist es, was Natalia Viita hier gerade abbildet, schamloses Glück, das in der Frau durchscheinend und blendend strahlt wie das stillgewordene sommerliche Meer, nach Eis und Stürmen endlich schimmernde Windstille.

So seliges Glück, daß Natalia von finsterem Neid ergriffen wird. Wenn dahinter nicht das Mitleid darauf lauerte, an die

Reihe zu kommen, würde sie es kaum aushalten, sich in diesem warmen Glanz zu sonnen.

Deshalb erlaubt Natalia nicht, daß sie es der Frau erzählen, daß sie ihr diesen Augenblick verderben. Keinem von beiden: dieses Bild werden sie nicht verderben, sie, denen nichts heilig ist, die den Hunger nach Schönheit nicht kennen. Zum Glück gibt es schon Blumen, die Bäche rieseln, der Sommer ist früh gekommen.

»Hol die Kleine. Sie soll den Säugling sehen dürfen. Ich hab es ihr versprochen.«

Du hast es ihr versprochen? Was sind denn die Versprechungen des Menschen vor dem gestrengen Blick des Herrn über das Leben? *Nimm dein Kind und opfere es auf einem Berge, den ich dir zeigen werde,* sagt der grausame Gott, der es in seiner Einsamkeit nicht ertragen kann, das Glück eines Sterblichen mitanzusehen.

Auch für diese Tragödie werden sie Vida Harjula die Schuld geben, denkt Natalia. Obwohl sie dagelegen und ihr Kind zur Welt gebracht hat, ohne zu wissen, was inzwischen passiert ist. Natalia weiß wohl, daß es keine sorgsamere Mutter gibt als Vida Harjula, aber wer würde ihr schon glauben. Und daran ist die Schwägerin selbst nicht ganz schuldlos: Du hättest nicht besser sein wollen dürfen als die anderen! War es nicht ein allzu herrschaftliches Gebaren, daß du schon, als du dein Erstes erwartest, alle Zeitungsartikel auswendig gelernt hast, in denen auch nur ansatzweise etwas über die Gefahren stand, von denen kleine Kinder bedroht sind? Für die Frau eines Bergmanns. Du hättest doch nur die Nachbarinnen zu fragen brauchen, wie man bislang die Gören am Leben erhalten hat. Aber nein. Die Ratschläge von gewöhnlichen Leuten befandest du nicht für tauglich, du mußtest dir sogar aus der Hauptstadt Handbücher bestellen, in der eigenen und in einer fremden

Sprache, weil es im Dorf keine Informationen gab, die dir gut genug gewesen wären.

Hochmut kommt vor dem Fall, hat Vida Harjula das dort in ihrem vortrefflichen Kanada nicht gelernt?

Und unrecht war es auch, daß sie das Kind überhaupt nicht hatte haben wollen. Sie hatte geweint, als sie bemerkte, daß sie schwanger war. Aber als es dann da war – gütiger Gott!

Wie sie ihren Mutterstolz vor aller Welt zur Schau stellte! So als hätte in diesem Dorf noch nie zuvor jemand ein Kind zustande gebracht. Und war tödlich beleidigt, als jemand die Bemerkung fallenließ, jetzt laufe offenbar auch Vida Harjula mit einem Arschloch auf dem Arm herum. Es fehlte nicht viel, und sie wäre ihm ins Gesicht gesprungen. Das war das letzte Mal, daß meine Tochter Aino beschimpft wurde!

Meine Tochter!

Majestätisch, als handelte es sich um die künftige Königin. Die Nachbarn wußten nicht, ob sie lachen oder weinen sollten, üblicherweise spricht man hier von Mädels oder überhaupt nur von Gören. Aber dieses Kleine von Vida Harjula war etwas ganz anderes, ein Schatz ohne Blut, kaum, daß sie es wagte, das Kind irgend jemandem auf den Arm zu geben, so als hätten die Weibsbilder dieses Dorfes jemals auch nur ein einziges Kind auf den Boden fallen lassen!

Auch Natalia ärgerte sich bisweilen über diese Geschichten: Sieh dir mal diese kleinen Finger an, Natalia, hast du jemals etwas so Erstaunliches gesehen, wie die Blütenblätter einer Blume, dies ist garantiert das schönste Kind der Welt!

Wie konnte sie nur so prahlerische Reden führen gegenüber Natalia, der auch ein häßlicheres Kind recht gewesen wäre, wenn nur überhaupt irgendeines gekommen wäre! Aber dann dachte die Schwägerin, daß diese überschwengliche Begeisterung daher rühren mochte, daß Eero Harjula nicht im geringsten kinderlieb war. Oder vielleicht war er enttäuscht, daß es kein Junge geworden war.

Er hatte nichts dagegen, daß die Frau das Kind nicht taufen lassen wollte, obwohl die Nachbarn sich deswegen entsetzten: überhaupt keine Taufe, dann ist es ja wie die Heidenkinder aus Ovamboland!

Natalia weiß, daß damals die Dinge bei ihnen nicht zum besten standen. Vida Harjula zürnte ihrem Mann immer noch, weil er sich dem Schutzkorps angeschlossen hatte. Für sie war das Politik, er nannte es Sport. Wo doch das Schutzkorps nun einmal über so gute Schießstände und das ganze Drumherum verfügte.

So gut kennt Natalia ihren Bruder, um zu wissen, daß er in dieser Beziehung nicht log. Wer weiß, wovon er träumte, wahrscheinlich von olympischem Gold!

»Nenn mir nur einen einzigen finnischen Schützen, der international erfolgreich war und nicht dem Schutzkorps angehörte«, forderte Eero Harjula seine Schwester trotzig auf, als sie bei Einbruch der Dunkelheit an Natalias Küchentisch saßen, weil seine Frau die Tür von innen verriegelt hatte und ihren Mann die ganze Nacht nicht ins Haus lassen wollte.

»Da hast du doch alles, was du brauchst. Licht, Luft, Leben! Genieß es! Das wolltest du doch!« höhnte Vida Harjula durch die Tür.

»Ich bin ein Mann. Kein Hund. Ich schlafe nicht da draußen«, brüllte er aus voller Brust, aber die Frau ließ ihn nicht hinein.

Wenn Natalia auch Mitleid mit ihrem Bruder hatte, so mußte sie doch zugleich seine Frau bewundern. Die war von einer Standhaftigkeit, die man nicht bei allen Frauen fand. Anscheinend störte es Vida Harjula nicht im geringsten, was die anderen von ihr dachten.

»Die Revolte liegt schon mehr als zehn Jahre zurück, aber meine Alte scheint das immer noch nicht zu begreifen«, ärgerte sich der Mann, während er Natalias ganzen Nudelauflauf in sich hineinstopfte.

»Mit einem Schlächter schlafe ich nicht«, erklärte Vida Harjula, als der Mann Natalia schickte, um die Versöhnung anzubahnen.

»Sag ihr, verdammt noch mal, daß nicht ich ihren Bruder erschossen habe«, beauftragte der Mann seine Schwester, schlürfte Kaffee und verdrückte die für zwei Tage gedachten Butterzöpfe.

So ging das zwei, drei Nächte lang, aber dann kehrte er nach Hause zurück. Und blieb.

»Das war auch höchste Zeit«, bemerkte Natalias Mann. »Sonst hätte er noch die ganze Speisekammer ausgeräumt.«

Wie die Aussöhnung zustande kam, erzählte niemand, und Natalia fragte nicht danach. Vielleicht spielte es eine Rolle, daß Vida Harjula damals schon schwanger war.

Natalia vermutete schon, der Bruder habe nachgegeben und sein Mitgliedsbuch dorthin zurückgebracht, wo er es geholt hatte, doch nein.

Damals noch nicht.

Denn das Schießen lag ihm im Blut. Schon als kleiner Junge war er ganz versessen auf diese Beschäftigung gewesen. Die Polizisten hatten ihn einmal aus dem Wald nach Hause zu seinem Vater gebracht. Also, wie können Sie denn diesen unzurechnungsfähigen Knirps mit einem Männergewehr herumlaufen lassen? Aber Natalia wußte, daß der Bruder praktisch nicht auf Tiere schoß. Wenn er nicht eigens darum gebeten wurde. Nur auf die Zielscheibe. Das Töten war nicht seine Absicht. Nein, zu treffen, das war seine Leidenschaft. Er wollte immer der Beste von allen sein.

Und das war er auch. Niemand sonst traf auch nur annähernd so genau.

Das konnte er sich kaum selbst erklären, geschweige denn seiner Frau.

Doch Natalia sah, daß die Beziehung zwischen Mann und Frau durch diese Geschichte Schaden genommen hatte. Eero Harjula kam nach der Arbeit nicht mehr wie sonst nach Hause, sondern begab sich direkt vom Schacht zu den Reparaturarbeiten am Schießstand. Für ihn war es wichtiger, den Laufgraben auszubauen, als das erste Lächeln der Kleinen zu sehen. Die Zielscheibenanlage mußte erneuert, im Laufgraben mußten unbedingt Betonwände gegossen werden. Ja, und das ganze Schießplatzgelände mußte erweitert, die junge Schützengeneration geschult werden! Dort rannten sie nach deutschem Vorbild im Adamskostüm durch die Wälder. Licht, Luft, Lebensraum. Ein schöner Gedanke war das ja, aber mußte es splitterfasernackt sein?!

Es traf sich, daß der Gemeindetierarzt Lagerqvist einen kleinen kiefernbestandenen Sumpf neben dem Schießplatz sein eigen nannte, weswegen die Besten der Truppe sich opfern und den Mann überreden mußten. Nach zwei feuchtfröhlichen Abenden wurden die Kaufverträge über eine nominelle Entschädigung ausgefertigt. Zu diesem vorteilhaften Handel hatte sicherlich Doktor Lagerqvists mißglückte Teilnahme an dem Schießwettbewerb in seinen eigenen vier Wänden beigetragen. Man hatte die Scheibe an der Tür angebracht, die in den Vorraum führte. Sie war an einem Brett befestigt, das mit einer Blechplatte verstärkt war. Als die Reihe zu schießen an dem Hausherrn war, trat zufällig das Hausmädchen, nichts Böses ahnend, mit dem Kaffeetablett zur Tür herein. Der Schuß traf das Hausmädchen an der Schulter, aber da auch der Gemeindearzt anwesend war, kam die erste Hilfe sofort. Desgleichen konnte auch der Polizeichef, der an dem Wettschießen teilgenommen hatte, unverzüglich feststellen, daß der Vorfall ein Versehen und die Verletzung geringfügig war. Aber nach diesem wahrhaft edelmütigen Grundstücksgeschäft zur Erweiterung des Schutzkorpsschießplatzes verzichtete Tierarzt Lagerqvist auf die Ausübung seines Hobbys, des Schießens.

Ja, wie man die Sache auch drehen und wenden mochte, Eero Harjula war verrückt nach Waffen. Er reinigte und polierte sie fast täglich. Mit den Waffen gab er sich ab, aber das Kind hielt er nie auf dem Schoß. Und es war ihm auch nicht recht, wenn andere es liebkosten. Er beklagte sich, daß es ihm den Nachtschlaf raube und daß er nicht arbeiten könne, wenn er nicht ordentlich geschlafen habe. Er zwang seine Frau, das Kind allein in einem anderen Zimmer schlafen zu lassen.

Dieses Gebrüll! Natalia wird nie vergessen, wie der Säugling brüllte. Man wohnte ja dicht nebeneinander, und alles war zu hören. Das Kind schrie, und Vida Harjula schrie. Und Natalia dachte bei sich, daß da irgend etwas nicht stimmte. Sie fürchtete schon, sie würde den Mantel überziehen und das Gör da wegholen müssen, damit es nicht mehr schrie. Aber ihr Mann Janne wäre von einem solchen Manöver nicht gerade begeistert gewesen. Er war ohnehin verbittert, weil Natalia es in acht Ehejahren nicht geschafft hatte, ihm ein Kind zu schenken. Obwohl es ja noch keinesfalls ausgeschlossen war, denn schließlich war Natalia noch keine dreißig, man durfte nur nicht nachlassen, nein.

Jetzt war die Reihe an Vida Harjula, den Abend bei Natalia zu verbringen. Kannenweise Kaffee. Und heiße Tränen.

»Er liegt auf mir, so daß ich nicht zu dem Mädchen gehen kann. Ich werd den Kerl verlassen, ich verlaß deinen Bruder, schnapp mir das Mädchen und geh weg! Allein diese kleinen Schluchzer … Wir gehen fort von hier, ich und die Kleine … Es könnte eine Ratte kommen und mein Kind anfressen, und ich kann nicht hingehen, um ihm beizustehen … Wir gehen fort. Ja, das tun wir!«

Natalia war der Meinung, ihre Schwägerin könnte sehr wohl der Typ sein, der seine Drohung wahrmacht. Sie sagte auch zu ihrem Mann: Bald geht sie fort, Vida Harjula, sie tut das, und es ist gut, daß sie geht, dann lernt mein Bruder, Säuglinge in Ruhe zu lassen!

»Wenn sie es doch täte«, hatte ihr Mann gesagt, »dann könnte ich nach einem anstrengenden Arbeitstag endlich einmal in aller Ruhe mein Abendbrot verspeisen!«

Aber sie ging nicht. So ist das Leben. Und wohin soll sich der Mensch auch wenden, wenn er sein Zuhause verläßt.

Schließlich begann das Mädchen, die Nächte durchzuschlafen wie ein stummer Engel. Das war natürlich für alle drei angenehm, aber dennoch überlegte Natalia manchmal, ob in dem Kind nicht doch irgend etwas zerbrochen war, so allein im Dunkeln. Wenn man bedenkt, wie eigensinnig das Mädchen war, wie gern es sich in seine Spiele zurückzog. Es kam allzugut allein zurecht.

Natalia hatte immer gesagt, daß die Steinhalde kein Spielplatz sei. Bevor es das Bergwerk gab, wagte es kein Kind aus der Gegend jemals, dorthin zu gehen. Der Waldgeist kommt und holt dich, sagte man. Dann macht der Wald einen unsichtbar, und man muß sterben. Und einen Menschen, den der Wald verbirgt, findet man nur wieder, wenn man sich die Kleider linksherum anzieht. Nur auf diese Weise kann man einen Menschen wiederfinden, der in einem unsichtbaren Versteck Gefangener des Berges geworden ist, wo alles anders, das genaue Gegenteil dieser Welt ist.

Viele lachen über Natalia, wenn sie vom Fluch des Berges erzählt. Aber sie macht sich nichts daraus. Sie weiß es besser: Laß sie nur lachen, aber das ist ein Ort, wo das Böse sich verdichtet! Lacht ihr nur darüber, aber es gibt solche Orte, es hat sie immer gegeben! Wo das Wasser sich in Gift verwandelt und das Fleisch bis auf die Knochen verbrennt. Die Alten wissen das, sie haben es von den noch Älteren gehört. Das ist die Wohnstatt der Toten, an die man niemals hätte rühren dürfen. Dort hat man uralte Menschenknochen gefunden, abgeschlagene Schädel. Dort hat man zu Beginn aller Zeiten Menschen geopfert, Frauen, kleine Kinder, und das ist ein böses Omen. Die Knochen lassen sich ausgraben und fortschaffen, aber der Geist jener Menschen haust immer noch dort, unter den Steinen, in sternklaren Nächten kann man sehen, wie sie dort herumflattern. Herumflattern und klagen.

Und im Jahr der schwarzen Autos brachten sie Kommunisten dorthin, auch daran erinnert sich Natalia, und machten ihnen Angst, damit sie das Land nicht an die Russen verkauften. Sie rächten sich an ihnen für die bösen Taten der Väter und Brüder.

Schrecklich war es, wenn man die Schreie von dort hörte. Obwohl man es in gewisser Weise verstand, auch das verstand, weil es ums Vaterland ging. Um das Vaterland und um die Freiheit. Erschütternde Schilderungen hat Natalia darüber gelesen. Wie gefährlich es ist, wenn man den Vaterlandsverrätern freie Hand läßt. Sie hat Horst Wessel gelesen, hat es genossen und geweint dabei. Ein wunderbares Buch, und andererseits erschütternd: Man stelle sich vor, wie schrecklich es in Deutschland wäre ohne Hitler!

Um einer edlen Sache willen muß man sich manchmal verhärten, und wenn es einem noch so schwer fällt. Aber dennoch war Natalia entsetzt, als sie den einen getötet hatten, Emmanuel Aarnio.

Dort fand man ihn, den ältesten Bohrhauer und Vertrauensmann des Bergwerks, oben auf der Kuppe des Olkikumpu, neben einem Ameisenhaufen halb in die Erde eingegraben. Über und über war er mit Wunden bedeckt, und man hatte ihm die Finger abgeschnitten, bevor man ihm den Gnadenschuß gab …

Und dort hinauf wollte die Kleine. Sie war ganz verrückt nach gefährlichen Orten. Von klein auf. Sie sprach wenig und bewegte sich viel. Ein wildes Kind, mit dem die Mutter alle Hände voll zu tun hatte. Weil sie es daran hindern mußte, auf die Dächer zu klettern, auf die Schienen zu laufen, vom Bahnsteig herunterzufallen. Aber der Schutzengel war immer da, wenn das Kind in Gefahr war. Immer.

Außer dem einen Mal. Und eine so schreckliche Sache mußte auch noch an einem Festtag passieren.

Natürlich hatte Vida Harjula es gut gemeint, und doch ging

es schief. Sie hatte in der Zeitung eine Geschichte gelesen von einem Neugeborenen, in dessen Kinderwagen eine Ratte gehuscht war, die das Kind halb tot biß, bevor es jemand bemerkte. Eine Geschichte von genau der Sorte, die die Schwägerin nicht mehr losließ. Höchstens zwei Nächte lang hielt sie es aus, zu wachen und auf unheilverkündendes Rascheln aus der Ecke zu horchen, aber dann kaufte sie Gift, legte es hierhin und dorthin, bis sie zuletzt selbst nicht mehr wußte, wo überall es auslag.

So etwas kommt vor. Am Boden des Schranks war ein Loch, und eine Maus hatte sich verlocken lassen, das Päckchen zu ihrem Versteck zu zerren, bevor das Gift ihr den Garaus machte. Das kommt davon, wenn man die Schränke nicht sauberhält, sagten die Böswilligen und deuteten an, daß das ganze furchtbare Unglück daher rührte, daß Vida Harjula keinen solchen Putzfimmel hatte wie sie.

Aber so war es nicht, denkt Natalia, das Leben ist kein Flickenteppich, bei dem man die Herkunft jedes Streifens angeben kann. Im Leben verlaufen die Webfäden kreuz und quer, wie sie wollen, tauchen hinab und werden unsichtbar und kommen erst dann wieder hervor, wenn niemand es mehr erwartet. Wenn das menschliche Leben seinem Schöpfer gleicht, dann muß man sagen, daß er die Überraschungen liebt, dieser unser Gott, zumeist freilich die unangenehmen, das sei hinzugefügt. Oder einfach Scherze, die zu weit gehen und mit denen die zarte Seele eines kleinen Menschen nicht fertig wird, ohne zu zerbrechen.

Natalia argwöhnt, daß Seiner Majestät die Zeit lang wird dort oben so allein in der Ewigkeit, ohne Frau und ohne Freunde. Da muß er sich etwas ausdenken zum Zeitvertreib: *Wir wollen unterhalten werden!* Dennoch braucht Natalia sich keine Hoffnungen zu machen, daß der Herr sie plötzlich so wie Sara überrascht und ihr die Fähigkeit verleiht, schwanger zu werden und zu gebären. Manchmal scheint ihr, daß ihr schon eine

Schwangerschaft genügen würde, um für ihren Mann in höherem Maße Frau zu sein. Wenn wenigstens ein einziges Mal in ihrem Leib ein Kind wachsen würde, und sei es auch nur einige Monate lang. Und wenn es auch tot geboren würde, dann hätte ihr Mann doch einen Beweis seiner Männlichkeit. Damit seine Kameraden nicht jedesmal beim Bier drohten, ihm bei der Lösung seines Problems beizuspringen.

Damit sie keinen anderen nahm.

Damit er mich nicht verläßt!

Aber manches ist ihr doch erspart geblieben ohne Kinder. Diese Aufpasserei! Wie war es zu verstehen, daß der Kleinen, als sie sich an ihrem dritten Geburtstag vor den Gästen im Speiseschrank in der Küche versteckte, etwas aus einem Loch am Fußboden in die alles erforschenden Händchen geriet. Natürlich mußte sie die schöne blaue Schachtel hervorziehen. Und sie schütteln. Und daran schnuppern: wie gut das doch roch! Und es kosten.

Jesus Christus und Herrgott im Himmel! Wenn man es endlich einmal geschafft hat, daß Eero Harjula mit steifem Kragen am Kaffeetisch Platz nimmt und seine Frau die Weibsen aus der Nachbarschaft nach allen Regeln der Kunst nötigt zuzulangen. Darf es noch etwas Torte sein, na, und Kaffee, ja, die Sahne darf nicht fehlen, sonst schmeckt es ja nach nichts …

Und genau in diesem Augenblick ein gellender Schrei und Gepolter. Ein grauenhafter Moment, die Frauen zu Besuch mit Schlagsahne im Mundwinkel, die silbernen Löffel erstarrt, und in Vida Harjulas Augen die blanke Angst des Muttertiers vor dem Verlust.

Eine solche Qual kann man sich nicht vorstellen. Da hockst du versteinert auf dem Sofa und siehst dir das Horrorstück an.

Eine verzweifelte Mutter und ein unter Qualen sterbendes Kind. Waren sie dafür in ihren besten Kleidern hergekommen? Niemals wird Natalia die verstohlenen Blicke der Frauen vergessen: So also ist es, wenn man des höchsten Schutzes ermangelt, man kommt nicht einmal in den Himmel, wenn man nicht getauft ist, arme kleine Heidin!

Aber zur Ehre ihres Bruders muß sie sagen, daß dieser richtig handelte, daß er an alles dachte, als die anderen an nichts dachten. Er rannte los und holte vom Schutzkorps das Auto, dachte sogar daran, seiner Schwester zu sagen, wo sie Vida Harjulas Handtasche und den Mantel findet, nahm Natalia als Hilfe mit, falls.

Nicht falls, sondern wenn. Sie stirbt, natürlich stirbt sie, da kann man nichts machen.

Die ganze Zeit hatte Natalia dieses Gefühl, ganz stark war es, als sie dahinfuhren. Bäume und Häuser huschten vorbei, die Sonne prangte blutrot am Horizont, sie stirbt, sie stirbt, sie stirbt.

So wird es geschehen, so ist es bestimmt, und daran läßt sich nichts ändern. Von keinem.

Wenn sie doch nur schon sterben wollte, gleich jetzt auf der Stelle, warum stirbt sie nicht, damit diese Schreie und das furchtbare Leiden und Strampeln und Erbrechen von Schwarzem aufhören. Wenn doch der Tod ihrem Leiden ein Ende machen wollte, wo sie doch ohnehin stirbt.

Stirb, schweig, verschon uns, Kind!

Aber Vida Harjula ließ nicht locker. Sie flößte dem Kind Kohlemilch ein, flößte ihm unermüdlich Kohlemilch ein, hatte gehört, daß das helfen sollte, Milch muß man geben, und so gab sie ihr Milch, Milch floß auf sie, floß auf die Sitze des feinen Chevrolets des Schutzkorps, sie schwammen in schwarzer Milch, aber was machte das schon, Kohle hilft gegen ätzendes Gift, so hatte es in einer Zeitung gestanden. Und noch im Krankenhaus, als die Schwestern der Mutter das Kind aus den Armen rissen, ging Vida Harjula ihnen mit der Flasche in der Hand hinterher, falls doch, für alle Fälle, ich hab in der Zeitung gelesen …

Natalia weiß nicht, was die Ärzte taten, aber als sie das Kind wiedersah, hatte man es in eine Abstellkammer geschoben. Die Augen waren geschlossen, und es war still. Es lag in dem großen Bett und wirkte so zerbrechlich und leblos, daß es gar nicht mehr recht wie ein Mensch aussah.

Auch die Schwestern schüttelten niedergeschlagen den Kopf, schade um das hübsche Kind. Und sie hatten den Pastor herbestellt. Natalia sah, wie er im Kontor Kaffee trank.

»Komm jetzt, du kannst nichts mehr tun«, hatte Natalia zu Vida Harjula gesagt, aber die schien das gar nicht gehört zu haben, in der großen Verzweiflung des Muttertiers bildete sie sich ein, Gott selbst überlisten zu können, so wie er sie überlistet hatte, dasselbe Spiel spielen, ihm das Eigene wieder abluchsen zu können. Überzeugt von der Berechtigung ihrer Sache, beugte sie sich über ihr Kind, drückte ihren breiten Mund auf die blasigen Lippen, wischte die verklebten Haare aus den Augen. Die Handtasche fiel zu Boden, macht nichts, soll sie fallen. Alles andere war egal, wenn sie nur die Kleine beatmen konnte, sie beatmete sie wieder und wieder, so daß Natalia fürchtete, Vida werde gleich in Ohnmacht fallen.

Doch nein, da kniete sie neben dem Bett, zwang ihren eigenen starken Atem in das Kind, küßte es mit dem Geschmack von Erbrochenem und Kohle im Mund, rief es beim Vornamen und all den Namen, die sie der Kleinen im Scherz gegeben hatte. Streichelte ihr die Wangen und beatmete sie, während der Inhalt ihrer Handtasche verstreut ringsherum am Boden lag, beatmete und massierte und zwang das Kind, kleine Lebenszeichen zu geben, immer wieder einmal zu Bewußtsein zu kommen unter Schmerzen, von denen der kleine Körper sich qualvoll zusammenkrümmte, half ihr, den dünnen Daumen in den übel zugerichteten, von der Kohle schwarzen Mund zu stecken.

Natalia beobachtete diese Marter, beobachtete sie und schüttelte den Kopf, vielleicht weinte sie auch, bestimmt weinte sie ziemlich heftig, betete, daß diese Qual ein Ende haben möge, aber Vida Harjula konnte nicht klein beigeben, auf den schon verlorenen Kampf verzichten.

Natalia wußte: Wenn Gott beschlossen hat, das Kind zu sich zu nehmen, dann tut er es auch: *Wir nehmen es zu uns, wenn Wir es wollen*. Erwarte kein Erbarmen von einem, der seinen eigenen Sohn opferte, seinen Eingeborenen, den er töten ließ. Lange dauerte das. Stunden, stundenlang. Vida hielt an ihrem Kind fest wie ein Terrier an der Puppe, an deren anderem Ende das Herrchen in Spiellaune zupft.

Und dann begann die Kleine die Hand anders zu bewegen, sie hörte auf zu stöhnen, murmelte nur noch, und ihre Finger suchten den Haarschopf der Mutter so wie zu Hause vor dem Einschlafen.

Und Vida Harjula löste ihre Haare, sie waren damals noch lang, gingen bis zur Taille und länger, und legte sich ins Bett neben ihre Tochter. Sie stieg in das eiserne Krankenhausbett, machte sich an dem schmalen Rücken des Kindes so klein, wie sie nur konnte. Als die Krankenschwestern ins Zimmer kamen, sagten sie:

»Also so was.«

Sie sahen einander an, brachten es aber nicht übers Herz, der Mutter des todkranken Kindes zu sagen, daß sich das nicht schickte.

Vielleicht rührten diesmal die Anstrengungen der Mutter den Herrn, aber Natalia vermutete, daß der Tag noch kommen würde, an dem es hieße: *Wir sind nicht mehr amüsiert, jetzt nehmen Wir sie zu uns …!*

Zwei Wochen später kam das Kind nach Hause, und alles war wie zuvor. Nur Eero Harjula veränderte sich. Er begann, sich mit dem Mädchen zu beschäftigen. Eines Tages brachte er der Kleinen einen jungen Hund mit, ein andermal ein Stoffhäschen oder Legespiele. Er kam auch zu Natalia, nur um sich damit zu brüsten, wie gut die Kleine jetzt aß:

»Koch du unserm Mädel nur mal einen Brei, Natalia, und du wirst staunen, wie sie den verputzt! Jaa, sie muß ordentlich Brei mampfen, mit Butterflöckchen, wenn sie ein großes Mädchen werden will. Butter muß es sein, Schwester.«

Und er zwinkerte ihr zu.

Was war Natalia froh. Sie meinte, das schreckliche Unglück habe sich letztendlich zum Guten gewendet. Und so war es auch.

Bis.

Fing es letztes Jahr an? Oder vorletztes?

Eigenartige Worte, seltsame Taten.

Man konnte es nicht verstehen, Natalia wußte nicht, woher es kam.

»Du wolltest also meine Tochter vergiften«, sagte Eero Harjula beim Kaffeetrinken zu seiner Frau. »Was hast du dir bloß dabei gedacht damals, das möcht ich mal wissen.«

Nach langer Stille ein heiteres Lachen hinterher, na na, du hast doch wohl nicht geglaubt, daß ich im Ernst …?

»Nein, das hab ich nicht geglaubt.«

»So so, aber was hättest du geantwortet, wenn ich es ernst gemeint hätte?«

»Nichts. Zum Glück hast du es nicht ernst gemeint.«

»Ja. Das hätte noch gefehlt. Daß ich es ernst gemeint hätte mit dir. Denn du meinst es doch auch nicht ernst mit mir, oder?«

»Laß das, Eero. Ich versteh nicht, worauf du hinauswillst. Hör auf.«

»Du verstehst nicht? Wirklich nicht? Du behauptest, nicht zu verstehen, obwohl du so tust, als wärst du viel klüger als alle anderen? Welche Sprache soll ich sprechen, damit du verstehst? Mein Finnisch genügt der Dame nicht mehr, ist es nicht so, Natalia?«

»Unsinn. Warum redest du so mit Vida?«

»Darf ich denn zum Teufel mit meiner Frau nicht so reden, wie ich will?! Ohne daß die Weiber gleich losmeckern. Das ist das Schlimmste an euch Frauen, daß man nie auch nur einen kleinen Scherz machen darf. Früher hat meine Frau über alles gelacht, was ich gesagt hab, aber jetzt bringt nichts mehr sie zum Lachen …«

Seltsam. Und es wiederholte sich allzuoft.

Am schlimmsten fand Natalia, daß Vida es ihrem Mann nicht mehr auf ihre schlagfertige Art zurückgab, sondern ihn Monologe führen ließ. Stumm verfolgte sie, wie ihr Mann im Zimmer auf und ab lief, von verborgenen Klippen sprach, die ihn und das Kind bedrohten, von Untiefen, an denen ein blauäugiger Mensch unweigerlich strandet, wenn er eine Unbekannte heiratet.

Auch Vida veränderte sich. Das bemerkte Natalia sehr wohl.

Das lag wohl an jenem anderen. An dem, der in jedem Frühjahr kam und im Herbst wieder abreiste. Im Sommer blühte Vida auf, aber im Herbst breitete sich die Froststarre in ihr aus so wie im Boden. Die Kälte nistete sich in ihr ein, erfaßte allmählich ihr ganzes Wesen und drang von Tag zu Tag in immer tiefere Schichten vor.

Der letzte Herbst war am schlimmsten gewesen. Vida war zu hartem, durchsichtigem Eis geworden. Zu klarem Glaseis, das man nicht in den Griff bekam.

»Meine Frau ist schon ein seltsames Wesen«, sagte Eero Harjula oftmals zu seiner Schwester.

Und Natalia wußte, was er meinte:

Der Winter ist in Vida gefahren. Sie ist jetzt aus Eis, das man nicht berühren darf, das einen verbrennt, das der Haut blutige Schrammen beibringt.

Zu Weihnachten erlebte Natalia, wie der Mann seiner Frau ein Geschenk überreichte. Engelchen auf dem Geschenkpapier und hübsche rote Seidenschleifen. Fröhliche Weihnachten und ein Glückliches Neues Jahr! wünscht Eero. Vida saß mit dem geöffneten Päckchen im Schoß, sah ihren Mann nicht an. Die Kleine packte ihre eigenen Geschenke aus, glühte vor Spannung.

»Was hast du bekommen?« fragte Natalia.

»Rattengift«, antwortete die Schwägerin.

Natürlich versicherte der Mann, daß es ein Irrtum sei, daß der trottelige neue Ladengehilfe seine beiden Bestellungen vertauscht habe. »Ich möchte doch zu gern sehen, was die Jungs für ein Gesicht machen, wenn sie versuchen, die Ratten mit Eau de Cologne umzubringen«, witzelte er und paffte seine Zigarre.

Es war ein Irrtum.

Ganz bestimmt.

Ein lächerlicher und dummer Irrtum.

Er hätte das Päckchen kontrollieren müssen, zum Teufel! Natalia glaubte ihrem Bruder, natürlich glaubte sie ihm: Die kommen vor. Irrtümer. Wem wäre noch nie ein Irrtum unterlaufen?

Aber Rattengift.

Auf die Erklärungen erwiderte die Frau nichts. Natalia versuchte Worte zu finden, aber die Stille sprach lauter. Vida Harjula saß nur da, das Päckchen im Schoß, und sah aus dem Fenster. Es war Weihnachten, draußen minus fünfundzwanzig Grad Frost. Und sie war schwanger.

Natalia wagt nicht, sich vorzustellen, was ihr Bruder jetzt sagen wird. Was er tun wird, wenn er erwacht. Noch liegt er zu Hause und schläft seinen Rausch aus, er hat so viel Schnaps getrunken, daß man damit wohl einen Gaul hätte umbringen können, nicht aber Eero Harjula. Noch heute wird er sich erheben aus den Lachen von Erbrochenem und in dieses Zimmer kommen zu seiner Frau, und Natalia kann ihn nicht daran hindern.

Natalia hat keinen Einfluß mehr auf ihren Bruder. Seine unbegreiflichen Zwangsvorstellungen gehen über ihre Kraft und ihr Verständnis. Wenn der Bruder kommt, wird Natalia ihre Kleider nach links wenden und die Kleine in jener Welt suchen gehen, die sie niemals hätte betreten dürfen. Und dann muß Vida Harjula stark sein für zwei und all das Schlimme ertragen, das der Berg und der Mann ihr aufbürden.

Aber dieses Foto macht Natalia Viita, und wenn sie sterben muß. Die gelbe Glut der frühen Butterblumen steht im richtigen Verhältnis zu der Frau, die sie porträtieren will, stützt und betont deren starke Präsenz, den Glanz heimlichen Wissens in ihren Augen.

Ja, das wird ein gutes Bild.

Wahrscheinlich das beste, das sie je gemacht hat.

Tante Natalias Fotografien. Eigene und fremde, die sie gesammelt hat und die die Wände ihres Hauses pflastern. Bilder aus der Zeit vor dem Krieg. Unbegreiflich, daß nie jemand davon gesprochen hat, obwohl sie so gut sind. Nicht der Vater, nicht Vida.

Ernste Männer mit Schnurrbart. Vor dem Bergwerk, mit Schirmmützen oder Karbidlampen an der Stirn. Bettler aus der Hungerzeit. Prediger, die Gott gefunden haben, vor ihrem weißen Zelt. Das erste Dauerwellengerät beim Friseur von Olkikumpu. Rachitische Drillinge. Ein Kumpel mit starken Zähnen: *»Der finnische Bergmann Tepe Tirkkonen kann mit vierzehn Gewehren zwischen den Zähnen noch hundert Meter zu Fuß zurücklegen.«* Frischgetraute Paare, Neugeborene, bleiche Knochen, ausgegraben auf der Kuppel des Olkikumpu, nackte Stadtkinder, die sich im Sommerlager erholen …

Es fehlte nicht viel, und ich hätte nie von der Existenz der Fotos erfahren. Und von Tante Natalia. Von Vidas Liebesgeschichte. Von der sorgsam verheimlichten Familienschande.

Wenn ich nicht Anfang Dezember diese Dienstreise nach Olkikumpu hätte machen müssen. Die Story war für mich eine

Bewährungsprobe. Sie würde nicht eben Genialität verlangen, alles Material würde ich an Ort und Stelle erhalten, wenn ich nur die Ohren offen hielte. Aber das Thema war von nationaler, ja globaler Bedeutung, und außerdem brauchte ich nach langer Zeit wieder einmal ein Erfolgserlebnis.

Von Anfang an ging alles ein bißchen daneben. Ich wäre beinahe zu spät gekommen.

Wozu die Sache beschönigen: Ich kam zu spät.

Erst eine Viertelstunde bevor die achttausendste Tonne mit mittelaktivem Atommüll in der Lagerstätte im Felsen deponiert werden soll, bin ich am Tor. Von den anderen Journalisten ist nichts mehr zu sehen. Die unvermeidlichen paar Demonstranten verstauen ihre Transparente schon in einem altersschwachen Kombi, sie sehen keinen Grund dafür, ihre Zeit mit mir zu vergeuden.

Nur eine einzige Person steht noch am Tor: eine uralte Frau in grüner Steppjacke und wadenlangem schwarzen Rock starrt dem davonbrausenden Auto hinterher, mit hängenden Schultern und der Inbrunst einer Schwachsinnigen. Die alte Frau steht so unbeweglich da, daß ich schon überlege, ob sie wohl festgefroren ist. Aber als ich dem mißtrauischen Pförtner in aller Eile erkläre, wer ich bin, ihm den Mitgliedsausweis des Journalistenverbandes zeige – nun sagen Sie bloß nicht, daß ich die Reise von fünfhundert Kilometern umsonst gemacht habe! –, da macht die Statue ein paar Schritte auf mich zu und gibt mir ein Papier in die Hand.

Ein Flugblatt, die Prophezeiung einer großen Katastrophe. Ich archiviere es in der Tasche und setze all meine Hoffnungen auf den Telefonanruf der argwöhnischen Betriebswache. Die Zeit der Wunder ist noch nicht vorbei: Iiris Lehto, genau, die ist jetzt hier. Die Sicherheitsmaßnahmen sind im Handumdrehen erledigt, ich werde über den Hof kutschiert, mit dem Fahrstuhl rauf, den Gang links, dann rechts, mit dem Fahrstuhl runter.

Für den Fall, daß ich meine Hausaufgaben nicht gemacht habe (was der Fall ist), bekomme ich eine granitgraue Mappe, darauf in Helvetica: Olkikumpu AG. Tatsachen in der Nußschale in gut lesbarer Geneva, schattiert:

Der Bau der unterirdischen Deponie in ihrer heutigen Form begann im Jahr 1988 und kostete bisher 85 Millionen Finnmark. Zusätzlich zu den alten Bergwerksstrecken wurden insgesamt 90 000 Kubikmeter Fels gesprengt. Es mußten ein sechzig Meter tiefer Fahrstuhlschacht und eine Fahrstrecke von 685 Meter Länge gesprengt werden. Und der 400 Meter lange …

Die Gruppe wartet auf mich, hat die Nachricht bekommen. Lauter Männer, auch der PR-Chef. Ein kosmopolitischer Typ, elegant geschnittener Anzug, eine Flut von Fachtermini, die er ohne Stottern vorträgt, ruhige Selbstsicherheit. Ohne Widerstand lasse ich mich von seiner sympathischen Stimme einlullen. Ich bekomme die erleichternde Zusicherung, daß zumindest wir uns in Sicherheit befinden. Der radioaktive Müll lagere in einem Schutzbehälter aus Stahl und werde von einem Spezialfahrzeug transportiert. Der Stahl schirme die Strahlung vollständig ab. Die Ladung werde kontrolliert. Die Räder des Fahrzeugs werden gewaschen. In der Höhle werde der Müll über eine siebenhundert Meter lange, spiralförmige Wendelstrecke hinabtransportiert. Gefälle eins zu zehn. In der Halle erledige ein Kran den Rest. Auch diese Phase berge keinerlei Risiken, während die Fracht entladen werde, halte sich niemand in der Halle auf. Der Kran werde vom oberirdischen Kontrollzentrum aus gesteuert.

Und so geschieht es auch.

Der Schichtführer Heikki Kivelä – sag unseren Gästen doch mal guten Tag, Heikki! Hei, herzlich willkommen! – betätigt die Joystick-Steuerhebel ohne Eile und pfeift dabei gutgelaunt. Von unseren bewundernden Blicken begleitet und unterstützt von einem Computer und fünf Monitoren bringt er die Ladung in sechzehn Minuten an den genau vorherbestimmten Platz.

Als kritische Journalisten stoppen wir die Zeit mit der Uhr, das heißt, alle außer mir, denn meine Uhr ist ein Geschenk meines Mannes, das er mir von einer Rußlandreise mitgebracht hat, ein schönes Stück mit seinem roten Mond und den Sternen, aber sie zeigt niemals die richtige Zeit an. Dennoch bezweifle ich nicht im geringsten, daß der Mann weiß, wovon er spricht; die Wanduhr bestätigt, daß die Behälter mit dem Müll genau sechzehn Minuten nach dem Startzeichen an ihrem Platz am Grund der sechsunddreißig Meter tiefen Kavernen deponiert worden sind.

Eine beeindruckende, perfekte Vorstellung.

Dessenungeachtet vermutet der PR-Chef, daß wir uns darüber Gedanken machen, wie zu verhindern sei, daß die untersten Fässer mit der Zeit brüchig werden. Die anderen nicken, aber mich bekümmert mehr die Frage, wo mein Stift geblieben ist.

»Die Sorge ist verständlich«, sagt der PR-Chef, »wenn man berücksichtigt, daß die Kaverne überhaupt keine Zwischenböden hat.«

Er macht eine eindrucksvolle Kunstpause.

Auch wir sind still und denken über diese verblüffende Mitteilung nach.

Keine Zwischenböden? *Wirklich* nicht?

»Nein, denn die Stahlbehälter funktionieren selbst als tragende Konstruktionen innerhalb der Kavernen. Einfach, aber genial. In eine Kaverne passen gut dreihundert Faß Atommüll. Pro Woche gehen etwa zwei Ladungen ein, so daß die Schließung der Grube ungefähr im Jahr 2050 aktuell werden wird …«

Ich suche immer noch angestrengt nach meinem Stift, aber in der Handtasche werde ich nicht fündig. Und auch nicht in der Tasche meiner Lederjacke. Da gibt es zwar Papiertaschentücher, die zum Abwischen eines verweinten Gesichts gedient haben, das Flugblatt, ein Parfumpröbchen von Shalimar, mit frostklammen Fingern notierte mystische Telefonnummern, zwei halb ausgekaute Xylitol-Kaugummis, aber keinen Stift. Der PR-Chef, der mich schon lange verstohlen beobachtet, zieht haarscharf die richtigen Schlüsse. Er deutet beiläufig auf meine Mappe und fährt in seinen Erklärungen fort, ohne sich aus dem Konzept bringen zu lassen. Ein echter Profi.

Natürlich gehört zum Infopaket ein Schreiber, wieso hab ich das nicht gleich geschnallt? Beschämt schaue ich auf die Notizen meines Nebenmannes, der die Informationen sauber hinter Spiegelstrichen geordnet hat.

Wo waren wir doch stehengeblieben?

Dabei, daß dein Mann dich nicht mehr liebt. Oder daß er dich zwar liebt, was das auch immer heißen mag, dich aber betrogen hat. Gleich bei der ersten besten Gelegenheit betrogen hat. Na jaa, was heißt hier gleich. Nach dreizehn Ehejahren. Nach dreizehn in unglaublichem Tempo verflogenen guten und bereichernden Ehejahren.

Aber nein, wir waren bei der Lagerung des Atommülls. Dabei, wie leicht das im Grunde ist. Leicht, sauber und so einfach. Wie schön, daß man das in unserer Welt überhaupt noch von einer Sache sagen kann. Von der Lagerung des Atommülls kann man es sagen. Und der PR-Chef von Olkikumpu sagt es. Viele Male, auf vielerlei verschiedene Weise.

Und diesmal schreibe auch ich alles auf:

Die mittelaktive Müllmasse wird getrocknet und mit Bitumen vermischt. Bei der schwach aktiven ist nicht einmal das nötig. Nur rein mit dem Zeug ins Faß und Deckel drauf. Die Risiken sind nahezu auf Null minimiert. Und die Praxis zeigt schon jetzt, daß das System idiotensicher ist. Der hochaktive Abfall ist problematischer. Den muß man noch tiefer in den Felsen hineinbringen, den Berechnungen zufolge bis zu einem halben Kilometer Tiefe hinunter. Wahrscheinlich wird Olkikumpu Endlager, auch für diese Art von Atommüll, aber man muß auch noch andere Möglichkeiten untersuchen …

Er hat dich betrogen. Als wäre da überhaupt nichts dabei. Einmal im Sommer an einem Dienstagabend. Montag, Mittwoch, Donnerstag, Freitag, Samstag und Sonntag arbeitete er und sah sich im Fernsehen die Fußballspiele an so wie andere Ehemänner. Oder er spielte mit den Kindern im Park – nun wollen wir doch mal sehen, wie die Schwarze Spinne vom Werftplatz diesen Angriff abwehrt! –, aber am Dienstag hat er dich betrogen. Und er kann nicht einmal sagen, warum. So gut, wie ihr es im Bett hattet. Nach Herzenslust jede Nacht. Oder doch zumindest in den Nächten, in denen die Kinder Ruhe gaben. In letzter Zeit, das heißt seit fünf Jahren, freilich nicht sehr oft, weil das Nesthäkchen nun einmal Angst hat, im eigenen Bett zu schlafen. Aber dann wieder unvermittelt, bei passender Gelegenheit, guter, gesunder, abwechslungsreicher Hausmannssex.

Vollkommener.

Vollkommen für dich. Aber vielleicht nicht für ihn?

Was um alles in der Welt könnte er noch wollen? Etwas, was du ihm nicht geben kannst?

Geheime Wünsche, abartige Sehnsüchte? Sollte er wirklich in all diesen Jahren, in diesen dreizehn langen, im Handumdrehen vergangenen Jahren eine unausgesprochene, dunkle Seite seiner selbst verheimlicht haben? O Himmel, so muß es sein: Du bist mit einem perversen Mann verheiratet! Man sieht es ihm zwar nicht an, aber haben sie nicht auch kürzlich erst einen englischen Konservativen tot aufgefunden, der untadelig gewirkt hatte? Den wackeren Initiator einer Kampagne mit dem Motto »Zurück zu den Grundwerten«, mit einer Plastiktüte über dem Kopf und in Damenunterwäsche? Strümpfe und Strumpfbänder. Der Sauerstoffmangel sollte den Genuß steigern, aber irgend etwas ging schief, ging zu weit. Brachte ihn um. Oder war es so, daß auch der Tod den Genuß steigerte? Der Tod war der Preis, den der Mann für eine ins extreme gesteigerte Lust zu zahlen bereit gewesen war. Da hatte seine Mutter nun allen Grund, selbstkritisch in sich zu gehen und zu überlegen, was sie falsch gemacht hatte. Genau, stell sie dir nur mal vor, eine geheime Tiefenströmung in der Sexualität deines Mannes, so dunkel und furchterregend, was glaubst du eigentlich davon zu wissen?

Der neben dir stehende Kollege möchte wissen, was mit dem Endlager passiert, wenn es voll ist.

Der PR-Chef wirkt keineswegs überrascht. Er ist ein alter Hase in der Kernkraftbranche und hat auf alles eine Antwort parat:

»Wenn das Endlager außer Betrieb geht, werden Strecken und Schacht mit Schotter gefüllt und geschlossen, und um den Druck auszugleichen, leitet man in die Zwischenräume Wasser ein. Wenn die Grube verfüllt ist, braucht man sie nicht mehr zu bewachen.«

»Nein?«

»Nein. Glücklicherweise ist der finnische Felsgrund so stabil.«

»Ja, aber das Grundwasser?«

»Was ist damit?«

Der PR-Chef wirft dem Reporter mit dem würfelförmigen Kopf einen interessierten Blick zu. Da hat also einer seine Hausaufgaben gemacht.

»Wie kann man die Sicherheitsbehälter vom Grundwasser isolieren? In Finnland gibt es doch keine Stelle, wo kein Grundwasser einsickert. In den USA ist es das A und O bei der Einlagerung, daß der Müll vom Grundwasser isoliert werden muß ...«

Ein selbstsicheres Lächeln:

»Unsere Sicherheitsbehälter sind wasserdicht. Ich werde Ihnen später eine Folie mit den genauen Berechnungen zeigen, wenn Sie wollen.«

»Ja, aber ...«

Der Würfelkopf kann seine Niederlage nur schwer verwinden. Er wundert sich mehrmals, warum anderswo so viel von der Trockenheit der Endlager die Rede ist, wenn das Wasser so gar kein Problem darstellt.

»Also, wir gehen davon aus, daß die Sicherheitsbehälter tausend Jahre halten. Dann übernehmen die Natur und der Berg die Regie. Wie Sie alle wohl wissen, ist die Radioaktivität danach von derselben Größenordnung wie in einem Uranerzvorkommen, das etwas reicher ist als gewöhnlich.«

Das wußte ich nicht. Aber ich versuche, so auszusehen, als wären mir die Halbwertszeiten ebenso bekannt wie die Sendezeiten meiner Lieblingsserien im Fernsehen.

Der Würfelkopf gibt sich nicht so leicht geschlagen:

»In den Vereinigten Staaten spricht man sogar davon, daß die notwendige Lagerungsdauer mindestens zehntausend Jahre beträgt, und Doktor David Lowry schrieb kürzlich im *Guardian*, daß die Bestandteile des Kernbrennstoffs ihre schädliche Wirkung sogar zweihundertvierzigtausend Jahre lang behalten können ...!«

»Also, ich plädiere auch nicht unbedingt dafür, in den nächsten zwanzig Jahren hier in der Nähe einen Brunnen zu bauen«, erklärt der PR-Chef ein wenig ernster, »aber wir haben diese Sache so gründlich untersucht, daß wir vor Überraschungen sicher sind.«

Genau. Das klingt gut. Sicherlich ist es so. So muß es sein.

Aber natürlich findet sich in einer Gruppe immer jemand, dem die puren Tatsachen nicht genügen.

»Und Erdbeben?«

Das bin ich. Ich und mein unheilbarer Drang, in Erscheinung zu treten. Bei Familienfeiern erinnern mich meine Schwestern immer gern an all die Gelegenheiten, in denen ich mich blamiert habe, weil ich diesen zwanghaften Wunsch habe, auch neben solchen Leuten zu bestehen, die klüger sind als ich.

Der PR-Chef sieht mich erstaunt an. Auch der Würfelkopf

versucht nicht, mit seiner Meinung über das professionelle Niveau meiner Frage hinterm Berg zu halten.

»In Finnland gibt es keine Erdbeben. Und soweit ich weiß, besteht auch kein Grund zu der Annahme, daß es vor der nächsten Eiszeit eins geben wird.«

»Ja, aber besteht grundsätzlich nicht immer die Möglichkeit zu einem großen Erdbeben, auch wenn es sich nur um ein Restrisiko handelt?«

»Na ja«, räumt der PR-Chef ein und zwinkert den Umstehenden scherzhaft zu. »Im Prinzip schon.«

Ich lächle heldenmütig zurück. Und kann meinen Mund immer noch nicht halten. Wie meine Schwestern so treffend sagen: Und dann korrigiert sie den ersten Fehler mit einem zweiten, noch größeren Fehler.

»Ja, aber wenn Sie … Sie … Wenn ich Sie richtig verstehe, dann haben Sie nur die senkrechte Bewegung des Gebirges berücksichtigt?«

»Genau. Die Hebung des Bodens.«

»Also nicht die waagerechte?«

Der PR-Chef lacht laut auf:

»Die kann niemand berücksichtigen. Da gibt es keine Meßwerte.«

Die Männer sehen mich mit wohlwollendem Mitleid an.

»Die gibt es nicht, das muß ich zugeben.« Ich bin wütend auf mich selbst und auf die anderen. Ich habe doch gar nichts gegen die Atomkraft. Ich weiß überhaupt nichts darüber. Ich bin in Olkikumpu, weil mein Vater von hier stammt, weil ich von zu Hause fort wollte, weil ich nicht vor den Augen der unschuldigen Kinder meinen betrügerischen Mann mit dem Küchenmesser durchbohren wollte.

»Nein«, sage ich. »Aber meines Wissens wird in zwei Wochen am Institut für Geodäsie eine Dissertation veröffentlicht, in der erstmals Messergebnisse über die gegenwärtigen waagerechten Bewegungen des Gebirges bekanntgegeben werden.

Halten Sie es nicht für sinnvoll, sich damit vertraut zu machen, bevor Sie bezüglich des hochradioaktiven Brennmaterials etwas Endgültiges beschließen?«

Der PR-Chef hebt die Brauen, erinnert sich dann aber, daß er als Gentleman mit der einzigen Frau in der Gruppe spricht:

»Na, wir können sie uns ja mal ansehen«, sagt er versöhnlich, »aber das wird sicherlich keinen Einfluß auf die Sache an sich haben.«

»Vielleicht nicht«, antworte ich, mehr als dankbar, daß ich mein Gesicht wenigstens teilweise wahren konnte. »Ich dachte nur, wenn der finnische Felsgrund im Verlauf von zwei Millionen Jahren vom Äquator bis hierher gewandert ist, dann ist diese Bewegung wohl kaum zum Stillstand gekommen.«

»Natürlich nicht«, lächelt der PR-Chef. »Aber Sie müssen doch zugeben, daß die Geschwindigkeit pro Stunde dabei nicht eben schwindelerregend ist.«

Die Meute belohnt ihn mit fröhlichem Gelächter. Meine Wangen glühen. Wo sind nur meine großen Schwestern, die auf mich aufpassen und mich davon abhalten sollten, der Familie Schande zu machen!

»Ja, aber wenn der Felsgrund sich bewegt, dann dreht er sich auch, und dann entstehen Spannungszustände«, plappere ich. »Spannungszustände, die zu Rissen führen können und das auch immer tun.«

Vieldeutige Stille.

»Wenn man so denkt«, sagt der PR-Chef nach langem Überlegen, »dann kann man ebensogut befürchten, daß ein großer Meteorit in unsere Lagerstätte einschlägt. Die Wahrscheinlichkeit dafür ist ungefähr genauso groß. Würde ich annehmen. Ich kenne allerdings keine einschlägige Untersuchung ...«

An dieser Stelle bin ich endlich bereit nachzugeben. Ich ziehe mich ans Ende der Gruppe zurück und versuche mich so klein zu machen wie nur möglich. Diesmal gelingt es mir. Niemand spricht mit mir, bevor die Informationsveranstaltung zu

Ende ist, erst wieder bei dem Mittagessen danach, wo ich zufällig neben dem Stadtdirektor sitze.

Der Stadtdirektor hält es für nötig, sich mir anzuvertrauen. Er sei sehr ärgerlich darüber, daß die Stadtverordnetenversammlung der Lagerung des hochradioaktiven Atommülls mit ganz offenem Mißtrauen begegnet. Brüstet sich damit, jetzt heftig für die gute Sache zu trommeln. Glaubt hundertprozentig an die Sicherheitsanalysen. In Olkikumpu sind hundert Arbeitsplätze für zwei Generationen eine große Sache.

»Außerdem würde eine so spannende Einrichtung eine gute Touristenattraktion abgeben«, sagt er ohne den Anflug eines Lächelns.

Natürlich verurteilt er die Demonstranten und besonders die Flugblätter, die exaltiert ein grauenhaftes Ende der Welt heraufbeschwören und ausführen, daß das Phänomen, das man Eiszeit nennt, in Wirklichkeit ein Atomwinter gewesen sei und daß die vielen, eines plötzlichen Todes gestorbenen, tiefgefrorenen Mammuts, die man in Sibirien mit frisch verspeisten Butterblumen im Magen fand, ihre Erklärung nicht in einer allmählichen Klimaveränderung, sondern in einer plötzlichen Umweltkatastrophe finden. Und daß der Ausbau des Olkikumpu zu einem Endlager für radioaktiven Müll ein entscheidender Schritt hin zu einer neuen Eiszeit sei.

Einzeilig beschriebene A-4-Seiten, Text waage- und senkrecht.

»Ich weiß, wessen Krakel das sind. Die stammen von einem armen Teufel aus Turku. Sein Vater hat vor dem Krieg hier im Schacht gearbeitet. Harjula. Wenn ich mich recht erinnere, als Obersteiger. Der war in einen ziemlich üblen Fall von Hochverrat verwickelt. Und seine Frau hat mit einem Spion gehurt. Einem Schotten oder Iren. Da ist vieles im dunkeln geblieben. Der Fremdling floh zuletzt nach Rußland. Insgesamt eine schmutzige Geschichte. Da ist es nicht verwunderlich, wenn der Typ verwirrt ist, aber das ist doch noch kein Freibrief dafür, das Wirtschaftsleben der ganzen Stadt lahmzulegen, oder?«

Mich begeistert das Thema nicht. Wahrscheinlich deshalb, weil der Verfasser der Flugblätter mein Vater ist.

Das weiß der Stadtdirektor nicht. Er findet es gut, daß wir uns verstehen. Und daß ich einerseits die Herausforderungen der Gegenwart annehme und andererseits die bedeutenden Leistungen früherer Generationen zu würdigen weiß. Obwohl er, und auch das muß der Stadtdirektor in seinem plötzlichen Drang, sich mir anzuvertrauen, bekennen, obwohl er anfangs zweifellos ein wenig verwundert war, als er mich kennenlernte.

Natürlich bezweifelt der Stadtdirektor nicht meine Kompetenz auf diesem Gebiet an sich, das liegt ihm fern, was weiß denn er, ein Mann aus dem Volk, von Geophysik und solchen Spezialgebieten, aber da es sich immerhin um die führende Publikation des Landes auf diesem Gebiet handelt und Frauen manchmal die bedauerliche Zwangsvorstellung hätten, auf Beschlüsse, die ausschließlich auf Vernunftgründen basieren sollten, emotional reagieren zu müssen … Doch jetzt, wo er mich kennengelernt und sich mit mir unterhalten habe, sei er absolut erleichtert …

Noch offensichtlicher wird die Erleichterung des Stadtdirektors, als ich höflich, aber bestimmt seine Einladung in die Sauna ablehne. Zur Gastfreundschaft gehört in Olkikumpu ein gemütlicher Saunaabend am Käärmekoski-Kanal mit Eislochschwimmen, Bier und Wurst. Aber eine Frau in eine solche Männergesellschaft zu integrieren, ist mehr als mühsam, und sie erfüllt dann in keiner Weise mehr ihren ursprünglichen Zweck.

Ich sage, daß ich den Nachmittag dazu nutzen wolle, um mich in Olkikumpu umzusehen und ein paar Fotos zu machen, die Kirche und so weiter (was der Wahrheit entspricht), sowie um die Notizen des Tages ins reine zu schreiben (was gelogen ist, denn ich habe den frischgekauften Laptop auf dem Schreibtisch vergessen, wo er jedem, der auch nur etwas über meine Situation weiß, von der erbärmlichen Geistesverfassung erzählt, in der ich mich zur Zeit befinde). Immerhin habe ich die Kamera nicht vergessen, was erstaunlich genug ist.

Und der Friedhof ist leicht zu finden, wenn man bei McDonalds von der Hauptstraße nach links abbiegt und in Richtung des mit Holzschindeln gedeckten Kirchturms marschiert.

Einmal bin ich schon bei der Kirche gewesen. In einem Sommer, zusammen mit Vater. Damals war ich ungefähr dreizehn. Von dem Stein meines Großvaters ist mir in Erinnerung geblieben, daß darauf auch Vidas Name und ihr Geburtsdatum standen. Eigentlich war in den Stein Davida gemeißelt, ihr Taufname, den aber nie jemand benutzt hat.

Wieso stand Großmamas Name schon dort, obwohl sie noch lebte?

Von Vater bekam man keine Antwort auf diese Frage. Die Schwestern wetteten, daß Eero Harjula vielleicht so lange gefeilscht hatte, bis er zwei Namen für den Preis von einem eingraviert bekam. Der Gedanke hatte durchaus etwas für sich, wenn Großpapa ebenso knauserig war wie Vater, gegen dessen krankhaften Geiz wir jahraus, jahrein ankämpften, mit dem Mut der Verzweiflung und wortreich, aber ohne Ergebnis.

»Eero Harjula war ein tüchtiger Mann. Ein feiner Mensch. Solche Männer gibt es heute nicht mehr, aber das kapiert ihr Holzköpfe nicht«, zischte er und scheuchte uns in seine Karre, wo wir zur Strafe für unsere Unverschämtheit anderthalb schweißtreibende Stunden sitzen mußten, bevor er geruhte, weiterzufahren.

Aber je mehr wir Schwestern über Davida Harjulas Namen auf dem Grabstein nachdachten, desto mehr kamen wir zu der Überzeugung, daß es Großmama gewesen war, die den Stein hatte anfertigen lassen. Auf diese Weise wollte sie klarmachen, daß sie nie wieder heiraten würde.

So mußte es sein.

Große Liebe. Wunderbar.

Natürlich zogen wir Vida wegen des Textes auf dem Stein auf, als wir sie das nächste Mal im städtischen Altenheim besuchten, aber sie gab keine Antwort. Es war, als hätte sie die Frage gar nicht gehört.

Ein ungewöhnlich sonniger Nachmittag. Die Anhöhen sind mit frischgefallenem Schnee bedeckt. Das Gemeinschaftsgrab liegt etwa in der Mitte des Friedhofs. Ein großer Stein aus rotem Granit. Die Namen in Grotesk eingraviert. Meiner Ansicht nach hätte zu Vida besser Diorit gepaßt. Oder Gabbro. Und der Name in Antiqua. Aber der Obersteiger Eero Harjula, mein unbekannter Großvater, war zweifellos ein Mann des roten Granits.

War in einen Fall von Hochverrat verwickelt. Und seine Frau hat mit einem Spion gehurt. Ein Schotte oder Ire … Alles in allem eine schmutzige Geschichte …

Ich nehme die Kamera aus dem Futteral, seine Kamera. Sie ist von ihm, mit dem zusammen ich nie mehr reisen, die Karte falsch lesen, mich an einen unglaublich schönen Wasserfall verirren werde. Vor dem ich nie wieder die Jungen anschreien werde, sie sollten aufhören, mir bei jedem Kiosk die Gummiente auf den Kopf zu schlagen, mit dem ich nie wieder Chris de Burgh im Autoradio lauschen und dessen Händedruck ich nie wieder auf meinem nackten Knie spüren würde, wenn die Kinder in der hellen Sommernacht auf dem Rücksitz eingeschlafen sind und auf der Wiese im Dunst ein weißes Pferd steht. Dampfend vom Herumtollen und trunken von den starken Düften der Nacht.

Die Kamera ist schwer und eiskalt. Mit steifen Fingern und den Tränen nahe richte ich sie auf den Stein. Nebel. Ich muß also scharf stellen. Und das macht man vermutlich, indem man an dem breiten Ring dreht …?

Jetzt steht auf dem Stein auch Vidas Sterbejahr. Ich war nicht auf ihrer Beerdigung, keins von uns Mädchen war da. Seit unserer Kindheit haben wir die Nase gestrichen voll von Beerdigungen. Wir vermeiden Beerdigungen nach Kräften, und besonders vermeiden wir es, gemeinsam an einer Trauerfeier teilzunehmen, weil ständig die Gefahr besteht, daß ein unvorsichtiger Blickkontakt eine endlose Serie hysterischer Lachanfälle auslöst. Das kollektive Gedächtnis kann ein teuflischer Ballast sein: zu viele komische Erinnerungen an eine todernste Zeremonie.

Zur Probe drücke ich auf den Auslöser. Nichts geschieht. Natürlich nicht, denn ich habe den Film nicht weitergedreht. Aber das schneeige Spitzengewirk der Birken hinter den Grabsteinen sieht so zauberhaft schön aus. Das wird ein gutes Bild!

»Hast du berücksichtigt, daß das vom Schnee reflektierte Licht die Belichtungszeit leicht verfälschen kann? Mit dem Wert, den der Belichtungsmesser anzeigt, wird das Bild unterbelichtet. Du solltest eine Objektmessung vornehmen ...«

Mir fällt fast die Kamera aus der Hand, ich erschrecke wie ein Dieb, der sich allein im Haus wähnt.

Die uralte Frau vom Vormittag steht neben mir in ihrer Steppjacke und mustert mich. Daß sie so plötzlich die Sprache wiedergefunden hat und sich auch noch auszudrücken versteht, hat mich so aus der Fassung gebracht, daß mir nicht einmal ein Wort der Begrüßung einfällt. Ich ziehe Verrückte an wie ein Magnet. Das ist eine Tatsache, die sich immer wieder von neuem bestätigt.

»Aha«, sagt sie, anscheinend ein wenig enttäuscht, nachdem sie die Kamera genauer in Augenschein genommen hat. »Jetzt wäre ein UV-Filter angebracht, um die Blaustichigkeit des Schnees abzumildern ... Du solltest die Zeit verdoppeln, die der Belichtungsmesser anzeigt. Ich empfehle dir, mehrere Aufnahmen zu machen und jeweils eine halbe Blende weiter aufzudrehen, dann kriegst du zumindest eine richtig belichtete Aufnahme. Graufilter hast du natürlich keine?«

Ich wühle in meinen Taschen. Nein, zufällig habe ich heute überhaupt keine Filter mit.

»Welche Zeit zeigt er an?«

»Wie bitte?«

Sie nimmt die Kamera, sieht hinein und reicht sie mir zurück.

»Die Zeit siehst du dort in der Belichtungsanzeige …«

Sie trägt keine Handschuhe. Die Finger sind knotig vom Rheumatismus, aufgesprungen und rot.

»Ich möchte behaupten, daß der Meßfehler bei diesen Lichtverhältnissen bis zu zwei Blendenöffnungen ausmachen kann, wenn man mit der Integralmessung arbeitet«, sagt sie und schneuzt sich in ein handgesticktes Stofftaschentuch.

»Aha. Gut zu wissen.«

Heißt das, daß ich jetzt auf den Auslöser drücken kann? Wir stehen schweigend nebeneinander vor dem Grabstein meiner Großeltern. Ich betrachte ihn durch den Sucher. Stelle scharf. Von der Haut der alten Frau weht ein säuerlicher Geruch herüber.

»Dich beschäftigt natürlich die Brennweite. Vielleicht solltest du das Objektiv wechseln«, sagt sie. »Mit Weitwinkel bekommst du eine ziemlich starke Kontraktion, aber bei einem solchen Motiv hast du daran nicht viel Freude.«

Kontraktion? Das klingt nach einem geburtstechnischen Terminus. Nein, die beschäftigt mich nicht die Bohne, mich beschäftigt, wie ich das alte Weiblein möglichst schnell wieder loswerde.

»Soll ich dir die Blende einstellen?«

»Seien Sie so gut.«

Es geht qualvoll langsam. Ihre Finger sind von der Arthrose übel mitgenommen.

»5,6 dürfte nicht ganz verkehrt sein, bei dem empfindlichen Film.«

»Danke.«

Ich drücke auf den Auslöser und bete, daß wenigstens das richtig ist.

Es ist richtig.

»Willst du auch das Grab der Kleinen fotografieren?«

Ich lasse die Kamera sinken und sehe sie verwundert an. Die uralten Augen mustern mich ruhig.

»Aino Helena. Ihr erstes Kind. Es liegt dort in der Ecke, an der Mauer. Aino war nicht getauft.«

Eine prekäre Situation. Ihr allzu direkter Blick – mir fällt keine vernünftige Erwiderung ein.

»Die Kleine hat einen sehr hübschen Stein«, sagt sie. »Marmor. Er ist zwar ziemlich vergilbt, aber bei Marmor ist das immer so mit der Zeit. Der eignet sich nicht für unser Klima. Aber zu der Kleinen paßt er gut. So, wie sie war. Immer abwesend.«

Sie schreitet überraschend rüstig auf eine große Birke zu. Ich folge ihr gebannt.

»Kannten Sie sie?«

»Natürlich kannte ich sie«, lächelt die Greisin. »Ich bin doch ihre Tante. Erkennst du mich wirklich nicht wieder? Ich dachte, du wärst nur schüchtern.«

Sie reicht mir die Hand. Ein unerwartet fester Händedruck. »Ich bin Natalia. Eero, dein Großvater, war mein Bruder. Du warst doch mal als kleines Mädchen hier, zusammen mit deinen Schwestern. Ihr habt im Garten eine große Schüssel Erdbeeren gepflückt, und ich hab Sahne dazu geschlagen. Erinnerst du dich wirklich nicht mehr an mich?«

Aber klar, an die Erdbeeren erinnere ich mich. Aber nicht an die Sahne. Und auch nicht an die Frau, auf deren sonniger Terrasse wir saßen.

»Hat dein Vater nie von mir erzählt, Bilder gezeigt?«

»Doch«, lüge ich. »Sogar sehr oft. Entschuldige, daß ich dich nicht gleich wiedererkannt habe …«

»Das ist klar. Man verändert sich«, sagt sie traurig. »Man selbst vergißt das hin und wieder. Man ist erschüttert, wenn man in den Spiegel schaut: So also sehe ich schon aus. Denn weißt du, innerlich fühlt man sich noch wie knapp über zwanzig, wenn überhaupt … Der Körper hat es so eilig, alt zu werden, die Seele kommt da nicht mit …«

Wir bleiben bei der äußersten Gräberreihe stehen. Aino Helena Harjulas blaßgelbes Engelsgesicht sieht uns mit schüchternem Lächeln an.

»Man müßte den Stein abschleifen lassen, aber das bringe ich nicht fertig«, sagt die alte Frau und streicht über die kalte Marmorwange.

Warst uns wie ein fliegender Stern,
zartes Kindlein, klein und fern.
Brachtest Licht in unsre Herzen,
ewig wird die Sehnsucht schmerzen.

Gotische Buchstaben, versilbert.

In einer Vase, in den Schnee gesetzt, stehen Margeriten und Kornblumen aus Kunststoff. Sie nimmt sie einzeln heraus, schüttelt den Schnee ab, richtet die Blütenblätter.

»Die hab ich bei einem Versandhaus gekauft«, erklärt sie. »Im Katalog sahen sie fast echt aus. Eigentlich sollte ich wissen, daß man die Leute am leichtesten mit einem Foto betrügen kann. Aber die Kleine hatte sie so gern. Er liebt mich, er liebt mich nicht, er liebt mich … Kennst du das Spielchen?«

Ich nicke. Sie scheint verwundert.

»Ach, bei euch kennt man das auch?«

»Freilich.«

»Hat Olavi euch das beigebracht?«

Der Vater? Erlaube, daß ich lache. Der und mit uns spielen! Noch dazu mit Blumen! Du magst ja seine Tante sein und seine verrückten Weltuntergangsbotschaften verbreiten, aber ich sage dir, du kennst diesen Mann überhaupt nicht.

»Kann sein. Das weiß ich nicht mehr.«

»Sicherlich war es dein Vater«, freut sie sich. »Und ich glaube fast, daß ich ihm das Spiel beigebracht habe. Ja, das war ich. Ich war doch fast wie seine Mutter, wie du wohl weißt …«

Ich fahre fort mit meinem vieldeutigen Nicken. Und um meine Verwirrung zu verbergen, die mir immer peinlicher wird, nehme ich wieder die Kamera hervor.

»Die Blumen geben einen hübschen Farbklecks ab«, sagt sie. »Mach eine Gegenlichtaufnahme, das ist jetzt ideal«, rät sie mir. »Wo auch der Stein nicht so groß und dunkel ist wie bei Eero und Vida.«

Ihre Allwissenheit beginnt mich zu nerven. Die Art, wie sie mit ihrem Wissen prahlt.

»Du hast wohl schon früher mit einer Kamera zu tun gehabt?«

Sie blickt mich erstaunt an.

»Natürlich. Ich war über fünfzig Jahre in der Branche tätig. Da lernt man notgedrungen das ein oder andere. Wenn meine Hände nicht in diesem Zustand wären, würde ich immer noch fotografieren.«

Ich reiche ihr die Pentax. Die Finger gehorchen der Alten nur mit Mühe, aber sie schafft es, die richtige Blende einzustellen. Danke! Ich sehe durch den Sucher und löse aus.

»Sechs Jahre«, rechne ich nach. »Woran ist sie gestorben?«

Die Greisin streicht über die steinerne Wange.

»Das weiß niemand«, sagt sie. »Etwas Schreckliches ist geschehen, aber niemand konnte sagen, was.«

Nun, das war es nicht, was ich hören wollte. Das ist keine Frage, auf die ich eine Antwort suche. Erzähl mir von den Männern, Großtante Natalia, auch du bist eine Frau, erzähl mir von den Männern so, wie du von den Kameras erzählst. Warum erlauben wir ihnen, daß sie uns das antun. Wir nehmen ihre Zärtlichkeit mit derselben Demut hin wie ihre Unverschämtheit, ihre willkürliche Unstetigkeit, wir dichten ihren Handlungen Bedeutungen an, von denen sie selbst nichts wissen wollen, wir lassen uns hineingleiten in die leere, fürchterliche, nagende Einsamkeit, die eine mit Füßen getretene Liebe unausweichlich mit sich bringt!

»Und niemand von uns wußte, warum es geschah«, sagt sie und rückt unzufrieden die Plastikblumen zurecht.

»O Gott.«

»Ich habe immer gewußt, daß du kommen würdest«, sagt Großtante Natalia.

Ich nicke und lächle steif. Ohne auch nur das Geringste zu verstehen.

»Ich wußte und spürte es, daß eine von euch kommen würde, um zu klären, wie einer Sechsjährigen, die noch diesseits von Gut und Böse stand, so etwas widerfahren konnte«, sagt sie und wendet sich mir bedeutungsvoll zu. Auf ihrer bloßen Handfläche liegen verstreut die blauen Blütenblätter einer Kornblume.

OLKIKUMPU, MAI 1936

Das Mädchen, klein und blond, steht an der Pforte. Es ist still, aber seine Augen sagen etwas. Ihr Blick ist zäh wie Harz, haftet. Bleibt hängen. Die Kleine und der Hund stehen nebeneinander, ohne sich zu rühren, ein brauner Wachhund, so groß wie das Kind.

»Was willst du, Aino?«

Was wollen Kinder? Was wollen Hunde? Warum schwebt über ihrem wortlosen Bündnis dieser Hauch von Heimlichkeit?

An dem spindeldürren Arm ist eine lange Schramme. Sie hat immer Schrammen und blaue Flecken, weiß aber nie, woher. Nie beklagt sie sich, daß sie sich weh getan habe.

»Wo gehst du hin, Papa?«

Der Mann zieht die Jacke aus und lockert die Krawatte. Der Abend ist warm, irgendwie stickig.

»Nirgendwohin. Nur auf einen Spaziergang«, antwortet er.

»Darf ich mitkommen?«

»Nicht jetzt. Diesmal nicht.«

Etwas im Blick des Mädchens faltet sich zusammen wie die Flügel eines Vogels, faltet sich zusammen, aber verschwindet nicht. Wartet nur darauf, sich wieder zu entfalten.

»Bleibst du lange weg?«

»Nein.«

Ich bleibe nicht lange, denkt der Mann. Wahrscheinlich gehe ich nur auf ein Bier. Ein kaltes Bier und ein Kurzer, dabei soll es diesmal bleiben. Ich will mich nicht betrinken, ich will nur ruhig schlafen können, ohne zu träumen. Das dürfte nicht zuviel verlangt sein für einen Mann, der schon vom frühen Morgen an Verantwortung tragen und im Akkord arbeiten muß.

»Ich bin auch ganz lieb und helfe dir.«

Helfen willst du mir? Der Mann lacht abwehrend: Nein, beim Trinken sind Kinder keine Hilfe, deine zarten Ärmchen halten die schwarzen Autos nicht an, stoppen nicht ihr satanisches Motorengebrumm, das plötzliche, hektische Kreischen der Bremsen, vergleichbar dem Zähneknirschen des Mannes, der es nicht länger hinauszögern kann. Ein tierhafter Laut. Wenn man wirklich liebt. Oder wenn man stirbt.

»Geh und hilf Mutter, Stummelchen. Der Mutter muß man immer helfen. Papa bringt dir nachher Bonbons mit.«

Das Mädchen nickt, die Hand legt sich unbewußt dem Hund auf den Kopf, die Finger kraulen ihm die Nackenhaare.

»Nalle hat Junge im Bauch.«

»Ja, so ist es.«

»Behalten wir die?«

»Ich glaube kaum, meine Kleine.«

»Wer kriegt sie dann?«

»Das weiß ich noch nicht. Ich muß es mir überlegen.«

Der Weg zum Bergwerk wird jetzt asphaltiert. Der heiße Pechdunst läßt die Luft erzittern. Von weitem sieht es so aus, als gingen die Männer nicht, sondern als schraubten sie sich vorwärts oder schwebten.

»Warum hast du gestern früh in der Küche am Boden gelegen?«

Warum, warum! Eero Harjula ärgert sich über die neugierige Fragerei des Mädchens. Ein Mann legt sich dort schlafen, wo er es für richtig hält, wenn ihm die Augen zufallen. Ich hatte wohl Hunger, als ich von draußen hereinkam, und machte mir ein paar Butterbrote. Und dann hatte ich Lust, mich flach zu legen. »Im Bett ist es manchmal ein wenig eng, jetzt, wo Mamas Bauch so groß ist.«

Ein großer Mann braucht viel Platz, und am Fußboden in der Küche gibt es genug. Muß man davon so viel Aufhebens machen? Das ist ein Schlafplatz wie andere auch.

»Hast du auch gezittert?«

»Wovon redest du eigentlich? Was ist das für ein dummes Geschwätz?«

Der Mann möchte wissen, worauf das Kind eigentlich anspielt. Vielleicht hat er manchmal den einen oder anderen Schluck zu viel getrunken, aber er ist doch kein Säufer. Das sieht man schon an den Händen. Die sind ganz ruhig. Er hat keine Schwierigkeiten, aus dreihundert Meter Entfernung genau ins Schwarze zu treffen. Glaubt denn das arme Kind, daß man dem Vater das Leben Dutzender von Männern anvertrauen würde, wenn er seine Hände nicht unter Kontrolle hätte? Mein Gott, er könnte dem Kind solche Geschichten über das Zittern erzählen, daß ihm vor Entsetzen die Haare zu Berge stünden. Wenn der Mensch stirbt, zittert er am ganzen Leibe. Dann reißt die Seele sich los. Auch ein Tier zittert. Vielleicht haben auch die Tiere eine Seele.

Das Kind erschrickt vor der Strenge in der Stimme des Vaters, die Augen umwölken sich, die Schultern zucken. Der Hund wird unruhig, steht auf und stellt sich vor das Mädchen.

Was ist sie doch empfindsam, diese seine Tochter. Er tritt zu ihr hin, streicht ihr über den Kopf.

»Ich bring dir dann die Bonbons mit.«

Das Mädchen nickt.

Da geschieht es. Genau wie im Traum.

Das Geräusch des näherkommenden Autos, das plötzliche Bremsen.

Der Mann steht hinter einem Baum, neben der Straße, steht und wartet. Er wartet, ahnt aber nichts. Er weiß nicht. Weiß nicht, worauf er wartet. Irgendwo hinter ihm flatternde Gardinen, ein unruhiges Gesicht, eine ungehörte Bitte. Von irgendwoher ist ein Auto gekommen, aus dem Nichts, von einer unbekannten Adresse, kreischende Bremsen, die Tür springt auf: Hast du mit, was wir abgemacht haben …

Der Hund beginnt zu bellen, die Nackenhaare wütend gesträubt, das Mädchen streckt die Hand nach ihm aus, beruhigt ihn. Die Tür fliegt auf.

»Wie geht's? Wohin willst du?«

Kontorchef Isidor Haarla.

»Nirgendwohin.«

»Dann komm mit uns.«

Polizeichef Purola. Am Steuer ein Unbekannter.

»Ihr seid bestimmt schon genug Leute, auch ohne mich.«

Der Fahrer stellt den Motor ab. Purola steigt aus, zündet sich eine Zigarette an.

»Und wohin wollt ihr selbst?«

»Auf Zigeunerjagd.«

»Na klar.«

»Nein, wirklich. Der Landeshauptmann hat den Befehl ausgegeben, alle Zigeuner einzufangen, um sie zu entlausen. Es ist doch höchste Eisenbahn, dem Ungeziefer den Garaus zu machen, meinst du nicht auch?«

Eero Harjula antwortet nicht.

»Das Viehzeug verbreitet Fleckfieber und Pest«, erklärt der Unbekannte vom offenen Fenster her.

Polizeichef Purola geht um das Auto herum, tritt durch die Pforte, ohne sich um das warnende Knurren des Hundes zu kümmern.

»Ein hübsches Mädel. Ist das deins?«

»Ja.«

»Paß auf, daß der schwarze Mann sie nicht holt.«

»Er holt sie nicht.«

»Kann sie schon schießen?«

»Noch nicht.«

»Aber sie lernt es, wenn sie nach ihrem Vater schlägt.«

»So ist es.«

»Warum trainierst du übrigens nicht die Jugend? Die Kameraden und ich, wir haben uns schon darüber gewundert«, fragt Isidor Haarla, stellt den Fuß auf das Trittbrett des Daimlers und schiebt den Hut in den Nacken.

»Ich hab es so verstanden, daß die Blauschwarzen gesetzlich verboten sind.«

»Ja, aber das hat bei niemandem die Lust auf Training verringert. Außer bei dir anscheinend. Woran liegt das?«

»Was geht euch, zum Teufel, mein Schießen an?«

»Das ist es ja gerade, daß es uns nichts angeht. Dabei sollte es uns was angehen. Du hast dich auch sonst verändert. Das liegt uns verdammt schwer auf der Seele«, sagt der Kontorchef.

Purola räuspert sich, nickt bedeutungsvoll in Richtung Mädchen.

»Verzeihung, mein Fräulein«, sagt Isidor Haarla und hebt leicht die Mütze an.

»Sollte ich das Horst-Wessel-Lied pfeifen, damit ihr meinetwegen nicht euern Seelenfrieden verliert?«

»Warum nicht. Das wäre zumindest ein Anfang.«

Ob der Emmanuel noch den Jägermarsch zustande bringt, was meint ihr, Jungs?

Vielleicht würde er ihn noch zustande bringen, aber der Arme hat sich auf die Zunge gebissen. Wischt ihm mal die Mundwinkel ab, dann wollen wir doch sehen, ob er noch Manns genug ist, ein Männerlied zu singen ...!

»Aino, geh ins Haus. Dir wird kalt hier«, sagt ihr Vater.

»Nein«, antwortet das Kind und schaut den Vater aus seinen seltsamen, quarzschimmernden Augen unverwandt an. »Mir ist überhaupt nicht kalt.«

»Geh jetzt, wenn dein Vater es dir sagt, geh und nimm den Hund mit«, befiehlt Isidor Haarla.

Aber das Mädchen, klein und hell, steht auf der Stelle, ohne sich zu rühren, so als hätte es nichts gehört.

»Wie hast du dein Mädel erzogen?« fragt Purola, um einen scherzhaften Ton bemüht.

»Eher hat sie mich erzogen.«

»So sieht es aus.«

»Geh rein, Aino, geh der Mutter helfen.«

Das Kind dreht sich um, geht gemächlich in Richtung Haustür. Aber beim Fliederbusch bleibt es stehen, verweilt.

»Ist sie normal? Oder irgendwie nicht ganz richtig?« will Isidor Haarla wissen.

»Wie steht es mit dir selbst?«

Verdammt, er singt nicht. Ist es mangelnder Patriotismus oder mangelnde Musikalität? Wie soll man das wissen, wo auch sein Sprechen ein einziges Gelalle ist. Er braucht ja die Melodie nicht so haargenau richtig zu treffen, wenn sie nur irgendwie erkennbar ist ... Wir sind doch keine Musikkritiker, was Jungs ...? Am besten, wir machen Schluß mit dem Spielchen. Schieß jetzt, Harjula, dann können wir nach Hause. Schieß nur! Was ist, du kannst doch schießen. Er will es doch schon selbst, er bettelt doch förmlich darum, jedenfalls täte er es, wenn er reden könnte, so ist es doch, oder?

»Na, Harjula, fährst du nun mit oder nicht? Wir meinen es völlig ernst mit den Läuseträgern. In Deutschland hat Hitler die in eigene Lager gesteckt. Damit anständige Menschen in Frieden leben können. Das nenne ich Nationalismus.«

»Wir sind hier nicht in Deutschland.«

Der Polizeichef hat einen schlimmen Raucherhusten. Der steigt tief aus den Lungen herauf.

»Und auch nicht in Spanien. Da streiken die Arbeiter. Aber die Faschisten werden ihnen noch Zucht und Ordnung beibringen«, weiß der Kontorchef.

»Glaubst du?«

»Du könntest ruhig mitkommen. Du hast doch auch einen Waffenschein. Die Zigeuner laufen mit dem Messer in der Tasche herum, und die sind so schreckhaft, daß niemand …«

Jagen wir ihnen einen kleinen Schrecken ein! So hieß es auch damals. Jagen wir ihnen einen Schrecken ein. Sie hatten herumgeballert, und Isidor Haarla war in Fahrt: Ist es nicht höchste Zeit, denen eine kleine Lehre zu erteilen, den Vaterlandsverrätern!

Wir bringen sie dazu zu sagen, der Kommunismus ist Scheiße. Und dann saufen wir. Und wenn sie es nicht sagen? Die sagen das, und wie sie das sagen, wenn man nur oft genug fragt. Aber wenn nicht? Na, dann muß man sie wohl über die Grenze bringen, so wie die andern es auch tun. Zu den Russkis. Da können sie sie dann genießen für ihr Geld, die ideale Gesellschaft. Wir müssen doch was tun, bevor sie das ganze Bergwerk sozialisieren. Glaubst du denn im Ernst, daß sie dich dann noch als Vorgesetzten behalten, einen vom Schutzkorps …! Ich komm nicht mit. Komm doch mit, das wird eine lustige Tour, ich kenne viele illegale Kaschemmen an der Grenze …

»Ich komm nicht mit. Mit euch fahr ich nirgendwohin.«

Purola hustet wieder, hustet und räuspert sich die Kehle frei.

»Das klingt aber gar nicht freundlich«, wundert sich der Unbekannte.

»Laß den Jungen, wenn er bei Männersachen nicht mitmachen will«, sagt der Polizeichef und geht zur Autotür zurück.

»Die tun so, als wären sie arm, dabei haben sie in der Tasche eines alten, verhungerten Zigeuners mal neuntausend gefunden. Pack ist das, aber nicht mittellos, die stehlen und betrügen, das ist so wahr wie das Amen in der Kirche«, erklärt der Unbekannte.

Warum schießt du nicht, Harjula? Du kannst doch schießen? Siehst du nicht, daß er schon selbst darum bettelt …? Schieß jetzt! Schieß. Schieß schon, zum Teufel, erschieß ihn …!

»Ich hätte euch anzeigen sollen«, sagt der Mann. »Es war ein Fehler von mir, daß ich euch damals nicht angezeigt habe.«

Das Lächeln verschwindet.

»Anzeigen? Was faselst du da, Harjula?«

Die Tür geht auf, eine Frau, die Ehefrau des Mannes, steht auf der Treppe. Hochschwanger, die Strickjacke über dem großen Bauch offen. Sie sieht die Männer an, grüßt nicht.

»Der Kaffee ist fertig, Eero«, sagt sie. »Kommst du?«

Die Männer haben die Mützen abgenommen, sehen einander vielsagend an.

»Gleich. Nimm Aino mit rein! Hier draußen ist es schon kalt.«

Sie steigt die Stufen herab, nimmt das Kind bei der Hand. Der Hund bleibt mitten auf dem Hof stehen. Er knurrt noch immer. Die Männer grinsen.

»Ein strammes Weib«, bemerkt Purola, während er die Mütze wieder aufsetzt.

Ein strammes Weib. Und gehörte in Kanada zwei sozialistischen Frauenorganisationen an. Aber das wißt ihr natürlich längst, denkt Eero Harjula. Ihr habt das nur nicht zur Sprache gebracht. Ihr denkt, der Mann wird sich seine Frau schon selbst vorknöpfen. Mir ist völlig klar, daß ihr sie längst zu den Russen expediert hättet, wenn sie nicht mit mir verheiratet wäre.

»Emmanuel Aarnio war ein verdammt guter Arbeiter. Ein guter Bohrhauer. Einmal, als die Schicht gerade zu Ende ging, wollte ich die Leute eigentlich schicken, noch eine Fuhre Erz aus dem Schram zu holen, ich wollte das gute Erz nicht der nächsten Schicht überlassen. Das Erz wird uns schon nicht ausgehen, sagte Aarnio. Eine Minute später stürzte das ganze Sprengfeld dreißig Meter tief in die Grube hinab. Die wären hin gewesen, alle, wie sie da waren.«

»Er hat sich gegen dich aufgelehnt.«

»Der verstand was vom Gebirge. Der witterte es, wenn der Schurf sich rührte.«

»Er wußte, was er wußte. Was nützt es jetzt noch, darüber Tränen zu vergießen.«

»Das ist wahr.«

Wahr, wahr. Da hat Isidor Haarla verteufelt recht, das muß der Mann sich eingestehen. Vom Jammern wird es nicht besser. Und er weiß auch, daß der Kontorchef für die zentrale Geheimpolizei arbeitet. Vielleicht auch Purola. Woher hätten sie sonst all das Wissen, zum Beispiel, wer abgeholt werden soll, wo und warum. Von dort stammte Emmanuel Aarnios ausführliches Sündenregister, soviel hat er schon damals begriffen. Daß seine Freunde hochrangige Gönner haben. Daß ihnen niemand etwas anhaben kann.

Die Männer steigen ins Auto, etwas gereizt, aber ohne daß ihre Selbstsicherheit Schaden genommen hätte. Eero Harjula sieht sie an. Er lächelt. Spott ist ebenso ansteckend wie Gelächter. »Zigeuner, ja? Und wer ist danach an der Reihe?«

Ich habe mich geirrt, denkt er. Ihr habt euch geirrt. Das war schlimmer als ein Verbrechen. Das war ein mörderischer Irrtum.

»Du weißt doch, daß alle, die mitgefahren sind, beim Verhör erzählt haben, daß die Fahrt nichts als ein prima Zeitvertreib war«, bemerkt der Polizeichef und läßt eine dicke Portion Spucke auf den Boden klatschen. »Jeder Mann würde doch sonstwohin fahren, um mal von zu Hause wegzukommen.«

»Nachdem du sie unter vier Augen über ihre Rechte aufgeklärt hattest.«

»Aber das waren doch lustige Fahrten. Das mußt du doch zugeben. Die netten Männer wurden nett behandelt. Ob sie nun Kommunisten waren oder nicht, wenn sie nur versprachen, sich zu bessern. Ich verlange doch nicht zuviel. Das tut niemand von uns. Aber irgend jemand muß doch an die Interessen des Vaterlandes denken. Verantwortung tragen. Sich aufopfern, wenn es ernst wird.«

»Emmanuel Aarnio war kein Kommunist.«

Emmanuel Aarnio war der gewiefteste Kartenspieler von allen Kumpels. Sie hatten ihm den Spitznamen Pikkönig gegeben. Weil er genauso dunkel war. Männer, die neu dazukamen, dachten, daß er irgendwie falsch spielte. Aber das tat er nicht. Er hatte einfach so flinke Finger. Und bei denen fingen sie dann auch an. Bei den Fingern.

»Kommunist, Sozialdemokrat, es gibt ja etliche Bezeichnungen ... Er hätte nur ein Wort zu sagen brauchen, ein einziges Wort, nichts weiter«, sagt der Polizeichef.

Ich würde es ja sagen, euch zu Gefallen, aber es gehört sich nicht, etwas zu verleugnen, wofür der eigene Vater sein Leben gelassen hat; ich bin wahrlich kein Musterchrist, aber ich habe doch immerhin versucht, das vierte Gebot zu befolgen ...

»Warum haben wir ihn nicht über die Grenze geschafft? So wie die anderen.«

»Damit er den Russkis alle Einzelheiten über das Bergwerk erzählt? Ist es das, was du gewollt hättest?« brüllt der Polizeichef. Dieser Eero Harjula stellt seine Geduld wirklich auf eine harte Probe.

»Könnten Sie vielleicht noch etwas lauter schreien«, schlägt der Unbekannte vor. »Die Leute vom Straßenbau haben es noch nicht alle gehört.«

»Man sollte doch annehmen, daß der Mann andere Sorgen hat«, ruft Isidor Haarla aus dem Fenster.

Eero Harjula fragt nicht, was er meint. Es interessiert ihn nicht mehr.

»Alle im Bergwerk wissen doch, daß ...«

Der Unbekannte läßt den Motor an. Seine Worte gehen im Lärm unter. Hinter ihnen in der Ferne schweben die Straßenbauarbeiter über ihrer schwarzen Akkordarbeit.

»Bist du gar nicht mitgefahren?« fragt die Frau, als der Mann hereinkommt. Sie läßt die Zeitung, die sie gerade gelesen hat, auf den Tisch sinken.

»Nein, denn du hast mir Kaffee versprochen. Ist welcher da?«

»Ja. Die Simpsons sind jetzt geschieden worden.«

»Welche Simpsons, zum Teufel?«

»Wallis und ihr Mann. Vielleicht heiratet Edward sie jetzt.«

»Der Mann verzichtet doch nicht wegen einer Hure auf die Krone.«

»Warum sagst du das?«

»Weil ich so denke. Wo ist Aino?«

»Bei Natalia. Worüber habt ihr gesprochen?«

Der Mann nimmt die Wodkaflasche aus dem Schrank, schenkt sich eine Tasse halb voll und schüttet sie in sich hinein.

»Vom Wetter. Und von Emmanuel Aarnio. Ich hab dir das nicht erzählt, aber ...«

Vida Harjula steht plötzlich auf. Der Mann glaubt, um Kaffee zu holen. Aber das ist es nicht. Die Frau beugt sich zu ihrem Mann hinunter, preßt ihren Kopf gegen seine Wange, flüstert ihm hastig etwas ins Ohr, löst sich schnell wieder von ihm und stößt im Vorbeigehen an die Kaffeetasse, so daß sie zu Boden fällt.

»Was?«

Der Mann hat nichts gehört. Er bückt sich, um die Scherben aufzulesen. Daß die Frau so ungeschickt ist, liegt nicht an ihrem Zustand. Sie war immer so. Die Jalousien krachen auf den Fußboden herunter, wenn sie die Vorhänge öffnet. Die Gläser zerspringen, wenn sie sie spült. Das Essen im Topf brennt an.

»Was hast du gesagt?«

Die Frau seufzt, schüttelt den Kopf, die Hand vor dem Mund.

Natürlich hat der Mann es die ganze Zeit gewußt. Aber er hat vergessen, daß er es weiß: Wenn ich nicht daran denke, dann ist es nicht geschehen. Es ist ja alles schon so lange ein Irrtum, aber Irrtümer kann man korrigieren. Man muß sie korrigieren.

»Ich gehe fort. Wir gehen«, sagt die Frau.

Der Mann lächelt. Aber sein Bein hat angefangen zu zittern. Er beruhigt es mit der Hand. Das Zittern hört nicht auf.

Schieß schon. Schieß, erbarm dich des armen Teufels, erschieß ihn schon, schieß doch …

»Ich hab damals nichts verstanden. Ich war so furchtbar besoffen. Ich hab nur zugesehen. Ich hab nicht mal zugesehen, ich hab gekotzt. Er hatte solche Schmerzen. Warum hab ich nicht geschossen?« fragt der Mann.

»Weil du kein schlechter Mensch bist«, antwortet die Frau so leise, daß man es kaum hören kann.

»Du hast mich nicht ins Bett gelassen. Ihretwegen. Und da hab ich …«

Eero Harjula hatte sich die Leute nicht ausgesucht. Sie hatten sich ihn ausgesucht, und er war nur mitgegangen. Er dachte, ich will doch mal sehen. Er konnte gut schießen. Er schoß gern. Und sie waren so stolz auf ihn. Nette Männer. Nie fiel ein böses Wort.

Der Mann fährt sich mit den Fingern durch die Haare: Muß ich jetzt wählen? Und was sind die Alternativen? Der König verzichtet auf die Krone, oder er verzichtet nicht. Das sind zwei Wege, nicht wahr. Noch kann man um Verzeihung bitten. Auf beiden Seiten. Das wichtigste ist jetzt, die letzten Reste von Würde zu bewahren. Einen Skandal heraufzubeschwören nützt niemandem. Zwei Wege, ein richtiger und ein falscher. Oder gibt es drei? Drei, zwei, keinen?

Eero Harjula legt den Kopf auf das weiße Tischtuch. Er weint nicht, verweilt nur, die Wange an dem kühlen Stoff, ist ganz still.

»Ich gehe«, sagt seine Frau. »Ich gehe mit dem Mädchen und komme nie wieder«, sagt sie.

OLKIKUMPU, MAI 1936

Fort, fort, fort, das ist jetzt beschlossen und gesagt. Vida Harjula steht vor dem Spiegel, betrachtet ihren großen Bauch von der Seite und von vorn, drückt ihr halblang geschnittenes Haar vorn zu einer Welle. Sie prüft besorgt den Haaransatz, der nicht mehr so goldblond ist wie in ihrer Jugend, und überlegt, ob sie ihn mit Wasserstoffsuperoxyd bleichen sollte, um seine ursprüngliche Schönheit zu erhalten.

Aber wie herrlich der Gedanke, daß sie bald frei sein wird!

Der Winter ist vergangen, und das Mitleid ist vergangen. Sie vergingen so, wie die Zeit vergeht, so, wie der Boden auftaut, die Apfelblüte sich öffnet und abfällt. Alles muß vergehen, muß seine Zeit haben, aber auch enden! Auch sie muß einen Schlußstrich ziehen und gehen.

Noch verweilt die Frau, voller Schmerz und Sehnsucht, aber auch in ihrer Trauer ist sie wie eine Nessel: Sie wird um so stärker, je mehr man sie tritt. Sie fügt anderen Schmerz zu und sich selbst! O weh, es hilft nichts, es muß weh tun! Weh tun und noch mehr weh tun, sonst wächst man nicht zu einem Menschen heran, sonst kann man nicht beweisen, daß man mehr ist als ein Kind, das nur nach neuem Vergnügen verlangt.

Alles kam anders, als sie es sich vorgestellt hatte. Sie hatte Gebrüll und Schläge und geifernden Zorn erwartet. Aber Eero Harjula begnügte sich damit, nur einige tastende Fragen zu stellen. Er sprach mit scheuer, fast formeller Stimme, wie ein schicksalsergebener Patient zu dem Arzt spricht, der über seine Behandlung entscheidet und dessen unangenehme Aufgabe es ist, von der unvermeidlichen Operation zu sprechen.

»Du gehst?«

»Ich und Aino und das Kind, das bald geboren wird.«

»Ihr geht fort?«

»Ja.«

»Wohin?«

»Nach Turku. Ich bekomme dort eine Stelle als Übersetzerin.«

»Du hast schon alles organisiert?«

»Ja.«

»Warum?«

»Ich kann nicht mehr mit dir leben. Ich will nicht.«

»Was hab ich falsch gemacht?«

»Nichts. Die Schuld liegt bei mir.«

»Ich denke, ich schicke das Mitgliedsbuch des Schutzkorps zurück.«

»Das nützt nichts mehr. Nichts nützt mehr.«

»Ich schick es trotzdem zurück.«

»Nicht meinetwegen. Einmal hab ich dich gebeten, das zu tun. Ich habe dich aufgefordert zu wählen, ich oder sie, oder ich gehe. Du hast nicht mich gewählt.«

»Und du bist nicht gegangen. Damals.«

»Jetzt gehe ich.«

»Obwohl du ein Kind erwartest.«

»Ja.«

»Dann ist es wohl nicht meins.«

»Doch, es ist deins.«

»Und dennoch gehst du.«

»Ja, ich gehe.«

»Wann?«

»Ich kann sofort gehen. Wenn es so leichter wird.«

»Das fehlte noch. Ein Mann will doch sein Kind sehen … Es ist doch wohl besser, wenn es hier geboren wird, es ist ja auch hier gemacht worden …«

Die neue Menschlichkeit des Mannes verschlägt der Frau fast den Atem. Woher sprudelt jetzt diese Quelle des Verständnisses, an deren Fehlen sie seit Jahren fast zerbrochen ist? Sie sprudelt und ergießt sich schier unerschöpflich in einem Augenblick, da man es am wenigsten verdient.

Die Frau versteht es nicht. Sie versteht den Mann nicht: Ist das jetzt eine List?

Jeden Morgen macht sie sich auf das Schlimmste gefaßt: Heute ist der Tag, an dem er seine Wut austoben wird. Heute wird er sich vollaufen lassen und zeigen, was er wirklich denkt.

Aber nein.

Etwas Sonderbares liegt in der Luft, aber wenn man sich umschaut, ist alles so wie früher. Oder sogar besser. Es ist still, drückend, aber zugleich schön und ruhig. Schnaps wird in keinen nennenswerten Mengen verbraucht. Und so geht das schon seit Tagen, genaugenommen schon die zweite Woche.

Daß alles in Ordnung ist und doch nicht in Ordnung.

Das Böse ist nicht verschwunden, es hat sich nur geschickt versteckt.

Bisweilen dünkt es die Frau, als müßte sie etwas hören oder sehen, was ihrer Angst eine Form gibt. Daß sie sonst erstickt, zerspringt von diesem ständigen Auf-der-Hut-Sein. Dieser Ungewißheit.

»Ist alles in Ordnung?« fragt sie den Mann. »Kommst du zurecht?«

»Wieso?« wundert er sich. »Warum sollte ich nicht zurechtkommen? Das wird zwar ein hartes Stück Arbeit, aber ich hab doch Flaschenzüge und Taue und verdammt starke Männer zur Seite.«

Vielleicht ist das die Art eines Mannes zu leiden. Oder es ist ihm einfach egal. Er hat keine Zeit, an eine solche Lappalie wie die Scheidung zu denken, jetzt, wo ihn die Sache mit dem Denkmal für Emmanuel Aarnio beschäftigt. Wenn er seine Frau ansehen würde, dann sähe er sicherlich nur eine Frau mit dickem Bauch, an der er nicht die geringste Freude hat. Aber er sieht die Frau nicht an, sieht sie überhaupt nicht mehr an, vermeidet das nach besten Kräften. Er arbeitet jetzt jeden Tag an dem Steinblock, sowie die Arbeit im Schacht es ihm erlaubt, die Abende sind ja hell jetzt. Und am Sonntag schon vom frühen Morgen an.

Es muß gezeichnet, gerechnet, geplant werden.

Damit Emmanuel Aarnio, der beste Bohrhauer, den man wie einen Hund ermordet hat, ein Denkmal bekommt, das seiner würdig ist.

Der Mann zweifelt nicht am Gelingen des Projekts. Das mündliche Einverständnis von der Direktion der Gesellschaft hat er schon eingeholt. Das hat funktioniert, weil er den Zweck des Denkmals ziemlich vage formuliert hat: Es solle errichtet werden zu Ehren des finnischen Bergmanns. Er ist überzeugt, daß alle Kollegen seines Trupps sich mit der Begeisterung eines Geheimbündlers an dem Projekt zugunsten der Gerechtigkeit beteiligen werden.

Das Mammutunternehmen, einem Findling, der am Ufer des Käärmesalmi liegt, durch Behauen eine passende Form zu geben und ihn dann mehrere Kilometer weit auf den Gipfel des Olkikumpu zu schleifen, grenzt nach Ansicht der Frau, der nicht Eingeweihten, an Größenwahn, aber sie hat nicht den Mut und das Recht, das dem Mann ins Gesicht zu sagen.

Nur Natalia spricht manchmal in bedeutungsvollem Ton von Großvater Anton, der über seinem Versuch, das rote Gold zu erfinden, den Verstand verlor. Aber Eero, der noch ein Kind war, als sein Großvater starb, sich aber noch gut an die Lobreden der überaus gerührten Trauergäste erinnert, besonders der schwarzgekleideten Herren von der Handelskammer, hört nicht auf seine Schwester.

»Natalia bringt alles durcheinander«, murmelt er, leicht gekränkt, weil das Andenken seines Großvaters entweiht worden ist. »Niemand hat jemals behauptet, daß Großvater Anton in irgendeiner Beziehung verrückt gewesen wäre.«

»Er hatte Geld. Selbst als er die Familie an den Rand des Ruins gebracht hatte, hat er den anderen noch zu verstehen gegeben, daß er irgendwo über bedeutende Bankeinlagen verfügte. Reiche werden niemals für verrückt erklärt. Zumindest sagt man es ihnen nicht ins Gesicht«, bemerkt Natalia.

Aber der Mann ist schon allzu berauscht von der Möglichkeit einer ehrenvollen Wiedergutmachung, als daß er auf irgendwelche Warnungen hören würde. Außerdem will es ihm nicht in den Kopf, was der alte Anton mit dem Denkmal für den Bergmann Emmanuel Aarnio zu tun haben soll.

»Dein Großvater ist verrückt geworden, ebenso wie sein Onkel, der ein total Verrückter war. Und genauso wird es dir auch ergehen, wenn du nicht aufpaßt«, sagt Natalia zu ihrem Bruder.

Aber der lacht nur.

Er sieht und hört nichts anderes, als was er sehen und hören will.

Er bemerkt nicht, daß es Sommer wird. Daß die Nachmittage vor Hitze glühen und die Nächte hell sind und daß seine hochschwangere Frau sich verzehrt in Sehnsucht nach einem anderen Mann, so daß sie in ihr Kissen beißen muß, um nicht zu schreien.

Aber was der Mann sieht, ist sein Kind. Zum ersten Mal sieht er, daß er eine Tochter hat. Einen Wildfang mit rötlichen Haaren, der um ihn herumspringt auf den glitschigen Ufersteinen des Käärmekoski, wenn er dort den acht Meter langen Block vermißt. Nie zuvor hat er eingewilligt, das Kind auf seine Ausflüge mitzunehmen, aber jetzt ist er so voller Energie und gutem Willen, daß es auch für die Kleine reicht.

»Das hat Pikkönig verdient, zum Teufel!«

Oder:

»Ja, das hätte Emmanuel gefallen. Wenn einer den Brocken hier anbohrt, dann schüttelt es ihn so, daß seine Beine als Draufgabe noch eine kleine Massage kriegen ...«

Das kann die Frau sich gut vorstellen.

Wie der Mann immer wieder zu dem Kind über die Bedeutung seines Vorhabens spricht, obwohl das alles seine kleine Begleiterin längst nicht so fesselt wie die um den Proviant herumschwirrenden Fliegen oder die Sonnenreflexe im seichten Uferwasser. Aber der Mann bemerkt es nicht. Hingebungsvoll spricht er von der Reihenfolge der einzelnen Arbeitsschritte, von den vielen wichtigen Einzelheiten, die man nicht vergessen darf, wenn man ein perfektes Endergebnis erzielen will:

»Wenn die Bohrhauer ihren Teil erledigt haben, werden die Keile mit Vorschlaghämmern eingetrieben. Eine Nacht tun sie ihre Wirkung, und die Spur ist so gerade, als hätte man mit einer Kugel hineingeschossen, da kannst du dich drauf verlassen.«

Der Mann hat das Gefühl, das Ruder seines Schicksals wieder selbst in der Hand zu halten, er ist davon überzeugt, sein Leben wieder in den Griff zu bekommen.

Und zum ersten Mal beobachtet er, beobachtet er wirklich seine Tochter und staunt über die Kraft, die in seinem Kind brodelt. Es verschlägt ihm die Sprache, als er sieht, wie aufgeregt das Mädchen wird, als es die Wasseroberfläche flüchtig berührt, als es, ohne um Erlaubnis zu fragen, seine Kleider abstreift und kurz darauf im Wasser herumtollt, das kaum zehn Grad hat.

Das Heidenmädchen. Das Kind, das auch angezogen den Eindruck erweckt, als tendiere es irgendwie zur Nacktheit.

Die Kniestrümpfe wollen nicht oben bleiben, sondern rutschen auf die Knöchel hinunter. Wer weiß, vielleicht war der Mann als kleines Kind genauso?

Auf den gemeinsamen Ausflügen ist das Mädchen wie ausgewechselt, quengelt nicht, bettelt um nichts, schaut ihn nur in gutwilliger Erwartung an.

Sie sind dabei, einander zu finden, Vater und Tochter. Der Mann sieht jetzt in dem Mädchen eine Verbündete, vielleicht ist er doch nicht so gleichgültig, wie er es zu verstehen gegeben hat. Schon möglich, daß es die Verbitterung war, die in dem sonst so geradlinigen Mann eine Heimtücke erzeugte, die die Frau vorher nicht an ihm bemerkt hatte.

»Du erinnerst mich an meinen Onkel, obwohl du ein Mädchen bist«, sagt der Mann eines Abends zu dem Kind, so daß die Frau es hört.

»Willst du ein Foto von ihm sehen?«

Das Mädchen nickt, setzt sich aufs Sofa neben den Vater. Der Mann zieht aus der Vitrine ein Album hervor, in dem es ein unscharfes Foto von einem Jungen gibt, der neben einem Pferd steht. Langschäftige Stiefel. Ein breitkrempiger Hut. Über den Kopf hat jemand mit Bleistift ein Kreuz gemalt.

»Wie ein Ei dem andern, was?« fragt der Mann.

Das Mädchen beugt sich interessiert über das Foto.

»Was sagst du, Vida?«

»Kann sein, daß es da eine gewisse Ähnlichkeit gibt«, räumt die Frau widerstrebend ein.

»Das war vielleicht ein schöner Mann ... schön wie der Engel Gabriel. Alle Mädchen waren verrückt nach ihm, stritten sich regelrecht um ihn. Dunkle und blonde. Alle. Aber die Gendarmen haben ihn erschossen. Hab ich euch davon erzählt?«

»Ja«, sagt seine Frau.

»Na, aber das Mädel kennt die Geschichte noch nicht«, schnauft der Mann eifrig und beugt sich vertrauensvoll zu dem Mädchen hinab: »Die Gendarmen haben ihn erschossen, weil er auf die Straße gepinkelt hat. Den Bruder meiner Mutter. Das Pinkeln war kein schlimmes Verbrechen, aber diesen verdammten Kerlen hat es nicht gefallen, daß er sein Ding am hellichten Tage hervorgeholt hat. Sie schossen. Wahrscheinlich aus Neid. Das war ein Mann, der alle Blicke auf sich zog, ob er die Hosen nun auf oder zu hatte. Das ging ihnen zu weit. Aber er kümmerte sich nicht darum. Er erledigt sein Geschäft, auch wenn man ihn mit der Waffe bedroht. Bist du aus demselben Holz geschnitzt, meine Kleine? Es scheint so, oder? Kommst nach meiner Familie, ganz eindeutig ...

Woher kommen die Ängste? Aus den dunklen, wogenden Träumen, die von den Rachegöttern geschürt werden. Sie versuchen, Keile in Vida Harjulas Entschlossenheit zu treiben. Sie beginnt zu fürchten, daß sich hinter dem Schweigen ihres Mannes unberechenbare Absichten verbergen, ihr graut vor dem Tag, auf den sie jahrelang vergebens gewartet hat: vor dem Augenblick, da die Tochter sich dem Vater ohne den demütigen Wunsch zu gefallen nähert. Sich ihm einfach so nähert, wie man sich etwas Gewohntem, Vertrautem nähert, um das man sich nicht weiter zu kümmern braucht.

Sollte es tatsächlich so sein, daß die erste tastende Liebe des Kindes zu seinem Vater sie, Vida, zerschmettert?

Nein. Das läßt sie nicht zu.

Alles hat seine Grenzen. Auch das, was es im Namen von Ehe und Mutterschaft zu ertragen gilt. Reicht es denn nicht, daß sie sich nicht mit jenem Mann trifft, obwohl sie weiß, daß er wieder in Olkikumpu ist. Daß sie sich nachts nicht davonstiehlt, nicht am hellichten Tage schnurstracks zu ihrem Geliebten eilt, ihm die Kleider vom Leibe reißt und ihre Sehnsucht laut hinausstöhnt. Daß sie nicht schreit, so daß alle es hören, so daß niemand, der sich anstandshalber mit weniger begnügt hat als dem, was ein wunderbarer, unbegreiflicher, glücklicher Zufall ihr in diesem Leben noch geschenkt hat, es mitanhören könnte, ohne verbittert zu werden!

Aber die Frau hält stand. Der Name ihrer Liebe ist jetzt Trennung. Sie bleibt der Trennung treu, deren gewaltiger Schmerz ihr heilig ist; mit der Kraft dieses Schmerzes erhebt sie sich allmorgendlich, steht auf und atmet.

Ihr bleibt nur die Phantasie. Aber auch in ihren Vorstellungen gestattet sie sich kein Zusammentreffen mit ihm. Traurig läßt sie den Mann über die Berge wandern, führt ihn, von blanker Sehnsucht beflügelt, in Junggesellenklubs, damit er etwas Ordentliches ißt und ein, zwei Schnäpse hinterherkippt.

Bestimmt hat der Mann einen Mantel mit, für alle Fälle. Er hängt ihm über dem Arm, ein heller, an den Säumen verschlissener Kaftan-ähnlicher Mantel, grasgrün am Rücken und mit einem Duft nach Tabak, Moor und Sumpfvogel. In der Luft liegt schon die Glut des Sommers, aber nachts kann es noch Frost geben, das ist in diesem verfluchten Land immer möglich.

Vida Harjula stellt sich also den Mann beim Essen vor. Aus irgendeinem Grund gefällt ihr die Vorstellung, daß er auf seinem Teller große, mehlige Kartoffeln zerteilt und Fleisch, grüne Erbsen, rote Rüben und Gurke kaut. Wie er Bier trinkt. In ihrer Phantasie trinkt der Mann in seiner Sehnsucht stets mehr, als er eigentlich vorgehabt hatte. Er versucht, mit den in der Nähe sitzenden Männern ein Gespräch anzuknüpfen, aber keiner interessiert sich für Steine, keiner will stundenlang mit ihm über Steine reden so wie die Frau. In Gedanken sieht sie, wie der Mann in seiner Verzweiflung über Dinge spricht, von denen er nicht genug weiß, wie er von einer schwachen Ausgangsposition her argumentiert, wie er mit einem alten Seebären diskutiert und fast in einen Streit gerät über die Frage, wo die Nordseeaale laichen. Wie er zwei Schnäpse darauf verwettet, daß es das Saragassomeer ist, aber dieser Theorie kurz darauf selbst die Grundlage entzieht, indem er behauptet, daß der europäische Aal sich eigentlich überhaupt nicht vermehre, sondern unterwegs sterbe, weil seine Verdauungsorgane verkümmern, und daß unsere Aale die Nachkommen amerikanischer Aale seien, jawohl, obwohl die sich bekanntlich durch die Anzahl der Rückenwirbel voneinander unterscheiden, und daß das wiederum einzig und allein an den Temperaturunterschieden der Gewässer liege. Vielleicht setzt der Mann seinen Vortrag über den Einfluß der hydrologischen Verhältnisse auf die lebenden Organismen auch dann noch fort, als der verblüffte Kapitän, der nichts so sehr liebt, wie in Frieden zu trinken, das Weite gesucht hat, und als seine Zuhörerschaft nur noch aus dem Ladenschwengel besteht, der kein Wort Englisch versteht und nicht im geringsten an mißgestalteten Fischen interessiert ist, die der Ire fanatisch auf die Ecke seiner Serviette zeichnet.

Also ist es Zeit für die Frau, den Mann in sein Quartier zurückzuschicken, damit er seinem besten Freund einen langen, konfusen Brief schreibt, in dem er sich nicht genug wundern kann über die seltsamen Umgangsformen in diesem engstirnigen Land und sogar die Möglichkeit einer baldigen Heimkehr andeutet. Er beklagt sich darüber, wie hoffnungslos es ihm erscheint, Finnisch zu lernen: *Kannst du dir vorstellen, daß sie hier mindestens dreizehn Fälle für die Substantive haben … Dreizehn! Und die Adjektive werden zusammen mit den Substantiven gebeugt. Was geht hier eigentlich vor? Wie konnten diese simplen, Schnaps und Schnee verzehrenden Menschen sich in eine so komplizierte Sprache verrennen? Sie verbringen die Hälfte ihres Lebens in der Sauna. Sie brauchten also nicht so verdammt kompliziert zu sein. So geheimnistuerisch. So fremd. So unzugänglich …*

Und schließlich – und das ist der schönste Teil dieses Phantasiespiels – läßt sie den Mann endlich ins Bett fallen, seine

Sehnsucht beim Namen nennen, diesen Namen mit klopfendem Herzen immer wieder in die kühle Frühlingsnacht flüstern, zu guter Letzt einschlafen und von glänzenden Steinen träumen.

Traurige Bilder von Einsamkeit, und dennoch tröstlich. Sie leuchten wie Öllampen in dem dämmerigen, stillen Haus.

Keine Umarmung, kein Kuß, auch nicht die leiseste Berührung.

Das ist das Zugeständnis, das sie Eero Harjulas Mannesehre macht: Nicht, solange ich unter deinem Dach wohne.

Nachts geschieht anderes. Ein immer wiederkehrender Traum: Sie ist in einem in Rot gehaltenen, unbekannten Zimmer, und mit ihr der Mann. Aber im Traum ist er anders, ohne ein Lächeln und bedrohlich, spricht mit ihr in einer ihr unverständlichen, fremden Sprache, die von Indianern oder antiken Völkern stammen könnte. Im Traum schließt der Mann immer die Türen, versperrt mit lautem Klacken eine Tür nach der anderen, so daß es schließlich keinen Ausweg mehr gibt. Die Frau begreift, daß sie eine Gefangene ist, aber die Angst hindert sie nicht daran, sich dem Mann anzubieten, vor ihm niederzuknien, ihm die Hosenknöpfe zu öffnen und mit den Lippen die samtene Oberfläche des heftig sich aufreckenden Organs zu umschließen. Aber wenn sie ihrem Liebhaber dann erneut ins Gesicht blickt, erinnert es eigenartigerweise an die Züge ihres Ehemannes. Sie streicht über die Rippen des Mannes, und jetzt ist auch der Körper der von Eero Harjula, seine Arme, sein Brustkorb, sein Rücken, sein festes Hinterteil, seine pulsierenden Halsgruben. Die Spannung schlägt Funken unter ihren Fingern, sie ist naß und vergeht fast vor Verlangen, aber der Mann stößt sie von sich, sieht sie voller Widerwillen an wie eine Dirne, die ihren Preis nicht wert ist, läßt sie hochmütig und mit teuflischem Lächeln schmachtend auf dem Bett zurück.

Wenn sie mit nassen Augen und pochendem Schoß aus einem solchen Traum erwacht, ist Vida Harjula voller Angst. Sie nimmt an sich selbst die Vorboten des Unheils wahr, es ist, als wäre auch diese Liebe wieder nur ein Wahn, ein Unglück, eine verabscheuenswürdige Lüge. Die Frau fürchtet, sich in nie dagewesener Weise getäuscht zu haben; sie wird niemals von Eero Harjula loskommen, so ist es ihr bestimmt.

Allmählich aber lernt sie, ihre Panik zu beherrschen, sie versteht, daß ihr Körper sich gespalten hat, um ihren Willen zu brechen, daß er ihr zum Feind werden kann, wenn sie nicht aufpaßt, ihn nicht im Zaum hält.

Ihr Beschluß ist doch gefaßt. Vida Harjula läßt sich nicht mehr unterkriegen. Sie läßt sich nicht mehr für verrückt erklären, denn jetzt weiß sie, wer sie ist, jetzt kennt sie sich.

Sie wird ihr Kind zur Welt bringen, so, wie der Mann es sich gewünscht hat, und dann ade sagen. Der härtere Stein bricht den weicheren. Je dauerhafter der Stein, desto wertvoller. Sie wird mit den Kindern in den Zug steigen, ein neues Leben beginnen.

Und niemand wird es erfahren, niemals. Wenn die Leute über sie reden, soll niemand den Mann erwähnen. Dieser Ort, in dem sie so viele Jahre gelebt und gewohnt hat, würde in seinem Urteil nicht zaudern: Diese unruhige Zigeunerin, der man sofort ansah, daß sie nicht zur Frau eines anständigen Mannes taugt, die hat sich jetzt davongemacht, wer weiß, wohin, die konnte sich nicht anpassen, nicht anständig leben, wie alle es tun. Selbstgefällig, wie sie war, hat sie Sack und Pack und ihre Bälger zusammengerafft und ist auf ebenso rätselhafte Weise verschwunden, wie sie seinerzeit in dieser Gegend aufgetaucht war.

ZWEITE SOHLE

Mit Menschenopfern haben unsere Vorfahren Unsterblichkeit angestrebt, aber auch die Kontinuität der Gemeinschaft gesichert. Wenn jemand die Regeln der Gemeinschaft verletzte, indem er zum Beispiel ein Lied sang oder einen Tanz aufführte, zu deren Darbietung er nicht befugt war, wurde er geopfert, damit das Leben der Gemeinschaft wieder in seine gewohnten Bahnen zurückkehren konnte.
Die meisten Völker, die Megalithen errichteten, praktizierten auch Exokannibalismus, das Verzehren von Angehörigen fremder Stämme. Auf diese Weise wurden Siege gefeiert, aber auch der Tod der auf dem Schlachtfeld gefallenen Stammesbrüder gesühnt.

Göran Burenhult, Tiede 2000, 4/94

Die Kleine starb eines unnatürlichen Todes. War es das, was Tante Natalia hatte sagen wollen? Schleppte sie mich deshalb mit zu sich nach Hause? Um sich zu vergewissern, daß auch ich so dachte? Es war etwas Schlimmes und Sonderbares geschehen, und ich sollte herausfinden, was. Fast sechzig Jahre danach. Ich fand, das war eine zu lange Zeit für eine solche Bitte, aber die Tante sprach davon, als wäre die Sache erst kürzlich passiert. Nicht nur ihrer Ansicht nach hätte man den Fall sofort aufrollen sollen, aber damals hatte niemand Zeit und Kraft dafür gehabt. Denn zur selben Zeit war so viel anderes, Erschütterndes geschehen.

Die Leiche wurde also auf dem Olkikukkula gefunden. Am Ufer des Baches. Der Arzt vermerkte als Ursache für den Tod des Kindes Ertrinken, weil es im Wasser gefunden wurde. Aber das ergab keinen Sinn. An seiner tiefsten Stelle war der Bach kaum zwanzig Zentimeter tief, und dort, wo das Mädchen gefunden wurde, noch nicht einmal so viel. Aber nach Ansicht des Polizeichefs erforderte die Sache keine weitere Untersuchung.

Sonderbar. Sehr sonderbar. Eine Sechsjährige stirbt unter mysteriösen Umständen, und niemand tut etwas.

Weißt du, sage ich zu Tante Natalia (die einem auf die Nerven gehen kann, die aber wirklich prachtvolle Fotos und eine für eine Achtzigjährige unglaublich gut bestückte Bar hat), weißt du, dieser Ort hatte von Anfang an etwas unerträglich Geheimnisvolles, irgend etwas stimmte nicht mit ihm. So wie mit unserer ganzen Familie. Ich hab absurde Gerüchte gehört. Alles mögliche. Ich glaub das nicht, aber es sagt etwas über die Menschen hier. Über die bedrückende Enge des Ortes. Wahrscheinlich ist Vater deshalb so verrückt geworden. Der Arme hat ja seine ganze Kindheit hier verbracht.

Entschuldige, ich wollte dich nicht kränken, ich wollte nur sagen, daß mein Vater nicht ganz so ist, wie du ihn dir anscheinend vorstellst ...! Genauer gesagt, seit Mutters Tod ist Vater irgendwie endgültig aus der Bahn geraten. Alles war vergiftet für ihn. Der Boden, die Luft, das Wasser. Und jetzt dieser Zweimannkrieg, den ihr gegen die Atomkraft führt, um ehrlich zu sein, Vaters Argumentation ist nicht die Spur wissenschaftlich, die ist so abwegig, wie sie nur sein kann, Mammute mit Butterblumen im Magen, mein Gott, dieser Mann! An deiner Stelle würde ich mir zweimal überlegen, was für Handzettel ich verteile. Denn du wirkst letzten Endes ganz vernünftig, auch diese Fotos, die sind doch unwahrscheinlich gut, geradezu Kunstwerke sind das ...

Nein, die Fotos von der Beerdigung der Kleinen will ich nicht sehen. Beerdigungen kann ich nicht ertragen, wirklich nicht. Und auch keinen Kaffee mehr, vielen Dank, der ist gut und stark, aber jetzt muß ich wirklich schlafen gehen.

(Natalia sitzt auf dem grünen Jugendstilsofa inmitten ihrer Fotos, vor sich auf dem Tisch etwa dreihundert Alben, alle voll wichtiger Hinweise auf das Verbrechen, aber mir wird allmählich klar, warum das Verschicken von Weihnachtskarten die beliebteste Art ist, mit entfernten Verwandten zu kommunizieren.)

Versteh mich nicht falsch. Ich bin dir außerordentlich dankbar dafür, daß du mich zu dir eingeladen und mir all diese alten Geschichten erzählt hast, aber ich bin kein Detektiv und ich weiß nicht, wie ich dir im Fall von Aino Helena helfen könnte.

Das Foto von Vida und Vater als Neugeborenem ist wirklich Spitze, das muß ich schon sagen. Daß es die Farbfotografie damals schon gab! Erstaunlich. Ich hatte gedacht, die wär in den dreißiger Jahren noch gar nicht erfunden gewesen.

Die Brüder Lumière? Na klar, von denen hab ich gehört, aber all diese Details, die mit Stärkepartikeln entwickelten Rasterplatten oder was das war, das sind für mich böhmische Dörfer. Eigentlich ist es mir unbegreiflich, wie jemand herausfinden kann, daß Ruß plus Lackschicht eine wasserdichte Zelle ergibt, so was Verrücktes, aber ich hab ja als kleines Kind auch versucht, Steine mit Blumen zu kreuzen, obwohl dabei nichts Bemerkenswertes herausgekommen ist …

Whiskey? Okay, aber nur noch ein Glas, ehrlich gesagt bin ich schon leicht beschwipst.

Und schrecklich unglücklich. Außerdem schwanger, aber das ist mir ziemlich egal, denn das Wurm herauszureißen ist nur eine Frage der Zeit. Natürlich will er es haben. Der Mann, der von einer ganzen Angriffskette träumt, die seinen Namen trägt. *Finnland schlägt Schweden vier zu eins, dank des hervorragenden Zusammenspiels der Brüder Lehto.* Aber auch ein Mädchen wär ihm recht. In der NHL spielen auch ein paar Frauen, falls du das nicht wissen solltest.

Aber für mich ist die Sache beschlossen. Ebenso wie die Scheidung. Der Antrag läuft schon.

Nein, ich will auf gar keinen Fall darüber reden. Da gibt es nichts mehr zu reden. Jetzt mögen Taten sprechen, wie es so schön heißt.

Großmamas Briefe kann ich mitnehmen, wenn du sie nicht mehr brauchst, aber bist du sicher, Vida hätte gewollt, daß ich sie lese? Sie hat sie vergessen? Wohl kaum. Der Mann hat sie an deine Adresse geschickt, und Vida hat sie heimlich hier bei dir gelesen. Cool. Und spannend. Aber dann hat sie die ganze Sache vergessen. Sie hat sich die Briefe nicht einmal nach Großvaters Tod geholt. Das find ich doch reichlich eigenartig.

Du hast sie nicht gelesen?

Also nicht. Entschuldige, daß ich gefragt hab. Klar, daß du sie nicht gelesen hast. Du verstehst ja kein Englisch. Genau. Das ist ein gutes Argument.

Sie hat mit einem Spion gehurt, hat man mir gesagt. Ich hab natürlich gelacht, unsere gute alte Vida, aber …

Nein, ich hab meine Großmutter nicht Hure genannt, ich hab nur wiederholt, was andere zu mir gesagt haben. Aber sicher glaub ich an die große Liebe. Das heißt … Ich glaub dran und dann auch wieder nicht. Genaugenommen: nein. Aber ich glaube, daß sie meinte, sich verliebt zu haben. Ich glaube an die Autosuggestion, den Schöpfer des Himmels auf Erden …

Hm, tja. Warum sollte ich eigentlich nicht über Nacht bleiben. Es wäre eine Überlegung wert. Dieses unpersönliche Hotelzimmer da ist nicht sonderlich verlockend, wenn ich ehrlich sein soll.

Aber nicht diese Briefe.

Nein.

Das gehört sich nicht. Und ich will auch nicht.

Ich will nicht darin herumschnüffeln, und auch sonst nirgendwo.

Ich bin sowieso in einer Verfassung, wo ich mich nicht in anderer Leute Herzensergüsse vertiefen sollte. Gib mir doch noch ein bißchen von dem John Power, wenn's recht ist. Nur einen winzigen Schluck, danke.

Was ist denn an mir auszusetzen, daß ich ihm nicht mehr genügt habe? Ich bin doch wirklich nicht häßlich geworden, oder? Ich hab kein einziges Kilo zugenommen seit dem Tag, an dem wir so gespannt waren, ob der asthmatische Bürgermeister unsere Trauung nun hinkriegt oder ob er vorher erstickt. Vater war natürlich nicht erschienen. Wenn du dich jemals in die Nesseln gesetzt hast, dann jetzt, hat er gesagt und danach drei Jahre lang kein Wort mit mir geredet. Er hatte natürlich recht, wie immer, aber könnte man mich in einer bestimmten Beleuchtung nicht immer noch reizvoll finden? Freilich nicht so wie Vida … Ich weiß nicht, ich hab Großmama ja nur als alte Frau gesehen, aber auf diesem Bild mit dem Baby …

Manchmal denk ich darüber nach, ob ich nun für dieses erste Mal bis in alle Ewigkeit bezahlen muß, obwohl es letzten Endes die schiere Naivität war. Unwissenheit. Niemand hatte mir gesagt, wie unberechenbar die Männer sind.

Mutter hätte es mir auf ihrem verdammten Totenbett sagen sollen, aber vielleicht wußte sie es auch nicht.

Aber an uns hab ich geglaubt. An unser chaotisches Königreich, in das mein Retter und Ritter mich mit seinem verbeulten Datsun entführt hatte. In Turku, in der Pakkaristraße. Vom Markt aus mit dem Einser oder Vierer zu erreichen. Die Burgstraße geradeaus in Richtung Hafen. Oder die Gartenstraße. Ein hübsches kleines Holzhaus in Sichtweite des Kakola-Gefängnisses. Eine der wenigen Stellen in Turku, wo es noch Kopfsteinpflaster gibt. Das ehemalige Armenviertel, heute eine Yuppie-Gegend. Aber mein Mann, der dort seine Kindheit verbracht hat, erinnert sich noch an Läuse-Pirkko und an Pirre, den Glatzkopf, der Kleber schnüffelte und mit obszönen Gesten die Mädchen erschreckte, bevor er sich bei seiner Tante, einer Hure, auf dem Dachboden erhängte.

Ja, an das Reich der Glückseligkeit in der Pakkaristraße habe ich geglaubt.

An unser russischgrünes Meer der Liebe, in dem wir so wild herumtollten wie Kinder, die gerade schwimmen gelernt haben, inmitten von einzelnen Handschuhen, von Büchern aus der Bibliothek, die der Hund zerbissen hatte, von blütenförmigen Schnullern, winzig kleinen Eishockeyschlägern, Platten von Benjamino Gigli und Jethro Tull und unbezahlten Rechnungen.

Ich glaubte an das reinigende, uferlose Meer, auf dessen Wellen unsere wetterfeste Ehematratze so hochgemut schaukelte und in dem ich meine Beine um ihn schlang und er von mir trank und sagte, ich schmecke so unerträglich herrlich. Und obwohl ich die Nase rümpfte, als er sich reckte, um mich zu küssen, igitt, spül dir erst das Gesicht ab, lachte er nur und sagte, das werde er niemals tun, denn er wolle den Duft immer an sich haben, wolle *riechen* nach seiner Frau, die er bis zur Lächerlichkeit begehre und vergöttere …

Ich glaubte an die Ehe, aber die Ehe glaubte nicht an mich.

Die Liebe glaubte nicht an mich.

Nein, ich möchte nicht wissen, was Vida von der Ehe hielt. Gerade jetzt hab ich nicht den Mumm, ihre radikalen Schriften in der »Genossin« zu lesen, aber ich glaube gern, daß sie darin das Recht der Frau auf freie Liebe in edelster Weise verteidigt hat.

Ich hab übrigens noch nie von einer solchen Publikation gehört. Der Titel klingt rot. Und von Großvater gibt es ein Bild in der Uniform des Schutzkorps. Gab es da nicht eine kleine ideologische Differenz, eine regelrechte Kluft zwischen beiden …? Und in eine Spionagegeschichte verstrickt: die Rosenbergs von Olkikumpu, sie verrieten eure wohlgehüteten Geheimnisse um das Uran an die Sowjetunion …! Nein, Scherz beiseite, ich weiß sehr wohl, daß das leeres Gerede ist. Und ich weiß auch, daß Vida nach Kanada emigriert war, aber über diese Zeit hat sie nicht viel gesprochen. Über ihre Suffragettenjahre.

Aber daß sie richtig geschrieben hat! Und noch dazu für die »Genossin«!

Natürlich können wir über mich reden. Ein Glas von diesem Zeug hier, und ich rede, worüber du willst.

Wieso sich reinigen?

Das reinigende Meer. Das soll ich gesagt haben?

Das war nur so eine Metapher.

Weil meine Männergeschichten immer so verkorkst sind. Immer gingen sie irgendwie daneben. Angefangen bei der allerersten. Wahrscheinlich hat schon dieser Anfang bewirkt, daß ich auf dem falschen Gleis gelandet bin. Ich weiß es nicht, aber man sagt ja, das erste Mal ist das entscheidende.

Und wenn es dann noch in jungen Jahren geschieht. In verletzlichem Alter, wie es so schön heißt. Der Raub der Jungfräulichkeit. Der Verlust der Unschuld. Das Ende der Kindheit. Und was dergleichen mehr ist. Darüber spricht man nicht gern. Da ging alles so schief, wie es nur gehen konnte.

Letztlich sind es ganz andere Berührungen, die einem in Erinnerung bleiben. Nicht die erotischen.

Der Tastsinn ist von allen Sinnen der wichtigste. Dafür gibt es jede Menge wissenschaftliche Beweise. An einer amerikanischen Universität hat man Affenbabys von ihren Müttern getrennt, und obwohl sie die Nahrung bekamen, die sie brauchten, zeigten sie sehr bald körperliche und geistige Veränderungen. Erst als die Mutter wieder da war und ihr Junges mehrere Tage lang ununterbrochen auf dem Schoß hielt, begann der Organismus des Jungen normal zu funktionieren. Dann wurde das Junge durch eine Glaswand von der Mutter getrennt, so daß beide einander sehen, aber nicht berühren konnten. Das Junge heulte unaufhörlich. Wurde apathisch. Bei der Obduktion stellte sich heraus, daß das Kleinhirn des total isolierten Jungen Schaden genommen hatte, ebenso das derjenigen jungen Affen, die ihre Mutter, also das Muttertier, nicht berühren durften.

Eine traurige Geschichte, aber wahrscheinlich hat der Forscher dafür einen Nobelpreis erhalten. Oder zumindest ist sein Name in einer wissenschaftlichen Publikation aufgetaucht.

Ich weiß selbst noch …

Na, ich weiß zum Beispiel noch, wie sich die Zunge und der Schlund des anderthalb Wochen alten Kälbchens anfühlten, als es an meiner Faust saugte. Es war gleich nach der Geburt entwöhnt worden, das arme Tier. Übrigens hier in Olkikumpu, weiß du noch, ich war damals ungefähr dreizehn … Das war damals, als man das Bergwerk als unrentabel geschlossen hatte und dieser tolle Atomfriedhof noch nicht erfunden worden war. Der ganze Ort war dabei, wieder in die Landwirtschaft abzugleiten. Auf einem Hof, auf den Vater uns schleppte, hab ich es gesehen. Da gab es Kühe und Schweine und dann dieses Kälbchen. Herrjeh, wie mich dieses verwaiste Tier auf seinen zitterigen Stöckerbeinchen geliebt hat, wahrscheinlich dachte es, aus meinen Fingern würde die Milch nur so hervorsprudeln. Die rauhe Zunge, der warme Speichel, die unglaubliche Saugkraft. Und in den Kleidern hing noch tagelang der herbe Geruch von Kuhmist. Das war bezaubernd. Schrecklich bezaubernd.

Das Kalb ist niemals groß geworden. Es wurde geschlachtet. Ich hab gesehen, wie es gemacht wurde. So bekommt man weißes Kalbfleisch. Falls du das mal im Restaurant bestellt hast.

Ich hab nicht behauptet, daß du das warst. Aber wenn du sagst, du warst es, dann warst du es. Wozu sollte ich dir widersprechen. Der Mensch muß leben, die einen essen, die andern töten, tja, so ist das doch.

Sie haben auch noch andere Versuche mit den kleinen Affen gemacht. Ein mit Fell verkleideter Roboter hat das Junge mit einer Nadel gestochen, wenn es versuchte, der Mutter auf den Schoß zu klettern. Fügte ihm Schmerzen zu. Tat ihm sehr weh. Und richtig: Auch dieses Junge wurde absonderlich. Ängstlich und zugleich aggressiv. Bei der Obduktion zeigte sich ein Hirnschaden. Aber die, die sie nicht getötet haben … Nein, ich weiß nicht mehr, was aus denen geworden ist. Sicherlich Mörder, die sich an den Kleinsten und Hilflosesten vergreifen …

Ja, solche Geschichten muß ich von Berufs wegen lesen. Einmal mußte ich über diese Experimente schreiben … streng wissenschaftlich, aber ich konnte es mir nicht verkneifen, ein wenig Ironie einzustreuen. Dafür hab ich einen ganz schönen Rüffel gekriegt. Vielleicht eigne ich mich nicht zur Journalistin, mir fehlt der gewisse Ernst. Und Sachlichkeit.

Worüber möchtest du reden? Über die Schwestern oder über Vater? Oder darüber, wie herrlich es in Mutters Armen war, als sie noch lebte. Der Duft nach Vanille, und außerhalb des Hauses immer weiße Handschuhe, auch wenn sie im Garten arbeitete.

Sie wollte ihre schönen Hände schonen. Vor zwei Jahren fand ich auf dem Dachboden unter den Sachen von der INSEL eine halbe Flasche Guerlain-Parfum und brach bei dem Duft in Tränen aus. War es Vater, der ihr das gekauft hat? Etwas so schrecklich Teures, Vater, der immer so krankhaft geizig war.

Über das erste Mal?

Warum nicht, man kann auch darüber reden. Aber mehr im allgemeinen. Vielleicht hab ich mir das alles auch nur ausgedacht.

Vorgestellt. Wer will, kann sich ein richtig unruhiges und wildes Mädchen vorstellen. Das unberechenbar ist. Und schlecht erzogen. Das eher unerzogen geblieben ist. Was eine bösartige Behauptung ist, wenn man bedenkt, wie viele Stunden es in der Sonntagsschule sitzen mußte. Aber die Bibelsprüche prallen an seiner Seele ab wie der Ball vom Felsen. Es pflegt Umgang mit Toten und Steinen und Büchern, erlernt das Leben gleichsam vom falschen Ende her, vom Ende zum Anfang. Macht alles falsch herum. Es kann durchaus passieren, daß sie als Vierzehnjährige den dreiundzwanzigjährigen Stellvertreter des Kantors verführt. Nur deshalb, weil dieser Organist Bach spielt wie ein Engel. Jawohl, so geht es da zu, das Mädchen ist die Verführerin, obwohl sie dabei ihre Unschuld verliert. Abends um elf auf dem Fußboden der Einsegnungskapelle, als der Stellvertreter des Kantors für die Trauerfeier des darauffolgenden Tages übt.

Dem Organisten sagt das Mädchen, sie sei siebzehn. Das ist glaubhaft, denn sie ist groß und stattlich, und ihre Augen sind schwarz geschminkt. Sie steht ganz dicht neben ihm, als er die Noten säuberlich zu einem Stapel aufschichtet. Es ist Sommer, und das Mädchen trägt einen beängstigend kurzen Minirock mit breitem, glänzendem Gürtel. Sie hat im Schwimmbad Samppalinna herumgeplanscht, und ihre Haare und ihre Haut duften nach Chlor. Sie sagt, sie habe den Organisten so wunderbar spielen hören und er sei der schönste Mann, den sie je gesehen habe. Wie Michelangelos Christus. Sie sei verliebt. Und abends im Bett könne sie an nichts anderes denken als daran.

Der Organist erklärt, er sei schon anderweitig vergeben.

Sie sagt, er solle sich nicht so spät abends auf dem Friedhof aufhalten. Andererseits sei das aber der beste Ort, alle möglichen Verrücktheiten anzustellen, weil niemand sonst es wage hierherzukommen.

Verrücktheiten? Was um alles in der Welt sie damit meine?

Na, zum Beispiel, sich lieben.

Der Organist erklärt, er habe nicht nur ein christliches Weltbild, sondern sei auch verlobt. Und daß er nicht beabsichtige, mit seiner Verlobten zu schlafen, bevor sie verheiratet seien.

Das Mädchen lächelt mit seinem breiten Mund, entblößt die weißen, starken Zähne. Plötzlich kommt es ihr so vor, als fahre jemand Fremdes in sie und als könne diese Person dem Mann alles nur Erdenkliche sagen.

Sie sagt, sie habe geträumt, wie der Organist sie küßte und seine Hand unter ihren Rocksaum schob, während er zugleich das Air aus Bachs Suite Nr. 3 spielte.

Der Organist sagt, für ihn sei es das wichtigste, seine Studien fortzusetzen. Und daß er sein Leben dem Dienst an Gott und der Musik weihen wolle. Aber gleichzeitig berührt er das Mädchen, ganz leicht nur, gleichsam um es dafür zu trösten, daß er für sie nicht zu haben ist.

Das Mädchen ergreift die Hand. Sie erlaubt dem Organisten nicht, sie wegzuziehen. Sie erinnert sich auch, in der Arztkolumne für junge Leute gelesen zu haben, daß junge Männer nichts so sehr fürchten wie ein Mißgeschick und daß sie deshalb Angst haben, sich dem anderen Geschlecht zu nähern. Das Mädchen hält den Organisten fest bei der Hand und sagt, daß es die Pille nehme.

Der Organist versucht nicht mehr, seine Hand wegzuziehen.

Aber als er nach einigen Abenden in demselben Geist dort auf der Orgelempore mit dem Mädchen geschlafen hat, ergreift ihn tiefe Reue. Er schwört, es nie wieder zu tun.

Doch zu guter Letzt ist er es, der das Mädchen anruft. Er spricht aus der Telefonzelle, den Hörer mit einem Taschentuch umwickelt für den Fall, daß ihr Vater sich am Telefon meldet.

»Warum hast du so eine merkwürdige Stimme?« fragt das Mädchen. »Bist du erkältet?«

»Die Kapelle ist zu gefährlich«, sagt der Organist heiser, während er neue Münzen in den Telefonautomaten steckt. »Warte im Auto auf mich. Ich laß die Tür auf der Beifahrerseite offen.«

So sitzt das Mädchen am Rande des Friedhofs in einem dunklen Volkswagen und wartet auf den Organisten. Als der aus der Kapelle kommt, sagt er kein Wort, sondern fährt rasch zu einem abgelegenen Parkplatz. Dort beginnt er, dem Mädchen Befehle zu erteilen.

»Zieh die Hosen aus«, kommandiert er.

»Warum denn?« fragt das Mädchen, aufrichtig verwundert.

War doch der Organist sonst immer so zurückhaltend gewesen.

Jetzt aber ist er vollkommen verändert. Er will alles mögliche ausprobieren. Abend für Abend soll sie ihn im Auto erwarten und tun, was er verlangt. Er befiehlt ihr, sich auf ihn zu setzen, er will, daß sie auf den Rücksitz geht, das Hinterteil nackt, sie muß sich vor ihm bücken, dann faßt er sie beim Nacken und drückt ihren Kopf zwischen seine Beine.

»Das hast du gern«, sagt er.

Aber da irrt er sich.

Im übrigen spricht er nicht viel. Manchmal versucht das Mädchen ihn zu fragen, was in ihm vorgeht, wenn er Albinonis Adagio oder Händel spielt. Möchte wissen, welche Farbe nach Ansicht des Organisten Beethovens Mondscheinsonate hat. Aber mit einer Amateurin will er nicht über Musik sprechen. Er findet, ihre Fragen verraten, daß sie ziemlich banale Vorstellungen von Kirchenmusik hat, daß sie sowieso nichts verstehen würde. Manchmal zündet er sich eine Zigarette an – auch das ist neu an ihm – und erwähnt, daß er noch am selben Abend seine Verlobte trifft, die ein anständiges Mädchen sei und bis zur Hochzeit warten wolle.

»Stört es sie nicht, was du mit mir machst?« fragt das Mädchen.

Der Organist lacht und bläst dem Mädchen Rauch ins Gesicht. Fast zärtlich.

»Macht ihr so etwas nicht miteinander?« fragt sie.

»Nein. Wir küssen uns nur. Und zweimal hat sie mir erlaubt, ihre Brüste zu drücken.«

»Mich hast du nicht ein einziges Mal geküßt«, stellt das Mädchen in sachlichem Ton fest.

Der Organist schweigt.

»Warum nicht?«

»Ehrlich gesagt hab ich das Küssen nicht besonders gern«, antwortet er ein wenig widerwillig.

»Aber deine Verlobte küßt du«, sagt das Mädchen, während sie ihren Slip anzieht.

»Ja, sie muß ich küssen«, räumt er ein.

Doch alles hat seinen Preis. Wegen des Mädchens übt der Organist nicht mehr so viel, wie er sollte. Die Trauergäste beschweren sich über ihn. Er verspielt sich. Auch sind zu seltsamen Zeiten vom Telefon der Kapelle aus teure Gespräche geführt worden. In ausländische Plattengeschäfte. Sogar bis nach London. Im Hintergrund war Musik zu hören. Nach allem, was man weiß, hat sich zu den betreffenden Zeiten nur der Stellvertreter des Kantors dort aufgehalten. Der Vater des Mädchens, der Friedhofswärter, stellt den Organisten deswegen unwirsch zur Rede. Der Organist sagt, er wisse nichts von den Telefonaten. Der Friedhofswärter erwidert, die Sache nehme allmählich solche Ausmaße an, daß er die Polizei einschalten müsse.

Am selben Abend fragt der Organist das Mädchen, ob es von den Anrufen etwas wisse. Das Mädchen grinst mit breitem Mund, schüttelt aber den Kopf. Der Organist faßt ihr in die Hose und befiehlt ihr, sie auszuziehen.

»Nein«, sagt das Mädchen.

»Doch, oder ich erzähl deinem Vater, daß du auch dort warst.«

Das Mädchen schüttelt den Kopf. Knöpft ihre Jacke zu.

»Na gut«, sagt der Organist. »Ich erzähl es ihm.«

»Das tust du nicht.«

»Wie willst du das verhindern?« fragt der Organist und lacht spöttisch.

Das Mädchen öffnet die Tür des Autos, läßt wie ein Wolf ihre weißen Zähne blitzen.

»Ich bin vierzehn«, sagte sie. »Ich bin vierzehn und nehme die Pille nicht«, sagt sie und verschwindet in aufrechter Haltung zwischen den im Mondlicht glänzenden Grabsteinen, die wie in Reih und Glied stehen.

Das war alles.

Alles?

Ja. Wahrscheinlich ist es gar nicht passiert. Aber ich hatte einfach Lust, etwas Schreckliches zu erzählen.

War die Sache damit zu Ende?

Ja. Was hätte denn noch kommen sollen?

Ich hab nur gedacht.

Was gedacht?

Daß die Geschichte noch irgendwie weitergegangen wäre.

Sie ging aber nicht weiter. Der Mann rief nicht mehr an. Nicht ein einziges Mal. Schluß. Aus.

Er ist also …?

Er ging fort.

Wohin?

Woher soll ich das wissen. Irgendwohin.

Dachte er, das Mädchen sei schwanger?

Ist doch egal, was er dachte. Ich hab nicht gesagt, daß die Regel überfällig war. Er hätte ja fragen können.

Aber vielleicht hatte er den Eindruck.

Vielleicht. Das ist doch egal. Soll er doch seine Scheißbraut küssen gehen. Wo die doch so vortrefflich war.

Er hat geglaubt, das Mädchen sei schwanger und sie würde das Kind bekommen oder es abtreiben lassen.

So hätte es gehen können. Das Mädchen hatte wenigstens einmal ein bißchen Glück.

Aber sie hat den Mann nicht wiedergesehen?

Nein. Der hauptamtliche Kantor kehrte dann wohl von seiner Beurlaubung zurück. Ich weiß es nicht mehr. Aber wahrscheinlich war es so. Wenn die Geschichte wahr wäre. Aber sie war es nicht. Frag meine Schwestern, die wissen es.

Keine Spur von dem Mann? Nicht einmal irgendwo der Name?

Wo denn?

Na, sagen wir zum Beispiel auf dem Friedhof.

Auf dem Friedhof? Was zum Teufel hätte er denn da machen sollen?

Was man im allgemeinen so auf dem Friedhof macht.

Ach du liebe Zeit! Wenn jemand so schwach ist, daß er sich selbst umbringt, was soll man da machen.

Nichts. Das ist eine Wahl, die man jedem zubilligen sollte.

Na gut. Du hast mich erwischt. Vielleicht war da das Grab des Mannes. Vielleicht haben die Schwestern es gesehen und mir davon erzählt. Und ich hab mich daran erinnert, daß ich den Mann manchmal im Vorbeigehen gesehen hatte. Ein, zwei Mal. Und bemerkt, daß das ein wirklich gutaussehender Mann war. Da konnte ich nicht anders, als eine Geschichte zu erfinden. Eine nach meiner Art. Ich liebe die Spiele der Phantasie. Liebe sie. *Sie* liebe ich wirklich. Nicht die Menschen aus Fleisch und Blut. Auf diese Weise bin ich ein ewiges Kind geblieben. Ich rede so viel dummes Zeug, daß ich selbst nicht mehr weiß, was wahr ist und was nicht. Frag meine Schwestern. Ein sensibles Mädchen, aber scheußliche Geschichten. Das paßt ins Bild. Abgesehen davon, daß ich kaum jemals den neuen Teil des Friedhofs besucht habe. Das war nicht mein Revier. Ich mochte den neuen Teil nicht. Die Steine dort besaßen keinen Deut Individualität. Lauter Granit und Spektrolit. Ganz zu schweigen von den freudlosen Zeremonien. Dem Leichenkult. Weihnachten ging ja noch, das ganze Gelände badete in Lichtern. Aber daß die Leute sich nach all dem nicht entblöden, verächtlich über die putzigen Rituale der Urvölker zur Besänftigung der Toten herzuziehen.

Meinst du, daß es darum geht? Auch bei der christlichen Beerdigung?

Aber sicher. Aus genau diesem Grund wird ein schwerer Stein auf das Grab gesetzt. Damit der Tote bloß nicht wieder aufsteht und herumspukt.

Und die Trauer?

Die Trauer?

Der Trennungsschmerz, die unendliche Sehnsucht, der Schmerz des Verlustes, die Öde des Alleinseins. Du weißt schon.

Nein! Nein.

Reden wir nicht davon, wenn du nicht willst.

Das ist es nicht. Nur ich … ich erinnere mich fast gar nicht mehr an Mutter, obwohl ich damals kein Baby mehr war. *Lang genug hast du gelitten, / tatest still die Augen zu, / hast die Schwelle überschritten / hin zur sanften, ew'gen Ruh.* Wir fanden das schrecklich, dieses Gedicht zur Erinnerung an einen alten Menschen, aber Vater ließ es trotzdem auf den Stein setzen. Mutter hätte bestimmt lieber ein Lied von Paul Anka gehabt. Oder von Mario Lanza. Sie hatte einen Plattenspieler. Mutter hat viel Platten gehört. Aber nach ihrem Tod hat Vater sie alle auf die Müllkippe gebracht. Und er hat uns nicht erlaubt, neue zu kaufen. Knauserig, wie er war. Wir hatten kein Spielzeug und außer uns Schwestern auch keine Spielkameraden. So daß wir uns auch die vorstellen mußten.

Die Sehnsucht des Affenjungen?

Ja. Etwas in der Richtung.

Und das Muttertier? Hat man auch dessen Hirn untersucht? Was für Schäden hat der Verlust des Jungen bei der Mutter verursacht?

Nein. Warum hätte man das untersuchen sollen? Das Seelenleben der Mutter ist aus der Sicht der Forschung völlig irrelevant. Ebenso aus der Sicht dieser Geschichte. Ein unwesentliches Detail, verstehst du? Was geht mich das an? Nichts, und deshalb möchte ich nicht mehr darüber reden, klar?

Aber …

Nein! Warum, zum Teufel, reitest du darauf herum? Ich hab doch gesagt, nein. *Nein nein nein.* Von Wissenschaft verstehst du anscheinend überhaupt *nichts*. Das waren doch nur Affen, verdammt und zugenäht! Die wußten nicht, worum es ging, die haben nur deshalb Junge zur Welt gebracht, weil das das einzige war, wozu sie außer Fressen und Schlafen in der Lage waren …

Danke, aber jetzt trinke ich keinen Tropfen mehr. Gib mir die Briefe, ich seh sie mir dann an, wenn ich meine Hausaufgaben über euer Scheißatommüllager gemacht hab. Nein, nein danke, keine grüne Propaganda, nichts mehr von plötzlichen Frosteinbrüchen und Atomwintern, ich hab die Nase gestrichen voll davon. Als ich noch ein junges Mädchen war, mußte ich Handzettel mit diesen schwachsinnigen Weltuntergangsprophezeiungen verteilen, so wie du jetzt, und kriegte die Gören des Viertels an den Hals. Aber die Geschichte mit dem Bergwerk ist eine rein rationale, wissenschaftliche Sache, und wenn ich dir auch echt dankbar dafür bin, daß ich meinen Herzschmerz bei dir ausheulen und mich wieder mal blamieren durfte, so bedeutet das noch lange nicht, daß …

Und für die Kleine kann ich nichts mehr tun. Meine Güte, das ist jetzt schon fast sechzig Jahre her. Wenn ihr Vater und ihre Mutter nicht in der Geschichte herumstochern wollten, warum sollte ich es jetzt tun? Laß doch das Kind um Gottes willen in Frieden ruhen. Vida und der Großvater sind tot. Wem bedeutet die Geschichte denn überhaupt noch etwas?

Ja. Bestimmt hatte Vater darunter zu leiden, daß die Schwester an seinem Geburtstag starb, das will ich gern glauben, aber Vater hat das uns gegenüber niemals zur Sprache gebracht. Er erinnert sich nur an die glitzernden Angelbuchten am Käärmekoski und an seine geliebten Muschelufer, die jetzt zum Kraftwerksgelände gehören. Er kämpft gegen die Kernkraft mit Mammuts und Butterblumen. Das ist so mitleiderregend. Und durchsichtig.

Natürlich liebe ich Vater. Er ist doch mein Vater, egal was geschieht. Verrückt oder nicht. Ich liebe ihn. Mit seinen Mammuts und allem. Nicht so, wie ich Mutter geliebt habe, Mutter war ja eine Heilige, aber auf meine Weise. Es tut mir weh, wenn ich daran denke, daß er eine traurige Kindheit hatte, aber was kann ich dafür. Eine unglückliche Kindheit, ein unglückliches Erwachsenendasein und ein unglücklicher Lebensabend. Es ist nur zu hoffen, daß es in seiner Jugend irgend etwas Erinnernswertes gab. Aber wenn, dann wissen wir zumindest nichts davon. Er war niemals im eigentlichen Sinne schlecht zu uns, er hatte nur Sehnsucht nach seiner Mutter. Er lebte in seiner eigenen, abgehobenen Welt. Das verstanden wir schon. Und wir hatten ja immer einander, wir Mädchen. Wir wurden niemals blau geschlagen und in finsteren Schränken eingesperrt. Dennoch weigere ich mich.

Absolut.

Weigere mich, die Leichen in euren steinernen Kellern zu beseitigen. Was bin ich ihm schuldig? Und was würde das jetzt noch nützen?

Ja ja, Vater ist wohl irgendwie krank. Mager. Knochig geradezu, blaß und eingeschrumpft. Aber zum Arzt will er nicht – nicht ums Verrecken! Er hat keine Zeit, verstehst du. Er muß doch die Welt daran hindern, in der Scheiße zu versinken. Oder in Stücke zu springen. In diesem Stil. Es ist nur eine Frage der Zeit, wie lange er es noch durchhält, gegen seine unsichtbaren Windmühlen anzukämpfen. Das Schwert ist allmählich stumpf geworden, die Klinge des Wortes, wie du sicherlich bemerkt hast. Seit Jahren keine neuen Einsichten. Aber trotzdem muß er weitermachen, bis …

Und diese Scheidung, die wird der letzte Tropfen sein. Jetzt, wo er endlich zu uns gefunden hat. Nicht zu mir, aber zu den Jungen. Als er nach der Geburt unseres Jüngsten zum ersten Mal zu uns gekommen ist und ich ihm auch unser Schlafzimmer gezeigt hab, da hat er sich gefragt, wo denn das Bett meines Mannes sei. Ich brachte es nicht über mich, ihm zu sagen, daß Ehepaare üblicherweise zusammen schlafen. Das hätte ihn aus der Fassung gebracht. Der Gedanke, daß der Vater der netten kleinen Jungen, die er allmählich doch recht gern hatte, sich doch tatsächlich schuldig macht, mir, seiner Tochter, immer noch beizuwohnen.

Aber es hilft nichts, die Scheidung muß sein. Ich kann nicht anders.

Ja ja. Ja, ich weiß, daß in der Welt schlimmere Dinge passieren als ein Ehebruch. Sie passierten auch an jenem Samstag im vorigen Sommer. Zwölf Kugeln wurden auf Andrés Escobar abgefeuert, während mein Mann sich mit dieser Schlampe abgab. Zwölf Kugeln auf den Kolumbianer, der ein Eigentor geschossen hatte. Deshalb hab ich mich auch gar nicht gewundert, als mein Mann sich so eigentümlich benahm. Ich war sicher, daß das mit Andrés Escobars tragischem Schicksal zusammenhing. Und damit, daß Diego Maradona beim Doping erwischt worden war. Fünf verschiedene Ephedrine in der Probe, stell dir das mal vor: fünf Ephedrine! Der Fußball ist ein Spiel mit Dimensionen, die weit über das Spielfeld hinausgehen. Niemand weiß genau, wie weit. Niemand kann mit Sicherheit vorhersagen, wozu der Mensch um des Fußballs willen bereit ist. Aber er ist zu vielem bereit. Ein Spiel mit Dimensionen, die größer sind als sein Spielfeld. Wie auch die Ehe. Die Regeln gelten auch dann noch, wenn du das Haus verläßt.

Deshalb hab ich mir keine Sorgen gemacht. Hab nicht gezweifelt. An dem Mann, der nichts so sehr liebt wie ein gutes Tor beim Fußballspiel. Außer zwei guten Toren beim Fußballspiel. Oder beim Eishockey. Den man mit Gewalt zur Tür hinausschieben muß. Du mußt doch auch mal außer Haus gehen! Er betrinkt sich nie. Ein, zwei Gläser Bier höchstens; ich hatte keinerlei Anlaß zu argwöhnen, daß er auf Abwege geraten könnte. Und es lag auch nicht am Schnaps, sondern daran, daß es eine Person war, die er kannte. Und gerade das war das schlimmste daran. Unverzeihlich.

Nun siehst du, daß ich Sorgen genug habe auch ohne uralte Kindermorde ...!

Du hast nicht Mord gesagt, nein, aber ich sage es. Nach allem, was du mir erzählt hast. Sechsjährige begehen keinen Selbstmord. Was bleibt uns also: ein dunkles, kaltblütiges Verbrechen, das niemals aufgedeckt wurde. So ist es. So muß es sein, etwas anderes kommt nicht in Frage. Wer hat übrigens das Kind gefunden? Das ist doch immer eine Person, die unter dringendem Tatverdacht steht.

Du?

Na, vielleicht noch ein ganz klein wenig. Du versuchst doch wohl nicht, mich mit deinem Hochprozentigen außer Gefecht zu setzen, Tante Natalia? Woher hast du überhaupt dieses edle Getränk? Also warst du es, die Aino Helena gefunden hat, als sie …?

Okay: ein Drink und ein Brief, aber dann ab in die Federn! Abgemacht. Wenn das deine Neugier befriedigt. Es muß dir doch in den Fingern gejuckt haben mit diesen Briefen in der Schublade all die Jahre. Ja, ja, du warst ihre Freundin, und zwar die beste, wenn du es sagst, ich hab doch nur Spaß … Herrje, kuck dir bloß diese Briefmarke an, was meinst du, ob die Sammelwert hat? Wenn du diese Marken unserer Anemone gezeigt hättest, die hätte die Briefe zerrissen und die Umschläge sofort einem Händler angeboten. Sie hat sich bei uns um die Finanzen gekümmert, kein Wunder, daß sie Bankdirektorin geworden ist.

London, den 20. 10. 1934 … Liebe Frau Harjula …
Nur ein Sommer, und schon ist Vida hin und weg? Große Klasse!

Nein? Ich seh ja, daß dieser Brief an sie nach Hause geschickt ist, aber wenn sie ihn zu dir gebracht hat … Genau, wozu soll man den Ehemann mit allerlei Dankesbriefen beunruhigen, manche Männer drehen durch wegen nichts, beginnen alles mögliche zu argwöhnen …

Liebe Frau Harjula,
Ich möchte Ihnen nochmals brieflich für die gute Zusammenarbeit des vergangenen Sommers danken. Während ich hier mit den nordischen Landkarten unter dem Arm die regnerischen Straßen Londons durchwandere, erinnere ich mich mit großer Wärme an Ihre ausgezeichneten Sprachkenntnisse und Ihre zurückhaltende Fröhlichkeit, die auch bei anstrengenden Expeditionen und erfolgloser Erzsuche nicht

nachließ. Ich hoffe sehr, daß die Gesellschaft beschließt, mich auch im kommenden Frühjahr nach Olkikumpu zu entsenden, denn der fennoskandische Schild ist ein außerordentlich interessantes und reiches Forschungsobjekt und Finnland ein schönes Land.
Bitte übermitteln Sie meine herzlichen Grüße an Ihre Familie und an alle gemeinsamen Arbeitskollegen im Bergwerk.
Hochachtungsvoll

Sean O'Brien

Formell. Sachlich. Höflich.

Kann mich aber nicht täuschen. Irgendwas ist im Schwange, ganz eindeutig. Ist es schon längst. Hat schon vor langer Zeit begonnen. Vielleicht nicht auf den ersten Blick, aber auf den zweiten. Hat begonnen und Wurzeln geschlagen. So einfach ist das. Etwas kaum Merkliches hat über sie Gewalt gewonnen. Woher kommt die Leidenschaft? Woher kommen die Krankheiten? Schnupfen, Husten, stecknadelkopfgroße Geschwülste. Eines Tages bemerkst du eine kleine Angst in dir. Eine Empfindung. Irgend etwas ist anders. Was ist es? Du überlegst und überlegst. Und dann erkennst du es wieder. Du denkst: Es war also nicht bloß Einbildung.

Du machst dir Sorgen. Das ist doch nicht möglich. Du beschließt, etwas zu tun.

Du beschließt, aber noch während du beschließt, weißt du, daß das Schlimmste bereits eingetreten ist.

DUBLIN, DEZEMBER 1934

Der Mann verbringt den Herbst in London damit, daß er detaillierte Karten von den Firsten der Schürfe zeichnet. Die GESELLSCHAFT möchte möglichst genau wissen, wie die Erzqualitäten verteilt sind. Die Einsprenglinge im Serpentinit. Das Reicherz. Die Einsprenglinge im Pyroxenit. Die Kiese im Phyllit. Im Maßstab eins zu tausend. Den Bohrungen zufolge enthält das Haupterz zwei Komma fünf bis vier Komma neun Gramm Nickel, null Komma fünf bis eins Komma neun Gramm Kupfer, fünfzehn bis fünfzig Gramm Silber pro Tonne, Platin, Gold, Palladium und Uran jämmerlich geringe Mengen, aber da die vierte Sohle noch nicht erschlossen ist, kommt man an den Kern des besten Teils noch nicht heran.

Er verspürt zunehmend die Versuchung, diese schwachen Ergebnisse zu schönen, er fürchtet, daß die GESELLSCHAFT ihn nicht mehr zurückschicken wird, daß sie aufhören wird, Geld in das Vorhaben zu stecken, das mit Sicherheit nicht einmal so viel Ertrag abwerfen wird, daß man die Investitionen hereinbekommt. Aber er setzt seine Hoffnung auf das Uran. Ein italienischer Professor hat herausgefunden, daß die Kettenreaktion, die den Atomkern spaltet, mit Uran in Gang gesetzt werden kann. Ein Zauberwort, ein Material der Zukunft ersten Ranges. Wenn nicht das sie auf Trab bringt, was dann …

Sean hat sich verändert, sagen viele, als er vor Weihnachten nach Dublin zurückkehrt. Der Mann ist davon überzeugt, daß sie es sagen. Sie sind erstaunt und verärgert darüber, daß er keine Anstalten macht, sie in sein Geheimnis einzuweihen: Irgend etwas ist da oben bei den Eisbären geschehen. Etwas Seltsames. Er war doch früher nicht so. Da sitzt er nun allein in seinem kleinen, tristen Arbeitszimmer, schläft augenscheinlich auch dort, in den Regalen und unter dem Bett lauter glänzende Steine. Er lebt, verzaubert von dem Gedanken an künftigen Reichtum, der arme Kerl.

Aber das ist es nicht. Das Geld hat den Mann niemals interessiert.

Es ist etwas anderes.

Wieso strahlende Steine, fragte auch die Frau. Sie wirkte ein wenig ungeduldig, während sie sich ihre wunderbaren, von den Mücken zerstochenen Fesseln kratzte. Sie trank ihren unvermeidlichen Kaffee auf der Terrasse des Kontors. Immerhin lächelte sie. Es war doch Nickel, was man hier finden wollte. Und Kupfer. Und ich sehe keinerlei Strahlen. Was ist daran so Besonderes? Das sind ja wohl keine Edelsteine?

»Nein. Edelsteine sind es nicht.«

»Und auch kein Gold?«

»Nein.«

»Was ist dann so wertvoll an ihnen?«

»Nichts.«

»Nichts? Es ist amüsant, sich mit Ihnen zu unterhalten, Sie geben so erschöpfende Antworten, Herr O'Brien.«

»Sie enthalten ein Element, das unsichtbare Strahlen aussendet und von selbst zerfällt.«

»Ein Element wie Kupfer oder Nickel?«

»Ja, aber ein schwereres, das allerschwerste. Uran.«

»Uran. Ein neues Wort. Es gefällt mir. Aber warum interessiert es Sie so besonders?«

»Ich weiß es nicht. Aber es hat etwas Aufregendes.«

Der Mann wußte es nicht. Er wußte es damals nicht und weiß es auch heute nicht. Es gibt so vieles, was man wissen kann, ohne etwas zu wissen.

Als das Weltall erst einige Minuten alt war, entstanden die leichtesten Stoffe, und als es schon so alt war, daß sich die ersten Sterne gebildet hatten, entstanden in ihren heißen Kernen die schwersten von allen Elementen. Und als sich endlich aus dem Staub am Rande des lautlosen, grenzenlosen Weltraums der Erdball verdichtete, war darin schon alles vorhanden. War da und wartete Milliarden von Jahren im Inneren der Erde, während Mammuts und Schneestürme über sie dahinzogen. Doch dann kommt der Mensch, das grenzenlos neugierige Tier wird geboren, das felsenfest davon überzeugt ist, alles Sichtbare sei nur um seinetwillen vorhanden. Und er will sehen, was wozu taugt. Er löst die Rätsel, schnüffelt an allem, kostet alles, dreht und wendet und erhitzt und spaltet alles. Er hebt den ersten Stein auf. Damit fängt es an. Er muß herausfinden, was sich mit dem Stein anfangen läßt, mit Kupfer, Eisen, Gold, Nickel, Uran. In der milliardenfachen Kette der Generationen findet sich immer jemand, der keine Ruhe gibt, solange er nicht weiß, wie man aus allem Seienden Nutzen schlagen kann. Er wird ausgelacht, man verdächtigt ihn, aber eines Tages verstummt das Lachen. Und an diesem Tag ist nichts mehr wie zuvor. Man hört das Knirschen mächtiger Gelenke. Die ganze Menschheit hat sich verändert, ist hinübergegangen in eine neue, unbegreifliche Welt, von der es keine Rückkehr zur früheren gibt, keinen anderen Weg als den nostalgischen Traum …

Nein, der Mann kann die Frage, wovon er besessen ist, nicht beantworten. Er kann die Leidenschaft, immer mehr Steine zu finden, nicht erklären. Er ahnte wohl Gefahren, kümmerte sich aber nicht darum. Er mußte kühn sein. Und alles war unabänderlich miteinander verwoben, seine Neugier und seine Manie, der Kern jener Steine, das Land, die Frau, das Kind.

»Warum sind Sie ursprünglich hierhergekommen, Herr O'Brien?«

Warum er gekommen ist? Das war eine noch schwierigere Frage.

Er kam, weil er mußte. Weil man ihn gebeten hatte. Weil er sozusagen den Rucksack schon lange gepackt hatte. Alles war bereit.

Die unverzichtbare Ausrüstung eines Forschungsreisenden:

Eine Abschlußprüfung in Geologie und eine kurz vor dem Abschluß stehende in Geophysik. Ein Vergrößerungsglas. Ein Hammer. Ein Kompaß. Griffits geologische Karte. Geldmangel. Eine Veranlagung zum Tüfteln und wissenschaftlichen Arbeiten. Mückennetz und Schneeschuhe. Tabak. Whiskey. Drei Pullover und Gummistiefel. Eine Schreibmaschine mit einem aus patriotischen Gründen immer grünen Farbband. Eine große Schar Geschwister, aber eine zu kurze Kindheit. Eine Mutter in der Lungenheilanstalt. Ein von katholischen Priestern unterhaltenes infernalisches Internat. Ein zur Hälfte auswendig gelernter Vergil und Fingerknöchel, die wegen der vergessenen anderen Hälfte so geschlagen worden waren, daß sie für immer voller Narben sind.

Eine traumatische Jugend also, die niemals enden zu wollen schien. Gesichtswäsche im Abtrittseimer mit sachkundiger Hilfe der Oberkläßler. Hinter der Mauer höhnende Mädchen aus der Nonnenschule. Unermüdliche Selbstbefleckung. Beichten. Absolutionen.

Aber auch einige Lichtblicke. Connollys Sozialismus. Yeats. Joyce und seine verbotene Fleischlichkeit. Dann die Universität und eine völlig andere Wirklichkeit: fünf Jahre lang den Steinen auf der Spur. Bier, Musik, neue Freunde. Verlobung mit einem Mädchen aus gutem Hause. Extrem einsame Geländeerkundungen im Norden, wo ein Unglück eher wahrscheinlich als möglich ist. In den Tälern und auf den Hügeln, wo die Wissenschaftler unter ihren Mänteln geladene Revolver tragen, um sich davor zu schützen, als Spione der Regierung erschossen zu werden. Die patriotische Weigerung, als Assistent an die Universität Cambridge zu gehen. Die ohne Erklärung einseitig gelöste Verlobung. Ungeöffnet zurückgesandte Briefe. Die Nachricht von der Umwandlung der geologischen Galerie des Nationalmuseums in Büros für kirchliche Helfer und das Verbergen der nationalen geologischen Sammlung vor der Öffentlichkeit. Eine Reihe von mißlungenen Liebesbeziehungen. Impotenz. Die schroffe Mitteilung über die Ablehnung seines Antrags auf Mittel für die Kartierung radiumhaltigen Bodens in Irland. Der nach Cambridge gegangene Kommilitone, dem es als erstem in der Geschichte der Menschheit gelingt, den Atomkern zu spalten. Verwunderung. Finsterer Neid. Bewunderung wider Willen: Das hätte ich von Ernest nicht geglaubt! Stolz darauf, wenigstens mit ihm gezecht zu haben. Und Schach gespielt. Ihn sogar besiegt zu haben: tatsächlich!

Auch erschütternde Ereignisse: Die Spaltung des Atomkerns wird in Irland völlig von der Ankunft des päpstlichen Nuntius' überschattet, der am Internationalen Abendmahlskongreß teilnimmt und das ganze Land auf die Knie zwingt. Die Verfechter der Unabhängigkeit, die den Bürgerkrieg verloren haben, kommen an die Macht. Ein sexuell funktionierendes, aber ziemlich gefühlsarmes Verhältnis mit einer freisinnigen Schauspielerin. Gelage, die bis in die frühen Morgenstunden dauern, und gemeinsame wissenschaftliche Schwärmereien mit den besten Freunden. Die Affäre einer Nacht mit einer neun Jahre älteren Lehrerin aus Neapel. Fürchterliche Eifersuchtsszenen der Schauspielerin. Zunehmende Geldknappheit. Ständiges Kinderweinen hinter der Wand in der Nachbarwohnung.

Und genau dann: Ein braunes Kuvert im Briefkasten. Die englische »The Mond Nickel Company«: Nach unseren Informationen arbeiten Sie an einer Dissertation über Mineralien in der Bergbauindustrie ... bieten wir Ihnen die Möglichkeit ... voller Unterhalt und Monatslohn ...

Ein leichter und schneller Entschluß. Wenn man nicht die Gefahren sieht, wenn man nur die Möglichkeiten sehen will. Der letzte große Forschungsreisende der unendlichen Schneewehen und arktischen Wälder, der die Gefahren verachtende Wissenschaftler, der aus dem eisigen Schatten verschlossener Einheimischer und weißer Bäume kommt: Doktor O'Brien, nehme ich an?

Die Wirklichkeit war natürlich ganz anders. Viel alltäglicher. Die Erfolge bescheiden, die Strapazen erträglich. Aber dann fand er die Frau. Und die Steine.

Natürlich warnte man ihn, aber er verstand die Botschaft nicht. Er schwor auf die Wissenschaft und machte sich lustig über die Glaubensvorstellungen. Ganz besonders über die primitiven Horrorgeschichten. Über die Gespenstergeschichten, mit denen die Leute wohl versuchten, die lange Zeit der nördlichen Finsternis zu überbrücken.

Hätte er sie ernstlich fürchten sollen? Die Hexerei? So wie es in den Mythen aus der Wikingerzeit hieß: Hütet euch vor dem Land, vor dem Ufer, hütet euch vor ihren Zauberern und ihren starken Göttern, ihre Zaubersprüche sind vernichtender als alle anderen ...! Die Geschichten aus alter Zeit sind niemals nur Geschichten. Sollte man fragen, wie sie entstanden sind? Respekt haben vor der Weisheit des instinktiven Entsetzens?

Aber nein, er lachte nur darüber.

Der Mann, den es nach Steinen verlangte und den es nach der Frau eines anderen verlangte.

Als Herbst und Dunkelheit kamen, begann er sich fortzusehnen. Nach Hause. Nichts hätte ihn dazu bewegen können, im Land zu bleiben.

Ja, er war unsäglich erleichtert, als er fortkam. Er dachte: Winter. Freiheit. Rettung.

Aber nein. In London beginnt etwas anderes: endlose Träume vom Schnee. Davon, daß alles gefriert, weiß und hart wie Marmor, von den Eismassen der Erde, der Seen, der weiten Meere. Von der Gnadenlosigkeit der Kälte, von der Strenge der Dunkelheit.

Was zum Teufel hat das zu bedeuten? wundert er sich.

Dieser Schnee, der *wirklich* ist.

Zuerst nur der weiche Postkartenschnee schuljungenhafter Begeisterung, die weiße Leere der Trennung. Frostiana. Die Themse in gefrorenem Zustand, ihre Geschichte. Frostiana. Ein passender Name für ein albernes Buch aus der ersten Hälfte des vorigen Jahrhunderts. Mit all den Verrücktheiten und Narreteien, auf die die Menschen verfallen, denen man die von richtigem Schnee und Eis gebotenen Freuden vorenthält.

Aber wenn der Winter fortschreitet, wird daraus etwas anderes.

Eine Zwangsvorstellung.

Er beginnt, Geschichten vom Schnee zu sammeln. Liest mit angehaltenem Atem die erschütternden Reiseberichte ahnungsloser Fremder vom grauenerregenden nördlichen Winter. Macht in den Antiquariaten Jagd auf sie mit der Unermüdlichkeit eines besessenen Geistes, vertieft sich in Schilderungen von Pferden, die im Stehen erfrieren, und von Fleischstücken, die sich zusammen mit achtlos abgerissenen Eiszapfen lösen. Mit dem Whiskeyglas in der Hand, in der glühenden Wärme des Kohlekamins einer Pension.

Nicht mehr Wehmut, sondern Leiden. Das ist ein Unterschied, der von Monat zu Monat immer bedeutungsvoller wird.

Eine völlig unsinnige Manie, seine Blicke quer über das Festland in jene Welt zu richten, aus der er so eilig fortgegangen war. Besser gesagt, geflohen. Wo aber irgend etwas von seiner Seele Besitz ergriffen hatte.

Nein, so war es nicht. Nichts war geschehen.

Es hat keinen Sinn, an etwas zu denken, was gewesen und vergangen ist und was nicht mehr existiert.

Der Mann blickt aus dem Fenster, zählt sich die Arbeiten auf, die er jetzt tun müßte. Es wird ein schöner Tag, obwohl es schwach regnet, aber bald wird es aufklaren, das sieht man an der Form der Wolken, es ist nur eine Frage der Zeit. Denk an etwas Angenehmes, an das Mädchen, das du gleich nach der Ankunft in London kennengelernt hast. Letzten Monat. Oder vorletzten? Ist das schon so lange her?

Wie auch immer, denk an das wunderbare Mädchen und die großen roten Fische im Innenhof des Schlosses, unter der Brücke. Richtig, die Geschichte mit der Brücke, dic war gut, die beste von allen. Unvergeßlich. Du sitzt da und rauchst, als wäre alles in schönster Ordnung, lehnst dich bequem in deinem Sessel zurück, erinnerst dich, wie die späte Sonne auf die Wasseroberfläche trifft, die glühenden Flossen der Karpfen wie venezianische Umhänge wallen. Denk daran, wie sich das Geländer an deinem Rücken anfühlt, wenn sie sich an dich lehnt, an den Dampf des Atems und an ihre Zunge in deinem Mund. An den Duft nach Pfefferminz. Die Hände unter dem Mantel. Die nackte, warme Haut zwischen Strumpf und Höschen. Herrlich.

Ein anderes Bild steigt vor seinem inneren Auge auf, eine fremdartige Landschaft, kalt und voller Schnee, eine Landschaft, wie er sie noch nie gesehen hat. Er schiebt sie beiseite.

Da ist sie, die Hand am Rand des Strumpfes, und die Haut des Mädchens ist so warm so warm, oh, wie ist sie doch warm weich weich, kann es etwas so Warmes und Weiches überhaupt geben? Erinnere dich daran, damit solltest du genug zum Erinnern haben, mit diesem Mädchen. Und wie sie lächelte die ganze Zeit, nicht nur mit dem Mund, sondern auch mit den Augen, Duchennes Zeichen, nur ein bis zu den Augen hinaufsteigendes Lächeln erweckt die süßen Gefühle der Seele. Duchenne im Jahr 1862. Oder 1882?

Meine Güte, es ist doch völlig egal, in welchem Jahr was geschah, du gehst nicht mehr zur Schule, halt dich doch nicht mit so was auf, wenn die Zunge des wunderbaren Mädchens in deinem Mund vibriert und deine Finger über die kleinen Blumen ihres Höschens wandern, bestimmt sind Blumen darauf, kleine, blaue Blumen, und jetzt werden ihre Blütenblätter feucht, aijai, hast wirklich du das zustande gebracht mit deinen plumpen Fingern, die mohnroten Fische steigen an die Oberfläche, drehen dort ihre Runden, seht nur dieses bezaubernde Mädchen, dein Finger brennt dort in ihr, und sie sagt nicht nein nein, dieses Mädchen …

Oder vielleicht sagt sie es auch, wenn sie ihre Zunge fortnimmt und ihre Stirn an deinem Hals reibt, sagt ganz leise nein, aber das bedeutet nicht nein, sie lächelt, den Kopf jetzt schon ein wenig zurückgelehnt, die Augen geschlossen, aber dennoch von richtigem Lächeln erfüllt, die Brauen in der richtigen Weise gerunzelt …

Erinnere dich daran, rauch deine Zigarette und denk an die Brücke und an den wilden Engel, der so anders ist als die Eisköniginnen des Nordens, dieses Mädchen kennt die süßen Empfindungen der Seele und kann sie wahrhaftig auch bei anderen erwecken, sie ist so warm und weich und atmet kleine, heftige Pfefferminzschluchzer … Jener Kleinen dort hast du Bonbons gekauft, Eukalyptus, aber vielleicht war auch Pfefferminze dabei, wer weiß das jetzt alles noch so genau, versuch gar nicht erst nachzudenken, welches von beiden, Kindern kauft man Süßigkeiten, ihre Mutter hat sich richtig gefreut darüber, aber das gehört nicht hierher, kehr zur Brücke zurück, denk nicht an jene Frau und das Kind, mit diesen Leuten hast du nichts zu tun.

Nein, das hat doch alles keinen Sinn! Der Mann beschließt, an die Arbeit zu gehen. Viele interessante Untersuchungen aus dem Ausland warten auf seinem Tisch.

Warum sollte er noch an dieses Land denken, er sollte die Kälte und das Eis und die blauen Schatten der schneebedeckten Bäume vergessen. Die Brücke ist besser. Oder der Wellenbrecher. Als er klein war: Militärmusik, Vanilleeis, gesittete Spaziergänge in gesunder Meeresluft. Der süße Duft von Pfeifentabak und warmen Kastanien. Die Hand des Vaters, wie er dir eine Münze zuwirft: *Seht euch den Jungen an, der fängt sogar mit geschlossenen Augen, da komm ich nicht mehr mit! Probiert es selbst, ich wette um ein Maß Bier, daß der Schlingel jeden Wurf fängt!*

Dem Mann wird klar, daß er Heimweh hat. Heimweh nach Verwandten und Freunden. Verdammt, so ist es, denkt er. Und ist erleichtert, weil er endlich begreift, woher seine Unruhe rührt.

Wie besessen erledigt er die restlichen Arbeiten in zwei Wochen, ist endlich frei.

Aber die Rückkehr nach Dublin hilft ihm nicht viel. Die anregenden Abende mit den Freunden werden immer seltener. Er ist kein angenehmer Gesellschafter mehr, die Finsternis der nordischen Nacht hat sich in seiner Seele breit gemacht.

»Jaa, also irgend etwas ist mit dem armen Sean passiert. Etwas Ernsteres. Sonst wäre er nicht so«, resümieren die Freunde mit bedauerndem Unterton im »Brazen Head« oder in der Bar des Palace.

»Richtig, und jetzt verkriecht er sich«, plaudern sie. Verwundert und ein wenig gekränkt darüber, daß der Mann sich ihnen nicht mehr so anvertraut wie früher. Nachdenklich zünden sie sich ihre Zigaretten an: Da sitzt er nun und grämt sich wegen irgend etwas, untersucht diese merkwürdigen Steine ...! Und später, nach dem zweiten oder dritten Humpen: Wer weiß, vielleicht hatte er ja eine Frau dort bei den Iglus?

Der Mann versucht es wirklich. Versucht, ihnen, den Bewohnern der grünen Insel, das Leben im Norden zu schildern. Aber den Winter kann er nicht erzählen.

Den Schnee und das Eis, die sich in seinem Innern aufgestaut haben, sein Fluch geworden sind. Ein fremder Winter hat in ihm zu leben begonnen, obwohl er Tausende von Meilen davon entfernt ist. Ist dabei, aus ihm einen Fremden im eigenen Land zu machen.

Der Mann wandert und wandert die bekannten, winddurchwehten Straßen entlang, versucht einen Sinn für seine Tage zu finden, auf die Stimmen ringsum zu lauschen, aber irgend etwas macht ihn starr, hindert ihn daran, sich ins Menschengewimmel zu stürzen, sich von ihm mitreißen zu lassen. Die Menschen und die Gegenstände in seiner nächsten Umgebung werden zu undeutlichen Schatten. Er versteht, daß es so nicht weitergehen kann, findet aber keinen Ausweg. Versucht, in wissenschaftlichen Werken Rat zu finden. Besorgt sich alle möglichen Statistiken über die Gebiete der nördlichen Breitengrade, um den Winter sich selbst und den anderen verständlich zu machen. Die eisig kalte Wirklichkeit in dem einzigen Land des Erdballs, das von vereisten Meeren umgeben ist und wo die Sonne im Mittwinter nur einen so knauserig tiefen Stand erreicht, daß ein Mann einen zehn Meter langen Schatten auf die Schneedecke wirft.

Zunehmend erschüttert liest er die Daten von der Tiefe des gefrorenen Bodens und von der Mächtigkeit der Eismassen und beginnt zu argwöhnen, daß auch der Frühling das alles nicht zum Schmelzen bringen kann. Seine Furcht wächst, daß man ihn nicht wieder nach Olkikumpu schicken wird. Daß etwas dazwischenkommt. Schwankungen auf dem Weltmarkt, Unruhen, der Tod des Königs, der Pessimismus des Generaldirektors, Reparaturarbeiten am Schmelzofen …

Nichts kann Sean O'Brien mehr erheitern. Er verbringt endlose einsame Abende vor der ausgebreiteten Landkarte und inmitten der vom Quartäreis rundgeschliffenen Granitsteine und kann sich nicht von seinem Wahn befreien. Er zwingt sich dazu, sich selbst mit fremden Augen prüfend zu mustern, beobachtet unparteiisch die eigene Person. Und wahrhaftig, was bietet sich ihm da für ein pathetischer Anblick: ein völlig vereinsamter armer Teufel, der dasitzt und unendliche Mengen sentimentaler, unabgesandter Briefe an die Frau eines anderen zusammendichtet.

Von so etwas kann man doch nicht laut sprechen. Von einem Verhältnis, das es nicht einmal gibt. Das nur in seinem Kopf existiert. Die Frau hat doch deutlich zu verstehen gegeben, daß sie nicht im geringsten interessiert ist. Und warum sollte sie auch? Sie hat doch schon eine Familie, ihren gutaussehenden, witzigen Obersteiger und ein entzückendes kleines Mädchen. Ein gutes Leben, in dem Außenstehende nichts zu suchen haben. Absolut nichts.

Aber dann kommt ein Brief.

Eigentlich nur eine Karte. Ein Foto vom Bergwerk und ein paar Zeilen Text. Zwei Monate nach seinem Dankesbrief. In ermutigendem Ton. Mehr als reine Höflichkeit. Ganz sicher. Vielleicht nicht beim ersten Durchlesen. Aber je mehr der Mann daran denkt, desto deutlicher meint er, Sehnsucht herauszuspüren: *Wir alle werden uns sehr freuen, wenn wir Sie nächsten Sommer hier wiedersehen, Herr O'Brien.*

Dennoch: zwei Monate! Und die Anrede Herr.

Nach langer Zeit geht der Mann wieder einmal mit Freunden aus, trinkt ordentlich. Später im Nachtklub lernt er tatsächlich ein schönes, langbeiniges Mädchen kennen, das im »Café Bewley« arbeitet. Sie beginnen, sich regelmäßig zu sehen. Was für ein Glück, daß diese Frau, Eilís, unglaublich nett ist und daß sie sich so wunderbar verstehen. Dem Mann scheint es, als vergesse er allmählich den nordischen Winter, obwohl er manchmal immer noch mitten im Satz verstummt und obwohl er immer wieder davon träumt, daß er sich im Schneesturm verirrt hat und in den Schnee gestürzt ist neben einen großen, weißen Vogel.

Im Traum breitet der Vogel seine Flügel aus, und die grellgelbe Sonne scheint durch sie hindurch, so daß sie lodern wie die Spitzengardinen im Fenster eines brennenden Hauses.

OLKIKUMPU, JUNI 1935

Ein Morgen im Frühsommer, aber bleigrau, kühl.

Die Frau sitzt auf dem Rasenplatz vor dem Kontor des Bergwerks, in einem Grünsteingebiet Fennoskandiens. Das ist erwähnenswert. Man hat festgestellt, daß in Verbindung mit den ultramafischen Vulkaniten, uralter Lava und Asche so reichlich Nickelsulfide auftreten, daß sie als Nickelerzreserve gelten können. Sie sitzt da, vor Kälte zitternd und noch ganz verschlafen, und schiebt zum Zeitvertreib mit einem Stöckchen eine tote Spitzmaus hin und her.

Sie sitzt und wartet, stupst das schlaffe Fellhäufchen an, das noch vor einem Augenblick ein Tier war. Eine Spitzmaus. Sie hat kein Mitleid mit ihr, nichts anderes hat Raum in ihr als das Warten.

Von der Spitzmaus weiß sie das ein oder andere, denn sie liest viel, hat sich über viele Dinge informiert, von denen die anderen um sie herum nichts wissen, aber jetzt hat das alles seine Bedeutung verloren.

Sie wartet.

Nichts anderes ist mehr von Bedeutung.

Sie wartet auf den Mann, der über alle Geheimnisse des Bodens Bescheid weiß. Es ist ein bedeutendes Wissen, denn es ist ein Wissen, das sich in Nutzen verwandelt. Der Wert des Erzes beruht darauf, daß man es nutzen kann. Daß es wiedergeboren wird in Form von Geld, Arbeitsplätzen, Fortschritt, zerstörerischer Kraft. Es ist das Wissen von Leben und Tod. Es ist Macht.

Für die Frau aber ist es, wenn er davon erzählt, Poesie. Jeder kostbare Satz, den der Mann ihr anvertraut, die Nuancen, die so entscheidend sind. Namen, die man nicht gegen andere austauschen kann.

Vulkanismus gibt es in vielerlei Ausprägungen. Als die Erdkruste noch dünner war, ergoß sich bei Eruptionen die Gesteinsschmelze in Lavaströmen über die Erdoberfläche. Aus den Tiefen quollen Tausende von Kubikkilometern Magma, das zu dunklem, schwerem Gestein erstarrte. Einige hundert Millionen Jahre später wogte in den Grabenbrüchen der Erdoberfläche das Meer, dessen gewaltiger Druck den Ufersand zu Quarzit härtete.

Vulkanismus. Die dünne Erdkruste. Eruption.

Was für schöne Wörter. So andersartig, stark, leidenschaftlich.

Vida Harjula hat sie seit dem Herbst immer wieder vor sich hingesagt. Den ganzen langen Winter hindurch wie einen Zauberspruch wiederholt. Alles über Steine gelesen, was sie überhaupt nur in die Hände bekam. Hat sich hineingewühlt in die Worte, die die Bodenbeschaffenheit beschreiben, ist mit ihnen verschmolzen.

Na, aber das ist doch meine Arbeit, hat sie versichert, als die Bibliothekarin ihr einen ungewöhnlich langen Blick zuwarf, nachdem Vida sie darum gebeten hatte, sich aus dem Magazin die ausgemusterten, veralteten Geologielehrbücher holen zu dürfen.

Das ist meine Arbeit! Daß ich mich auskenne. Den Diabas erkennt man an den Feldspatstreifen, die sich miteinander vereinigen wie zum Gebet gefaltete Finger … Wenn ein Lichtstrahl auf die Oberfläche des undurchsichtigen Steins fällt, werden nur diejenigen Farben, diejenigen Wellenlängen ins Auge reflektiert, die der Stein nicht zurückgehalten hat …

Dafür werde ich nächsten Sommer bezahlt! Dafür, daß ich alles weiß über die Hitze und den Druck tief unter der Erdkruste, der die Zustandsform der Steine verändert hat. Und über die Abnutzungsarbeit von fließendem Wasser und Eis. Manchmal von Wind und Sturm. Und von der Macht der Zeit und der Naturgewalten, gegen die niemand ankommt.

Den Willen des Menschen, die Landschaft zu verbrauchen, nennt man nicht Erosion. Das ist Evolution, Fortschritt. Darin liegt kaum Poesie, aber die Frau erkennt an, daß sie dem Fortschritt Dank schuldet.

Sie würde nicht hier sitzen ohne den Fortschritt, ohne den Käärmesalmi-Kanal, der im Jahr 1908 durch Erdbewegungen riesigen Ausmaßes angelegt wurde. Auf der Baustelle fand man einen gewaltigen Erzblock, den die Männer für einen Meteoriten hielten. Aber die Geologische Kommission erkannte, daß es sich um vielversprechendes Kupfererz handelte, als sie ihn untersuchen ließ. Der Ingenieur Otto Craig machte sich auf die Suche nach dem Mutterfelsen des verirrten Ausreißers. Er vermutete ihn auf dem Gebiet des Kirchspiels Olkikumpu, wo Quarzite und Ultramafite dominieren, war sich seiner Sache sicher.

Es folgten Forschungsprogramme, magnetische Messungen, Bloßlegen des anstehenden Gesteins durch Schürfe, Tiefbohrungen. Am Westhang der höchsten Bergkuppe ohne Erfolg. Na, aber die Quarzitzone zwischen dem nördlichsten Block und dem Glimmerschiefer? Ja, die mußte mit Bohrungen durchörtert werden, damit die Sache vorankam. Das war teuer. Und das Gerät war teilweise unbrauchbar. Die Schwierigkeiten und Mißerfolge schienen nicht enden zu wollen. Das führte zu Zweifeln. Aber auch zu einem neuartigen Kampfgeist und Vorurteilslosigkeit; man entwickelte nie dagewesene Verfahren. Man beschloß, die Richtung des Moränenverlaufs nicht zu beachten, und verlegte die Forschungsarbeiten an die Erzformation von Käärmesalmi. Das tollkühne Unternehmen eines Draufgängers, aber es lohnte sich: Im Mai 1921 stieß man auf Erz. Anstelle der erwarteten Gneise fand sich eine völlig fremde Formation vulkanischen Gesteins, das sich fächerartig durch den Olkikumpu zog. Kupfer und Nickel. Nach Ansicht der Optimisten ausreichend, um dort ein Bergwerk anzulegen.

Die ältesten Einwohner des Ortes widersetzten sich dem Vorhaben mit Klauen und Zähnen, für sie war die steinige Kuppe des Olkikumpu ein Ort, den man zu meiden hatte, eine Wohnstatt böser Geister, der man sich nicht ungestraft nähern durfte. Sie erinnerten daran, wie es zu Beginn des Jahrhunderts den unglücklichen Kätnern ergangen war, die von dem gierigen Landbesitzer dorthin geschickt worden waren, um das Gebiet in Ackerland zu verwandeln. Die Spaten waren auf menschliche Gebeine gestoßen. Es dauerte nicht lange, da starb ein Mann nach dem anderen eines jähen Todes oder verschwand spurlos. Das Grauen vor diesem Ort war derart angewachsen, daß der Eigentümer des Landes nachgab und die Rodungsarbeiten einstellte.

Anstelle der Kätner erschien ein Lektor für Biologie aus Helsinki, der in den Sommermonaten Hobby-Archäologie betrieb und neun Schädel, einen Haufen loser Knochen und einige Schmuckstücke ausgrub. Mit Erlaubnis des Landeigentümers nahm er sie mit nach Helsinki, um sie näher zu untersuchen. Aber auch er starb, bevor er seinen Bericht fertigstellen konnte, und die Funde gerieten auf Jahre in Vergessenheit. Erst als die Erbengemeinschaft den Nachlaß aufteilte, fanden die Knochenkisten ihren Weg ins Institut für Archäologie. Es stellte sich heraus, daß die Schmuckstücke aus dem ersten nachchristlichen Jahrtausend stammten. Die Knochen gehörten auffallend zarten Menschen mit ungewöhnlich langen Schädeln.

Nun rührten sich auch die Archäologen und verlangten das Recht, den Olkikumpu zu untersuchen, aber das Bergwerksprojekt war schon zu weit gediehen.

Als Eigentümer der Fundstätte übernahm der Staat die Hälfte der Aktien. Aber der Betrieb kam nur schwerfällig in Gang. Innerhalb der Landesgrenzen stieß man weder auf genügend Vertrauen noch auf genügend Geld.

Die Lagerstätten waren so dürftig, daß die ausländischen Großunternehmer nur wenig Interesse an der Sache bekundeten. Ein Vertreter der Stahlgesellschaft Krupp aus Deutschland besichtigte die Vorkommen, konnte sich aber nicht dafür erwärmen. Die Gruben der kanadischen Inco, die den Weltmarkt für Nickel beherrschte, hatten zu jener Zeit selbst genügend Produktionskapazitäten, und die Gesellschaft wollte den Nickelpreis auf einem ihr genehmen Niveau erhalten.

Nachdem sie sich die Sache ein Jahr lang überlegt hatte, entsandte die Tochtergesellschaft »Mond« aus England ihren Geologen an Ort und Stelle. Aufgrund seines Gutachtens begann die Gesellschaft dem Vorhaben mehr Wohlwollen entgegenzubringen. Nach sechsmonatigen Verhandlungen schloß man einen Vertrag. Die Dauer der Konzession wurde auf vierzig Jahre festgesetzt.

Der Fortschritt hielt seinen Einzug in Olkikumpu. Das Dorf erwachte. Es begann eine wilde Bautätigkeit. Alles veränderte sich, sowohl unter Tage als auch über der Erde. Man brauchte ein Kontor und die Fabrik und mehr Wohnungen. Für die Arbeiter genügten Holzbaracken, aber für die ausländischen Herren mußte man Gebäude aus verputzten Ziegeln errichten. Man lernte solche Wunder wie Zentralheizung, fließendes Wasser und Abflußrohre kennen. Ein Restaurant, ein Junggesellenklub und ein Kino mußten her. Und mehr Geschäfte, in denen man rote Limonade und Tanzschuhe aus Lackleder kaufen konnte. Die Wege wurden ausgebaut für den Verkehr, der so lebhaft war wie niemals zuvor. Lehrer und Dolmetscher wurden eingestellt. Es entstanden öffentliche Saunas, über die allerlei schändliche Gerüchte in Umlauf kamen.

Doch zu dieser frühen Morgenstunde erscheint alles verschlafen und anständig. Niemand hat es eilig, irgendwohin zu kommen. Der Mann, der endlich eingetroffen ist, die Leute per Handschlag begrüßt und förmlich nach ihrem Ergehen gefragt hat, beugt sich interessiert über den Fund der Frau: Er hat sogar Zeit für etwas so Unbedeutendes wie einen toten Angehörigen der Milliardenarmee von Insektenfressern.

»Tot?«

Vida Harjula nickt errötend.

»Das arme kleine Tier.«

»Arm?« Die Frau lacht nervös auf. »Wissen Sie, was dieses Viech für ein Killer ist? Wenn der Mensch den Appetit dieser kleinen Spitzmaus hätte, käme er überhaupt nicht mehr zum Schlafen. Er müßte die ganze Zeit essen, essen und immer nur essen, jeden Tag ein paar Hundert Kilo Lebensmittel, um auch nur ein wenig satt zu werden. Ein so rasender Hunger würde aus dem Menschen ein tollwütiges Tier machen.«

Der Mann nimmt die Brille ab, putzt sie mit dem Saum seines Pullovers. Vom Augenwinkel zum Ohr zeichnet sich ein feiner Streifen ab, der Abdruck des Brillengestells.

»Das wußte ich nicht. Wirklich nicht.«

Er hebt die Brille gegen das Licht, wischt noch einmal darüber und setzt sie wieder auf.

»Ich sehe nichts ohne Brille«, sagt er und beugt sich zu dem kleinen toten Monstrum hinunter. »In dieser Hinsicht bin ich wie Ihre Spitzmaus. Fast blind.«

Er hält inne, als wundere er sich darüber, wie es möglich sein kann, daß ein Individuum, das so wie er an den kleinsten Details interessiert ist, mit einem solchen Mangel behaftet ist:

»In einem anderen Jahrhundert wäre ich wohl kaum noch am Leben.«

Sean O'Brien ist nicht sehr groß. Und obwohl er kaum dreißig Jahre alt ist, hat sich schon Grau unter seine dunklen Haare gemischt.

Vida Harjula dankt dem glücklichen Zufall für die Spitzmaus: Wie schön, daß sie dem Mann etwas beibringen kann, was er noch nicht gewußt hat! »Ein Mensch mit den Instinkten einer Spitzmaus würde sich auf alles stürzen, was ihm begegnet, und es bei lebendigem Leibe verschlingen: würde sich in dessen Rücken verbeißen, ihm Augen und Hirn und große Stücke noch vibrierenden Fleisches herausreißen, sich buchstäblich durch ihn hindurchfressen. Egal, ob es nun seine Frau, seine Kinder, seine Mutter oder sein Vetter wären ...«

Der Mann blickt die Frau an, lächelt schon ein wenig ungläubig: »Woraus schließen Sie das, Frau Harjula?«

»Ich hab es irgendwo gelesen. Die Spitzmaus ist eine kaltblütige Mörderin, auch wenn sie so klein und schrecklich rührend aussieht. Um zu morden, muß man nicht groß sein. Eine Spitzmaus kann eine Maus oder einen Frosch fangen, der viele Male größer ist als sie selbst.«

»Jack the Ripper der Mäuse. Und ich hatte geglaubt, Spitzmäuse seien Insektenfresser ...«

Die Frau wischt sich die Erde von den Händen, als sie begreift, daß der Mann sich über ihren Eifer lustig macht.

»Sie glauben mir nicht. Sie denken, ich hätte mir die ganze Geschichte ausgedacht.«

Der Mann sieht die Frau erneut an, sein Lächeln wird noch breiter.

»Was nun, Herr O'Brien?«

»Nichts. Es ist nur schön, Sie nach so langer Zeit wiederzusehen. Sie haben sich überhaupt nicht verändert.«

Aber die Frau ist irgendwie enttäuscht. Nicht vom Aussehen des Mannes, aber von seiner Art zu sprechen. Von der ganzen Situation.

Was habe ich eigentlich erwartet?

Was?

»Sie glauben mir nicht«, sagt die Frau.

Sie weicht dem Blick nicht aus.

»Im Gegenteil, ich habe Ihnen die ganze Zeit geglaubt«, versichert der Mann und setzt sich neben sie auf den Rasen. »Aber trotzdem muß ich mich darüber wundern, was Sie alles wissen. Wann haben Sie das alles gelesen? Die Hausarbeit und das Kind und alles ...«

»Ich reduziere das Putzen. Bei uns herrscht meistens ein fürchterliches Durcheinander. Ich bin kein Hauswirtschaftsgenie.«

»Stört sich Ihr Mann nicht daran?«

»Bis jetzt hat er sich nicht beklagt.«

»Das hört sich gut an, als wäre er ein glücklicher Mann. Obwohl ich mir das sowieso schon gedacht habe.«

Die Frau zieht die Strickjacke fester um sich. Der Morgen ist von dunstigem Grau, bestimmt fängt es bald zu regnen an.

»Und Sie sind auch glücklich, Frau Harjula?«

»Ja.«

»Das hab ich mir gedacht. Man sieht es Ihnen an. Sie haben so ungeheuer viel Lebensfreude in sich. Das gefällt mir. Das hat letzten Sommer einen starken Eindruck auf mich gemacht.« Die Frau vergräbt die Hände tief in den Taschen der Strickjacke. Sie ist zu plötzlich aufgestanden, und es schwindelt ihr ein wenig.

»Wir warten wohl vergeblich. Vielleicht sind die Sommerpraktikanten noch gar nicht angekommen.«

Der Mann sieht sie unablässig an.

»Ich habe Sie gestern von meinem Fenster aus beobachtet. Sie gingen mit Ihrer kleinen Tochter spazieren. Ein schönes Kind. Es ähnelt Ihnen. Warum bringen Sie es nicht manchmal mit?«

»So weite Wege würde sie nicht durchhalten.«

»Dann würde ich sie tragen. Und zwar sehr gern.«

»Die kommen heute nicht mehr. Sie haben die Nachricht nicht erhalten und sind irgendwo anders hingegangen«, sagt Vida Harjula.

»Gut.«

Skeptische Stille.

»Ich gehe«, sagt die Frau. »Was soll ich hier, wenn niemand kommt.«

»Sie werden schon noch kommen, haben sich nur verspätet.«

»Ja, aber in *diesem Land* ist es üblich, sich an vereinbarte Zeiten zu halten.«

Letzten Sommer erregte der Mann allgemeinen Unwillen durch sein ständiges verletzendes Zuspätkommen, für das er keine Entschuldigung hatte: eine halbe Stunde früher oder später, was macht das schon.

»Ist das tatsächlich ein so schweres Verbrechen? Was hat es für Folgen? Den Verlust des Stimmrechts?«

»Den Verlust des Vertrauens der Mitmenschen«, erwidert die Frau. »Und wenn man Kinder hat, werden sie in Obhut genommen, und es gibt auch eine Eintragung ins Strafregister.«

»Bewunderungswürdige lutheranische Prinzipienfestigkeit.«

»Wir können uns Ihre keltische Nonchalance nicht leisten.«

»Pünktlichkeit läßt keinen Raum für Überraschungen. Und was würde der Mensch nicht alles für den blinden Zufall hingeben. Ein Leben ohne Unsicherheit ist nicht lebenswert.«

»Nein?«

»Nein.«

Der Mann sieht auf die Uhr, knipst den Deckel zu. Auf seinem hageren Handrücken zeigen sich bläuliche Adern und einige dunkle Haare. Und eine winzig kleine Narbe.

»Ich komme nicht immer zu spät. Eigentlich waren wir heute beide zu früh da. Sowohl ich als auch Sie, Frau Harjula.«

»Sie können ins Kontor gehen und dort warten und zum Beispiel Ihre Steine analysieren«, sagt Vida Harjula. »Damit Ihnen die Zeit nicht lang wird.«

»Mir wird die Zeit nicht lang«, entgegnet der Mann und holt die Zigaretten aus der Tasche. »Wie könnte mir die Zeit lang werden, wo Sie mir so aufregende Geschichten von Ihren lebensgefährlichen Raubtieren erzählen. Die ihre Beute bei lebendigem Leib verschlingen. Auch wenn sie viele Male größer ist. Die ihre Zähne in das noch vibrierende Fleisch schlagen ... Sie wissen sich auszudrücken, Frau Harjula, daß ich es überhaupt noch wage, hier zu sitzen! Geschweige denn, meinen unglücklichen Verführungsversuch noch weiter zu führen.«

Er lächelt. Und bietet ihr eine Zigarette an. Sie raucht nicht.

Und versteht nicht, warum der Irländer so spricht, wie er spricht. Letzten Sommer war er schweigsam, fast schroff. Dieses Vorpreschen paßt nicht in das Bild, das sie von ihm hat.

»Sie sind aber geistreich heute morgen, Herr O'Brien.«

»Keineswegs. Zu meinem großen Kummer hab ich begriffen, daß ich mit Ihrem witzigen Mann nicht konkurrieren kann. Ich verstehe kein Finnisch, aber ich höre, wie er seine Männer zum Lachen bringt. Um es gerade heraus zu sagen, beginne ich in meiner Verzweiflung schon zu fürchten, daß meine Steine Sie nur langweilen. Daß Sie das Dolmetschen satt haben, wenn ich von nichts anderem als von Steinen spreche. Ich wette, Sie erzählen dem vortrefflichen Herrn Harjula jeden Abend, daß Sie die Nase gestrichen voll haben von Gabros, Dioriten, Schiefern, Gneisen, Vulkaniten und ...«

»Ich werde dafür bezahlt, daß ich mich damit auskenne.«

»Ja, aber Sie haben meine Frage nicht beantwortet. Langweile ich Sie?«

Der Bergingenieur und zwei Sommerpraktikanten sind am Tor erschienen. Die Jungen wirken verschlafen und haben offensichtlich keine Lust, ihr Tagewerk zu beginnen.

»Was tut das zur Sache?« antwortet die Frau, peinlich berührt.

»Eine Menge«, sagt er, »deshalb frage ich.«

Verstohlen faßt er sie am Ärmel der Strickjacke. Der Ingenieur nickt ein Gutenmorgen. Der Geologe antwortet auf finnisch. Er hat eine respektable Menge von finnischen Redewendungen gelernt und beherrscht sie fast fließend.

Die Frau spürt an ihrem Handrücken die rauhe Berührung des Tweeds. Es durchfährt sie heiß. War es nur Begierde? denkt Vida Harjula ein wenig enttäuscht. Die sollte sie eigentlich erkennen. Sowohl das kürzere als auch das längere Prozedere beherrschen, so daß sie in diese Falle nicht mehr hineintappt.

»Ich mag Steine und hab nichts gegen sie, Herr O'Brien«, sagt sie.

»Bitte nur Sean, wenn's Ihnen recht ist. Schließlich haben wir den ganzen letzten Sommer zusammengearbeitet. Wir sind schon alte Bekannte.«

Die Sommerpraktikanten starren sie mit offenem Argwohn an:

»Entschuldigen Sie die Verspätung.«

Die Frau macht sich nicht die Mühe, das zu übersetzen.

Sie schweigt. Das mag lächerlich sein oder auch nicht.

»Ist es Ihnen recht? Nur Sean, bitte. Und Davida, nicht wahr?«

»Woher haben Sie denn das? Alle anderen hier nennen mich Vida.«

»Ich hab den Lohnbuchhalter gefragt.«

»Dann lassen wir es dabei.«

»Es geht jetzt also um die Fächerbohrung von der Hundert-Meter-Sohle bis zum Tagebau«, sagt der Ingenieur eine Idee zu laut.

Die Frau sieht ihn gereizt an; du brauchst den Fisch nicht das Schwimmen zu lehren, meine Arbeit habe ich immer getan, egal, was war, und ich tue sie auch jetzt, deine Chefallüren kannst du bei den Rotznasen da abreagieren, soviel du willst, aber mich laß in Ruhe.

Übersetzt den Satz ohne unnötige Eile.

»Wir hatten ja davon gesprochen, uns die Erze anzusehen«, fährt der Ingenieur fort, um einen etwas versöhnlicheren Ton bemüht.

Aber aus allem ist herauszuhören, daß er sich ärgert. Daß es ihm nicht paßt, über Männerarbeit durch Vermittlung einer Frau sprechen zu müssen. Daß, wie sie sich auch verhält, es immer irgendwie falsch ist.

»Also, falls Sie jetzt einen Augenblick Zeit hätten, Herr O'Brien …?«

Aber ja, es paßt mir, stimmt der Mann zu, warum nicht, vorausgesetzt, Davida macht es nichts aus, wenn sie einen Augenblick warten muß?

Davida?

Sieh an. So also liegen die Dinge.

Ein wohlbekannter Schmerz durchfährt die Frau. Der Gedanke an sich selbst. An das, was sie in sich trägt.

An ihre Verrücktheit, ihren Dämon, der sie begleitet, getreu bis in den Tod.

Und daran, wie sie den ganzen Winter an diesen Mann gedacht hat. An die Art, wie er ihr die Steine nähergebracht hat. Ihren feuchten Glanz, ihre rauhe Oberfläche, ihre Fähigkeit, auch wenn sie zerbrochen sind, ihre Festigkeit zu bewahren. Die alles zu akzeptieren schien, *was ist.*

Aber das war natürlich reine Einbildung. Spiegelfechterei und Wahngebilde, womit der Mensch seinen unstillbaren Durst nach allem Neuen und nie Erlebten zu verbrämen sucht.

Die Männer verschwinden im Bergwerk. Frauen haben dort keinen Zutritt. Frauen bringen Unglück.

Kontorchef Isidor Haarla beobachtet die Frau aus dem offenen Fenster. Winkt sie zu sich heran.

»Ich bin gerade dabei, eine F-Tabelle über den wahrscheinlichen Einschlag von Meteoriten zu erarbeiten«, ruft der Kontorchef. »Seit fünf Milliarden Jahren hat sich nichts Nennenswertes ereignet, so daß man sich ständig in einer gewissen Spannung befindet.«

»Gewiß.«

Die Frau will nicht mit ihm reden.

»Er schlägt ein. Schlägt nicht ein. Schlägt ein. Das ist eine unheimlich präzise Mathematik, das können Sie mir glauben. Ein kleiner Fehler und … peng … können Sie sich vorstellen, was geschieht, wenn ein Meteorit auf der Erde einschlägt?«

Nein, das kann sie sich nicht vorstellen und hat auch keine Lust, sich das vorzustellen.

»Zuerst schlägt er auf der Erdoberfläche auf, verschwindet dann aber sofort unter der Erde. Nur ein kleines Loch bleibt zurück. Dann nichts. Eine kurze Zeitlang ist alles wie zuvor.«

Der Kontorchef lehnt sich aus dem Fenster, mit erhobenen Händen wie ein Laienprediger.

»Es folgt eine drückende, unheilverkündende Stille … Aber dann bricht die Hölle los. Es kommt natürlich auf die Größe des Meteoriten an, aber auch im besten Fall schwillt die Erdkruste im Umkreis von mehreren Dutzend Kilometern an wie eine Tonblase. Die Erdoberfläche platzt strahlenförmig ab, und aus dem offenen Schlund werden nach allen Seiten ungeheure Massen von Erdstaub und Gesteinsbrocken geschleudert. Fürwahr ein infernalischer Anblick. Können Sie sich das vorstellen?«

»Ich weiß nicht.«

»Ihr Mann könnte das. Ein bißchen ist es so, wie wenn eine abgefeilte Kugel detoniert. Eero Harjula ist ein hervorragender Schütze. Er trifft mit dem Kleinkalibergewehr ebenso sicher wie mit der Pistole. Das kommt äußerst selten vor.«

»So ist es.«

»Er hat dreimal die Kreismeisterschaft gewonnen. Eine unglaubliche Leistung.«

»Mag sein.«

»Finden Sie das nicht phantastisch?«

»Doch.«

»Ich weiß, was Sie denken, Frau Harjula. Ich weiß es genau.«

Er weiß es?

Weiß er es wirklich?

Daß sie den fremdländischen Geologen so heftig begehrt, daß sie sich in ihrer Phantasie schon mit ihm in einem gottverlassenen Steinfeld überrascht hat, die Röcke hochgeschlagen bis über die Ohren. Und alles nur deshalb, weil der Mann so überwältigend vom Schmelzrhythmus des Festlandeises und vom Vorhandensein von Golderz im finnischen Felsgrund als Produkt von Sedimentation zu erzählen weiß.

Daß die Verzückung, unter deren Eindruck sie den ganzen Winter zwischen der Bibliothek und ihrem Haus hin und her getanzt ist, lediglich Begierde ist und nichts, was besonderer Aufmerksamkeit wert wäre.

»Sie fragen sich ebenso wie ich, warum der Bronzesoldat nicht mehr in Olkikumpu steht. Die Vitrine des Schutzkorps ist so leer ohne ihn. Wir sind ein wenig besorgt um Ihren Mann.«

»Wie bitte?«

»Der deutsche Soldat. Der Wanderpreis, auf den wir so stolz waren. Dreimal hintereinander hat er ihn spielend gewonnen. Aber jetzt nimmt er nicht einmal mehr am Wettkampf teil. Können Sie mir sagen, woran das liegt, Frau Harjula?«

»Seitdem es Ihnen wichtiger ist, um den Weltrekord in der Sportart Im-Ameisenhaufen-sitzen-Lassen zu konkurrieren, hat mein Mann das Interesse verloren, das Schutzkorps Olkikumpu zu repräsentieren.«

»Das ist ja seltsam.«

»Das finde ich nicht.«

»Ich habe nämlich den Eindruck, daß er diese Sportart keineswegs verachtet hat.«

»Was wollen Sie damit sagen?«

Isidor Haarla lächelt, antwortet nicht.

Mein Gott, daß der immer noch auf seinem Posten bleiben darf! Vida Harjula wundert sich. Dieser Faschist. Es ist unbegreiflich, wie weit man in dieser Welt kommen kann mit einem guten Zahlengedächtnis und manischer Bosheit.

Ich gehe, denkt die Frau. Ich bin nicht mehr da, wenn sie zurückkehren. Sage, daß ich zwingende familiäre Gründe hatte. Egal was. Ich setze mich dem nicht mehr aus. Es schmerzt allzu sehr. Die Enttäuschung. Ich will nicht begehren. Das ist so demütigend, das ist falsch.

Sie setzt sich in Bewegung, meint es ernst; siehst du, so muß man es machen, so ist es gut.

Sie geht forsch, ist stolz auf ihre Entschlossenheit, noch ist nichts geschehen, Gott sei Dank ist alles beim alten.

Alles ist wieder gut.

Bleib stehen und mach dich auf das Schlimmste gefaßt. Tu nichts, bleib nur stehen und warte.

Nein.

Bleib stehen.

Nein. Ich will nicht, ich tu's nicht!

Aber sie muß stehenbleiben: Eine seltsame Stille hat sich über die graue Morgenstunde gesenkt. Die Vögel schweigen, die Katze, die sich auf den Stufen zum Kontor geputzt hat, versteinert, starrt unbeweglich vor sich hin.

Tiere riechen den Tod. Vida Harjula weiß, daß sie es tun.

Sie dreht sich um.

Die graue Katze sitzt versteinert am Boden wie ein Marmordenkmal. Die Stille ist zu dicht, gespenstisch.

Nein! Nein, nein, nein.

Noch nicht. Nicht jetzt. Nicht er.

Im selben Augenblick, in dem Vida Harjula auf den Schacht zurennt, spürt sie unter sich, in den Beinen, im Unterbauch, die Wellen der Detonation, höhnisch schütteln sie alles durch, was in ihr strömt, was aus ihr herausbrechen will, ihre dünne Schale, ihre Lava, die sich noch im Ruhezustand befindet.

Nein, schreit sie.

Noch nicht. Nicht so.

Später rekapituliert man den Verlauf der Ereignisse wieder und wieder. Die Berichte weichen kaum voneinander ab, nahezu alle Sicherheitsbestimmungen sind gröblich verletzt worden: Unbefugte am Ort der Sprengung, mangelnde Sorgfalt und Überlegung.

Die Gruppe traf gerade ein, als die Männer der Frühschicht das Zubehör aus dem Lager schon zur Steigung gebracht hatten und sich anschickten, zu laden und zu sprengen.

Der Ingenieur fragte nach den Löchern und bekam zu hören, daß die Spätschicht sie schon fertiggebohrt hatte: *Ja, so ist es, zehn Löcher waren schon geladen, kein Problem, bald knallt es, daß die Maulwürfe und die Kiefernzapfen fliegen.* Der gutgelaunte Schießsteiger öffnete ein neues Bündel Zündschnüre, pfiff die Internationale und befestigte die Schnur an einer ganzen Stange Dynamit.

Da versuchte der Ire zu fragen, warum zum Teufel der Mann die Zündung zuerst hineinlegte, aber keiner der Anwesenden verfügte über genügend Sprachkenntnisse, um zu erklären, daß der Kumpel dieses Loch zu schwer fand, daß da zuviel Gestein wegzusprengen war. Und daß er sicherstellen wollte, daß die Sprengung bis in eine Tiefe von fünfundzwanzig Metern reichte.

Der Geologe schrie nein, auf englisch und auf finnisch, trat zwei Schritte zurück und signalisierte Gefahr, aber der Mann verstand ihn nicht oder glaubte ihm nicht, sondern schob einfach heiter die Ladung mit dem Ladestock hinein. Er hatte sie gerade mal zwei Meter tief hineingeschoben, als es krachte.

Am schlimmsten wurde der Bohrhauer verletzt. Die Detonation hatte ihm die Kopfhaut bis auf den Schädelknochen weggerissen, im Gesicht fürchterliche Spuren hinterlassen und die Lunge beschädigt. Er starb im Krankenhaus, ohne das Bewußtsein wiedererlangt zu haben. Einer der Praktikanten hatte ein Ohr verloren, und ein großer Steinbrocken war in seinen Arm eingedrungen. Dem Ingenieur, der im letzten Augenblick versucht hatte, dem Bohrhauer in den Arm zu fallen, war ein Handknochen herausgeflogen, und sein Blut war auf den Irländer gesprudelt, als dieser sich anschickte, den im Schockzustand befindlichen Mann in Richtung Sohle zu schleppen.

Es dauert unerträglich lange, bis der erste Korb nach oben kommt. Alle Personen darin sind blutüberströmt. Der zweite Sommerpraktikant steht unter Schock, er heult aus voller Kehle, wiederholt unaufhörlich den Namen Jesus. Der andere, schlimmer verletzte, hat das Bewußtsein verloren. Aber der Irländer steht auf eigenen Beinen, er hat noch seine beiden Hände und sein Gesicht. Und seine Brille, die ist voller winzig kleiner Blutstropfen, aber erstaunlicherweise völlig heil.

Er will mich unbedingt zum Flughafen fahren. Die Jungen kommen auch mit, sie sitzen hinten, streiten sich um Donald Duck und machen eine Liste der Mitbringsel, die ich unter keinen Umständen vergessen darf. Die NHL-Mützen. Los Angeles Kings und Pittsburgh Penguins. Im Notfall New York Rangers.

»Wenn du nach Irland mußt, dann fliegst du eben«, sagt mein Mann, als ich ihm von meiner fixen Idee erzähle. »Aber erlaube, daß wir dich zum Flughafen bringen. Sei so lieb.«

Ich war so lieb.

Er bereitete sich sorgfältig auf die Fahrt vor. Bügelte sein Hemd und benutzte das Rasierwasser, das ich ihm gekauft hatte. Héritage von Guerlain, das er früher zu süß gefunden hatte. Er räumte Hamburgerkartons und leere Coca-Cola-Flaschen aus dem Auto (was er früher niemals freiwillig getan hätte).

Ich werde Sehnsucht nach dir haben, sagt er in seinem sorgfältig gebügelten Hemd mehrmals während der Fahrt.

»Schreckliche Sehnsucht, Iiris.«

»Für mich Pittsburgh Penguins, Mutter, aber für den da nichts«, sagt der Jüngste. »Der ist ein Arschloch.«

»Gut zu wissen, Liebling«, antworte ich, wende mich aber zu dem Älteren und lächle ihm zu.

Der Mann sieht mich an. Ich liebe liebe liebe dich, sagt sein trauriger Blick.

Ich bemerke vereinzelte helle Haare in seinem dunklen, dikken Schopf, und es schneidet mir ins Herz.

»Du wirst allmählich grau.«

»Ich weiß. Es begann vor einem Jahr.«

»Das hatte ich noch gar nicht bemerkt.«

»Das hast du wohl nicht.«

Ich schweige erschüttert. Sagt er die Wahrheit? Ich soll ihn schon jahrelang nicht mehr angesehen haben? Worauf will er eigentlich hinaus?

Drei Jahre. Von früh bis spät bei der Arbeit. Er schafft es abends kaum noch über die Schwelle und ist dennoch so heiter und gutgelaunt, finden alle. Ein Mensch, der das Leben wirklich genießt. Verrückt nach den Kindern, so wie die Kinder nach ihm. Und dennoch wird er schon grau, mit sechsunddreißig Jahren. Als wollte er, daß seine Haare verraten, daß man ihm übel mitgespielt hat; daß man auch ihm etwas weggenommen hat. Genau das: daß auch er sich verirrt hat, irgendwie verlorengegangen ist.

»Hast du gesagt, drei Jahre?«

»Ja.«

»Bist du absichtlich so grausam? Oder nur ein dummer Scheißkerl?«

»Ich weiß nicht. Verzeih mir.«

Die Jungen kabbeln sich auf dem Rücksitz wie zwei Welpen. Der Ältere kommt schon als Zehnjähriger nach seinem Vater: Von Natur aus lieb, bezaubert er alle, ohne das überhaupt zu wollen. Wo immer er auch erscheint, immer findet er Freunde, und die alten Damen stopfen ihm die Taschen voller Bonbons. Kümmert sich aufopfernd um das Wohlergehen der anderen, um mich, seinen Vater, den kleinen Bruder, sogar um den Opa.

Der Jüngere ist von ganz anderem Schlag; so frech und draufgängerisch, da bleibt kein Auge trocken. Regelmäßig voller blauer Flecke. Oder die Augenbrauen versengt vom verbotenen Spiel mit Streichhölzern. Ein Junge, dessen Gegenwart wie Elektrizität ist, der aber bei allem Herumgewirbel mal rasch zwischendurch auf meinen Schoß geklettert kommt, mein Gesicht zwischen seine schmutzigen kleinen Hände preßt und mir feurige, urverliebte Blicke zuwirft. Auch jetzt muß er ab und zu vom Rücksitz die Arme ausstrecken und mich so heftig drücken, daß mir fast die Luft wegbleibt.

»Ob ihr Armen überhaupt ohne mich zurechtkommt?« frage ich aufrichtig besorgt.

»Nein«, sagt der Jüngere. »Ich werde die ganze Zeit weinen.«

»O Schei ... benkleister, glaub ihm nicht, Mama!«

»Kein Problem«, erklärt ihr Vater. »Wir werden im Zimmer Eishockey spielen, fluchen und Fleischwurst essen, mit den Beinen auf dem Tisch so wie richtige Männer.«

»Yeah!« schreit der Jüngere.

»Da siehst du es.«

Vater wird nie müde, mich daran zu erinnern, was für ein ungeheures Glück ich hatte, daß ich Jungen bekam und keine Mädchen. Er ist immer noch hartnäckig davon überzeugt, daß Jungen so viel leichter zu erziehen sind. Bei Mädchen gibt es so viel zu *pikieren*, sagt er, weigert sich aber zu erklären, was er damit meint. Ich fürchte freilich ein wenig, hat Linnea einmal gesagt, daß Vater versucht hat, uns von etwas loszureißen, was unsere innerste Natur war; etwas, zu dem er keinen Zugang hatte.

Vielleicht ist das wahr: Vater hat sich niemals damit abgefunden, daß seine Kinder zu Frauen heranwuchsen. Schon möglich, daß alle Väter sich darin ähnlich sind. Und daß es die Aufgabe der Mütter ist, von der anderen Seite der Wahrheit zu berichten.

Ich sitze still da, betrachte die schmutziggraue Landschaft

aus Feldern, von der einem nichts in Erinnerung bleibt. Wir fahren an einem Lebensmittelgeschäft vorbei, ein Ehepaar steht auf der Treppe, die Einkaufstüten in der Hand, den Hund an der Leine. Die Frau hat die Hände erhoben, um dem Mann den Schal zu richten. Warum wirken andere Paare immer so verliebt und unbekümmert?

»Mach dir um uns keine Sorgen«, sagt der Mann. »Und schufte nicht zuviel. Betracht es als Abenteuer.«

In seiner Stimme liegt eine ungewohnte Munterkeit. Als wäre er wegen meiner Abreise heimlich erleichtert.

»Als Abenteuer?«

»Na ja. Du weißt schon.«

Die Atmosphäre verantwortungsvoller Elternschaft läßt mich über Dinge hinweggehen, über die man schicklicherweise nicht spricht. Ich verspüre plötzlich den heftigen Wunsch, seine Hand, die auf dem Lenkrad liegt, zu berühren, zu sagen, daß all das, was ich ihm in den letzten Tagen an den Kopf geworfen habe, nicht so gemeint war.

Ich tue es nicht. Statt dessen sage ich:

»Die Jungs sollten nicht mehr radfahren. Es ist schon zu glatt.«

»Sie werden nicht fahren«, sagt er. »Sei unbesorgt. Ich werde über sie wachen wie ein Habicht, solange du weg bist.«

Im Auslandsterminal des Flughafens Helsinki, in der Abfertigungsschlange für Gate B 2, sehe ich einen Mann, der meinem Vater zum Verwechseln ähnlich sieht. Ein hochgewachsener, hagerer Typ in den Fünfzigern mit aufrechter Haltung. Lockiges graues Haar, langes Gesicht, ein Grübchen im Kinn. Hornbrille. Sieht mich an und lächelt. Sogar im Lächeln entdecke ich eine Ähnlichkeit, obwohl ich mir nicht vorstellen kann, daß mein Vater wildfremde Leute anlächelt.

Überhaupt gehört Lächeln nicht zu den Standardgesichtsausdrücken meines Vaters.

Vater ist niemals besonders gut mit Menschen zurechtgekommen. Am wenigsten mit uns, seinen eigenen Töchtern. Man mußte sich viel Mühe gehen, um ihm zu gefallen, aber leicht war es nicht, und oftmals endete es in totaler Verständnislosigkeit. Den schlimmsten Kampf, eine richtige Nacht der langen Messer, veranstaltete er mit Anemone auf dem orthodoxen Friedhof.

Anemone war als junges Mädchen ziemlich draufgängerisch, was man allerdings heute von ihr, der Bankdirektorin, nicht glauben würde. Mit zwölf hatte sie schon vier Jungen geküßt. Der eine war aus der Sonntagsschule, die anderen Pilzköpfe aus der Nachbarschaft. Und sie schämte sich nicht einmal. Eher prahlte sie mit ihrer Schamlosigkeit. Aber als sie in den Mülltonnen der Etagenhäuser Frauenzeitschriften fand und wir uns in die Arztkolumnen vertieften, ging uns die traurige Wahrheit auf: Unsere Schwester Anemone war nymphoman. Krankhaft unersättlich.

Wir führten eine ernsthafte Aussprache mit ihr.

Das wirkte. Anemone redete nicht einmal mehr mit den Jungen: Wozu sollte sie sich unnütz anstrengen und die Klappe aufmachen, wenn sie doch nicht tun durfte, was sie wollte.

Aber mit Vater kam sie immer noch schlecht aus. Wegen der kleinsten Kleinigkeiten geriet sie mit ihm aneinander. Meistens wegen Geld. Wenn sie nicht zum Reiten durfte. Wenn sie keinen Hund bekam. Und wenn sie sich die Haare nicht beim Friseur schneiden lassen durfte so wie die anderen Mädchen in ihrer Klasse.

Mit fünfzehn fand Anemone einen Job in einer ominösen Leiharbeitsfirma. Tagsüber betreute sie die Kaffeebar auf einer Baustelle, und abends putzte sie in verschiedenen Villen. Den Lohn bekam sie schwarz. Davon gab sie jedem von uns etwas ab.

Als sie eines Nachts von der Arbeit nach Hause kam, stieß sie an der Haustür mit Vater zusammen.

»Wo hast du dich wieder herumgetrieben?« brüllte er in seinem getigerten Pyjama, den wir ihm geschenkt hatten, schnappte sich den Teppichklopfer und zog Anemone damit eins über.

»Ich hab dich, zum Kuckuck, nicht dazu erzogen, daß du dich bis in die frühen Morgenstunden von allen möglichen Kerlen befummeln läßt!«

»Du hast überhaupt keinen Grund, dich mit deiner Erziehung dicke zu tun. Wenn uns jemand erzogen hat, dann war es Mutter.«

»Mutter ist jetzt nicht hier.«

»Nein. Sie ist tot.«

Sie litt und starb, aber du hast sie nicht einmal im Krankenhaus besucht. Weil du den Krankenhausgeruch nicht mochtest. Du brauchst nie etwas zu tun, was du nicht magst.

»Du zwingst uns, deine gräßlichen Arbeiten zu tun und zahlst uns nie auch nur einen Pfennig dafür. *Niemals.* Du sagst niemals: gut gemacht, Mädels. Nie ist dir irgend etwas gut genug, nie hört man auch nur ein einziges gutes Wort von dir …«

Vater packte sie bei den Haaren und versuchte, sie ins Haus zu zerren.

»Schluß jetzt mit dem Geschwätz …!«

Anemone zog ein Küchenmesser aus ihrer Handtasche hervor, das sie auf Linneas Geheiß mitgenommen hatte.

Bring mich doch um, zum Teufel!

Ich bring dich um, zum Teufel!

Ein unartikulierter Kampfesschrei, der uns das Blut in den Adern gefrieren ließ, holte uns alle aus den Betten und an die Haustür.

Der Friedhof lag da unter dem dichten Samt des Spätsommers. Die Grillen zirpten. Auf dem Uudenmaanweg fuhr dann und wann ein einsames Auto vorüber, die Scheinwerfer leuchteten einige Augenblicke lang hinter dem Zaun und verschwanden. Und Vater jagte hinter Anemone her, vorbei an der Einsegnungskapelle und die gespenstischen Wege hinauf und hinunter. Oder Anemone jagte den Vater. Wer konnte das unterscheiden.

»Du verrückter, knickeriger Scheißmörder«, keuchte unsere Schwester irgendwo in der Dunkelheit. »Ein Glück für Mutter, daß sie gestorben ist. Und endlich von dir wegkam.«

Der ist doch verrückt, verrückt, verrückt ...

Der Mann hatte von seiner toten Frau fünf Töchter geerbt, die *kicherten*.

Und gerade dieses unbegreifliche Kichern brachte ihn ganz außer sich, das mußte aufhören, ein für allemal.

Was war dieser schreckliche Augenblick anderes als die Rebellion des Kapitäns auf dem Schiff, der zum Scheitern verurteilte Widerstand gegen die lebenslange Heuer der Elternschaft: Das hier habe ich nicht unterschrieben, eine solche Mannschaft wollte ich nicht.

Die Nacht fand ihren Höhepunkt in einem Besuch auf der Polizeistation. Anemone war dort barfuß, verschwitzt und in bejammernswertem Zustand erschienen und hatte erklärt, ihr rasender Vater hätte versucht, sie umzubringen. Ein Polizeiwagen fuhr am Tor des Friedhofs vor, und alle wurden verhört.

Vater versank für Wochen in bleiernes Schweigen, aber über den nächtlichen Kampf wurde nie wieder gesprochen. Dann lagen plötzlich eines Morgens auf der Wachstuchdecke in der Küche Freikarten für eine Kreuzfahrt!

Wir haben nie herausbekommen, wie und wo Vater die Karten aufgetrieben hatte. Aber es war eine schöne Reise. Allerdings hungerten wir rund um die Uhr, nachdem wir das für Würstchen und Kartoffelbrei bestimmte Geld für Marabou-Schokolade und Limonade ausgegeben hatten. Und natürlich hatten wir keine Kabinen, aber in den Liegesesseln an Deck schlief es sich wunderbar.

Letztlich ist es dann Anemone, die sich am meisten um Vater kümmert.

»Ach, manchmal ist Vater wirklich großartig«, versichert sie mir, als ich sie vom Flughafen aus anrufe, um die Münzen in meiner Tasche loszuwerden. Sie fragt nicht, warum ich so früh am Samstag morgen anrufe. Schwestern halten sich nicht an Bürozeiten.

»Geradezu komisch«, kichert sie morgendlich verschlafen mit ihrer metallischen Stimme, die wie ein ungeöltes Fahrrad klingt.

Komisch? Reden wir überhaupt von demselben Mann?

»Weißt du noch, wie du Vater mit dem Brotmesser in der Hand auf dem Orthodoxenfriedhof gejagt hast?« frage ich sie.

Nein, das weiß Anemone nicht mehr.

Sie weiß es nicht mehr, obwohl sie damals fünfzehn war.

»*So* hab ich mich mit Vater niemals geprügelt«, versichert sie mir.

Ich widerspreche nicht. Statt dessen erinnern wir uns begeistert an das Sommerlager der Gemeinde, wo wir als kleine Kinder waren. Wie fremd alles war. Die überbesorgten, süßlich lächelnden Tanten. Das Fiebermessen direkt im Po, während die anderen Gören durch die Tür linsten. Das endlose Zähneputzen, wenn wir unanständige Wörter benutzt hatten. Was haben wir gelitten und uns nach Hause gesehnt.

»Übrigens hat Vater immer noch die Ansichtskarte, die Viola heimlich aus dem Lager geschickt hat. Die, auf der steht: *Vater und Teddy zu Hause hier ist es doof komm uns sofort abholen wünscht Viola.*«

Seltsame Geschichte. Nahezu unbegreiflich.

Daß diese Karte tatsächlich angekommen ist. Ohne Namen und unzureichend frankiert. Die Welt ist voller ernster, ungelöster Rätsel, und dann macht sich ein unbekannter kluger Kopf so viel Mühe mit der Postkarte eines kleinen Mädchens.

»Ich würde viel darum geben, wenn ich die detektivischen Fähigkeiten dieses Postbeamten hätte«, sage ich.

»Sei vorsichtig da in Dublin. Und ruf uns an. Red nicht mit

Fremden. Und geh nicht in die Pubs, die sprengen sie die ganze Zeit und auch noch in der Pause.«

»Nein, Mama. Ich werde das Hotelzimmer überhaupt nicht verlassen.«

»Ruf an! Vergiß nicht anzurufen, oder du bist ein Schwein.«

»Ich rufe an.«

»Du, hör mal ...!«

»Ja?«

»Wie läuft es mit Ilari?«

»Beschissen. Was soll man von Leuten erwarten, die gerade dabei sind, sich scheiden zu lassen.«

Anemone ist ein Weilchen still.

»Du bist zu streng.«

»Nein.«

»Genau wie Vater.«

»Der Verrückte?«

»Du verlangst zu viel von den Menschen ... Hoffentlich kommst du zur Vernunft, wenn du ein bißchen Abstand gewonnen hast.«

»Da kannst du lange warten.«

Ein Seufzer. Diese Bedingungslosigkeit übersteigt ihre sonst so rasche Auffassungsgabe.

»Amüsier dich. Vorsichtig. Aber amüsier dich.«

»Mach ich.«

Nachdem ich aufgelegt habe, erwäge ich einen Augenblick lang, Vater anzurufen. Er ist Frühaufsteher, hat schon Kaffee gekocht, einen Spaziergang gemacht und sitzt jetzt wahrscheinlich da und schreibt. Ich werfe einen Blick auf den Mann, der ihm so ähnlich sieht. Er steht in der Schlange für das Einchecken und lächelt mir wieder zu.

»Umarme deinen Vater auch von mir«, sagte Tante Natalia, als sie mich zu dem neuen, kontinentalen Busbahnhof von Olkikumpu begleitete.

»Und vergiß nicht, ihm zu sagen, daß wir alle hier unheimlich stolz auf ihn sind.«

Als ich Vater das ausrichtete, bekam er einen ganz eigenartigen Gesichtsausdruck, verschwand plötzlich aus dem Zimmer, und als er zurückkam, schimpfte er in seiner manischen Art auf den verrückten Verwalter der Immobiliengesellschaft, der nicht kapierte, daß er die Schreibmaschine auch nachts benutzen können mußte, wenn das nötig war.

Damals fiel mir wohl plötzlich auf, wie wenig ich von meinem Vater weiß. Von seiner Kindheit, seinem Leben, als es uns und den Friedhof noch nicht gab.

Wir fürchteten sein jähzorniges Wesen. Nie konnte man sicher sein, in welcher Laune er war. Ein einziges Gekicher im falschen Augenblick konnte drei Stunden Strafarbeit zur Folge haben.

Aber nicht immer.

»Drei ist die Zahl der Vollkommenheit«, erklärte Viola mit leuchtenden Augen, als sie Vater ihre Note für Sorgfalt auf dem Zeugnis der ersten Klasse zeigte.

Wir erwarteten eine fürchterliche Explosion, aber nichts geschah. Vater schüttelte nur seufzend den Kopf, setzte seinen Namen darunter und warf das Zensurenbuch in die oberste Küchenschublade, wo sich unsere, der älteren Schwestern, Zeugnisse verlegen verbargen, nachdem sie erbarmungslos verhöhnt worden waren. Die Dreien, die leider keine Zweien waren, und die völlig unbegreiflichen Vieren.

Ja. Mein Vater verschwendete sein Lächeln nicht. Er verbarrikadierte sich hinter seiner heiligen Stummheit, zog sich zurück in die Arbeit des Weltverbesserers, überzeugt davon, daß gerade er die letzte Hoffnung darstellte für eine Welt, die voll war von den Vorzeichen des drohenden Untergangs.

Aber das alles ist jetzt vergangen und vergessen. Was versuche ich mir zu beweisen? Daß Vater mein Leben verdorben hat, daß er schuld ist an all meinen Mißgeschicken? Daß meine Ehe kaputt ist, weil ich meine Kindheit in Angst vor dem Schatten des Vaters verbringen mußte, um ein Wort des Lobes bettelnd, das er niemals zu äußern für notwendig befand?

Drei ist die Zahl der Vollkommenheit, nicht wahr …?

Warum suche ich immer noch nach den Fehlern in meiner Umgebung, forsche nach den Schwachpunkten, anstatt das zu bewundern, was schön und gelungen ist. Ich sollte mich Vaters guter Eigenschaften erinnern, der gelegentlichen Wärme und Heiterkeit, seiner auffallend hochgewachsenen Gestalt bei den Schulweihnachtsfeiern, inmitten all der anderen Väter mit schlechter Haltung, beginnender Glatze und dicken Bäuchen … Ich hab doch gesehen, wie er mit meinen Söhnen am Modellflugzeug bastelte, das Gesicht glatt und strahlend, in zärtlichem Einvernehmen. Habe selbst erlebt, daß er auch taktvoll, freundlich, interessiert sein kann, wenn er will. Vielleicht lag der Fehler doch bei uns, bei mir und meinen Schwestern? Was haben wir letzten Endes jemals für ihn getan? Vater liebt Musik, spielt Gitarre, Akkordeon und Flöte und träumte seinerzeit von einem eigenen Mädchenquintett oder wenigstens -terzett, aber keine von uns hat sich je bemüht, auch nur die Noten zu lernen. Kein Wunder, daß er enttäuscht war. Fünf widerspenstige, ungezogene Töchter sind eine Strafe, egal für wen, aber besonders für einen Mann, der sie ohne die Hilfe der Mutter aufziehen muß. Immerhin hat er uns ein Dach über dem Kopf gegeben, Nahrung und irgendwelche Kleider. Und im Ferienlager litten wir an schrecklichem Heimweh.

Das Telefon bleibt stumm. Wahrscheinlich hat er den Stecker rausgezogen, damit ihn bei der Arbeit keine unnützen Anrufe stören.

Plötzlich ärgere ich mich, daß ich ihn bei meinem letzten Besuch nicht umarmt habe, wie Tante Natalia mich gebeten hatte. Daß ich mich überhaupt nicht erinnere, Vater jemals umarmt zu haben.

Seufzend stecke ich die Münzen in die Tasche. Einen Augenblick stehe ich ratlos da, schaue aus dem Fenster, sehe die mit nassem Schnee bedeckten Autos und die über die Startbahn gleitende Maschine. Die traurigste Zeit des Jahres: Die Schneewehen wachsen von Tag zu Tag, Kälte und Dunkelheit nehmen zu. Aber nach nur vier Stunden erwarten mich grüne Landschaft und Tiere, die auf der Weide grasen.

Ich setze mich hin, um darauf zu warten, daß die Pforte endlich geöffnet wird.

OLKIKUMPU, AUGUST 1935

In der Dunkelkammer ist es leicht, es zu Natalias Rücken zu sagen:
»Ich glaube, ich bin verliebt.«
»Was du nicht sagst.«

»Ist das schlimm?«

»Wie man's nimmt«, sagt Natalia, während sie geschäftig in der schützenden Gestaltlosigkeit der Dunkelkammer hantiert.

»Ist es schlimm?«

»Ja. Nein. Ja, das ist es.«

Vielleicht hätte sie sagen sollen: Nein, ich bin nicht verliebt. Ich regne. Ich wehe. Ich stürme so, daß ich bis zum Grund aufgewühlt bin. Meine lange aufgestaute Flut strömt dahin. Und das Wasser muß strömen dürfen. Dieses ganze Land überfluten.

Aber das sagt sie nicht. Statt dessen leise, hilflos flüsternd:

»Was soll ich jetzt tun?«

»Das ist hier die Frage.«

Natalias Stimme ist ruhig und warm, sie enthält keinen Tadel. Vielleicht erfordert auch die Entwicklung der belichteten

Silbersalze all ihre Aufmerksamkeit. Das ist Präzisionsarbeit. Vida Harjula bewundert die Geschicklichkeit ihrer Schwägerin, die wissenden Bewegungen ihrer Hände. Natalia arbeitet zügig, ohne zu pfuschen, läßt nichts fallen, macht nichts schmutzig. So ganz anders als Vida selbst, aber nie tadelt Natalia sie, macht keine Anspielungen darauf, daß sie liederlich ist, sagt nicht, daß die Schuld für all die Unordnung, über die Vida sich ab und zu beklagt, bei ihr selbst liege.

»Hast du jemals an einen anderen Mann gedacht als an Janne?«

»In welchem Sinne?«

»In diesem Sinne.«

»Laß mich überlegen. Doch, ich denke manchmal an Onkel Paul, der mit dreiunddreißig Jahren an Diphtherie starb.«

»Warst du in ihn verliebt?«

»Irgendwie schon. Ich war neun, als seine Stunde schlug.«

»Und du sehnst dich tatsächlich immer noch nach ihm?«

»Ich weiß nicht, ob man das nun Sehnsucht nennen kann. Manchmal beim Schlafengehen stelle ich mir vor, daß ich bei ihm auf dem Schoß sitze, während er Schach spielt. Ich sitze da, als wenn nichts wäre, lehne mich an ihn, und er duftet nach Pfeifentabak, und dann schiebt er seine Hand fast beiläufig unter meinen Rock, während er seinem Gegner die Dame stiehlt.«

»Herrgott, Natalia! Hat dein Onkel so was getan?«

»Nein. Aber man darf es sich doch vorstellen.«

Natürlich darf man. Warum nicht.

»Aber deine Geschichte, die scheint ja wohl ernsterer Natur zu sein?« fragt Natalia.

»Das ist sie wohl. Ja, das ist sie.«

»Wirst du Eero verlassen?«

Natalia steht im Licht der heruntergedrehten Flamme der Gaslampe, aber Vida ist im Dunkeln, das Gesicht im Schatten, verschlossen.

»Ich weiß nicht.«

»Die Harjulas sind ein heißblütiger Schlag«, erklärt Natalia. »Die können ganz schön heftig werden, wenn sie wollen …«

Ja. Das weiß Vida. Was glaubt Natalia, daß Vida erwartet? Daß der Mann mit der Pfeife im Mund die Scheidungspapiere unterschreibt, ihr beim Kofferpacken hilft und mit zum Bahnhof geht, um ihr zu winken, gute Reise!, und um darauf zu achten, daß seine kleine Tochter einen guten Fensterplatz neben ihrem neuen Stiefvater bekommt …?

Nein, so würde das Ende der Ehe nicht aussehen. Es wäre eine Kriegserklärung.

»Hat er, also dieser Mensch, hat er dich gebeten, mit ihm zu gehen?«

Vida zuckt die Achseln.

Seien wir ehrlich:

Nein.

Er hat sie nicht gebeten. So weit sind sie noch nicht. Genaugenommen haben sie von nichts anderem als von Steinen gesprochen.

Von turmalinhaltigem Granit. Von der Serpentinsteinzone. Von kohlehaltigen Schiefern. Von Dolomiten.

Von der Südostseite des Hauptschachts, wo der untere Rand des Erzes sich gegen den Serpentinfelsen gedrückt und nach oben gewendet hat, so daß sich an dem Serpentin eine glänzende, ein wenig vernarbte Harnischfläche gebildet hat …

Von den alten Eruptionen eines Feuerbergs, von der Hitze des Erdinnern.

Von dem Steinring von Stonehenge, der so aussieht, als hätten Riesen mit Steinfiguren gespielt, dann aber das Spiel aufgegeben. Von Bauwerken, die von Steinzeitmenschen errichtet wurden und Zehntausende von Tonnen wiegen und in die die Sonne in einem genau berechneten Winkel sowohl am Mittsommertag als auch zur Wintersonnenwende einfällt.

Von den Pyramiden.

Von der Chinesischen Mauer.

Von Hernández Príncipe, dem katholischen Priester, der den Götzendienst bekämpfte, der sein Leben der Aufgabe weihte, an den Hängen der Anden die heidnischen Wurzeln des Volkes auszugraben, und der schließlich den Körper der Göttin Tanta Carhua fand. Eine vor Hunderten von Jahren lebendig begrabene Königstochter, deren im Felsen erfrorener zarter Körper bis hin zu dem schönen Gesicht vollkommen erhalten war:

Du kannst mich jetzt töten, Vater, denn ich kann mir keine größere Ehre vorstellen, als für dich geopfert zu werden!

»Eero wird dich niemals gehen lassen«, sagt Natalia.

»Nein, das wird er nicht. Obwohl er weiß, daß es besser wäre«, bestätigt Vida Harjula.

»Der Mann hält auf seine Ehre. Er klammert sich an mich, und wenn er mich noch so verabscheut.«

»Er verabscheut dich nicht.«

»Er behandelt mich gut, das ist wahr. Ich habe keinen Grund, mich zu beklagen. Ich bin keine unterdrückte, verhärmte Frau, die von früh bis spät von ihrem Mann mißhandelt wird. Diese Sache liegt nicht an ihm, sondern an mir. Mit mir stimmt irgend etwas nicht. Das war schon immer so.«

Sehnsucht, die wohl ein Bestandteil meiner Verrücktheit ist.

Der bis zur Raserei gesteigerte Wunsch, fortzugehen.

Sie muß fortgehen, sie muß. Muß neue Landschaften sehen, Häuser, Straßen, muß andere Düfte atmen. Wildfremde Menschen kennenlernen, Türen öffnen, von denen sie nicht weiß, was dahinterliegt.

Muß andere schließen. Fliehen. Etwas suchen. Egal was, aber suchen, immer etwas suchen.

»In der Familie Harjula ist es nicht üblich, sich scheiden zu lassen«, sagt Natalia eher nachdenklich als tadelnd.

»Nein. Das weiß ich.«

Klarer denn je sieht Vida, wie sich ein langer Weg voller Bitterkeit vor ihr auftut, und bricht in Tränen des Selbstmitleids aus.

»Was soll ich tun, Natalia?«

Die Schwägerin dreht die Flamme der Lampe höher, wischt die Hand an dem Handtuch ab, das sie sich um den Leib gebunden hat.

»Halt mal dieses Bild. An den Rändern. Ich komm gleich wieder.«

Vida leckt sich mit der Zungenspitze einen salzigen Tropfen von der Oberlippe. Was würde sie ohne Natalia tun, ihre stille Freundin, die ihre Tür weder tags noch nachts vor ihr verschließt. Unendlich arbeitsam und voller Energie, die Wangen immer gerötet, als kehrte sie gerade von einer Wanderung an der frischen Luft zurück, und die von keinem Besuch so überrascht werden könnte, daß sie nicht frisches Hefegebäck anzubieten hätte.

Natalia kommt zurück und schleppt eine große Mappe herbei. Packt sie auf den Tisch, nimmt Vida das Foto aus der Hand und zieht, dramatisch wie ein Zirkusdirektor, den Vorhang der Dunkelkammer auseinander.

Voilà, Madame!

Tapetenmuster. Blumen und Streifen. Austernfarbige englische Landschaften. Sternenhimmel.

Die Schwägerin bückt sich, nimmt zwei Kristallgläser aus dem Schrank und schenkt sie randvoll mit Pflaumenwein.

Während sie nippen, herrscht Stille, und Natalia wendet die Seiten um.

»Was sagst du zu einer kleinen Renovierung?«

»Ich weiß nicht recht.«

»Das Neueste vom Neuen, ist letzte Woche aus Helsinki gekommen!«

Blaue und rosa schimmernde Borten. Kleine Mädchen in Faltenröcken, die mit Reifen spielen. Weintrauben in einer grünen Schale.

»Diese hier wollte ich für unser Wohnzimmer nehmen. Und diese würde sich für das Kinderzimmer eignen«, sagt Natalia. »Janne würde auch zu euch tapezieren kommen.«

»Schön sind sie ja …«

»Aber lieber nicht?«

»Nein.«

Die Schwägerin klappt das Musterbuch zu.

»Dann ist es ernst«, sagt sie. Holt die Zigaretten hervor, die sie manchmal, halb im geheimen, raucht.

»Offenbar haben wir es mit einem echten Problem zu tun«, bemerkt Natalia.

Das Glas ist leer. Natalia schenkt nach.

»Ich hab ja immer noch die Möglichkeit, unter die Säufer zu gehen«, schlägt Vida Harjula traurig vor.

»Na klar, das ist eine Möglichkeit«, bestätigt Natalia. Sie zieht die Schuhe von den Füßen, legt die Beine auf einen freien Stuhl.

»Du könntest Kinder haben, aber willst keine«, sagt Natalia. »Ich möchte welche haben, aber kriege keine.«

So ist es. Die Gaben des Glücks sind ungleich verteilt. Einigen wir uns darauf, daß es so ist.

»Es kann daran liegen, daß Janne einen so gigantischen Zapfen hat«, fährt die Schwägerin fort. »Vor meiner Zeit war er mit einer Kontoristin zusammen, und sie wollten heiraten, aber bei der Kontoristin hatte sich die Gebärmutter so schief gestellt, daß sie Janne nicht mehr erlaubte, sie anzurühren. Janne glaubte das nicht. Er war nicht bereit, die Verlobung deshalb zu lösen, aber die Kontoristin beschaffte sich ein ärztliches Attest, laut dem ihre Gebärmutter in eine Schieflage geraten war. Ich bin nicht zum Arzt gegangen. Wieso sollte es dadurch besser werden?«

»O Himmel.«

Die Tür geht auf, die Kleine schwirrt ins Zimmer und schaut die Frauen neugierig an.

»Was macht ihr?«

»Wir saufen«, sagt Vida zu ihrer Tochter.

»Und die Tante raucht«, sagt Natalia, um bei dem Kind einen schlechteren Eindruck zu hinterlassen als die Mutter, die auf Ehebruch und baldiges Verderben der Familie sinnt.

Das Mädchen klettert der Mutter auf den Schoß.

Natalia lächelt matt.

Vida drückt ihr Gesicht in die Schultergrube der Kleinen, pustet sanft, bringt das Kind zum Kichern.

Auf dem Tapetenbuch ziehen die Schwärme der grünen und braunen Vögel immer größere Kreise, und hinter ihnen dümpeln Wattewolken auf dem Sommer, der niemals endet. Das Kind gleitet vom Schoß herunter, lautlos, ohne seine Absichten kundzutun, und ist auf ebenso geheimnisvolle Weise verschwunden, wie es gekommen war.

»Woran denkst du?« fragt Natalia hinter ihren Rauchwolken.

»An Genja, meinen ersten Mann.«

»Sehnst du dich nach ihm?«

»Nein. Ich denke nur über ihn nach.«

»So.«

»Hab ich ihn umgebracht? Das werd ich nie erfahren.«

Natalia bricht in Gelächter aus. Das ist ihre Art, erschüttert zu sein.

»Sagtest du nicht, daß er von irgend so einem dämlichen Turm heruntergefallen ist?«

»Ja. Aber warum war er gerade an jenem Tag so unvorsichtig?«

Die Schwägerin sitzt still da, denkt über das eben Gehörte nach.

»Ich habe das untrügliche Gefühl, daß du etwas auf deine Kappe nimmst, dessen eigentlicher Name Schicksal ist.«

»Vielleicht. Aber ich weiß es nicht. Und das wird mich sicherlich quälen bis an mein Grab.«

»Was ist denn damals eigentlich passiert?«

»Ich weiß es nicht.«

»Du weißt es nicht?«

Die Tränen sind nicht mehr fern. Aber diesmal rafft sie die letzten Reste von Würde zusammen; häßliche Geständnisse müssen in anständiger Form vorgebracht werden.

»Nein, denn ich war fort an jenem Morgen. Mein Körper war zwar anwesend, aber ich war fort. So etwas passiert mir manchmal. Sonst bin ich immer als erste aufgewacht, habe Kaffee gekocht, bevor … du weißt schon, erst zwei Monate verheiratet … Aber damals war ich spät aufgewacht. Genja war schon gegangen.«

Natalia lacht vorsichtig, voller Hoffnung:

»Bei uns nennt man so etwas Schlafen. Du warst müde und hast lange geschlafen.«

»Nein. Es war etwas anderes. Ich war entsetzlich müde und völlig kraftlos. Ich konnte nicht einmal aus dem Bett steigen. Ich hatte mich wieder aus diesem verfluchten Körper entfernt. Auf dem Kissenbezug war Blut. Daher weiß ich es immer.«

Sie glaubten daran. Sie glaubten mit unnachgiebiger Gewißheit, daß man den Göttern der Berge Menschenblut darbringen müsse, um sie gnädig zu stimmen. Es waren die Schamanen, die ihnen das sagten. Daß der Berg sein Opfer brauche. Und daß nur die Seher des Stammes den Ritus vollziehen könnten, die Zauberer, denen die Götter die Fähigkeit gegeben hatten, sich aus ihrem Körper zu lösen, die sich zitternd und mit Schaum vor dem Mund in eine andere Wirklichkeit begeben, um von dort die Antworten zu holen, ohne die die Menschheit nicht den richtigen Weg wählen kann …

Natalia wirkt ziemlich bestürzt, in die Enge getrieben. Sie sagt etwas, das nicht viel Sinn ergibt. Rede, Gegenrede, Verstummen. Sie, deren gesunder Menschenverstand sie selten im Stich läßt, ist auf unbekanntes Terrain geraten, wo sie die Wegweiser nicht lesen kann. Wahrscheinlich nimmt für sie das finstere Bild einer Zukunft als Schwägerin einer Verrückten allmählich Konturen an. Von zahllosen Gefahren, die wie ein Blitz aus heiterem Himmel hereinbrechen, von einem Haufen Angehöriger, die des speziellen Schutzes bedürfen, Männern, Kindern, nichts Böses ahnenden Nachbarn.

»Wenn du … fort bist«, fragt Natalia, »wo bist du dann?«

»Ich weiß es nicht«, antwortet Vida. »Ich kann mich nicht erinnern.«

»Du erinnerst dich nicht? An nichts?«

»Nein. Niemals erinnere ich mich auch nur an das kleinste Detail.«

Am Ende ist das Blut. Immer. Der Anfang ist nur Ahnung, und dazwischen nichts.

Als der König sah, wie schön seine Tochter werden würde, beschloß er, sie zu opfern.

Er veranstaltete ihr zu Ehren ein großes Fest, wonach das Kind auf einen hohen Berg geführt und in eine tiefe Höhle hinabgelassen wurde, wo man sie bei lebendigem Leibe einschloß …

»Der arme Genja«, sagt die Frau. »Den muß doch der Schlag getroffen haben. Als er sah und begriff, mit welchem Kreuz er geschlagen war, für was er sich abrackerte wie ein Pferd.«

Natalia murmelt etwas von Übertreibung, schenkt aber dennoch beiden Wein nach.

»Ich hatte ihn gewarnt. Hatte ihm gesagt, daß mir manchmal so etwas Seltsames passiert. Er behauptete, das mache ihm nichts aus. Aber als er es dann mit eigenen Augen sah …«

»Und Eero? Der ist ja wohl nirgendwo runtergefallen?«

»Aber er hat angefangen zu schießen.«

»Er hat immer geschossen.«

»Zusammen mit denen da. Obwohl er wußte, daß ich sie hasse.«

Als Hernández Príncipe den zarten Körper der Kindergöttin Tanta Carhua den steinigen Berg hinabtrug und die wunderbar lebendig gebliebenen lieblichen Gesichtszüge betrach-

tete, verstand er, was die Ureinwohner meinten, wenn sie sagten, daß die Kinder dem Berg geopfert worden waren, um den verlorengegangenen guten Willen zwischen den verschiedenen Gesellschaftsklassen und Stämmen zu fördern. Daß, wenn sie das Teuerste, Schönste, Liebste opferten, was sie hatten, die Herrscher es ernst meinen mußten und man ihrem Wort glaubte.

»Deshalb hätte ich kein Kind haben dürfen. Denn es kann sich vererben.«

»Auf die Kleine?«

»Ich hatte immer Angst, daß sich Symptome zeigen würden, aber nichts dergleichen. Deshalb war ich anfangs wie gelähmt, als sie an ihrem Geburtstag den Anfall bekam, weißt du noch? Ich dachte noch, da haben wir's, das ist die Strafe Gottes. Aber es war nur Rattengift, dem Schöpfer sei Dank! Dann dachte ich, so leicht kriegt man mich nicht unter ...«

Sie schweigt. Lauscht auf das feine Summen in ihrem Kopf und hofft, daß es vom Wein kommt, nicht von der Müdigkeit.

»Ein zweites Kind wird es nicht geben, dafür werde ich sorgen.«

»Wie willst du das verhindern? Indem du die Kette vor die Tür legst?«

»Aber nein«, lächelt Vida Harjula. »Da gibt es schon Mittel und Wege. Und ich hab bestimmt alle ausprobiert ...«

Sie kichert kurz, besinnt sich einen Augenblick, aber gesteht dann:

»Mir sogar den Rückspiegel geölt.«

Natalia holt tief Luft, senkt ungläubig die Stimme:

»War das nicht gräßlich?«

»Eigentlich nicht.«

Besonders dann nicht, denkt sie, wenn er mich gleichzeitig vorn liebkost hat. Da explodiert man plötzlich und ohne Vorwarnung wie ein schwer geladener Felsen. Aber obwohl auch er es genossen hat, hatte er es doch nicht *gern*. Seiner Ansicht nach war es widernatürlich. Und daß ich es vorschlug, fand er noch unnatürlicher.«

»Meine Güte«, sagt die frisch aufgeklärte Natalia. »Und wo um alles in der Welt hast du gewagt, dir das Öl zu beschaffen?«

»Im Geschäft.«

»Haben die nichts gefragt?«

»Doch. Wofür brauchst du das, hat der Kaufmann gefragt, zum Ölen des Gewehrs oder zum Pimpern? Zum Pimpern, hab ich gesagt und das richtige bekommen.«

Natalias Augenbrauen heben sich. Vida bricht in Gelächter aus:

»Natürlich nicht. Gewöhnliches Babyöl war das, du Närrin.«

Natalia antwortet mit einem Lächeln, das aus der Tiefe heraufsteigt.

Ihr ausgeglichenes Wesen verkraftet auch die schlimmsten Absonderlichkeiten der Schwägerin, sieht sie in alles verzeihendem Licht. Aber jetzt ist sie besorgt. Alle Anzeichen sprechen dafür.

»Weiß denn dieser Mensch von deiner … Krankheit, der, in den du …?«

»Er weiß nichts davon«, sagt Vida Harjula. »Und es ist auch sonst nichts passiert. Wir haben nur geplaudert. Zumeist über Steine. Kaum von etwas anderem.«

»Über Steine?«

»Und Felsen. Da gibt es so viel Spannendes … Wußtest du, daß es auf irgendwelchen Südseeinseln Brauch war, daß die Kannibalenhäuptlinge für jeden Menschen, den sie verzehrt hatten, einen Stein auf den Pfad legten? Die Missionare zählten vor der Hütte eines einzigen Häuptlings über fünfhundert Steine …«

Gewiß. Das ist ja interessant. Für die Steine kann man alle möglichen Verwendungszwecke und Geschichten erfinden. Daran zweifelt die Schwägerin nicht im geringsten. Das liegt ihr fern, wirklich.

»Du hast ihm also *nichts* erzählt?« vergewissert sie sich.
»Noch nicht. Ich werde es ihm noch sagen«, versichert Vida.
»Aber jetzt noch nicht.«
Natalia nippt an ihrem leeren Glas.
»Tja, du bist verliebt«, bestätigt sie mit offenkundigem Neid in der Stimme.

OLKIKUMPU, SEPTEMBER 1935

Die Frau hat Angst vor dem Wasser.

Sie ist davon überzeugt, daß der Bach gefährlich ist. Nein, mehr noch: verflucht.

»Nein!« sagt sie. »Trink nicht, wenn du nicht willst, daß der Hiisi dich holt.« Sie steht weit entfernt vom Rande des Bachs. In Gummistiefeln, aber schrecklich begehrenswert in ihrem blaugeblümten Kleid und der dicken Strickjacke.

Ist dies jetzt, denkt der Mann, ist dies der Augenblick, die Gelegenheit?

Der Augenblick.

Er ist von weit her gekommen, über das Meer, quer über den Kontinent. Voll nagender Ungewißheit. Ist gekommen und hält sich seit vielen qualvollen Wochen im Lande auf, hat den ganzen Sommer lang Löcher in den Boden gebohrt, die Felsen gezählt und gewartet, gewartet, gewartet. Und jetzt steht die Abreise bevor, jetzt muß es geschehen, noch eine Gelegenheit kommt nicht mehr.

»Der Hiisi bietet dem Durstigen Wasser aus dem Innern des Berges zum Trinken an, aber wenn man es trinkt, ist man verloren«, klärt die Frau den Mann auf.

»Eine seltsame Gastfreundschaft.«

»Natalia, die Schwester meines Mannes, behauptet allen Ernstes, daß man den Olkikumpu überhaupt nicht hätte anrühren dürfen, daß auch dieses Steinfeld dem Hiisi gehört, nicht den Menschen«, sagt die Frau und läßt listig ihre Lachgrübchen spielen.

»Was ist der Hiisi?«

Als ob ihn das interessierte. Ein andermal, unter anderen Umständen, aber nicht heute, hier, jetzt.

»Der Berggeist. Einer aus dem Jenseits, der hoch oben an steinigen Orten wohnt. Ich weiß es nicht so genau. Etwas aus der heidnischen Zeit. Aber Natalia schwört, daß er immer noch Menschen holt, sie nicht tötet, aber irgendwohin in eine andere Wirklichkeit entrückt. In eine parallele Welt, wo alles anders ist als bei uns, das genaue Gegenteil.«

»Interessant.«

»Gehen wir.«

»Warum?«

Der Mann sucht fieberhaft nach einer Rettungsleine. Sollte er vom Winter erzählen? Davon, wie er nur mit Mühe und Not überlebt hat? Daß es ein Wunder ist, daß er es überhaupt bis hierher, bis zu diesem Augenblick ausgehalten hat?

»Ich hab Angst.«

»Hier gibt es nichts, was man fürchten müßte.«

Er sieht sie verwundert an. Sie spielt die Angst nicht. Versucht nicht, sich *interessant* zu machen. Die Angst schimmert in ihr wie das Blau im Spektrolithen, er hat es nur nicht bemerkt.

»Ein Professor in Helsinki behauptet, dies sei eine vorhistorische Kultstätte«, erweitert die Frau ihre Vorlesung in archäologischer Richtung.

»Hemmungslose Liebesspiele und ausschweifende Frühlingsopfer?«

Diesmal ist ihr Lächeln ein wenig unsicher.

»Ein Ort, auf dem ein Fluch liegt. Menschen verschwinden hier«, sagt sie.

»Ja. Davon hab ich gehört. Brennende Kommunisten zumeist, nicht wahr? Auf diese Weise muß Ihr Hiisi ein ziemlich umfassendes marxistisches Weltbild bekommen haben.«

Ihre Stirn legt sich in Falten. Ihre Haltung bekommt etwas Abweisendes.

Plötzliche tiefe Stille.

»Was hab ich gesagt?«

»Nichts. Gehen wir endlich.«

Sie kehrt ihm den Rücken zu.

»Davida?«

Daß es eine solche Stille geben kann. Die Frau sammelt unter hartnäckigem Schweigen ihre Sachen zusammen, Thermosflasche und Schreibzeug, und steckt sie in die Tasche. Sie dreht sich um:

»Ich bin Sozialistin.«

Mit erhobenem Kinn, im Gesicht die große Feierlichkeit des dramatischen Geständnisses. Der Mann hält ein Lächeln zurück:

»Ach so. Gut zu wissen.«

Er begreift, daß dies nicht das Geständnis ist, das ihr auf der Zunge liegt. Dies ist ein vorgeschobenes Geständnis, das er dechiffrieren können sollte, wenn er schon meint, so klug und allwissend zu sein.

»Erschüttert dich das?«

»Nein. Sollte es?«

»Das sagen alle. Aber denken tun sie etwas anderes.«

»Tatsächlich?«

So so. Sprechen wir also von Politik. Warum nicht. Bei ideologischen Unterhaltungen fühlt er sich wie ein Fisch im Wasser. Oder wie man's nimmt.

»Gehen wir, mir ist kalt.«

Er berührt leicht ihren Arm:

»Sei doch nicht dumm. Wovor hast du Angst?«

Geschieht es jetzt?

Als Bühnenbild das schwindelerregende Grün des Waldschachtelhalms, ein unwirklicher Wald für Elfen. Vor Hunderten von Millionen Jahren waren das Bäume, gegen deren Stamm gelehnt man sich prächtig der Liebe hätte ergeben können. Wenn es den Menschen mit seinen Leidenschaften nur schon gegeben hätte. Aber es gab ihn nicht, und die riesigen Bäume starben ab, versanken im wäßrigen Moor, versteinerten zu Kohle. Jetzt ist der Schachtelhalm nur noch ein verkümmertes Überbleibsel der Vergangenheit, aber der Mensch steht in Saft und Kraft. Es ist der Augenblick des Menschen, denkt der Mann. Jetzt. Wenn du jetzt still bleibst, ist sie dein. Du lähmst ihren Widerstand. Ein unbeirrbarer Liebhaber, der nicht nachgibt. Jetzt weißt du mehr als vergangenen Herbst. Du weißt, daß du noch einen solchen Winter nicht überstehst.

Die Frau schlägt die Hände vor das Gesicht. Die Geste eines kleinen Mädchens, die den Mann unendlich rührt.

»Auf dem Wasser liegt ein Fluch. Ein Wahnsinn, der in mich fährt.«

»Was?«

»Ich weiß nicht. Das Wasser erhebt sich gegen mich, wenn ich zu lange draufsehe.«

Der Mann schweigt. Jetzt muß es gesagt werden: Ich liebe, ich liebe, ich liebe, ich liebe, liebe wirklich, liebe, liebe, liebe dich. Deshalb darfst du mir das nicht antun, du hast kein Recht, dich als unbeteiligte Beobachterin zu gebärden, du darfst kein sinnloses, verwirrtes Zeug reden, auf die Uhr und nach den am Himmel dahinjagenden dunklen Wolken sehen, die Freuden des Leibes ablehnen, es unterlassen, mich zu berühren, mich zu umklammern, deine Zunge in meinen Mund zu schieben, meine Härte zu spüren, zu vergehen vor wilder Lust, die nur ich in dir erzeugen kann.

»Etwas geschieht in meinem Kopf«, sagt sie. »Ein schrecklicher Sturm, gegen den ich nichts ausrichten kann.«

Der Mann antwortet immer noch nicht. Die Begierde verwandelt sich in Panik. Der Anflug eines Überlegenheitsgefühls hat sich im Nu in nichts aufgelöst. Der Mann sieht die Frau an, er versteht nicht mehr, wovon sie spricht: Sie will, aber sie wagt es nicht. Nein, sie wagt es, aber sie will nicht. Leidet, weil sie nicht will. Leidet, weil sie nicht heftig genug will, um alles andere zu vergessen. Will heftiger wollen. Kann aber nicht. Weil an ihm etwas so ist, wie es nicht sein sollte. Er ist zu mager. Zu langsam. Er trägt eine Brille. Spricht über die falschen Dinge. Drängt sich auf. Oder an ihr ist etwas nicht so, wie es sein sollte. Sie liebt grausame Spiele. Ist nicht in ihn verliebt.

Er beugt sich zum Wasser hinab, füllt seine Hände, hebt sie zu ihr empor.

»Trink«, sagt er, »in meiner Gesellschaft wagst du es zu trinken.«

Das Wasser rinnt durch die Finger, die Frau sieht ihn verwundert, erschreckt an.

»Hab keine Angst. Du brauchst keine Angst zu haben«, beruhigt er sie.

Sie starrt auf die nassen Hände, von trinkbarem Wasser keine Spur mehr.

»Trink. Das ist nicht gefährlich«, sagt er, ein Schrei von Verzweiflung in der Stimme.

Die Frau beugt sich vor. Sie beugt sich tatsächlich vor! Und er spürt ihren Mund, ihre Zungenspitze. Und die ersten Wassertropfen.

»Ich bin verrückt nach dir, Davida«, sagt er zu ihrem Hinterkopf.

Sie hebt den Kopf, nickt ernst.

»Ja. Aber jetzt müssen wir gehen.«

»Warum?«

»Ich fühle, daß er über mich kommt. Der Sturm.«

Der Mann ist verwirrt.

Was will die Frau von dem Mann? Was wollen die Menschen

voneinander? Von der Liebe? Reinigung. Die reine Wiedergeburt aus dem trüben Schlamm der Schuldhaftigkeit. Was bedrückt dich, Davida? Welch finsteres, unbeschreiblich trauriges Wesen weint in deinem Innersten?

Er steht dicht neben ihr. Plötzlich wirkt Vida Harjula nicht mehr so strahlend wie früher. An den Augenwinkeln kaum merkliche feine Falten: Du bist kein junges Mädchen mehr, weißt du, bei weitem nicht. Und warum immer ein und dasselbe blaugeblümte Kleid, hast du keine anderen, erlaubt dein Mann dir nicht, neue Kleider zu kaufen? Wahrscheinlich mag ich dich gar nicht wirklich und hab mir diese lächerliche Leidenschaft nur eingeredet. Und habe in diesem freudlosen Land mein ganzes Urteilsvermögen eingebüßt.

»Davida.«

»Ja?«

»Davida.«

»Hier bin ich.«

Woher nimmt der Mann die Kühnheit, sich hinabzubeugen und sie zu küssen, sie, die Frau eines anderen Mannes.

Er küßt sie.

Das tut er tatsächlich.

Die Augen kann man beim Küssen geschlossen oder offen haben. Die Frau hat sie geschlossen, der Mann offen. Sie lehnt sich an ihn an. Der Mann macht seine Beobachtungen. Hier ist es gut. Dein Mund ist warm, dein Hals in meine Hand geschmiegt. Hörst du das grüne Sausen des Windes, hörst du, wie der Bach seine Steine schleift, unsere Körper schwimmen in etwas, das schwerer ist als Wasser, und ein erschrockener Vogel fliegt durch die Luft.

Die Frau legt dem Mann die Hand auf den Nacken. Berührt die Nackenhaare, ein Beben in den Fingerspitzen; es ist, als lausche der Mann ferner Musik, rhythmischer, aber gestaltloser, drohender, erregender Musik, einem Lied, das nach Blut, Schlamm und Sand duftet.

Der Mann ist beherrscht. Er will es gut machen.

Du legst sie auf den Boden. Da ist sie sicher, in deinen Armen. Nichts kann euch jetzt etwas anhaben. Nichts nichts nichts. Jetzt bekommst du sie, bekommst Frieden, nichts kann mehr schiefgehen. Du bist jetzt hier, alles andere kann dir gleichgültig sein. Mach dir nichts daraus, wenn die Bohrungen mißlingen, wie es wahrscheinlich geschehen wird, hier gibt es nicht genug Nickel. Nicht einmal Kupfer. Eins Komma zwei Prozent. Eins Komma drei höchstens, und das ist zu wenig. Aber die Frau ist so wonnig, ihr Körper, ihr Verlangen nach dir.

Dieser Augenblick hier ist eine Brücke, weißt du, eine Brücke von ihr zu dir, eine Treppe in die Tiefe, der wirbelnde Weg eines schweren Steines bis an den Grund …

Nein, halt, du weißt schon, wie es hier gehen wird: Die Leidenschaft rollt ihre Matratze zusammen, bringt sie weg, macht etwas anderem Platz.

Der Silberstreif des Sturms, da ist er.

Du richtest nur deinen Blick auf ihr Gesicht, gelenkt von der leichten Erstarrung, die durch ihren Körper geht; spürst du das Beben, siehst du den Blick, der nicht da ist?

Der Rhythmus des Fortgehens.

Sie ist nicht mehr hier, mit dir, aber hasse sie nicht, sie hat versucht, dich zu warnen, sie, die es wußte. Sie kannte die Vorzeichen. Wußte, was geschehen würde, aber wollte dennoch. Wollte so sehr, daß es ihr egal war.

Du siehst nur zu, etwas anderes kannst du nicht tun.

Wenn der Sturm kommt, wenn er an dem Körper zerrt, der ihr Gesicht trägt, ihre Kleider. Ihr Atem schwindet dahin wie Schnee. Und fließt schmelzend hinab in den Boden, die Steine, die Wasserspiegelungen; ihr Körper krümmt sich, vibriert aus sich selbst heraus. Sie ist nicht mehr dein, sie ist fort.

Sei nicht böse, nimm es nicht übel, sie hat eine andere Verpflichtung, die vor langer Zeit festgesetzte Begegnung mit dem Nichts.

DRITTE SOHLE

Der Mensch hat die Kraft aus dem Stein befreit. Das aus dem Fels gehauene Uran spaltet sich kontrolliert im Kernreaktor und erzeugt eine ungeheure Menge Energie … Wie jedes Geschehen geht auch die Atomspaltung mit Nebenwirkungen einher. Die Strahlung der bis aufs äußerste ausgeglühten Atome nimmt zu und bedarf sorgfältigster Aufmerksamkeit. Eine passende Form solcherlei Sorgfalt ist es, die Atome dorthin zu verbringen, woher sie gekommen sind – tief in den Felsgrund hinab.

Kalle Taipale, Jouko Parviainen,
Unser Felsgrund, 1987

Der Teddy ist groß, braun und zottig.
Meldet die Tageszeitung, die jemand auf der Theke der Bar vor uns liegengelassen hat.

Der Lieblingsteddy. Der ständige Begleiter. Etwas, das man nicht hergibt, das man beim Spielen nicht auf der Straße vergißt. Fast genauso groß wie das Mädchen, das ihn an sich drückt. Ernst, fast qualvoll konzentriert im Goldenen Schnitt des Bildes. Ein sensibles, verschlossenes Kind. Zu schüchtern, um den fremden Onkel, den Fotografen, anzulächeln.

Der Teddy wurde in Smithfield vor der Alten Whiskeydestille von Jameson gefunden. Die Polizei will jeden Passanten vernehmen, der sich daran erinnert, ein Mädchen in einem roten Kleid und mit einem großen Teddy gesehen zu haben.

Wo bist du, Teresa O'Connor?

»Am meisten tut mir die Mutter leid«, sage ich.

Der Mann blickt auf den »Independent«, lächelt bedrückt.

»Dies ist manchmal ein sehr finsteres Land«, sagt er. »Obwohl wir die Kirche haben, die jede Straßenecke erhellt.«

Ja. Die Kirchen.

Fünfzig Menschen sahen zu, wie eine junge Frau, eine Epileptikerin noch dazu, bei einem Fest fanatischer Protestanten geschlagen und erschossen wurde. Sie hielten sie für eine Katholikin. Aber sie irrten sich. Ich hoffe, daß der Todesschütze leidet, so wie mein Kind gelitten hat, stieß die Mutter hervor. Die Polizei bemühte sich, den Schützen zu finden, um ihn zu verhören, aber die eigenen Truppen waren schneller. Sie holten ihn von zu Hause ab. Die Nachbarn sahen, wie ein dunkles Auto vor der Haustür hielt. Nein, die Autonummer hat niemand gesehen. Und auch nicht die Marke. Es war ein schwarzes Auto. Und in das stieg der Mann ein. Überflüssig zu fragen, ob freiwillig oder mit Gewalt. Er hatte ja keine Wahl. Sie befahlen ihm, sich auszuziehen. Verprügelten ihn ordentlich und erschossen ihn zuletzt. Ein Schuß in den Nacken, so wie bei der Frau. In Sachen Religion darf man sich nicht irren. Man muß wissen, wen man tötet.

Ja, aber das war doch in Nordirland. Hier ist alles anders. Eine andere Inszenierung, eine andere Wirklichkeit. Hier in der Republik kennt die Gutwilligkeit keine Grenzen, hier herrscht Toleranz. Bösartigkeit tritt als Einzelerscheinung, als zufällige Verrücktheit auf, nicht als Massentrance.

»Hier ist alles anders«, sagt er, nimmt die Brille ab, betrachtet Teresa O'Connors Foto. »Ein entzückendes Mädchen. Kein Wunder, daß sie ihr so viel Spalten eingeräumt haben. Den Massenmord in Afrika haben sie viel kürzer abgehandelt.«

»Wie kann jemand einem Kind Böses antun? Für so einen Menschen ist keine Strafe hart genug«, sage ich mit erzwungen ruhiger Stimme. Ich artikuliere die Worte so sorgfältig wie möglich und hoffe, in meiner Erregung nicht allzu laut und plump zu wirken.

»Zweifellos. Wenn sie ihn nur zu fassen kriegen. Wobei man von diesem Menschen wenigstens sagen kann, daß er seiner eigenen Gemeinheit ins Auge geblickt hat. Und deren Folgen.«

»Das macht die Tat nicht weniger monströs.«

»Nein, das ist wahr.«

Monstrositäten hin oder her, ich bin ganz wild auf diese Stadt. Wozu es leugnen. Schon auf dem Flughafen fühlte ich mich hier zu Hause. Eine Stadt der Steinmetze, bis zur Ermüdung voll von verblüffend ausdrucksvollen Skulpturen und schrillen Epitaphen. Die Mantelfalten der Frau, die in der dämmerigen Krypta der Christ Church trauert, sind so natürlich, daß ich sie mit den Fingern berühren mußte, um mich davon zu überzeugen, daß sie nicht aus dünnem, hellem Stoff, sondern aus Marmor bestehen.

Wenn überhaupt etwas, dann hilft eine solche Stadt zu vergessen. Die grünen Rasenstreifen des Friedhofs Glasnevin saugen Enttäuschung in sich auf wie Regen. Auch Trauer. Diese trübe Niedergeschlagenheit, die die klaren Augenblicke kleiner Freuden beflecken. Jetzt atme ich wieder. Ich genieße es. Nicht genieß-es-Mutter, nicht genieß-es-Frau, sondern ich genieße es einfach so. Genieße den Tabakduft, der hinter der Mauer aufsteigt, das Klirren der Kaffeetassen, die Katze, wie sie auf dem Fensterbrett mit der hellroten Pelargonie spielt. Den Mann mit den glänzenden Haaren, der mit nacktem Oberkörper, ein Handtuch über den Schultern, hinter der Katze am Fenster erscheint, sie in den Arm nimmt und lächelt.

Ich bin bezaubert von dieser Stadt, die von mir nichts weiß, die mich anlächelt, aber nicht lacht, nicht ins Gesicht und nicht hinter meinem Rücken, und die mich noch viel weniger bemitleidet.

In den kleinen Straßen grüßen mich alle, ohne mir etwas verkaufen zu wollen. So als freuten sie sich einfach darüber, daß ich mir für meinen Weg ihre Straße ausgesucht habe. Ich fühle mich als wichtige Person, als Sachverständige für Fassaden, die der stilvollen Fassade der Arbeit dieser Leute eine Audienz gewährt.

Ich gehe auch in die Geschäfte hinein. Tauche mit Wonne in das Halbdunkel der Düfte des Gewürzladens ein, in dem die Verkäuferin goldene Knöpfe im Nasenflügel hat, lausche Enrico Caruso in der Wärme des Kohlenfeuers im Antiquariat, kaufe aber selten etwas, und trotzdem sehen die Verkäufer niemals enttäuscht aus.

Ich war erleichtert, daß Sean O'Brien bereit war, mich zu empfangen, und daß er längst nicht so senil ist, wie ich befürchtet hatte. Und wenn er von meinem plötzlichen Erscheinen irritiert ist, dann ist er höflich genug, das zu verbergen. Im Grunde klang er erstaunlich erfreut, als ich ihn anrief und sagte, ich käme aus Finnland und schriebe eine Story darüber, ob Olkikumpu sich als Endlager für hochradioaktiven Atommüll eignet: Und da Sie, Herr O'Brien, 1936 im »Bull« einen hochinteressanten Artikel über Olkikumpu geschrieben haben und ich von meinen Verwandten gehört habe, daß Sie mehrere Sommer im Bergwerk mit Bodenuntersuchungen verbracht haben, dachte ich, falls Sie ein wenig Zeit hätten ...

Na, das ist aber eine nette Überraschung! Natürlich treffen wir uns, am besten gleich!

Ich bin erleichtert: Immerhin erinnert er sich. Das ist schon mal ein guter Anfang. Wozu die Atomkraft nicht alles gut ist. Sogar als Vorwand dafür, daß ich den irländischen Liebhaber meiner Großmutter kennenlernen will.

Der alte Mann legt die Zeitung auf den Tisch, zündet sich eine Zigarette an. Der schielende Kellner bringt das Bier. Und keine Rede davon, daß ich bezahle.

»Hast du Fotos von deinen Jungen, Iiris?«

Von meinen Jungen? Ich erinnere mich gar nicht, die erwähnt zu haben. Aber so bin ich, um meine Nervosität zu verbergen, rede ich viel und über alles mögliche, bis zur Peinlichkeit, verderbe die flottesten Sprüche, indem ich sie wiederhole. Kurz gesagt: Ich bemühe mich allzu sehr.

Rot geworden, hole ich meine Brieftasche hervor und zeige ihm die Fotos. Er nimmt die Brille ab, putzt sie, setzt sie wieder auf.

»Du hast viel Glück gehabt.«

»So ist es.«

Was denkt er wirklich? Sucht er in meinen Kindern nach den eigenen Zügen, oder wollte er das Familienbild sehen, weil das hier so Sitte ist?

Von seiner Initiative ermutigt, krame ich ein zweites Bild heraus und reiche es ihm.

Eine Frau lehnt entspannt in den Kissen. Die eine Hand hinter dem Kopf. Der Trauring ist deutlich zu sehen. Die nackte Brust. Geschwollen. Sehr weiß. Und Butterblumen, *Taraxum officinale,* ein Zichoriengewächs, nicht nur die Mammute haben das gefressen, denselben Leckerbissen entdeckt man auch im Magen der Menschenopfer, die man in den Sümpfen Dänemarks fand. Ein schlafendes Kind. Einige dunkle Haare auf dem Scheitel. Eine breite, platte Nase. Sieht eigenartig aus. Außerordentlich neugeboren. Vater. Vater unser, der du in deinem Wahnwitz lebst. Aber die Frau! Und ihr Lächeln. Es brennt so hell wie eine Fackel. Vorhanden ist alles, was eine Frau zu ihrem Glück braucht. Liebe, die erwidert wird. Schmerz, der überstanden ist. Schönheit. Befriedigung. Zukunft.

Am selben Tag, an dem ihre Tochter starb.

Was für Erinnerungen weckt das Bild in diesem Mann?

Bewegen sich die Gestalten der Vergangenheit in seinem Gedächtnis wie Personen eines Stummfilms, der Ehemann entfernt sich durch die Vordertür, der Liebhaber schlüpft zur Hintertür herein, das Kind schaukelt auf der Hofschaukel, vor und zurück, vor und zurück, der Tiefbohrer frißt sich ins Gestein, die Wolken jagen einander, eine Schlange windet sich durchs Gras, der Ehemann schöpft Verdacht, läßt sich vollaufen, schäumt vor Wut und Rachegelüsten, und das Kind … ja, was tut das Kind, was tut der Liebhaber, was tut die Frau, was tut ihre Schwägerin?

»Ein gutes Bild«, sagt er.

Klingt seine Stimme brüchig, oder bilde ich mir das nur ein?

»Vida Harjula, meine Großmutter.«

»Die kannte ich.«

»Kannten Sie auch Eero Harjula, Herr O'Brien?«

Eine plumpe Frage. Primitiv. Aber wie soll ich dieses Kreuzverhör sonst beginnen? Kannten Sie meine Großmutter, Herr O'Brien? Hatten Sie auch freundschaftlichen Umgang mit meinem sogenannten Großvater, oder beschränkten Sie sich darauf, mit meiner schönen Großmutter – Friede ihrer Asche – zu schlafen, während ihr Mann im Bergwerk seine Schichten fuhr? Oder noch besser: Sind Sie mein lange verschollener Großvater, Herr O'Brien? Und wer verursachte den Tod der sechsjährigen Aino, an demselben Tag, als ihr kleiner Bruder, möglicherweise Ihr Kind, geboren wurde? Am selben Tag oder in derselben Nacht, als Sie es für angezeigt hielten, aus dem Land zu fliehen. Ich weiß, daß die Sache mich eigentlich nichts angeht, wenn man davon absieht, daß der Mensch es gern wissen möchte, wessen genetische Erbmasse er in sich trägt. Lächeln Sie ruhig, aber jetzt, wo die Sache zur Sprache gekommen ist, sind drei im Irrtum befangene Generationen kein Pappenstiel.

»Nicht sonderlich gut. Wir hatten keine gemeinsame Sprache.«

Ein um Verzeihung bittendes Lächeln. Der Kopf lehnt leicht gegen die geblümte Tapete. Er ist ein reizender alter Mann. In grauem Tweed und mit weinroter Krawatte. Elegant bis zuletzt. Kein schmuddeliger Trainingsanzug so wie in unseren Heimen für alte Männer. Aber Sentimentalität kann ich mir nicht leisten. Mir macht ihr nichts vor. Irgendwo steckt sie, die schnaufende Selbstgefälligkeit des siegreichen Männchens. Ich bin jetzt ein Polizist. Ein verkleideter Detektiv, der eine Spur hat. Die zu einem Verbrechen führt, das niemals verjährt.

Ehemann und Liebhaber konnten also nicht miteinander reden, was eine gute Sache gewesen sein muß. Worüber hätten sie auch reden sollen? Über die Bodenbeschaffenheit. Über das Bergwerk. Über den Druck, den ein Bandscheibenschaden auf die Nervenenden des Rückenmarks ausübt. Über Frauen.

Nein, es war bestimmt besser, daß sie sich nicht unterhielten. Großvater Harjula machte nicht den Eindruck eines Mannes, der bereit gewesen wäre, bilaterale Verträge über die gemeinsame Teilhabe an einer Frau zu schließen. Finnische Männer sind nicht so. Im Gegenteil. Sie sind ganz niedergeschlagen, wenn sie einen fremden Mann dabei ertappen, wie er mit ihrer Frau schläft. Meistens so verstimmt, daß sie den Finnendolch zücken und ihn auch benutzen, um ihre kosmische Trauer innerhalb von Steinmauern fortsetzen zu können. Darin halten wir den Europarekord, im Morden aus Eifersucht. Und das liegt nicht daran, daß unsere Männer ihre Frauen mehr lieben würden als andere, oder daran, daß sie schlecht wären. Nein, sie sind bereit, für einen Bedürftigen ihr Hemd auszuziehen, sie laufen sogar nackt herum, wenn man ihnen nur ihre *Ehre* läßt. Gnade Gott dem, der bei uns an die Ehre eines Mannes rührt!

»Warum um alles in der Welt nennst du mich nicht Sean. Ich möchte nicht das Gefühl haben, uralt zu sein.«

Und wieder dieses jungenhafte Lächeln. Eine gefährliche Kombination: ein gut sitzendes Sakko und ein entwaffnendes Blitzen in den Augenwinkeln. An die Unschuld eines solchen Mannes zu glauben, ist schwer. Vielleicht war er es auch nicht. Unschuldig. Vielleicht war es niemand. Vielleicht waren es alle. Letzten Endes ist das schon so lange her. Allzu lange. Der Mensch sollte doch das Recht haben, in Frieden zu sterben.

»Aber meine Großmutter Vida Harjula kanntest du gut, Sean?«

»Ja. Sie und ich, wir sprachen dieselbe Sprache.«

Er nickt mehrmals, um seine Worte zu unterstreichen.

O ja, wir sprachen dieselbe Sprache.

Und er meint jetzt nicht Englisch.

Sondern etwas anderes. Etwas, für das ich keine Grammatik habe. Und plötzlich packt mich der Neid. Sean hat Worte, die mir nicht zur Verfügung stehen. Sie beide hatten solche Worte. Als Ergebnis der Leidenschaft. Oder als Pfad dorthin.

»Ich habe die Briefe bei mir, die du ihr geschrieben hast.«

»So.«

Was hat nun diese Antwort zu bedeuten? Und die Verwunderung? Angst. Panik. Scham. Reue.

»Ja, die Briefe …«

Ob ich sie gelesen habe? Warum fragt er das nicht? Oder ist er doch zu alt, um sich zu erinnern?

»Nun gehören sie ja gewissermaßen dir, jetzt, wo Vida nicht mehr ist«, sage ich und nehme einen Schluck von dem schwarzen Bier. Himmel, wie kann das nur so köstlich sein. Der Kellner schielt mich aus seinen hervorstehenden Augen an. Ja, vielleicht sollten wir uns wirklich auf das Trinken beschränken und alles andere vergessen.

»Was soll ich damit? Jetzt, wo sie nicht mehr ist.«

Die Stimme ist die eines Mannes, der sich in die ferne Vergangenheit zurück begeben möchte. Die Vergangenheit ist immer gut und glücklich, niemals langweilig, alltäglich, farblos. Mißgeschicke verwandeln sich dort in Abenteuer, Leiden in Kraftproben. Nur leider sieht man immer erst hinterher, wie großartig die Zeit war, dann, wenn sie unwiederbringlich verloren ist.

»Wenn du es mir erlaubst, möchte ich gern wissen, was in Olkikumpu geschehen ist, als du …«

Er fuchtelt mit seinem Zeigefinger vor der Nase herum, als wolle er eine kleine Fliege verscheuchen.

»Ach nein, lassen wir das. Das ist so lange her.«

Also, so geht das nicht. Absolut nicht. Begreift dieser Mann wirklich nicht, daß ich ein Recht auf Information und Befreiung habe? Deshalb bin ich schließlich hier, anstatt zu Hause zu sitzen und eine Eloge auf Olkikumpu als das genialste Atommüllager Europas zu tippen. Ich bin vor nichts geflohen, ich habe mich, ehrlich gesagt, auf die Reise gemacht, um meine Neugier zu befriedigen. Was man einmal begonnen hat, muß man auch zu Ende führen. So läuft das in der Welt. Und in den Geschichten auch. Ob das nun lustig ist oder nicht, irgend jemand muß mir jetzt erzählen, warum ich als Tochter eines halbverrückten Vaters eine halbverrückte Kindheit verbringen mußte. Ich bin zwar bereit, die Familientraditionen aufrechtzuerhalten: Großvater ist verrückt geworden, Vater ist verrückt geworden, und ich werde wohl auch bald verrückt, aber vorher muß er mir erzählen, warum. Ja, er, der betrügerische Liebhaber meiner Großmutter, der dabei war, als. Er, der in mein Land kam, in den Heimatort meiner Familie. Der kam, zerstörte und verschwand.

»Ich weiß, anderer Leute Briefe sollte man nicht lesen«, sage ich. »Aber ich habe sie gelesen, weil ich keine andere Verwendung für sie hatte.«

Für alles gibt es eine natürliche Erklärung. Ich möchte sie nur hören. Nichts weiter. Ich habe Theorien, ich habe Phantasie, aber jetzt suche ich die Wahrheit.

»Na und?«

»Was, na und?«

»Hatten sie denn Hand und Fuß?«

Was soll ich darauf antworten? Daß es doch schön ist, wenn ein Mann auf dem Papier eine Frau anbetet, so wie er es getan hat? Dieses poetische Gebaren, das es nicht zuläßt, Wörter wie Brunst, Verlangen, Unzucht, Ausschweifung, Ehebruch zu verwenden. Doch das Geturtel, egal unter welcher Bezeichnung, hat denselben Geruch. Und es stimmt auch, daß das alles dennoch falsch und ungeheuer übertrieben war. Wenn man an den Menschen denkt, der diesem Verhältnis zum Opfer fiel. Wie konnte der Mann so reine Bekenntnisse seiner Leidenschaft schreiben, die Frau ermutigen, ihren Mann zu verlassen, das Blaue vom Himmel versprechen, wenn er dann so handelte, wie er gehandelt hat? Das alles war so durch und durch verlogen.

Ich verstand es nicht. Ich wußte nicht. Ich konnte es mir nicht denken. Ich las nur.

»Punkte und Kommas stehen wohl im wesentlichen an der richtigen Stelle.«

»Gut zu wissen.«

»Erinnerst du dich nicht mehr an den Inhalt?«

Ein rasches Kopfschütteln. Zum ersten Mal bemerke ich an ihm Anzeichen der Kraftlosigkeit. Graue Bartstoppeln. Und er hat sich beim Rasieren geschnitten. Sicherlich war Davida Harjula für ihn nur eine von vielen. Vielleicht ist er ein Mann, der die Liebe liebt. Oder die Worte der Liebe, deren Klang, das Spiel damit.

»Du beschäftigst dich also mit der Atomkraft?« fragt er. »Daran fühle ich mich in gewisser Weise mitschuldig ... Das Uran hat mich immer interessiert, aber ich verstand nicht, wohin es führen würde. So ein schlichtes Gemüt war ich damals. Jetzt bin ich ein bißchen klüger, aber meine Kräfte reichen nicht mehr aus, um die Gesellschaft zu attackieren. Egal, was geschieht.«

Ich lausche seiner Stimme. Und beobachte die ruhigen Bewegungen seines Kopfes. Die Tapete hat ein Muster von violetten Blumen auf grünem Grund. Er spricht. Die Worte strömen ruhig, ohne Eile dahin. Ein schöner Klang, so wie die Untertöne eines Cellos. Ich höre ihm zu. Warte.

»Es ist genauso wie mit der Erde. Je mehr Beben, desto spröder wird die Kruste«, erklärt er. »Alles bröckelt. Alles ringsum. Die Kruste zwischen Leben und Tod wird dünner. Zuletzt ganz, ganz dünn. Das ist eigentlich ein ziemlich seltsames Gefühl.«

»Bestimmt.«

»Man wird nicht klüger. Eigentlich will man auch gar nicht mehr klüger werden. Und man erinnert sich an nichts.«

»Vielleicht will man sich nicht erinnern.«

»Das ist auch möglich.«

Welche Worte erwarte ich von ihm? Was suche ich hier?

Will ich nur die Qualen einer unverhältnismäßig hart gestraften, untreuen Frau erleben, die sinnlosen Wechsel von Zärtlichkeit zu Haß, eine unbestimmte Reue, verzehrende Sehnsucht erleben? Mich mit dem Schmerz identifizieren, der schlimmer ist als mein eigener? Mit einer Schuld, die auch die Zeit nicht tilgt?

Er hat die Augen geschlossen, ich bin sicher, daß er schläft. Aber es dauert nur einen Augenblick, dann fährt er zusammen und sieht mich an wie ein verschlafener Diener, den man mitten in der Nacht geweckt hat, damit er einen unbekannten Gast empfängt.

Der Teddy ist groß, braun und zottig. Fast ebenso groß wie das Mädchen, das von der Schaukel aufsteht und an der Pforte stehenbleibt.

Wie heißt du?

Aino. Aino Helena Harjula sechs Jahre heiße ich.

Warum weinst du, Aino?

Ich hab Angst.

Wovor hast du Angst, wovor? Sag mir, vor wem du Angst hast …!

OLKIKUMPU, SEPTEMBER 1935

Die Frühschichten. Ach, wie die Kleine sie doch erwartet. Wenn der Vater lange genug rumort und sich geräuspert hat, umhergetappt ist, endlich die Tür hinter sich zugeklappt hat und sie nun ins Schlafzimmer huschen, in das große Bett der Eltern schlüpfen und sich im dämmerigen Morgengrauen unter der Decke an die Mutter schmiegen darf.

Ganz eng eng eng, so daß keiner jemals …

Sie schnüffelt an Mamas Haut, spürt die schützenden Arme um sich, das verschlafene Kinn und einen Kuß auf dem Scheitel: Wer ist Mamas kleiner Liebling, wer?

In Mamas Armen ist es so hell, ein Sonnenversteck.

Welches Vogelkind ist Mama das liebste von allen?

Und die kleine Schlafmaus flüstert:

Ich ich ich.

Da ist sie. In Sicherheit, zusammengekuschelt, die Füße an Mamas blauglattem Nachthemd.

Schlafen wir, mein kleiner Engel, schlafen wir noch ein Weilchen …

Aber manchmal, nicht sehr oft, geschieht etwas anderes.

Ein Beben.

Niemand rührt die Mutter an, niemand tut ihr weh, aber sie zittert und hört nicht, daß sich ihr eigenes Vogelkind neben sie legen möchte. Beim ersten Mal ist das Mädchen außer sich vor Schreck, läuft in die Küche, um aus dem Eimer Trinkwasser zu holen, füllt es in ein Glas und verschüttet einen Teil davon auf den Fußboden, während sie zurückläuft. Mit angehaltenem Atem bietet sie es der Mutter vergeblich an.

Das Beben ist vom Körper in die Augen übergegangen. Sie stehen offen und schauen irgendwohin, aber die Lider flattern, so als könnte die Mutter nicht glauben, was sie sieht.

Mama, flüstert die Kleine mit dem halbvollen Wasserglas in der Hand und berührt damit vorsichtig die Wange.

Mama, ich bin es! Aber es kommt keine Antwort.

Ein Strom von Angst. Tief und wallend: Hilfe, verlaß mich nicht, Mama, hilf mir, hilf mir ...!

Sie stellt das Glas auf den Tisch, geht neben dem Bett auf die Knie und nimmt einen Streifen tröstlich kühles Nachthemd zwischen die Hände. Liegt da, die Wange gegen den Bettrand, und rührt sich nicht. Wagt nicht mehr, die Augen zu öffnen und nachzusehen, was mit dem Gespenst, das einmal ihre Mutter war, geschieht.

Wie lange kauert sie da und horcht auf den neben ihr schnaufenden Atem und die Morgengeräusche, die durch das Fenster hereindringen, das Heulen der Bergwerkssirene und das gleichmäßige Brummen eines dann und wann vorbeifahrenden Autos? Die Zeit verliert ihren Rhythmus, die Angst ist das einzige, was Platz hat in dem Kind; das Bett ist voller Mutterlosigkeit, die das Mädchen eng umschließt, auf ihm lastet und ihm den Atem nimmt, so daß es nicht einmal in Tränen ausbrechen kann.

Und dann kommt das *Geflüster*.

Das ist das allerschlimmste.

Es frißt sich durch die Haut wie Blutegel, die das Mädchen

in der Apotheke gesehen hat. Es frißt sich ganz einfach überall hinein und versucht, aus dem Mund herauszukommen, weil die Mutter irgendwie tot ist.

Sie preßt ihr Gesicht gegen die reglose Hand.

Es war einmal eine schwarze schwarze Straße, und auf der schwarzen schwarzen Straße ging ein schwarzer schwarzer Mann …

Nein, auf das Geflüster darf man nicht hören, sonst stockt einem das Herz. Erstarrt, so daß man nicht mehr atmen kann, und trocknet innen am Brustkorb fest.

… und der schwarze schwarze Mann ging in einen schwarzen schwarzen Keller …

Dann kommt sie darauf: Wenn sie es nur schafft, einmal über das Bett und wieder zurück zu klettern, bevor das letzte Wort kommt, wird die Mutter wieder lebendig.

Sie springt auf das Bett, flitzt über nackte Beine und Deckenklumpen hinweg, so schnell sie nur kann, erreicht ihre Ausgangsposition wieder, gerade eben beim letzten Vers.

Das Mädchen seufzt vor Erleichterung, starrt wie gebannt auf die Hand, die vor ihr liegt. Meint, darin eine winzige Bewegung wahrzunehmen. Und dann noch eine. Deutlichere. Fährt hoch: Es ist wahr. Die Finger öffnen und schließen sich. Die Mutter gewinnt ihre eigene Gestalt, ihre Glieder, ihr Gesicht zurück.

Im Nu ist das Kind auf den Beinen:

Mama, ruft sie außer Atem, Mama Mama Mama!

Ein mühsames Lächeln. Eine dünne Stimme, fern und matt: »Was ist?«

»Ich hab so schreckliche Angst um dich.«

Mit gesteigerter Besorgnis verfolgt sie, wie das Licht in die wieder zum Leben erwachten Augen zurückkehrt, den breiten Mund, der sich schon ein wenig zum Lächeln verzieht.

»Du Arme.«

»Du hast Blut an der Lippe.«

Das Mädchen beugt sich interessiert vor, berührt den roten Tropfen mit dem Finger: Ja, das ist Blut, ganz richtiges Blut.

»Hab keine Angst«, sagt die Frau später zu dem Kind, als sie Kopf an Kopf auf dem großen weißen Kissen liegen. »Du brauchst überhaupt keine Angst zu haben. Ich komme immer zurück.«

»Aber *wo* warst du?« möchte das Mädchen wissen. »*Was* hast du gesehen?«

Die Frau schüttelt den Kopf.

»Das ist ein Geheimnis.«

Das Mädchen bekommt glänzende Augen. Wenn sie etwas liebt, dann sind es Geheimnisse. Zapfen in Baumhöhlen, Lichtelfen, die mit dem Wind angetanzt kommen, Goldschätze, die am Grund von Pfützen schimmern.

»Erzähl!«

Die Mutter sieht sie hilflos an: »Das ist das seltsamste daran. Es ist auch für mich ein Geheimnis.«

So ist es. Der Morgen im Bergwerksdorf Olkikumpu ist wieder friedlich und klar. Hoch droben strahlt der Himmel, und durch das Fenster weht Apfelduft herein. Aber die Frau hat, unbemerkt auch von sich selbst, eine Reise in weite Fernen gemacht.

»Warst du in Itania?« fragt das Mädchen.

»Vielleicht«, erwidert die Mutter erschöpft. »Schon möglich, daß ich gerade dort war.«

»Hast du den Katzengott gesehen?«

»Was hab ich gesehen?«

»Den itanischen Katzengott.«

»Möglicherweise. Das hängt davon ab, wie er aussieht.«

»Ich weiß es nicht«, sagt das Mädchen. »Aber der kann vom Fensterbrett so leicht auf den Fußboden gleiten wie niemand sonst.«

Die Frau seufzt.

»Ich hätte für den Sommer keine Arbeit annehmen sollen«, sagt sie. »Ich hätte zu Hause bleiben sollen. Du bist zu viel allein.«

In ihren Augen schimmert es bedrohlich. Das Mädchen erschrickt.

»Wein doch nicht.«

»Ich wein doch gar nicht«, lächelt die Mutter, richtet sich mühsam auf, um auf dem Bettrand zu sitzen. »Für heute haben wir genug gefaulenzt«, sagt sie energisch und stützt sich auf das Kopfteil.

»Das erzählen wir niemandem«, sagt sie. »Auch nicht Tante Natalia.«

Das Mädchen nickt eifrig. Sie, die die Geheimnisse liebt.

Das erzählen wir nicht. Niemals und niemandem.

Aber der Vater kriegt es trotzdem heraus. Wochenlang behält das Mädchen die Reise der Mutter nach Itania für sich, aber dann.

Sie begreift nicht, wie es ihr entschlüpfen konnte. Es muß daran gelegen haben, daß an diesem Tag alles anders ist als sonst.

Der Vater kommt sie von Tante Natalia abholen. Nicht die Mutter, wie es richtig wäre.

»Wo ist Mama?« fragt sie, als sie den stillen Vorraum betreten.

»Im Bett. Sie ruht sich aus«, sagt der Mann mit seltsam belegter Stimme.

»Ich geh mal nachsehen.«

»Nein.«

»Aber ich will zu Mama.«

»Jetzt nicht.«

Im allgemeinen genügt es dem Mädchen, wenn der Vater etwas verbietet, aber diesmal ist seine Stimme nicht drohend.

»Warum darf ich nicht?« quengelt sie. »Was hat Mama?«

Ohne zu antworten, läßt der Mann sich im Zimmer auf den Stuhl fallen, knabbert zerstreut am Daumennagel.

Das Mädchen verlagert sein Gewicht von einem Bein auf das andere, steht da vor ihrem Vater und schwankt hin und her:

»Ich geh zu Mama, ich geh zu Mama …«

»Neeein.«

Der Vater ist heute irgendwie anders. Er spricht mit leiser, fast flehender Stimme. Er ist überhaupt nicht mehr furchteinflößend, in seinen Augen spiegelt sich nur Niedergeschlagenheit und etwas, wofür das Mädchen keinen Namen weiß.

»Ich möchte Mama nur *sehen*!« murmelt das Kind ängstlich.

Alles ist allzu fremd, unheimlich. Die Fliegen surren lauter als gewöhnlich. Papas Blick macht ihr angst, die Art, wie er geistesabwesend an seinem Schnurrbart zerrt, in sich zusammengefallen, mit hängenden Lippen.

Nachdem Aino eine Weile dagestanden und der Vater nichts, aber auch gar nichts gesagt hat, dreht sie sich um und schlägt den Weg zum Schlafzimmer ein, überzeugt davon, daß der Vater überhaupt nicht wahrnimmt, daß sie sich entfernt hat.

Die Klinke ist schwer und knarrt leicht.

Als sie die Tür aufbekommen hat, sieht sie sofort an der Kopfhaltung der Mutter, was geschehen ist.

Aber im selben Augenblick reißt das Gebrüll aus der Stube sie herum: »Was in drei Teufels Namen schleichst du da herum? Hab ich dir nicht gesagt, daß du das nicht darfst? Was ist bloß in dich gefahren, daß du niemals gehorchst, daß in diesem Haus niemand auf mein Wort hört?«

Der Vater schraubt sich vom Stuhl hoch. Seine überschäumende Wut nagelt das Mädchen an seinem Platz fest, preßt ihr die Tränen aus den Augen.

»Ich wußte nicht …«, stottert sie.

»Was wußtest du nicht?« Die Tür von Vaters Augen hat sich geöffnet. Dem Mädchen kommt es so vor, als blicke sie in ein Ofenloch.

»Ich wußte nicht, daß Mutter in Itania ist.«

»Was redest du da für Unsinn? Willst du dich über mich lustig machen, was? Bist du vorhin hiergewesen? Antworte!«

Geheimnisse darf man nicht erzählen, niemals, dafür wird man bestraft. Immer.

Das Kind schüttelt den Kopf. Die Hände strecken sich nach ihm aus.

Du lügst! Falsche Schlange!

Der Vater kommt auf sie zu, die großen, von der Arbeit aufgesprungenen Hände mit den dunklen Nägeln nach ihr ausgestreckt. Das Mädchen kauert an der Wand nieder, hebt die Ellenbogen, um das Gesicht zu schützen. Es ist unmöglich, diesen schreckenerregenden Kopf anzusehen, sie sieht ihn überhaupt nicht mehr, der Vater hat keinen Kopf, nur Hände mit gespaltenen Nägeln, flammende Hände. Und sie selbst, ihr ergeht es so wie manchmal im Traum, wenn ihre Füße in schwerem Schlamm stecken und sie nicht fliehen kann.

»Ich werde dich lehren, in den Ecken zu lauern!«

»Nein …!«

Die Gestalt des Vaters wird größer und größer, bis sie das ganze Zimmer, das ganze Haus erfüllt und die Zunge des Mädchens zu dick geworden ist, als daß sie noch sprechen könnte, ihre Stimme ist ein einziger schneidender Vogelschrei, nein, Papa, nein,

Mama, komm und hilf mir,

das Zerren tut noch mehr weh als der Schlag, tut so weh, so weh, die Hand hebt sich erneut, etwas Warmes läuft dem Mädchen die Beine hinab, es ist Pipi, sie hat sich in die Hosen gemacht, das große Mädchen, aber es regnet Schläge, ich werde dich lehren, die Wahrheit zu sagen, das Kind schließt die Augen, sinkt zu Boden

Hilfe, Mama, Mama, Mama

Je mehr ich von den Ereignissen der Vergangenheit erzählen höre, desto mehr erinnern sie mich an ein Spiel, das wir als Kinder trieben, wenn wir es satt hatten, uns darüber zu streiten, wer mit Abwaschen dran war: Meine Schwester legt ihre Hand auf meine. Ich lege meine Hand obendrauf. Dasselbe tut auch meine Schwester. Ich nehme meine unterste Hand und lege sie auf ihre. Meine Schwester löst ihre unterste Hand und legt sie …

Ich denke, ich erzähle eine Geschichte, tatsächlich aber erweist es sich, daß die Löcher der Geschichte mich in ihren bodenlosen Schlund hineinsaugen. *Wenn ein Himmelskörper einem schwarzen Loch zu nahe kommt, wird seine Bahn instabil, und der Himmelskörper stürzt in das Loch.*

Genauso ergeht es mir jetzt.

Ich betrachte verzaubert den alten Mann, der da im gelblichen Schein der Lampe mit der matten Glasglocke sitzt, und bin völlig gefangen von seiner klangvollen Stimme.

Neue, verwirrende Geschichten umschwirren mich, aber es will mir nicht gelingen, ihnen einen Sinn abzugewinnen. Wovon haben wir eigentlich gesprochen? Was hat er erzählt?

Daß durch die Straßen von Dublin nachts Füchse huschen, solche, wie wir sie ausgestopft auf den Wandborden der Pubs sehen, bekleidet mit Schürzen und Kochmützen, aufrecht hingestellt. Daß man aber in den Wäldern von Olkikumpu Wölfe sehen konnte. Sogar Bären. Daß sie Mussolini damals sogar ein verwaistes Bärenjunges als Geschenk schickten … Daß Davida Harjula Schlittschuh, aber nicht Ski laufen konnte. Daß Tepe Tirkkonen aus seinem Fahrrad mit Hilfe von Taschenlampenbatterien ein Motorrad machte und daß Eero Harjula der stärkste Mann des Bergwerks war …

»Ich war letzte Woche in Olkikumpu«, sage ich, während ich mit einem Stück Brot die Reste der Olivenölsauce vom Grund des Salattellers wische. »Da habe ich Großmutters Briefe bekommen.«

»Was gibt es dort Neues?«

»Der Ort ist ein Friedhof geworden. Man will im Bergwerk zehnmal soviel Atommüll lagern, wie sich in dem Unglücksreaktor von Tschernobyl befand. Als man das Kraftwerk baute, wurde vereinbart, daß der gesamte hochradioaktive Müll nach Tscheljabinsk geschickt wird. Aber dort ist man inzwischen der Auffassung, daß die von der Sowjetunion geschlossenen Verträge für Rußland nicht bindend sind.«

Er nickt.

»Manchmal kommt es mir so vor, als erginge es dem ganzen Erdball so wie mir. Daß er zu alt geworden ist. Daß auch er aufhören will zu existieren.«

»Glaubst du?«

Das ist doch unsinnig. Ich will keine deprimierende Lagebeurteilung unserer Zeit, sondern die Wahrheit über die Vergangenheit.

»Im Frühjahr haben sie in Dun Laoghaire Blumen für den Frieden gepflanzt. Große Feierlichkeiten. Kirchliche Zeremonien und alles. Der Gottesdienst endete mit einer Darbietung des Männerchors aus Warrington. Der Chor wird von der britischen Kernkraftindustrie gesponsert ... Ich weiß noch, wie ich sonntags mit dem Vater dort spazierenging. Zweimal bis zur Spitze des Wellenbrechers und zurück. Im Freiluftpavillon spielten sie Militärmusik. Einen Sommer wurde er himmelblau angestrichen. Ich erinnere mich noch an den Geruch der frischen Farbe. Auch eine Tüte Eis gehörte dazu. Für mich Schokolade, für die Schwestern Vanille. Jetzt blühen dort die Atomrosen. Sehr schön, zugegeben ...«

»Du kennst doch den fennoskandischen Schild, Sean. Was meinst du, kann es in Olkikumpu Erdbeben geben?«

Ich denke an den funkelnden Sand, als wir den Strand entlangspazierten: Ich bin dreizehn, Vater schon ein alter Mann, ohne Konturen, verwischt. *Dort hab ich nach Muscheln getaucht, die hab ich am Lagerfeuer gebraten; das war ein Leben, Mädels ...!* Hier, an diesem Ort, in diesem Augenblick ist er ein anderer Mensch, ein anderer Vater. Er lächelt in einer Art, die keine von uns sich erinnert, je an ihm gesehen zu haben. Es kommt ein Licht über ihn, das uns durch und durch geht. Er vertraut uns Geheimnisse an. Ein Mädchen, in das er ein wenig verschossen war. Ein Messer, das er in einem Kästchen in einer Grube versteckte, die er unter einem umgestürzten Baumstamm gegraben hatte. Jetzt sind wir seine Kinder, ein Teil von ihm.

»Mit Sicherheit.«

»Wieso?«

»An den Bodenschichtungen erkennt man, daß es auch früher welche gegeben hat. Die Frage ist natürlich, wann. So wie immer. Vor Millionen von Jahren oder vor einer Sekunde? Das weiß niemand.«

»Was geschieht dann?«

Ich strenge mich krampfhaft an, um zu verstehen, was er sagt. Warum mußte ich damals hinter den Jungs her sein, als mir unser unendlich geduldiger, keine Mühe scheuender Englischlehrer die Feinheiten der Sprache beibringen wollte?

»Das hängt von der Stärke des Bebens ab. In einem Gebiet, das von mehreren seismischen Verwerfungen zerspalten worden ist ... genügt auch ein kleines Beben, um den Grundwasserspiegel entscheidend anzuheben ... Wenn das Wasser mit heißem radioaktiven Müll in Berührung kommt, sprengen die Dampferuptionen die Behälter, und der Müll verteilt sich in der Umgebung. Und wenn das Lager überflutet wird, fliegt ganz Olkikumpu in die Luft.«

Seine Hände ziehen anschauliche Linien in die Luft, er dirigiert die Atomkatastrophe begeistert wie ein Kapellmeister, der endlich zum Allegro des Werkes gelangt, zu seinem dramatischen Schlußteil.

Der Kellner hat das Fenster geöffnet, Staub und Essensgeruch wallen schwer herein, setzen sich an uns fest. Der rasch geleerte Humpen macht sich schon im Kopf bemerkbar und verleitet mich dazu, über eine Sache zu lachen, an der es absolut nichts Komisches gibt.

»Das verstehe ich nicht. Warum behaupten sie dann, daß sie wissen, was sie tun.«

»Das wissen sie wohl auch. Das Problem besteht nicht darin, ein Loch in die Erde zu bohren, sondern das Unbekannte vorherzusagen ... Du erinnerst mich an sie, weißt du? Einige deiner Gesichtsausdrücke haben verdammt viel Ähnlichkeit mit Davida.«

Er mustert mich unverwandt.

»Das sagen die anderen auch.«

Der Schieläugige bringt uns neues Bier – wann haben wir das bestellt? –, und ich greife dankbar nach dem Glas. Ich verstehe mich selbst nicht. Ich habe mich hinreißen lassen zu familiärem Geplauder und Gezeche mit diesem Mann, dem ich bei der Lektüre der Briefe, die er an Vida geschrieben hatte, heulend Rache geschworen habe. Buchstäblich geheult habe ich bei dem Gedanken daran, daß der Kerl den Samen des Wahnsinns in meine Familie säte und dann einfach verschwand, aufhörte zu existieren, sich hinterher einfach die Hände wusch wie nach einem Zeitvertreib, auf den jeder x-beliebige in Ermangelung von Besserem verfallen kann, wenn er sich im Ausland aufhält.

»Unbedingt.«

Mit dem Mann ist eine erstaunliche Veränderung vor sich gegangen; nicht nur, daß er frisch und lebenshungrig wirkt, sondern er hat offenbar auch die Haltung und die Gesten des alten Mannes abgelegt.

»Hast du einen Spiegel?«

In dem Sammelsurium meiner Schultertasche findet sich tatsächlich eine kleine Puderdose, deren aufklappbarer Spiegel jämmerlich fleckig ist.

»Wenn du dir die Haare nach hinten kämmen würdest …«

Mach ruhig weiter: Niemand dürstet so sehr nach guten Ratschlägen wie eine betrogene Frau.

»Siehst du es jetzt?«

Ich sehe es. Schön. Habe ich das Wort *schön* fallen hören? Habe ich gehört, daß jemand das gesagt hat, und ging es um Vida oder um mich?

»Darf ich dieses Bild behalten?« fragt er.

»Aber bitte doch. Und ich hoffe, daß du auch die Briefe nimmst«, sage ich. »Wo ich sie schon bis hierher transportiert habe. Es ist doch dein Leben …«

Auch wenn es dir nicht soviel bedeutet haben sollte wie meiner Großmutter, denke ich verbittert. Oder erträgst du es nicht, an das Kind zu denken. Das plötzlich wie aus dem Nichts auftaucht, kommt und dort steht, sehr ernst und blaß mit seinem braunen Teddy.

Vielleicht denke auch ich nicht an das Kind. Vielleicht bin ich nur neugierig und will die Tür zum Schlafzimmer von Vidas Liebhaber einen Spaltbreit öffnen. Versuchen, den Schlüssel zu der Welt zu finden, in der keine erlernte Moral gilt, in der Körper, die von einem mir unbekannten Dämon besessen sind, satanisch selbstsüchtige Naturgesetze verwirklichen und sich selbstvergessen, wahnsinnig, zitternd, vollkommen selig vereinigen.

»Ich erinnere mich, daß die Felsbohrungen deutlich Quetschzonen zeigten, die parallel zur Erdoberfläche verliefen. Und ich habe auch noch die Aufzeichnungen«, sagt der Alte.

»Wirklich?«

Er hebt das Glas in Richtung Kellner, lächelt ihm genauso freundlich zu wie mir.

»Ich habe im Felsgrund von Olkikumpu mehrere Verwerfungen aus der Nacheiszeit gefunden. Im Prinzip können schon Verschiebungen von gut einem halben Meter einen Müllbehälter zerbrechen, der heutzutage als Meisterstück der Ingenieurkunst gilt.«

»Aber das Mädchen«, sage ich. »Denkst du nie daran, wie es ihr ergangen ist?«

Stille.

Es gibt also auch etwas, das ihn erschüttert. Diesen geologischen Zauberer, der nur mal so beiläufig aus Tausenden von Kilometern Entfernung den unerschütterlichen finnischen Felsgrund sprengt, dessen Beständigkeit niemand bei uns zu bezweifeln wagte oder wagt.

»Das Mädchen?«

»Aino. Vida Harjulas erstgeborene Tochter. Erinnerst du dich nicht mehr an sie?«

Ein schrecklich aufgedunsener Brendan Behan betrachtet uns unter seinen schweren Lidern von der Wand herab. Der arme finnische Felsen interessiert ihn nicht, er schaut nach den Biergläsern, in versteinerter Trauer darüber, daß er den Bierkrug nicht mehr an die Lippen heben kann.

»Ich erinnere mich sehr gut an sie. Ein entzückendes Kind. Was ist mit ihr?«

Ja. Vielleicht hast du recht. Was ist mit ihr? Was ist mit Teresa O'Connor? Was ist mit wem auch immer? Bestellen wir einfach noch ein Bier und lassen uns ordentlich vollaufen, und vergessen wir das ganze unnütze Gejammer. Ich bin doch jetzt in Irland, in dem Land, in dem selbst die Beerdigungen lustiger sind als bei uns die Hochzeiten, hier feiert die kosmische Schuldhaftigkeit des Nordens keine Urstände. Hier geht man zur Beichte, bekennt die Selbstbefleckung und seine unreinen Gedanken, daß man die Schwester angeschnauzt, die Messe geschwänzt, ein Kind umgebracht und auf die Straße gespuckt hat, man betet und bekommt Absolution. Und damit basta. Punktum. *Sláinte!* Prost!

»Sie ist gestorben«, sage ich.

»Das ist ja traurig. Herzliches Beileid.«

»Danke.«

»Erst kürzlich?«

Der Kellner steht, den Kopf im Schatten, hinter der Barthcke, das Handtuch auf der Schulter, und spricht mit tiefer Stimme in den Telefonhörer. Familiensorgen bestimmt. Der grauhaarige Mann in meiner Gesellschaft sieht mich erwartungsvoll an. Mir wird kalt bis ins Herz. Ich will hinaus, irgendwohin, wo die Sonne scheint, fort aus diesem Zimmer, aus dieser Gesellschaft, aus dieser Stadt.

»Nein«, antworte ich. »Nicht erst kürzlich.«

Er nickt, steht auf, als wolle er zur Toilette gehen.

Abwesenheit, Finsternis, Tod; Dinge, die es nicht gibt.

Stand heute auf einem Grabstein. Das würde gut zu ihm passen. Dann, wenn.

An der Tür dreht er sich um, kommt zurück:

»Mir fällt gerade ein, daß wir nach Dun Laoghaire fahren könnten. Zu dem Wellenbrecher. Da hat man einen schönen Blick auf die Irische See. Wenn wir Glück haben, sehen wir auch Katamarane … die sind natürlich nichts im Vergleich zu euern Eisbrechern, aber immerhin. Hättest du Lust dazu?«

»Wenn es nicht zuviel Mühe macht.«

»Natürlich nicht.«

Ihm fällt ein, daß er irgendwohin wollte. Der Weg scheint ihm klar zu sein. Er dreht sich um und verschwindet durch die grüne Tür. Mußte das sein, denke ich, peinlich berührt. Vielleicht bin ich mit meiner Fragerei zu weit gegangen und sehe Sean O'Brien niemals wieder? Aber ich habe ein paar Informationen mehr. Nicht alle, um derentwegen ich hierher gekommen bin, aber doch einige.

Ich weiß jetzt, daß unter bestimmten Bedingungen in einem unter Spannung stehenden Felsgrund die Kohäsion nachläßt. Daß im Stein Haarrisse entstehen. Mit der Zeit die Festigkeit des Felsens schwächer wird ... Daß auch explosionsartige Verwerfungen nicht ausgeschlossen sind ... Daß es zu den Opferriten mancher Kulturen gehört, Kinder bei lebendigem Leibe zu begraben ... In Woodhenge, ein paar Meilen entfernt von Stonehenge, fand man den Schädel eines dreijährigen Mädchens, der mit einer Axt vom Körper abgetrennt worden war. Das Kind wurde vor viertausend Jahren getötet, zur gleichen Zeit, als man Stonehenge errichtete ... So daß der gemeinsame Nenner aller religiösen Riten das Opfern ist.

Der Kellner legt auf, kommt unsern Tisch abwischen. Ich weiß nicht, wo ich hinsehen soll. Der gläserne Blick des ausgestopften Fuchses ist anklagend: Der Guinness-Keramikkrug wirkt lächerlich zwischen seinen dünnen Vorderpfoten. Die Decke wird von zwei fast schwarzen Eichenbalken getragen, die kaum wirklich alt sein dürften. Die Wände sind mit Fotos bedeckt. Schriftsteller und Fußballstars in glücklichem Beisammensein an derselben Wand.

Als ich den Mantel anziehe, kommt der Mann zurück.

»Jetzt schon?« fragt er.

»Aino Harjula starb im Frühjahr 1936. An demselben Tag, an dem mein Vater geboren wurde.«

»Wie bitte?«

»An demselben Tag, als du aus Olkikumpu fortgegangen bist.«

»Nein«, sagt er. Lächelt. Schüttelt den Kopf. »Nein. Nein.«

Er zieht das Feuerzeug aus der Tasche, jetzt lacht er schon laut, sucht mit der anderen Hand die Zigaretten.

»Nein«, sagt er. Die Hand zittert ein wenig, und als er bemerkt, daß ich das gesehen habe, steckt er das Feuerzeug in die Tasche zurück. »Nein. Da mußt du dich irren. Ich hab sie gesehen an jenem Tag ...«

Erst als ich im Kielwasser des Alten hinausgehe, bemerke ich zum ersten Mal, daß er ziemlich stark hinkt. An der Haustür bleibt er stehen, dreht sich um:

»Der Regen hat aufgehört. Besseres Wetter für einen Ausflug können wir uns nicht wünschen, nicht wahr?«

Er schaut mich an mit einem herzlichen Lächeln, legt mir die Hände auf die Schultern. Ich sehe sein Altmännergesicht vor mir und bemühe mich zu verstehen, wie die Einheimischen auf dieser Insel denken. Die die blutige Kristallnacht wegen eines uralten Unterschieds in der Sichtweise religiöser Dinge endlos fortführen und irgendwann zwischendurch unglaubliche Mengen Liebeslyrik produzieren.

»Warum hast du dich auf die russische Seite abgesetzt, Sean?«

Er lacht verlegen.

»Ich habe mich nicht *abgesetzt*. Ich hab mich verirrt.«

»Verirrt?«

»Ja. Ich hab in der Nähe der Grenze kartiert und mich verirrt.«

Hatte er denn keine Karte? Keinen Kompaß? Oder hatte er vielleicht vergessen, wie man damit umgeht?

»Ich weiß, das klingt unglaubhaft. Aber so war es.«

Wirklich so? Ein Mann, der besessen ist vom mineralogischen Aufbau des fennoskandischen Schilds, untersucht die Faltenstrukturen des kahlen Berges, als plötzlich ein Spitzhelm ohne die Spur eines Lächelns vor ihm auftaucht. Der russische Grenzsoldat läßt sich von der Theorie eines geologischen Trancezustands nicht beeindrucken. Und das soll man wirklich glauben?

»Du hast also den Nickelgehalt und die Urangeheimnisse von Olkikumpu nicht an die Russen verraten?«

Er lacht auf.

»Nein. Ich hatte keinerlei Papiere vom Bergwerk bei mir. Warum hätte ich welche bei mir haben sollen?«

Woher soll ich das wissen? Mir hat man nur erzählt, daß der ausländische Geologe in aller Eile mein Land verlassen hat. Vor irgend etwas muß er doch aber geflohen sein: vor dem eifersüchtigen Ehemann, dem toten Kind, der Liebe ...?

»Aber dir gebe ich sie. Falls es zu etwas nütze ist. Obgleich ich bezweifle, daß sie die Geschichte publizieren. Die Menschen wollen die Wahrheit nicht wissen. Zumal dann nicht, wenn sie unangenehm ist.«

Vielleicht nicht. Du mußt es ja wissen.

»Der Wahrheit ins Auge blicken«, sagt er. »Das ist nur so eine Redewendung. Im Grunde wollen alle nur eine Bestätigung dafür, was sie ohnehin schon beschlossen haben zu glauben.«

Das klingt nicht besonders großartig: nicht mehr zu sein als ein gefräßiger Dreck in grauem Plankton. Aber schließlich ist es befreiend, wenn man sich die Freiheit von aller Verantwortung zugesteht. Wenn auch alle anderen es tun.

»Es wird dir gefallen dort am Wellenbrecher«, sagt er. »Wenn du das Meer magst.«

»Ich mag es.«

So leicht ist das: sich mit dem Erzfeind der Familie anzufreunden. Aber was kann man da tun: Wenn wir nun einmal alle beide Ausflüge ans Meer lieben und auch denselben Ausflugsproviant, einen Flachmann mit irischem Whiskey, leere Freiluftpavillons, Bänke, deren vergißmeinnichtblaue Farbe abblättert, eisigen Wind, dessen Duft nach Tang.

Arm in Arm, in neuem Einvernehmen, grüßen wir die dezembergraue Meeresbucht. Dieselbe, von der aus der Mann vor fast einem halben Jahrhundert zu der langen Reise in den schwarzen Schlund des nördlichen Felsgrunds aufgebrochen war.

OLKIKUMPU, MAI 1936

Sean O'Briens dritter Frühling in Finnland, so viel Arbeit wie nie zuvor. In den Schacht muß er manchmal auch nachts, wenn dort in der Hoffnung auf neue Funde gebohrt wird. Schon sind Studenten zur Geländeerkundung eingetroffen. Als Gehilfen hieß es, aber sie fallen ihm eher zur Last, als daß sie ihm nützten; er muß sich an ihrer Ausbildung beteiligen und sie beaufsichtigen, ihnen das Bohren beibringen und die Ergebnisse ablesen und obendrein auch noch über jeden einzelnen einen Bericht schreiben.

Sie machen Exkursionen, mitunter bis in die Nähe der russischen Grenze. Die Kartierung des Gebietes bestätigt dem Mann seine frühere Auffassung, daß der Serpentinhorizont nach Osten hin auskeilt.

Die dioritischen und quarzdioritischen Gesteine scheinen relativ verbreitet zu sein, aber sie treten nicht als sehr umfangreiche, zusammenhängende Vorkommen auf. In die Karte trägt er sie nur als Granit ein. Er findet das schade, denn diese Diorite, die ihrer Farbe nach sturmwolkengrau, ein wenig dunkler als Granit sind, könnte man schleifen und als Grabsteine verwenden. Sogar für Denkmäler.

Aber die Gesellschaft ist natürlich nicht an anderen Verwendungszwecken der Steine interessiert, sie würde eine so detaillierte Kartierung für Zeitverschwendung halten.

Als Dolmetscher hat er jetzt Tepe Tirkkonen, den alten Bergmann mit Amerikaerfahrung. Mit dessen Englisch ist es nicht weit her, aber Sean O'Brien versucht, Finnisch zu lernen, wann immer es möglich ist. Die Exkursionen eignen sich dafür besonders gut, da gibt es immer Zeit, um sich hinzusetzen und zu plaudern.

»Wie würdest du auf finnisch sagen ›Mein Haus ist abgebrannt‹?« fragte er unglücklicherweise einmal Tepe Tirkkonen, während dieser ein Lagerfeuer machte.

»Dein Haus ist abgebrannt«, antwortet Tepe ohne zu zögern auf finnisch und schiebt den Hut auf den Hinterkopf.

So viel Finnisch versteht der Mann schon, daß er präzisieren kann:

»Nein, nein, sag nicht ›dein Haus‹. Ich möchte, daß du sagst ›Mein Haus ist abgebrannt‹.«

Tepe stiert ihn unheilverkündend an, kippt den Rest des Kaffees auf die Erde.

»Wenn du mein Haus meinst, das ich vom Fußboden bis zum Dach mit eigenen Händen erbaut habe, dann ist das, Teufel noch mal, nicht abgebrannt.«

»Jaa, aber es könnte doch passieren, daß es abbrennt. Wie würdest du mir dann sagen, daß dein Haus abgebrannt ist?«

Tepe zieht seinen Finnendolch aus der Scheide und erhebt sich drohend.

»Als ich mich auf den Weg zu dieser verdammten Exkursion gemacht habe, war mit meinem Haus alles in schönster Ordnung. Und jetzt kommst du Satansbraten und erzählst mir, daß es abgebrannt ist. Hast du es angezündet, oder was?«

Der Mann ist so perplex ob der Wende, die die Lektion genommen hat, daß er kein Wort herausbringt, nur auf den Dolch starrt und auf den langen, schwarzen Schnurrbart des Kumpels.

Die lastende Stille wird durch Tepe Tirkkonens plötzliches Gelächter beendet.

Er schleudert den Dolch so, daß er im gegenüberliegenden Baumstamm steckenbleibt, drischt sich mit den Händen auf die Schenkel und lacht dröhnend, daß die Berge widerhallen.

»Der ist mir aber auf den Leim gegangen ...«

Die Praktikanten sehen den Geologen mitleidig lächelnd an, und er hört, wie der eine ihn flüsternd als bedauernswerten Engländer bezeichnet.

»Ich bin kein bedauernswerter Engländer«, sagt er niedergeschlagen. »Ich bin ein bedauernswerter Ire.«

Im Grunde aber ist er erfreut. Er findet den unerwarteten Temperamentsausbruch bei diesen mürrischen Menschen hinreißend, und er wundert sich immer noch darüber: Wie kann es in einem so kalten Land eine solche Aufwallung von Feuer und Schwefel geben? Jedes Mal überrascht es ihn. Wie ein Blitz aus heiterem Himmel, der hier mitten an einem strahlenden Sommertag einschlagen kann.

Welche Explosionsbereitschaft, welche Waldbrandgefahr unter all der Verschlossenheit! Nicht, daß das, für jedermann sichtbar, in ihnen lodert, o nein, es bricht nur dann aus ihnen heraus, wenn man es am wenigsten erwartet. So wie die blauen Flammen, die die Hirten in alter Zeit auf dem Gipfel des Olkikumpu sahen, wenn sie ihre Schafe suchten.

Deshalb wohl fühlen sie sich auch unter der Erde wie zu Hause. Hauen pfeifend das Gestein, vertiefen sich in ihre Arbeit mit systematischer, nie erlöschender Leidenschaft.

Der Ire fühlt sich unten im Bergwerk nicht wohl. Besonders nach dem Unglück. Wenn er einfahren und neue Funde untersuchen muß, versucht er immer, sich seiner Aufgabe so schnell wie möglich zu entledigen.

Diesmal ist er auf der dritten Sohle und klassifiziert an der Rolle neue Mineralien. Und diesmal ist ihm ein Malheur passiert. Eine Sache, die von einer kleinen Unachtsamkeit herrührte. In die Karbidlampe ist ein Wassertropfen eingedrungen, und sie ist erloschen. Oder vielleicht hat er sie absichtlich gelöscht, als er verstand: Jetzt ist es soweit.

Er hat schon von weitem gesehen, daß Eero Harjula dasteht, von einigen Männern umgeben, die ihm auf die Schultern klopfen und ihn lauthals beglückwünschen.

Aha. Es ist also geschehen.

Der Geologe betrachtet gegen seinen Willen die vor Stolz strahlenden Gesichtszüge des Obersteigers, die auch unter dem verschossenen Filzhut und dem schwarzen Steinstaub schön sind, versucht sogar zu lächeln:

»Herzlichen Glückwunsch! Mädchen oder Junge?«

Eero Harjula sieht kaum nach dem Iren hin. Ihn bewegt etwas anderes.

Es scheint, als platze er fast von den verwirrenden Empfindungen, die die Nachricht in seinem Innersten aufgewühlt hat. Er geht zum Förderhaken, hängt aber keine Last daran.

Nein, er ergreift den Haken mit einer Hand. Die Männer stehen da, die Thermosflaschen in der Faust, starren mucksmäuschenstill, mit angehaltenem Atem auf das, was da geschieht.

Er hält sich fest, gibt das Zeichen zum Hochholen.

Er wird runterfallen, denkt Sean O'Brien. Das schafft er nicht bis nach oben. Das schafft niemand. Und alle wissen, daß der Geologe das hätte verhindern können, aber nichts getan hat. Nur ein Wort, und Eero Harjula hätte gehorchen müssen. Eine grobe Verletzung der Sicherheitsbestimmungen. Geradezu kriminell. Aber der leitende Geologe hat nichts gesagt.

Er wird abstürzen, denkt er. Auf dem Grund des Schachts, auf dessen schwarzen Steinen vor ihrer aller Augen zerschmettert werden, und der Ire hat nichts getan, um es zu verhindern:

Das will ich nicht, das nun doch nicht, daß Eero Harjula aufhört zu existieren.

Oder will ich es doch?

Da hängt er nun im Innern des Schachtes, der Obersteiger Eero Harjula, baumelt an seinen Händen in der eiskalten, bläulichen Leere des Berges. Die Lichter der Karbidlampen auf der Stirn der Männer zerschneiden die Tiefe, die Sekunden ticken in die Leere, bald wird er als ein blutiger Klumpen vor ihnen liegen, der Puls des Berges pocht den sicheren Tod, so muß es geschehen, unausweichlich, jetzt, jetzt, jetzt.

Eero Harjula will es selbst. Der Schatten des Steins hat sich auf seine Seele gelegt.

In irgendeiner Nacht. Im Augenblick übermäßiger Erschöpfung hat der Hautlose seinen Weg in ihn gefunden.

So muß es sein.

Wenn ein Mann im Bergwerk stirbt, wird nur sein Körper fortgetragen. Der Geist aber bleibt zurück, ein hautloser Teufel wird daraus, der die Männer zur Nachtzeit quält. Ein Hautloser ist ewig, ist für immer lebenshungrig, er muß es schaffen, jemanden in Besitz zu nehmen, irgendein Mensch muß mit ihm eins werden.

Ein lebender Stein.

Der Hautlose wartet, zusammengekauert im finstersten Winkel, sein Atem kann stinken, wenn man recht zu schnüffeln versteht; den widerwärtigen Geruch der Zähne des Todes; er singt ein schwarzes Wiegenlied; er fährt in die Haut eines Mannes, wenn er zu müde ist, zu müde, um darüber nachzudenken, warum seine Frau ihn nicht mehr will, wenn der Mann im Stehen fast einschläft, nachdem er zu viele Nächte neben einer Frau wach gelegen hat, die kalt geworden ist …

Bald stürzt Eero Harjula, stürzt auf den Grund, in die Tiefe des Berges. Wird zerschmettert, stirbt ganz gewiß.

Alles hat sein Gesetz: Im freien Fall wirkt nur die Schwerkraft auf einen Körper, die Beschleunigung des Körpers ist dann die Beschleunigung der Schwerkraft, mit anderen Worten, die Geschwindigkeit nimmt jede Sekunde um neun Komma acht eins Meter pro Sekunde zu … Aus dieser Höhe bedeutet das …

Er fällt nicht.

Als Eero Harjula angekommen ist, hört man im Schacht aus den oberen Regionen ein triumphierendes Geheul:

»Ein Junge, Teufel auch! Jetzt hat Harjula einen Sohn!«

Die Männer lassen die Luft aus ihren Lungen, schütteln den Kopf, aber lachen schon. Pfeifen. Sie verstehen es.

»Was für ein Teufelskerl!«

Und auch Herr O'Brien begreift, daß dies eine Ausnahmesituation war, und er wird niemandem gegenüber ein unnötiges Wort über Eero Harjulas Possen verlieren, bestimmt nicht im Kontor, gegenüber diesen humorlosen Federfuchsern ... schließlich muß ein Mann seinen ersten Sohn feiern, was denn sonst!

Bestimmt hat es auch ein wenig damit zu tun. So kann man die Sache auch sehen.

Na klar, genauso ist es, hol doch der Teufel diesen und jenen!

Vielleicht steigt dem Geologen auch der arktische Frühling, dessen unglaubliches Tempo, immer noch zu Kopf. Schon im Februar wurde der Tag um fünf Stunden länger, und jetzt sind wir dabei, in die weißen Nächte einzutauchen, in das vollkommene Fest von Licht und Sonne, und er, der Fremde, kann nicht umhin, sich stumm darüber zu wundern, wie die Seele dieser in Kälte und Finsternis erstarrten Menschen mitten im Auge eines solchen Lichtsturms rotiert, ohne das Gleichgewicht zu verlieren.

Ein aufwühlender Frühling. Als er die Frau in diesem Zustand erblickte. Furchtbar, weil er es nicht gewußt hatte. Weil er es nicht hatte wissen dürfen. Nicht hatte helfen, trösten, die Frau stützen dürfen.

Er mußte nur warten. Warten, warten, warten.

Als er eine Stunde später nach oben kommt, ist Eero Harjula immer noch im Umkleideraum, schon ganz schön beschwipst. Er bietet dem Geologen die Flasche an.

Der nimmt einen Schluck.

»Ich hab einen Jungen, verdammt!«

»Herzlichen Glückwunsch!«

Das ist alles. Er sagt kein Wort, während er seine Sachen auszieht, die schwarz sind vom Steinstaub. Auch Eero Harjula ist still, schüttelt nur für sich den Kopf, schenkt dem Geologen dann und wann ein verlegen gutwilliges Lächeln, nimmt beachtliche Schlucke aus seiner Flasche.

Eero Harjula ist an dem ausländischen Geologen nicht interessiert. Sie haben keine gemeinsame Sprache. Und was versteht er, der arme Kerl aus dem Ausland und ohne Familie, schon von den Freuden der Vaterschaft?

Der Mann betrachtet den betrunkenen Obersteiger, der sich dort hingefläzt hat, die breite, unbehaarte Brust nackt, und im grünen Licht der Sprossenfenster badet.

Schutzlos, vertrauensvoll, selig.

Sollte er ihn bemitleiden oder hassen? Daß Eero Harjula sich nicht scheut, so unerträglich glücklich zu wirken, so als wäre alles in schönster Ordnung, so als erwarte ihn tatsächlich eine verantwortungsvolle, aber lohnende Zukunft als Vater einer Großfamilie.

Das frische Glück hat schon Wurzeln in ihm geschlagen. Es wächst und wächst unter Sean O'Briens staunenden Augen, ein Mann, der einen Sohn hat, so lautet der Name dieses herzigen Tableaus, auf den künftigen Kameraden beim Fischen, prost, hei!

Der Geologe geht in die Dusche. Durch das angelehnte Fenster strömt der herbe Geruch frisch gepflügter Erde herein und vermischt sich mit dem Wasserdampf und dem Duft der Seife.

Aber die Frau hat es doch versprochen.

Sie hat im Brief versprochen, daß sie dann geht, wenn.

Versprochen. Geschworen. Dann bin ich dein, wenn.

Hinter dem Geplätscher des Wassers hört er, daß Eero Harjula angefangen hat zu reden. Er spricht Finnisch, mit Nachdruck, ohne Pausen.

Und hört nicht auf, als der Mann zurückkommt, als er sich saubere Sachen anzieht. Auch der Obersteiger trägt jetzt ein weißes Hemd und Krawatte, und in den feuchten Haaren sieht man die regelmäßigen Furchen der Kammzinken.

Die Flasche ist zu mehr als der Hälfte geleert. An den Fensterscheiben surren die Fliegen, seine Rede strömt rhythmisch, beruhigend dahin, als wäre er ein Lehrer, der versucht, seinem Schüler eine Sache klarzumachen, die schwieriger ist als gewöhnlich.

Sie treten unmittelbar nacheinander aus der Tür, die große Hand legt sich dem Geologen fast zärtlich auf die Schulter. An der Ecke steht ein schwarzes Auto. Eero Harjula bedeutet dem Mann, dort einzusteigen.

»Nein«, sagt der Ire. »Ich habe noch zu tun.«

Irgend etwas stimmt nicht. Etwas hat sich verändert. Jetzt herrscht ein anderes Gesetz, ein neuer Rhythmus im Atem des Obersteigers.

Dafür also war der Schnaps nötig. Dafür.

Der Haß ist eine Höhle. Eine kalte und finstere Höhle, deren Eingang jemand verstopft hat. So beschaffen, daß man sich immer tiefer darin verirrt.

Eero Harjula öffnet die Tür zum Beifahrersitz, lächelt aufmunternd wie ein gastfreundlicher Hausherr, vor dem man sich vergeblich ziert, der Ausflüchte überhaupt nicht zur Kenntnis nimmt.

Aber die Augen. Zum ersten Mal blickt Sean O'Brien Eero Harjula direkt in die Augen.

Und sieht, daß der andere Bescheid weiß.

OLKIKUMPU, MAI 1936

Es war einmal ein schwarzer schwarzer Mann, und der schwarze schwarze Mann ging einen schwarzen schwarzen Weg entlang …

Da ist das Mädchen. Es trällert und hüpft: Wenn ich es schaffe, mit drei Schritten bis zu dem Stein dort zu kommen, dann passiert nichts Schlimmes.

Eins … zwei … drrrrei …

Da ist tatsächlich unser armes Mädchen. Jetzt sehe ich sie ganz deutlich. Das blonde, aus zwei Zöpfen hervorquellende Haar, das an einem solchen sonnigen Tag ins Rotgoldene spielt. An den Füßen zu große Sandalen, der Riemen an der einen kurz vor dem Reißen.

Dummer Schuh, denkt das Mädchen, der ist schuld daran, daß ich es nicht geschafft habe …!

Ein mageres Mädchen in einem verschossenen Baumwollkleid. Und hinter ihr her rennt ein Erdgeist mit schwarzen Brauen, der Staub wirbelt auf, ein Wolf ist ihr keuchend auf den Fersen.

Die Beine wirbeln über die Erde, der Wind fegt über die Felder, hui-hui, raus aus dem Nest, raus aus dem Nest, das muß ihr gelingen, sie muß fort, was kann das Mädchen anderes tun, sie, die von klein auf voller Geschichten steckt, dies hier ist nur ein Detail des schrecklich alten Geheimnisses, das vor drei oder vier Milliarden Jahren im Schlamm begann, in der Öde von Wasserstoff und Methan und Dampf. Sie kennt den Wind und die Steine und die unerklärliche Sehnsucht nach allem, was verboten ist, sie, die aus heftigem, unruhigem Geschlecht entstammt.

Etwas in ihr lebt ständig in einer anderen Welt und an einem anderen Ort.

Sie horcht auf das, was die Alten reden, sie ist begierig, auf den Berg zu gelangen, ins Reich der Berggeister und Unsichtbaren.

Ja, sie ist es. Aino Helena Harjula sechs Jahre. Hockt jetzt an der Böschung des Grabens, in der Biegung, wo geheimnisvolle korallenrote Blumen wachsen, die ihre Blütenblätter vor der Sonne ausbreiten.

Ich sehe sie deutlich. Etwas ist in ihrer geschlossenen Faust versteckt.

Ein Marienkäfer.

Das Mädchen ist über den Fund ganz aufgeregt und glücklich:

Man denke nur! Da hat er ängstlich auf dem Stein gekauert und darauf gewartet, daß jemand kommt und ihm ein sicheres Plätzchen schafft. Sie setzt den Marienkäfer gerührt auf ihre Handfläche, führt ihn vor die Augen, nahe, so nahe, daß sie schon meint, ein vom Weinen verschmiertes winziges Gesichtchen zu sehen: Hab keine Angst, ich bring dich in Sicherheit ...! Geblendet betrachtet sie das Vibrieren der lichtfeinen Flügel, *Fliege, flieg, Marienkäfer, hin zum großen Stein, Vater, Mutter warten dort schon mit dem Kuchen fein ...*

Aber er fliegt nicht!

Er kann nicht fliegen, der Arme.

Das Mädchen möchte ihm so gern helfen, aber es geht nicht recht.

Der große Stein ist weit weg, dorthin darf sie nicht gehen. Auf keinen Fall. Aber dann sieht der kleine kleine kleine Marienkäfer seine Mutter niemals wieder!

Das kleine Wesen tut dem Mädchen so leid. Sie muß ihm helfen. Sie muß! Was kann man da tun, der Wind macht Dummheiten, wirbelt alles durcheinander, trennt ganze Marienkäferfamilien, huiii, raus aus dem Nest, raus aus dem Nest, was kann man gegen den Wind tun. Man muß den Marienkäfer nach Hause bringen, ihm eine Schachtel zurechtmachen und warten, bis der Vater kommt.

Am Rande des Geröllfeldes tollt eine Schar größerer Kinder herum. Sie lachen, spielen »Ziehe durch, ziehe durch …«, tun so, als bemerkten sie das Mädchen gar nicht: *So schwarz wie die Erde, so weiß wie der Schnee, und was zuletzt kommt, ist der Tod …*

Das Mädchen verfolgt mit sehnsüchtigen Blicken das lustige Treiben, möchte schrecklich gern mitmachen. *Apfel oder Birne?* Sie würde jede beliebige Aufgabe erfüllen, sogar fünfmal barfuß über die Steine auf dem Schlangenfeld hin und her laufen. Wenn sie nur mitmachen dürfte.

»Ich hab was …«

Das Spiel stockt, aber das gemeinsame Starren ist bösartig, gnadenlos:

»Wir spielen nicht mit kleinen Babys.«

»Ihr wißt ja nicht, was ich in der Hand habe.«

»Gar nichts.«

»Irgendwas Blödes natürlich.«

»Jaa, das ist ein Lügenmaul.«

»Bin ich nicht.«

»Bist du doch.«

»Seid ihr selbst.«

»Dann zeig doch.«

»Ich hab einen Marienkäfer.«

»Wenn du einen hättest, würdest du ihn zeigen.«

»Ich hab wohl einen.«

Die ganze Bande rückt näher heran. Jemand zieht sie am Zopf.

»Rothaarige kommen nicht in den Himmel, aber umsonst in den Zirkus.«

»Ich hab keine roten Haare.«

»Hast du wohl. Und Birkhuhnscheiße leuchtet, wenn die Nacht sternklar ist.«

Die Kinder bilden einen Ring um das Mädchen: Jetzt ist sie in der Falle, mit einer Mauer von Bosheit um sich herum.

Sie packen das Mädchen an der Hand und versuchen, die Finger aufzubiegen. Das Mädchen schreit.

»Hosenscheißer, Hosenscheißer …«

Das Mädchen ergibt sich nicht, beißt in die Finger, die ihr an die Faust wollen.

Aber schließlich schaffen sie es doch. Die einen halten sie fest, die anderen biegen ihr die Hand auf.

Der Marienkäfer ist zu gelbem, klebrigem Brei geworden. Die Kinder beugen sich zu dem Mädchen und untersuchen den roten Flügelfetzen, der aus dem Matsch herausragt.

»Ja, das war ein Marienkäfer.«

»Man sieht noch die schwarzen Punkte.«

»Der sollte doch zum schwarzen Stein kommen!« sagt das Mädchen vorwurfsvoll und steht auf.

»Fang bloß nicht an zu heulen.«

»Heulsuse, Hosenscheißer …«

Das Gesicht des Mädchens verzieht sich unheilverkündend. Die Tränen der Wut sind nicht mehr fern.

»Bli bla blubs, das Mädchen macht ’nen Pubs.«

Gedemütigt stürzt das Mädchen davon, rennt heulend den ganzen Weg bis nach Hause. Dort sucht sie eine Streichholzschachtel, in die sie das steckt, was von dem Marienkäfer übriggeblieben ist: Ich bring ihn doch noch dahin …!

Sie beschließt, den kleinen Toten der Mutter zu zeigen, aber im Hause eilt jetzt die fremde, hochrote Tante geschäftig hin und her, und die läßt sie nicht zur Mutter.

»Nein, nein, jetzt kannst du nicht zu Mama gehen.«

»Warum nicht?«

»Mama holt jetzt ein Baby.«

»Macht sie gar nicht. Mama ist im Schlafzimmer. Das hab ich gehört. Ich geh zu Mama.«

»Das tust du nicht.«

»Warum nicht?«

»Darum nicht.«

»Warum nicht?«

»Jetzt mußt du ein braves Mädchen sein.«

Anscheinend ist dies einer der Tage, an denen die Mutter nach Itania geht und alle viel zu tun haben. Niemand hat Zeit, das Mädchen zu trösten, mit ihm einer Meinung zu sein. Auch der Hund hat sich versteckt. Wahrscheinlich hat er Junge bekommen, sagt Natalia, während sie dem Mädchen eilig das Mittagessen hinstellt. »Ich geh zu Mama. Ich gehe.«

»Nun iß mal schön! Hier hetze ich mich ab im Schweiße meines Angesichts und weiß nicht, was ich zuerst machen soll, und du quengelst herum.«

»Und ich geh doch zu ihr.«

»Wenn du gehst, sag ich es deinem Vater, wenn er kommt. Dann holt er die Rute.«

»Dir gibt der Papa die Rute.«

»Das werden wir ja sehen.«

»Und ich geh doch.«

»Das werden wir ja sehen.«

Und so ist das Mädchen wieder allein. Ruft vergeblich nach seinem Hund. Ruft und sucht ihn und die Jungen, sucht überall, findet ihn nicht, macht fünfzig Seilsprünge, macht hundert Seilsprünge, zeichnet sich ein Himmel-und-Hölle-Feld auf die Erde, wirft den Stein und macht zehn fehlerfreie Runden. Sie versucht, durch das Schlafzimmerfenster zu gucken, aber die Fensterbank ist zu hoch. Sie geht nach Hause und schneidet mit der Schere das Springseil in kleine Stücke.

Sie schließt sich in der Kleiderkammer ein, berührt die Kleider der Mutter.

Der Tag rückt langsam und zäh voran. Es ist heiß. Gewitter liegt in der Luft. Gelegentliche Detonationen von der Baustelle und das Dröhnen des Steinbohrers sind die einzigen Geräusche, die die regungslose Mittagsstille unterbrechen.

Als die Männer zur Mittagspause verschwinden, geht das Mädchen zum Rand der Baustelle und sucht Stücke von Schießleitungen. Daraus kann man Arme und Beine für die Eichelmännchen machen … Sie sammelt die von den Männern zurückgelassenen Flaschen von Zitronensoda, gießt die Reste zusammen, trinkt. Am Grund einiger Flaschen taumeln Fliegen, aber der klebrige, warme Geschmack des Getränks ist unwiderstehlich.

Sie weiß wohl, daß sie sich auf der Baustelle nicht aufhalten darf, aber gerade das macht ihre Expedition so interessant: Was, wenn ich an der falschen Schnur ziehe, an deren Ende die Sprengladung liegt …? Jedesmal, wenn sie den Finger um eine aus der Erde ragende grüne oder rote Schnur legt, spürt sie im Innern ein wunderbares Beben … *Es war einmal ein schwarzer Mann und der schwarze schwarze Mann ging einen schwarzen schwarzen Weg entlang und der schwarze schwarze Mann stieg in ein schwarzes schwarzes Auto und in dem schwarzen schwarzen Auto war ein schwarzer schwarzer Sarg …* Sie ist so in ihre Beschäftigung vertieft, so gierig auf Spannung, daß sie es verpaßt, die Baustelle zu verlassen, bevor die Arbeiter aus der Mittagspause zurückkehren.

Der Meister sieht das Mädchen an, schüttelt den Kopf: »Nun nimm mal die Beine in die Hand, Mädel, und zwar ein bißchen plötzlich!«

Geschickt weicht das Mädchen zurück, die Ausbeute an Drähten hinter dem Rücken versteckt, bleibt im Schutz des Erlengebüschs, mit dem Rücken zum Sandabhang, stehen und beobachtet, wie die Männer die Werkzeuge unter sich aufteilen.

Es ist heiß, hoch oben über den Bäumen lauert eine dunkle Wolke, die Meister stöhnen in ihren unbequemen Arbeitsanzügen, vergessen die Anwesenheit des Mädchens, das im Schatten der Bäume kauert.

Die Leute vom Sprengtrupp pfeifen bei der Arbeit, jemand singt.

»... laß die vernarbten Wunden in Ruh' ...«

Das Mädchen hockt an seinem Platz wie versteinert, die Drähte in der schweißigen Hand, sieht zu, wie die Männer den Boden aufgraben und feststampfen, Löcher in den Felsen bohren, ihr Hemd ausziehen und es sich um die Taille binden.

»... und rühre nicht mehr an sie ...«

Die dunklen Wolken hängen über den Männern wie der Umhang eines riesenhaften Zauberers. Verhexte Männer, Gefangene der Bestie mit dem Herzen aus Stein, denkt sie, während sie nach den gebeugten Körpern der Männer, den in die Stirn fallenden Haaren, den von der Arbeit hart gewordenen Muskeln lugt. Die Männer tun ihr unendlich leid. Ein Mann mit breitkrempigem Hut, der neben dem Meister stand, hat sie bemerkt, kommt quer über die Baustelle direkt auf sie zu.

»Bist du nicht Harjulas Tochter?« fragt der breitkrempige Hut.

Das Mädchen nickt. Sie brennt darauf, Aino Helena Harjula, sechs Jahre, zu sagen, aber sie bekommt kein Wort heraus.

»Weißt du, wo dein Vater ist?«

Das Mädchen schweigt. Auf der Arbeit, denkt sie. Mein Papa ist immer auf der Arbeit.

»Er hat den Firmenwagen genommen, jetzt, wo er dringend gebraucht wird, hat aber nicht geruht zu sagen, wohin er fährt. Jemand hat von irgendeinem blöden Stein gesprochen, mit dem er sich abgegeben hat. Weißt du etwas darüber, Mädel?«

Das Mädchen nickt, denkt an den Vater und den Stein. An den Stein, der der allergrößte ist, und an den Vater, den bärenstarken Vater, der der einzige Mensch auf der Welt ist, der weiß, wie man ihn von der Stelle bewegt. Der gegen die unerschütterliche Kraft des Steins ankämpfen will.

Der Stein kennt viele Geschichten. Mehr als sonst irgend etwas auf dieser Welt. Wenn die Sonne den Stein berührt, dann kräuselt er sich wie Wasser. Wenn er einen Berg hinunterrollt, vibriert die ganze Welt wie eine Trommel. Das ist der Tanz des Steins, ich lasse den Stein tanzen.

Der Mann dreht sich um, seufzt:

»Stumm und zurückgeblieben.«

»Ach Quatsch, du hast sie erschreckt, Haarla. Du kannst nicht mit Kindern umgehen«, sagt ein Mann, der mit einer Schubkarre vorbeigeht und dem Mädchen zuzwinkert. »Die Kleine hat doch Köpfchen, nicht wahr?«

Der breitkrempige Hut beugt sich herab, glotzt dem Mädchen in die Augen:

»Na? Weißt du etwas oder nicht?«

Nicken.

»Du weißt wohl doch nichts.«

»Ich weiß wohl was.«

»Na, dann sag doch, was du weißt, wenn du so klug bist.«

Das Mädchen, stolz, daß sie mit dem Vater mitgehen durfte und so viel mehr weiß als dieser dumme Mann:

»Der Stein ist für Pikkönig.«

»Für welchen Pikkönig, zum Teufel?«

So dumm ist der. Der weiß nicht mal, wer Pikkönig ist. Aber schimpft auf andere.

»Für Emmanuel Aarnio.«

Der Hut starrt sie mißtrauisch an, als glaube er nicht, was er gehört hat.

»Für wen?«

Der Name ist schwierig, aber das Mädchen ist sich ihrer Sache jetzt sicher: Ich weiß es, ich, ich weiß es.

»Für Emmanuel Aarnio.«

»Ach, so ist das!«

Er richtet sich auf, pfeift durch die Zähne.

»Also so ist das. Sieh mal an, verdammt … Du bist doch ein fixes Mädel.«

Der Mann kramt in seinen Taschen, aber er findet nichts, was er dem Mädchen geben könnte.

»Weißt du, wo der Stein ist?«

»Ja.«

»Zeigst du ihn mir?«

Das Mädchen zögert. Sie denkt an die Streichholzschachtel.

»Der ist weit weg.«

»Wie weit?«

»Weit weg.«

»Wie bist du denn mit deinem Vater dorthin gekommen?«

»Mit dem Rad.«

»Na verflixt. Wenn es weiter nichts ist …«

Der Mann nimmt das Kind wie ein alter Bekannter bei der Hand, eine warme, ein wenig feuchte Hand, und führt es von der Baustelle. Aber schon lange bevor sie beim Fahrrad ankommen, bleibt das Mädchen stehen. Der Mann hält die Hand allzu fest. Die Hand ist gefangen. Sie wird schweißig. Die Hand muß befreit werden.

Kein Schritt weiter.

»Was ist jetzt los?«

Nein. Los. Sie muß loskommen.

... und in dem schwarzen schwarzen Sarg war eine schwarze schwarze Puppe und in der schwarzen schwarzen Puppe war ein schwarzes schwarzes Herz und in dem schwarzen schwarzen Herz war ein schwarzer schwarzer ...

»Nach Hause! Ich muß nach Hause.«

»Na, dann bring ich dich nach Hause.«

Aber das Mädchen hat seinen Entschluß gefaßt, befreit ihre Hand mit einem Ruck, rennt los und bleibt nicht stehen, wie eindringlich der Mann auch hinter ihr herruft.

OLKIKUMPU, MAI 1936

Unterwegs erzählt Eero Harjula Sean O'Brien, wie er es sich gedacht hat, das Denkmal von der Stromschnelle Käärmekoski auf den Gipfel des Olkikumpu zu transportieren. Er ist überzeugt, daß der Ire so ziemlich alles versteht, obwohl er nicht Finnisch spricht.

Harjula erzählt, daß er berechnet hat, wie man mit Hilfe von Trossen und Flaschenzügen den Block pro Tag um etwa fünfzehn bis zwanzig Meter, vielleicht sogar noch mehr, versetzen kann. Wahrscheinlich bekommt er auch Lastautos, um ihn zu ziehen. Insgesamt wird das Vorhaben auch bei raschem Arbeitstempo mindestens ein Jahr oder anderthalb in Anspruch nehmen, wenn nichts Überraschendes dazwischenkommt.

Der Mann weiß nicht, ob seine Frau ihrem Liebhaber von dem Findling erzählt hat, jedenfalls scheint ihn die Sache ziemlich zu beeindrucken.

»Was meinst du, liegt der Mutterfelsen dieses Findlings in Olkikumpu?«

Der Fremdling läßt seine Hand über die rauhe Oberfläche des Granits gleiten, nickt. Vielleicht hat er dasselbe Bild vor

Augen wie Harjula: eine Eismasse, die wie Stearin die Berghänge entlangfließt und spielerisch hausgroße Steinblöcke mit sich reißt. Als das Eis sich in Bewegung setzte, war es wie ein großes, weißes Meer, die Richtung der Strömung klar. Davon zeugt ja die Kupferkiesscholle, der das ganze Bergwerk seine Existenz verdankt …

Eero Harjula ist zufrieden, daß er diese Bestätigung, den endgültigen Segen für seinen Plan bekommen hat. Schließlich ist dieser ausländische Geologe ein Spezialist, einer der besten seines Faches, kennt die Mineralien von A bis Z, weiß von ihnen erheblich mehr als alle anderen im Bergwerk.

»Es bleibt noch viel zu tun, das Abspalten eines passenden Stücks erfordert genaues Messen und Planen. Da wird noch mancher Bohrmeißel und mancher Keil verschlissen werden, bevor diese Arbeit getan ist. Ich hab mir vorgestellt, daß das Monument viereckig sein könnte, die Seiten achtzig Zentimeter lang und die ganze Pracht acht Meter hoch. An der Höhe möchte ich nicht gern etwas ändern, damit es weithin sichtbar ist. Es könnte ein bißchen an ein Spiel Karten erinnern, Emmanuel Aarnio war ja ein Kartenspieler …«

Sie zünden sich eine Zigarette an. Der Ire setzt sich auf den Stein, schiebt sich die Mütze auf den Hinterkopf, dreht das Gesicht der Sonne zu. Ein Mückenschwarm tanzt um seinen Kopf, aber das scheint ihn nicht zu stören. Sie horchen auf das Rauschen der Stromschnelle, das bedächtige Knarren der Tür eines Bootsschuppens. Gewitter liegt in der Luft, die Blätter an den Bäumen hängen schlaff herab, flattern, warten. Der Fremdling wartet auch, er wartet darauf, daß sich sein Schicksal erfüllt, erwartet es mit stiller Geduld, an die er sich gewöhnt hat beim Umgang mit den Steinen. Lichtreflexe spielen auf seinem Brillengestell, wenn er den Kopf wendet; erstmals versteht Eero Harjula, was seine Frau in diesem Mann sieht. Es kann natürlich auch ein wenig am Schnaps liegen, was steckt nur für eine Kraft in diesem Saft, daß er Fremdes so seltsam vertraut, ja fast zu einem Bruder macht in diesem ewigen Kampf gegen die Übermacht der Frauen.

Dann sagt der Fremdling einen Satz. Einen der wenigen, die er auf finnisch kann:

»Was ist das Problem?«

Eero Harjula antwortet nicht.

»Laß uns weiterfahren«, sagt er und nickt Richtung Auto, als die Zigaretten aufgeraucht sind.

Der Ire folgt ihm, setzt sich auf den Vordersitz. Lächelt. Nach Ansicht von Eero Harjula unnötigerweise.

»Jetzt, wo du das gesehen hast, verstehst du bestimmt, was ich vorhabe. Ein Mann hat seine Ehre. Jedenfalls hier bei uns. Wie das in euerm Land ist, weiß ich nicht. In euern Sitten kenn ich mich nicht aus. Aber ich versichere dir, daß es da nichts zu lächeln gibt. Du kannst vielleicht ungestraft einen Mann töten, aber nicht ihm seine Ehre nehmen. Da hast du einen Fehler gemacht. Das muß wiedergutgemacht werden. Die Ehre muß wiederhergestellt werden. In diesem Land muß die Ehre immer wiederhergestellt werden, verstehst du das?«

Der Fremde nickt wieder. Das Gelände ist unwegsam, und Eero Harjula muß seine ganze Aufmerksamkeit auf den schlechten und kurvenreichen Weg konzentrieren, damit ihre Reise nicht an einem gottverlassenen Wegrain endet, bevor sie richtig begonnen hat.

Warum spielt um die Mundwinkel des Iren immer noch so etwas wie ein Lächeln? Der Mann begreift es nicht. Die Anklageschrift ist belastend, schwer belastend, obwohl sie gar nicht schwarz auf weiß vorliegt. Und als Partei ist es Eero Harjulas traurige Pflicht, ihn zur Verantwortung zu ziehen, das Urteil zu vollstrecken.

Ein wenig zu lange hat es gedauert, das ist allerdings wahr.

Er hat es doch gewußt. Seit dem vergangenen Herbst. Von dem Tag an, an dem dieser ausländische Geologe von einer Exkursion in den Wald einen Burschen zum Bergwerk schickte mit der Nachricht, Frau Harjula gehe es nicht gut und es wäre besser, wenn jemand käme und sie mit dem Auto zum Arzt brächte.

Man braucht einen Mann nicht zu überraschen, wenn er die Hosen an den Knöcheln hat, um beweisen zu können, daß er schuldig ist. Das sah man an der Art und Weise, wie er seinen Pullover zusammengefaltet und der Frau unter den Kopf gelegt, seinen Mantel über sie gebreitet hatte. All die fürsorglichen Details schrien die Wahrheit ebenso schrill hinaus wie ein laut gebrülltes Liebesbekenntnis. Da lag die Frau eines anderen Mannes vor ihm wie eine Königin auf dem Altar, die Haare aus dem Gesicht gestrichen, die Schuhe säuberlich nebeneinander, das Tuch zusammengefaltet. Harjula hatte den völlig chaotischen Schreibtisch dieses Mannes gesehen und wußte, daß Ordnung nicht zu seiner Natur gehörte. Doch jetzt war er ein anderer Mensch, ein erschrockener Liebhaber, der mit klopfendem Herzen und außer sich vor Sorge sein Gefühl in alles entlud, was dem Gegenstand seiner Leidenschaft gehörte.

Eero Harjula verspürte das unwiderstehliche Verlangen, ihn zu schlagen.

Nein nein nein: als er begriff, daß der Fremde die nackten Beine der Frau berührt hatte, als er ihr die Schuhe auszog, daß er ihre Haut betastet, ihre Haare gestreichelt, ihren zitternden und dann schlaff zusammengesackten Körper an sich gedrückt hatte, da wollte er ihn umbringen. Wollte sein verhaßtes Gesicht zu Brei schlagen, weil es Besitzanspruch und Besorgnis ausdrückte, ihm seine Brille in Stücke treten auf den Augen, die zu viel gesehen hatten, den über seine Frau gebeugten, sonnengebräunten Hals umdrehen, ihm die Rippen eintreten, ihn so lange traktieren, bis er an seinem eigenen Blut erstickte.

Mit welchem Recht rührst du meine Frau an?

Natürlich tat Eero Harjula nichts dergleichen. Es schnürte ihm die Kehle zu vor verhaltener Mordlust, aber er schaffte es doch, ruhig die Augenlider seiner Frau anzuheben und festzustellen, ja, die Frau befindet sich immer noch im Zustand der Bewußtlosigkeit. Aus dem Mundwinkel waren die Blutstropfen weggewischt, der Fremde hatte das Taschentuch heimlich in seiner Tasche versteckt, aber ein Blick auf den Mund zeigte ihm, daß Vida sich wieder auf die Zunge gebissen hatte.

»Das passiert ihr manchmal«, sagte Eero Harjula. »Das ist nichts Ernstes.«

Doctor, Doctor, beharrte der Geologe, aber der Ehemann versicherte, daß es nicht nötig sei, einen Arzt zu rufen, keinesfalls nötig. Er würde Frau Harjula nach Hause bringen, sie käme sicherlich schon auf dem Heimweg wieder zu sich, das komme vor, aber, wie gesagt, es gebe wirklich keinerlei Anlaß zur Besorgnis.

Der Sommerpraktikant mit dem pickligen Gesicht stand hinter ihnen, starrte verständnislos auf die am Boden liegende Frau, und Eero Harjula hatte Lust, auch ihm einen Schlag zu versetzen: Wie konntest du Holzkopf diesen Mann mit meiner Frau allein lassen!

»Habt ihr gesehen, wie sie fiel? Oder wie es passiert ist?«

Der Ire verstand die Frage nicht, und der Bursche wußte es nicht; er war in dem Moment woanders gewesen.

Eero Harjula gab es auf. Er wollte das Verhör nicht weiter fortsetzen, es war alles zu obskur und rätselhaft, die Frau bekam nie einen Anfall außer im Bett, im Moment des Einschlafens oder Aufwachens.

Auf der Heimfahrt steigerte sich die Wut des Ehemannes noch. Wie lange lief das schon, wie weit war es gediehen, konnte man überhaupt noch etwas tun?

Während der ganzen Heimfahrt wiederholte Eero Harjula immer wieder den Namen seiner Frau, Vida, Vida, Vida, was geht hier eigentlich vor, rede mit mir, zerstreue meine schlimmsten Zweifel. Sag nicht, daß das schon letzten Sommer begonnen hat …

Aber die Frau antwortete nicht. Sie lag schlaff und mit geschlossenen Augen auf dem Rücksitz, dann und wann entrang sich ihr so etwas wie ein mattes Klagen.

Sie war immer noch abwesend, als der Mann sie ins Bett hob. Ihr das Kleid auszog, ihr verschlossenes Gesicht beobachtete. Auf der Oberlippe zeigten sich winzig kleine Schweißperlen, die Haare klebten ihr auf der Stirn. Er untersuchte die Haut, strich mit seinem Finger über die schmalen Glieder seiner Frau und fuhr zusammen bei dem Gedanken, daß der andere Mann es vielleicht genauso gemacht hatte. An der einen Ellenbeuge, dort, wo die Haut am durchscheinendsten ist, war ein Kratzer. War er beim Fallen entstanden, oder stammte er von einem Fingernagel?

Der Mann zog seiner Frau auch die übrigen Sachen aus. Die Beine waren weiß und glatt, abgesehen von einem kleinen blauen Fleck oberhalb des einen Knies. Auf der Wölbung des Bauches zeichneten sich helle, flaumige Härchen ab. Er konnte sich nicht erinnern, sie je zuvor bemerkt zu haben.

So schön. Das Weib, das seine Frau war.

Mein kleines Frauchen.

Verlaß mich nicht, Vida. Hör nicht auf, nach mir zu verlangen, so wie ich nach dir verlange. Öffne die Augen, sieh mich an. Mich. Deinen Mann. Sieh mich an, liebe mich …

Die Frau gab einen kaum merklichen Seufzer von sich, zog die Beine ein wenig an, bewegte die Finger. *Rufst du mich, Vida? Verlangst du nach mir? Ich bin zärtlich und gut zu dir wie ein Wiegenlied, wenn du mich liebst, nur mich …*

Die Frau erwach[illegible] noch nicht.

I[illegible] k noch nicht.

[illegible] der Mann Kaffee gekocht und das [illegible]geholt hatte, war Vida schon aufge[illegible]gezogen. Sie kämmte sich die Haare, [illegible] Mann, wandte dann aber den Kopf rasch ab, ohne etwas zu fragen. Zog sich nur an und kam an den Kaffeetisch, zog die Kleine wie einen Schild auf den Schoß und zwitscherte mit ihr herum.

Sie fragte nicht, was geschehen war. Das war für den Mann ein fürchterliches Gefühl, das ihm das Blut in den Adern gefrieren ließ. Von da an wußte er Bescheid.

Er wußte Bescheid, ließ aber dennoch den Mann, der ihn mit Schande befleckt hatte, von dannen ziehen. Er ließ ihn still und leise und in aller Ruhe in sein Heimatland zurückkehren: Was, zum Teufel, hat mich zurückgehalten?

Tat der Fremdling ihm leid, so wie ihm manchmal ein Hase oder ein Fuchs leid tat, der sich aus allzu großer Nähe zum Abschuß darbot, aus so großer Nähe, daß man die Schnurrbarthaare zählen konnte? Zehn auf dem Baum sitzende Vögel entsprechen dem Treffer auf einen fliegenden.

Flieg, Vogel, lauf, Hase, lauf, lauf so, daß der Schnee aufstiebt, kämpf um dein Leben, zeig, daß du schneller laufen kannst, als meine Hand schießt …

So mußte er gedacht haben: Wenn er fortbleibt, einen weiten Bogen um mein Jagdrevier macht …!

Aber nein, der Frühling kam, und der Mann kehrte zurück, trippelte wichtigtuerisch zwischen seinen Steinen herum, als wäre nichts gewesen. Er ließ Eero Harjula keine Wahl, nahm seine grenzenlose Barmherzigkeit nicht an.

Was konnte man da machen. Da war doch etwas Ernsteres im Schwange, wenn der Mann unbedingt wiederkommen mußte. Wenn Anstand und Vergessen nicht in Betracht kamen. Eero Harjula registrierte das Stachelbeerleuchten in den Augen seiner Frau, als sie es hörte.

Kein Zweifel.

Und dann eines Tages sind sie so weit, daß die Frau zu ihrem Mann kommt und sagt, daß sie geht. Sagt, daß sie geht, bleibt aber. Da gibt es eine seltsame Kluft zwischen Worten und Taten. Einen Abgrund geradezu. Unerforschlich sind die Gedankengänge einer Frau. Bedeutet dies, daß sie abwartet? *Hindere mich! Kämpf um mich!* Bedeutet es das?

Darauf genehmigen wir uns einen! Schmeckt es dir nicht?

Eero Harjula zuckt die Achseln, nimmt selbst einen ordentlichen Schluck.

Und wie wärs mit einem Lied? Das würde die Fahrt verkürzen. Nicht mal ein kleines Geträller?

Also nicht.

Die Verschlossenheit des Fremdlings wird ihm allmählich unerträglich: Was denkt er denn, wie lange ich diesen höllischen Monolog noch fortsetzen kann, ich bin doch kein Prediger, unter der Erde wird man doch nicht zum Pfaffen …!

Wenn man sein Herz verliert,
weiß keiner, wohin das führt,
und das ist schön …

Der Ire lächelt, ohne sich umzuwenden, Eero Harjula hat einen schönen Bariton, seinem Gesang lauscht man mit Vergnügen.

Eine Hummel hat sich ins Auto verirrt, fliegt Richtung Windschutzscheibe, brummt zwischen ihnen herum.

… Ein kleiner Augenblick entscheidet vielleicht das Glück,
und das ist schön …

Eero Harjula erwidert das Lächeln: Du scheinst ein netter Mann zu sein. Ein freundlicher Mensch, aber es hat keinen Sinn, daß du vor mir den Unschuldsengel spielst; wenn die Frau mit samentriefenden Schenkeln erwacht und sich nicht auf dich stürzt, was hast du angestellt, du Schwein, braucht man dann noch einen besseren Beweis für deine Schuld?

Sie hat nichts gefragt. Sie hat nicht gewagt zu fragen. Sie war sich nicht sicher.

… wenn nur die Liebe uns lenkt,
weil man sich ahnungslos schenkt …

Harjula ist bereit, einen Teil der Schuld auf sich zu nehmen, und er trägt schwer daran. Er muß seiner Frau mehr Aufmerksamkeit schenken. Neue Kleider, damit sollte er auf keinen Fall geizen. Ein Pelz könnte eine nette Überraschung sein, wenn der Herbst und die Kälte kommen.

»Bist du durstig? Möchtest du pinkeln?«

Aber nein, der Reisekamerad seufzt, ohne zu antworten, stützt den Kopf in die Hand, betrachtet stumm die vorbeifliegenden Landschaften.

Dann halten wir eben den Mund, denkt Eero Harjula, das ist schon recht, das paßt mir ausgezeichnet.

Wenn man sein Herz verliert …

Seltsam ist nur, daß ihn jedesmal, wenn er daran denkt, das Auto anzuhalten, ein wohlbekannter Schüttelfrost packt. Er läßt den ganzen Körper erzittern, aber besonders die Knie, und im Mund sammelt sich übelschmeckender Speichel: Warum bist du nicht in deinem eigenen Land geblieben, du Satan, warum zwingst du mich zu dem hier?

Warum warum warum.

Eine dumme Frage. Als wüßte er die Antwort nicht. Das Verlangen nach der Frau. Die Leidenschaft. Die Gier, sie zu besitzen. Das tiefe Verwandtschaftsverhältnis von Frau und Verderben sollte man nicht leugnen, eine Frau zieht das Unglück nach sich, so wie der Wind den Regen. Nichts entflammt und erlischt so plötzlich wie die Liebe einer Frau. Da, wo ein Mann sich immer tiefer in die Grube seiner eigenen Begierde eingräbt, schüttelt die Frau den Staub von den Füßen und tanzt leichtfüßig davon …

Er bringt das Auto zum Stehen. Der Fremdling sitzt still, weiß schon, wo sie sind. Er ist schon einmal hier gewesen, hat Erz gesucht und geplant, die Frau eines anderen Mannes zu verführen.

Beide steigen aus. Der Ire streckt seine Arme, die während der Fahrt steif geworden sind. Während er in der Tasche nach den Zigaretten sucht, fällt Eero Harjula ein, daß er etwas vergessen hat. Er kehrt zum Auto zurück und holt die Waffe aus seiner Aktentasche.

Er wünscht sich, er würde die Sprache des Fremden beherrschen. Er möchte gern etwas Versöhnliches sagen, etwas, wodurch der andere verstünde, daß er nicht so handeln würde, wenn er nicht müßte. Er würde gern hören, daß der Beschuldigte antwortet. Und daß er zugibt, daß er im Grunde als Mann einsieht, daß die Tat berechtigt ist.

Statt dessen rauchen sie nur, Eero Harjula spuckt den Metallgeschmack, der sich in seinem Mund sammelt, aus, nimmt einen Schluck, schneuzt sich die Nase. Das ist nicht so leicht mit der Waffe in der Hand, gelingt aber dennoch irgendwie. Die Bäume rauschen unruhig, irgendwo in der Ferne beginnt ein Kuckuck zu rufen, hört gar nicht mehr auf.

»Hast du wirklich geglaubt, du würdest sie bekommen? Hast du dir auch nur einen Augenblick lang eingebildet, ich würde meine Frau mit dir ziehen lassen?«

Eero Harjula fuchtelt drohend mit der Waffe vor den Augen des Geologen herum, bemüht, ihm ein unzweideutiges, wortloses Bekenntnis zu entlocken.

Was ist das Problem?

Was hier jetzt das Problem ist?

Hat doch der Kerl noch die Stirn, das zu fragen.

Harjula schneuzt sich, ordentlich zwischen Daumen und Zeigefinger hindurch, sieht den Fremdling an.

»Das will ich dir sagen: Du. Du bist hier das Problem. Niemand und nichts sonst als du.«

Wir hatten wohl auch vor dir Probleme, denkt er, aber keine unüberwindlichen. Meistens wegen des Kindes. Das Mädel sollte leben dürfen wie der Vogel unter dem Himmel. Keinerlei Zucht. Ich, dessen Wiegenlied von klein auf das Schwirren der Reitgerte war, wußte, daß Kinder abgehärtet werden müssen, damit sie zu ordentlichen Bürgern heranwachsen. Meine Mutter starb, als ich fünf Jahre alt war, und ich erinnere mich noch verdammt gut daran: Uns rief sie nicht an ihr Sterbebett, wohl aber den Vater. Ich werde mich so nach dir sehnen, weinte die Mutter, nach dir, meinem einzig Geliebten. Aber der Vater nahm sich eine andere, bevor die Leiche der Mutter richtig erkaltet war. Und peitschte uns in den Schlaf, damit er sich in Ruhe auf seine junge Frau konzentrieren konnte, die nichts Widerwärtigeres kannte als kleine Kinder. Und bevor der Vater dann auf seinem weißen Hengst in den Unabhängigkeitskrieg zog, um dieses Land von den Roten zu säubern, setzte er mich vor sich hin, goß einen Klaren ins Glas und sagte, jetzt bist du, Eero, der Mann im Hause, du bestimmst. Über diesen ganzen verflucht großen Haushalt. Eine Schwester und zwei Brüder und eine kartoffelstampfergroße Halbschwester, die er mit seiner zweiten Frau produziert hatte. Als erstes habe ich versucht, diese Hure zu erschießen, als sie unsere Natalia malträtierte. Aber ich traf nicht. Sie holte nicht die Polizei, dafür aber ihre Brüder. Solche zwei Meter langen Lulatsche, die an der Stelle des Gehirns ein Loch, aber verdammt große Fäuste haben. Ich war damals vierzehn. Beim nächsten Mal schieß ich nicht vorbei, da kannst du Gift drauf nehmen.

Der Tag ist drückend heiß. Wer weiß, vielleicht ist es der schönste Tag des Jahres. Kein Wetter, um einen Mann umzubringen. Eher solches, bei dem man sich ein geknotetes Taschentuch auf den Kopf stülpt und angeln geht.

»Ich weiß ja, daß meine Frau darum gebettelt hat«, sagt er.

Das sah man doch an allem. An der Art, wie die Frau sich aufdonnerte. An der Neigung zum Leichtsinn, die von Anfang an in ihr gesteckt hatte. An ihrem Neid auf den in aller Öffentlichkeit zur Schau getragenen liederlichen Lebenswandel der Wallis Simpson. Die war geradezu das Urbild eines Weibes, das die Macht, die sie zwischen ihren Beinen hatte, zu nutzen verstand. Bringt einen Mann dazu, auf die Krone, auf die eigene Macht zu verzichten. Berauschend. Inspirierend. Eine großartigere Ehrenbezeigung für die Fotze konnte man sich gar nicht vorstellen.

»Hattest du eine Einladung erwartet, jetzt, wo der Junge geboren ist? Damit du feststellen kannst, wem er ähnlich sieht? Wir müssen ihn natürlich weggeben. Wenn Vida sich etwas erholt hat. Sie versteht ja auch selbst, daß es so am besten ist …«

Warum tut der andere nichts? Versuch doch, mir die Waffe zu entreißen, lauf weg, fleh um Gnade. Appelliere an den Edelmut des Ehemanns.

Kotze.

Tu etwas, egal was.

Irgendwas.

Schieß doch, warum schießt der nicht, verdammt, er sieht doch, daß der andere schon selbst darum bettelt. Jedenfalls würde er darum betteln, wenn er sprechen könnte …!

Die Grenze zwischen dem Glaubhaften und dem Lächerlichen ist außerordentlich fein. Sie verläuft ungefähr bei der zweiten Zigarette:

Zum Teufel, zum Teufel, zum Teufel!

»Steig ein«, sagt Eero Harjula, und seine Hand zittert sichtlich.

Der Weg, den er entlangfährt, ist unangenehm holperig. In der einen Hand hält er die Pistole, eine massive und schwere Waffe, mit der man nicht vorbeischießt, aber er fährt nur immer weiter auf dem unebenen, kurvenreichen Weg.

Drei Kilometer weiter hält er erneut, aus dem einfachen Grund, daß der Weg dort zu Ende ist. Diesmal entsichert er die Pistole, bevor er aussteigt, und drückt dem Iren den Lauf in den Rücken. Sie gehen rasch durch das Erlengestrüpp, die Zweige setzen dem vorausgehenden Mann mehr zu als seinem Begleiter, aber auch der bekommt seinen Teil ab von den Schlägen.

Oben auf dem Berg bleibt Eero Harjula stehen.

»Geh weiter geradeaus!«

Der Mann gehorcht.

Eero Harjula verfolgt, wie der Ire sich durch das lichte Birkenwäldchen hindurchschlängelt. Der Geologe ist es gewohnt, sich in schwergängigem Gelände zu bewegen, das sieht man an der Sicherheit, mit der er den einen steinigen Abhang hinunter-, den anderen hinaufsteigt.

Der Mann hebt die Pistole. Der Mann, der nicht vorbeischießen kann. Der gegen sein eigenes Können ankämpfen müßte, um vorbeizuschießen.

Jetzt hat er ihn im Visier.

Er will an Sean O'Brien nicht als an einen Menschen denken, sondern als eine Kreatur, von denen die Wälder hier voll sind. Als einen Schädling. Eine Beute. Er denkt daran, wie dieses Wesen die Frau berührt hat, wie er sie beschnuppert und gehalten hat, wie nahe er an Vidas Haut herangelangt ist.

»Meine Frau, verdammt noch mal!« schreit er so laut, wie die Lungen es hergeben.

Meine Frau. Meine. Einzig und allein meine!

Wenn er sich umdreht, denkt er. Wenn er sich umdreht, dann erschieße ich ihn. Das ist das Zeichen: In demselben Augenblick erschieße ich ihn.

Am Himmel segeln drohend blaue Wolken, sie schieben sich immer näher und näher. Alles ist noch still, aber der Himmel hängt jetzt tiefer als noch vor einem Augenblick. Eero Harjula sieht nach der Gestalt, die immer kleiner wird, er weiß und spürt, daß sein Augenpaar nicht das einzige ist, das den Geologen beobachtet.

Der dreht sich nicht um.

Eero Harjula wischt sich das schweißgebadete Gesicht ab, läßt die Waffe sinken.

Er hat sich nicht umgedreht. Hat sich nicht geschützt, nicht angefangen zu laufen. Was ist das für eine Beute! Als hätte er sich gewünscht, erschossen zu werden. Als bettelte er genauso darum wie Emmanuel Aarnio, nur aus einem anderen Grund.

Er hat also nicht geschossen. Er ist ein Jäger, kein Henker.

Nein, er hat nicht geschossen, als er blitzartig begriff, welch schlauen Hintergedanken das Verhalten des Fremden ausdrückte: den Willen, den endgültigen Sieg davonzutragen.

Jetzt versteht er es, versteht nur allzu gut, was für ein Glück es war, daß ihm das um fünf vor zwölf noch gedämmert hatte.

Es wäre der blanke Wahnsinn gewesen, den Nebenbuhler zu töten. Mit dem Tod des Liebhabers hätte er das Spiel endgültig verloren gehabt: Er kann sich den Glanz in den Jaspisaugen seiner Frau vorstellen, wenn sie an den Mann gedacht hätte, der sein Leben für sie hingegeben hatte. Kämpfe du da mal erfolgreich um Liebe. Der Tote würde bei jedem Spiel mit zehn zu null führen.

Er hebt die Hand in Richtung des sich entfernenden Rückens, verspürt gegen seinen Willen Bewunderung.

So ohne Eile.

Aber so ist es gut.

Ein Mann muß Würde haben, auch dann, wenn er eine Niederlage erleidet. Würde und Haltung. Ohne das wäre dies alles letztlich gar nicht der Rache wert gewesen.

Am Mittwoch zwei kurze Anrufe nach Finnland.

Ich bin sparsamer Laune. Von der Telefonkarte mit fünfzig Einheiten bleiben zehn ungenutzt, und diesmal vergieße ich auch keine Tränen, obwohl ich die hellen, kleinen Stimmen der Kinder höre und wichtige Ergänzungen für die Liste der unbedingt notwendigen Mitbringsel bekomme. Ich schluchze nicht, obwohl ich verstehe, daß ich eine jämmerliche Journalistin und für meinen Chef eine Enttäuschung bin. Nicht einmal die gespielt muntere Begrüßung meines Mannes, die mich wieder daran erinnert, was ich als Gattin, Frau und Geliebte wert bin, schafft es, einen Strom von Selbstmitleid aus mir hervorbrechen zu lassen.

Nicht die Spur einer Träne in der Stadt Dublin, in der alten Post. Kein kleiner salziger Tropfen auf dem schwarzen Hörer, als niemand meine Augen sieht. Als ich meiner gesamten Würde entkleidet bin, als ich nichts mehr bin und nichts mehr kann. Mein Trost ist, daß diejenigen, die das wissen, mich nicht sehen in diesem schutzlosen Zustand in der langen, kühlen Halle des Postamts in der O'Connell Street.

»Du hattest recht«, sage ich zu dem Alten, als er endlich mit einer halben Stunde Verspätung erscheint. »Sie bringen die Geschichte nicht.«

»Dem Chefredakteur hat die Erdbebentheorie nicht gefallen?«

»Nein. Vor allem nicht, nachdem der Redaktionsrat und besonders Technologiechef Nurmi erklärt haben, es passe nicht in die Linie einer ernstzunehmenden wissenschaftlichen Publikation, unbegründete Unsicherheit zu verbreiten.«

»Leute vom Kraftwerk?«

»Natürlich. Die Stiftung Olkikumpu AG gehört zu der Körperschaft, die hinter dem Blatt steht. Die waren schwer enttäuscht von mir. Ich habe ihnen angeboten, die Geschichte zu kürzen, aber das hat nichts geholfen. Es tut mir leid. Du hast doch so viel von deiner Zeit dafür geopfert. Hast mit so viel Mühe die Bodenkarten herausgesucht und alles.«

»Mach dir deshalb keine Gedanken. Ich hab doch alle Zeit, die Gott werden läßt.«

»Ich hatte wirklich schon Angst rauszufliegen, aber die Megalithgräber interessieren die Leute immer noch. Nun muß ich mich beweisen. Der Chefredakteur fände es gut, wenn ich es zur Wintersonnenwende nach Newgrange schaffe, damit ich sehe, wie das System funktioniert. Wo ich doch endlich einmal zufällig zur rechten Zeit am rechten Ort bin.«

»Das zu organisieren, kann ziemlich schwierig werden«, bemerkt der Mann. »Vor allem so auf den letzten Drücker. Aber man kann es zumindest versuchen. Ich kenne zwei Gestalten, die uns da behilflich sein könnten ...«

»Mach dir nur keine Mühe. Ich hab dich sowieso schon genug in Anspruch genommen.«

»Im Gegenteil. So nett hab ich es schon lange nicht gehabt.«

Er lügt, aber trotzdem tut es mir gut.

»Wahrscheinlich war ich irgendwie nicht objektiv. Schwangere Frauen sind die irrationalsten Wesen von der Welt, das ist wissenschaftlich erwiesen. Die Hormone schlagen Purzelbäume. Letztlich geht es nur darum, das Uran dorthin zurückzubringen, woher es gekommen ist. In den Felsgrund. Aber ich hab es geschafft, eine so simple Sache kompliziert zu machen, die falschen Fragen zu stellen, Nebensächlichkeiten herauszustreichen und …«

»Erwartest du ein Kind, Iiris?«

»*Erwarten?* Nein. Ich erwarte es nicht im geringsten. In mir wächst zwar etwas, was nicht zu mir gehört, aber ich will mich davon trennen, sobald ich dazu komme. Wenn ich nach Finnland zurückkehre und die verdammte Trennung von Tisch und Bett durchsetze.«

Er lächelt ungläubig.

»Meine Schwestern sind natürlich außer sich. Sie wollen, daß ich es behalte. Aber ich bin keine Fee, die anderen ihre enttäuschten Hoffnungen erfüllt … Ich denke nicht im Traum daran, mich halbtot zu rackern, nur weil sie es so *herrlich* finden, in die Kaufhäuser zu laufen und sich an den Strampelhosen mit Häschenmuster zu weiden.«

»Natürlich nicht.«

Plötzlich ärgert es mich, daß er mir ständig zustimmt. Er ist katholisch und ein Mann, eigentlich müßte er sagen, daß ich auf Kindesmord sinne und daß ich dafür im ewigen Fegefeuer braten werde.

»Du nimmst moralisch nicht Stellung?«

»Nein.«

»Das ist gut. Als mein Mann versucht hat, meinen Entschluß zu kritisieren, hab ich ihm das Hemd heruntergerissen. Obwohl wir mitten auf der Straße standen. Geh zu deiner Nutte, hab ich gesagt. Mach der meinetwegen ein Dutzend Kinder, aber ich werde dir kein einziges mehr gebären.«

»Das waren klare Worte.«

»Das finde ich auch.«

Die Tür des Cafés bewahrt uns davor, das Thema zu vertiefen. Wir gehen hinein, packen uns dreieckige Butterbrote auf das Tablett, begraben im Klirren der Kaffeetassen das, worüber wir nie hätten sprechen sollen.

»Ich hab gerade gehört, daß die Yankees einen Kernreaktor entwickeln, der seinen eigenen Müll frißt«, sage ich, um ein sachliches Kaffeegespräch zu eröffnen. »Sie rechnen damit, daß sie ihn noch vor dem Jahr 2010 in Betrieb nehmen können. Das Problem der Lagerung hochaktiven Mülls entfällt damit ganz und gar … Natürlich ist das eine schlechte Nachricht für den Stadtdirektor von Olkikumpu. Wenn man an die Arbeitsplätze denkt.«

»Aber ein guter Grund, auch in Zukunft auf die Kernkraft zu setzen«, bemerkt er mit einem Ernst, der dem Thema angemessen ist.

»Stimmt. Die Geschichte werden sie drucken.«

Der Mann will mich davor bewahren, daß ich in Selbstmitleid versinke:

»Die Megalithen sind auch ein gutes Thema. Ein außerordentlich interessantes.«

Ja. Wahrhaftig. Ein ausgezeichnetes Thema. Immer aktuell.

In den Regionen des Stillen Ozeans tauchen sie immer noch in der Landschaft auf, wenn die Behörden gerade mal nicht hinschauen. Um die Geister der Ahnen zu besänftigen. Heimlich werden auch Menschenopfer gebracht. Die Götter bei guter Laune zu halten ist ein blutiges Geschäft. Auch in den Anden. Und mein Großvater errichtete auf dem Olkikumpu seinen ureigenen Megalithen. Zu Ehren eines Menschenopfers, auch diesen.

Es scheint so, als müßte immer jemand sterben, damit andere ihren Spaß haben. Die Götter werden nicht müde, von uns das denkbar schwerste Opfer zu verlangen. Jeweils aus den unterschiedlichsten Gründen. Die Tötungsriten überall in der Welt, eine Kette ohne Ende, bis der große Knall kommt. Und was ist denn der Atomkrieg letztlich anderes als eine ins Extreme gesteigerte Form eines allesreinigenden Blutopfers?

»Dann hast du niemals das berühmte Findlings-Monument von Olkikumpu gesehen«, kläre ich ihn ohne vorwurfsvollen Unterton auf.

»Steht es noch?«

»Nein. Keine Ahnung, was damit passiert ist.«

»Haben die Russen es bombardiert?«

Woher soll ich das wissen? Die haben sich doch alle um Olkikumpu geprügelt, nachdem England Deutschland den Krieg erklärt hatte und Deutschland kein Nickel mehr aus Kanada bekam. Sicherlich haben die Deutschen sich die Haare gerauft, weil sie seinerzeit Olkikumpu verschmähten, obwohl man es ihnen auf einem goldenen Tablett servierte. Am Vorabend des Krieges waren freilich Deutsche aufgetaucht und hatten sich nach Möglichkeiten erkundigt, kostbares Nickel zu kaufen.

»Aber die Konzession lag bei den Briten, die wußten, daß es mit dem Nickel schwierig werden würde«, sagt der Mann. »Es hieß, die Gesellschaft habe in London eine Krisensitzung abgehalten. Sie hatte in Olkikumpu einen großen Haufen Geld investiert, und es war klar, daß sie ihr Eigentum schützen wollte.«

Natürlich. Und den Finnen paßte es damals sehr gut, daß die Briten ihre Bergbauaktivitäten in Olkikumpu fortsetzen wollten, weil sie das Gebiet dann auch verteidigen würden.

»Die finnische Regierung teilte schriftlich mit, daß der Staat die Gesellschaft nicht zwinge, für die Feinde Englands zu produzieren«, erzählt er.

Davon weiß ich nichts. Statt dessen erinnere ich mich an das, was im Geschichtsbuch des Gymnasiums stand: Als die Sowjetunion mit Deutschland den Nichtangriffspakt geschlossen hatte und Finnland in dem geheimen Zusatzprotokoll der sowjetischen Interessensphäre zugeschlagen worden war, gehörte zu dem Handel auch, daß die Sowjetunion finnisches Nickel an Deutschland verkaufen würde.

»Das stimmt, aber die Sowjetunion fürchtete England damals. Und die Briten hatten eine ganze Reihe raffinierter Verteidigungskonzepte. Noch nach dem Winterkrieg planten sie, einen Saboteur in das Gebiet einzuschleusen für den Fall, daß Deutschland oder die Sowjetunion versuchen sollten, sich dort festzusetzen.«

»Trotzdem haben die Deutschen das Bergwerk bekommen.«

»Aber sie waren enttäuscht. Weil da nun einmal nicht genug Nickel vorhanden war. Zum Glück gab es in Petsamo etwas mehr. Das finnische Nickel war Hitlers fixe Idee.«

»Die hätten mal dich fragen sollen.«

Er zuckt die Achseln. Wirkt müder und älter als zuvor. Ich versuche seine Art, die Tasse an die Lippen zu heben, nicht zu beachten. Die Koordination funktioniert nicht optimal. Mir scheint, die Bewegung enthält ein erhebliches Risiko des Mißlingens.

»Haben die Russen gefragt? Die müssen dich doch wegen illegalen Grenzübertritts verhaftet haben.«

»Natürlich haben sie gefragt«, sagte er. »Aber das war drei Jahre vor Kriegsausbruch. Und Olkikumpu war ein kleines Bergwerk verglichen mit ihren eigenen.«

»Und das war das ganze Verhör?«

»Im wesentlichen.«

Nun sind wir wieder in sicherem Fahrwasser. Die Steine trösten einen immer, die Vergangenheit ist ein besseres Forschungsthema als die Zukunft, es herrscht wieder Burgfrieden. Ich habe beschlossen, nicht deprimiert zu sein, weil die Geschichte gestorben ist. Die Sache ist schiefgegangen, aber das passiert mir ja öfter. Es geht mir so wie all denen, die von Geburt an mit der umgebenden Wirklichkeit nicht kompatibel sind. Zum Glück bin ich es gewohnt, daß ich mich schämen muß, bin ebenso wie meine Schwestern an schallendes Hohngelächter gewohnt. Wir Friedhofsgespenster haben es gelernt, uns der Verachtung Außenstehender zu entziehen.

Ich habe meine Lektion gelernt und vergesse deshalb nicht, mir zu sagen, daß alles noch viel schlimmer sein könnte. Man könnte sich halbverhungert in einer belagerten Stadt befinden; hier schmeckt doch immerhin der Kaffee und das Butterbrot auch. Diesmal habe ich Putenfleisch und Salat gewählt, beiße große Stücke davon ab. Wie herrlich ist doch das Essen, wenn man großen Hunger hat und neue Theorien über Steine und Menschen.

»Ich hab mir gestern abend die Briefe angesehen«, sagt der Mann.

Er wischt sich die Mundwinkel ab und grinst wie ein Schuljunge:

»Die geben von mir ein ziemlich sentimentales Bild.«

»Das finde ich nicht.«

Na, wenn ich ganz ehrlich sein soll, habe ich mich schon ein bißchen amüsiert. Ich war neidisch, habe mich amüsiert und ihn bemitleidet, in dieser Reihenfolge.

Deinen wunderbaren Brief habe ich dreihundertmal gelesen, aber warum enthält er immer noch nicht das Datum, wann ihr hierherkommt? Und warum um des Himmels willen erlaubst du mir nicht, dir Geld zu schicken? Ich will dich nicht kaufen, das weißt du, sondern mich verkaufen. Aber was könnte ich dir noch von mir erzählen, was du nicht schon wüßtest.

Ich habe nichts anderes zu erzählen als die Wahrheit, und die ist nicht viel wert.

Daß ich mürrisch und faul bin. Wirklich faul. Und ein wenig hochmütig. Einsam, gierig, bequem. Ich habe kalte Füße und bin praktisch blind, und ich vergesse immer, meine Uhr aufzuziehen. Ich bin eigensinnig, und ich kann es nicht ertragen, daß man mich herumkommandiert. Und vieles andere mehr. Klingt das verlockend? Und ich verliebe mich wie ein Stein, der ins Becken fällt. Bis auf den Grund.

Nein, falsch. So habe ich mich nur in dich verliebt, und das macht mir ein bißchen angst – nicht das Verlieben, aber die besonderen Gefahren unserer Situation …

Gestern abend konnte ich nicht einschlafen, so daß ich mitten in der Nacht aufstehen und auf die Straße spazierengehen mußte. Vor der Christ Church gesellte sich ein Mann zu mir, der gerade mit Gott gesprochen hatte. Er bot mir eine Zigarette an, rauchte selber auch, erklärte mir mit leiser, aber leidenschaftlicher Stimme, daß es Jesus niemals gegeben habe, Gott dagegen aber wirklich vorhanden sei: ein ganz gewöhnlicher Mann, der auf dem Mond lebe. Man könne ihn mit dem Fernglas erkennen, erklärte mir der Mann geduldig, ohne die Stimme zu heben. Er will auch ein Buch über das Thema schreiben, ein Buch, das die Sache lückenlos beweisen und zugleich beschreiben werde, wie der Mensch ein Raumschiff bauen und damit auf dem Mond landen könne. Er fragte mich, ob ich sein Projekt vielleicht finanziell unterstützen möchte. Ich sagte ihm, leider nicht.

Natürlich war das ein unzurechnungsfähiges armes Schwein, aber seine Ausdrucksweise war einwandfrei. Sogar intelligent. Er zitierte Spinoza und Erasmus und wußte das eine oder andere über den Mond. Während er seine Berechnungen anstellte, habe Gott ihm unter anderem erzählt, daß die berühmte Newtonsche Gleichung, nach der Kraft gleich Masse sei, auch auf dem Mond gelte. Und daß, wenn der Mensch die Reichtümer seines heimischen Planeten verbraucht habe, es an der Zeit sei, den Blick in den Weltraum zu richten. Aber als er die Namen der Mondmeere aufzählte, war ich aufrichtig bewegt, denn das war wie ein Gedicht über dich und deine wechselnden Gemütsverfassungen: Meer der Ruhe, Meer der Heiterkeit, Meer der Wolken, Unbekanntes Meer, Regenmeer, Meer des Überflusses, Meer der Krisen, Ozean der Stürme, Nektarmeer …

Du bist nur zur Hälfte ein Mensch, weißt du. Deine Kraft. Dein magisches Lachen. Siehst du jetzt, dauernd wenden mei-

ne Gedanken sich dir zu, ich vergesse, was ich gerade tue, ich vergesse, wo ich bin ... Wo bin ich übrigens?

Dann gibt es natürlich noch das Meer der Kälte. Allein schon das Aussprechen dieses Namens läßt mich zu Eis erstarren. Das ist es, was ich vor allem anderen fürchte, das Meer der Kälte. Jedes Mal, wenn ein Brief von dir auf sich warten läßt, habe ich fürchterliche Alpträume, du könntest von mir genug haben und mir mitteilen, daß du nichts mehr mit mir zu tun haben willst. Ich habe Angst, daß ich eines Tages meinen Brief zurückbekomme, ungeöffnet, mit dem Vermerk »Der Empfänger könnte nicht weniger an den zweifellos erbärmlichen Spinnereien des Briefes interessiert sein«.

Noch einmal zu diesem Mondmann. Mir drängte sich der Gedanke auf, wie fein die Grenzlinie zwischen Wissenschaft und Wahnsinn ist. Und wer zieht sie? Man selbst weiß es doch als letzter, wenn man endgültig verrückt geworden ist.

So viel für heute. Ich vermisse dich. Stelle mir vor, daß du dich ebenso unbändig nach mir sehnst, wie ich mich nach dir sehne. Ich stelle mir dich in deiner goldenen Schönheit vor und mich selbst beim Aufknöpfen deiner Strickjacke, deiner Bluse, deines Innersten.

Paß auf dich auf. Richte meine dankbaren Grüße der großartigen Frau Viita aus dafür, daß sie freundlicherweise bereit ist, als unser Verbindungsmann zu fungieren. Schreib mir. Nein, schreib nicht, sondern komm her und lebe mit mir. Warte nicht bis zum Sommer. Komm, komm, komm ...

»Sie ist nicht gekommen, und du bist nach der Rußlandreise nicht zurückgekehrt.«

»So war das.«

»Hast du nicht einmal geschrieben?«

Stille.

Was hast du dir eigentlich eingebildet, kleine Vida? Du dachtest, der Mann hat angebissen, aber er hat dir eine lange Nase gemacht. Aus den Augen, aus dem Sinn, so einfach war das trotz allem, als er bekommen hatte, weswegen er gekommen war.

»Du weißt doch ...«

Ja, ich weiß. Für die Frauen stehen Liebesangelegenheiten an erster Stelle, aber die Männer haben so viel anderes.

Männer haben ihre Träume. Bei diesem Mann war es ein Traum von glänzenden Steinen. Ganz bestimmt träumte er davon, etwas Einzigartiges zu entdecken, um die unglückliche Menschheit und die neidischen Kollegen in Erstaunen zu versetzen, um die Probleme der Energiewirtschaft mit einem Schlag zu lösen und die Gelegenheit zu bekommen, seine Erhebung in den Adelsstand unter Hinweis auf die grausame Unterdrückung in Nordirland abzulehnen. Er träumte von Großem, ohne zu wissen, daß Professor Fermi aus dem faschistischen Italien schon nach New York geflüchtet war und den amerikanischen Generälen erklärt hatte, wie seine Versuche mit der Spaltung des Uranatomkerns es möglich machten, die Richtigkeit der Einsteinschen Formel $E = mc^2$ zu beweisen. Und erzählte, wie man auf dieser Grundlage die wirksamste Vernichtungswaffe aller Zeiten bauen könnte, um die Ungläubigen zu schlagen. Aber dieser größenwahnsinnige italienische Professor träumte auch dann noch von göttlicher Harmonie, als die Generäle ihm höflich, aber wenig überzeugt zuhörten und Einstein selbst einen neuen Brief an Roosevelt schreiben mußte, um ihn vor den noch weiter gehenden Versuchen der Deutschen zu warnen. Aber in Dublin sah ein armer Mann, daß eine Tonne Uran tausend Tonnen Steinkohle ersetzen würde, anstatt seine Frau aus dem weißen Schnee zu erretten. Anstatt Davida Harjula seinem Versprechen gemäß aus der Willkür ihres verrückten Ehemanns zu entführen, fort von Angst, Schuld und all den Heimsuchungen, denen er sie so unheldenhaft überlassen hatte.

Und Vida Harjula litt unter der Ungewißheit. Die arme Frau. Sie wartete und wartete. Lag nächtelang wach und grämte sich.

Aber nein. Niemals wieder.

Der Stein war gefallen. Bis auf den Grund, und das war's dann.

»Hast du nicht einmal *versucht* zurückzukehren?«

Er lacht bitter.

»Natürlich hab ich es versucht. Aber Finnland wollte mich nicht haben. Die Geheimpolizei teilte mir mit, daß ich auf euerm Hoheitsgebiet nichts mehr zu suchen hätte.«

»Ja, aber du hast dich doch nur aus Versehen verirrt ...«

»Lassen wir die Vergangenheit ruhen.«

Seine Stimme signalisiert »Vorsicht«. Der Alte setzt sich den Hut auf.

Die Kaffeestunde ist vorbei. Wir begeben uns hinauf auf die Grafton Street. Eine Weile gehen wir nebeneinander her und lauschen dem Lärm der Straße. Ein Händler, der gestohlene Waren verkauft, bietet mir eine Zigarette an, aber ich kehre ihm den Rücken zu und betrachte die nackten, geschlechtslosen Gliederpuppen im Schaufenster, die pastillenfarbigen Haare, die kleinen Brüste ohne Brustwarzen. Der Dekorateur zieht ihnen Wintermäntel an und stellt sie in unnatürlichen Haltungen zwischen die Weihnachtsdekorationen.

Irgend etwas an Sean stört mich. Reizt mich. Macht mir angst.

Was ist es, das nicht ins Bild paßt, was fehlt, was stimmt nicht?

»Weißt du«, sage ich zu ihm, als wir an der schön beleuchteten Karmeliterkirche St. Teresa vorbeigehen, »ein bißchen verachte ich Vida deshalb. Weil sie es nicht geschafft hat. Sich aus einer Ehe zu lösen, die von Anfang an schlecht war. Daß das Aufrechterhalten der bürgerlichen Kulisse stärker war als ihr Mut, noch einmal ganz von vorn zu beginnen.«

»Das war es nicht. Tatsächlich war sie nicht einmal rechtskräftig verheiratet, wenn man es genau nimmt.«

Ich lächle ungläubig.

»Sie war Epileptikerin«, sagt er.
»Das weiß ich.«
»Nach finnischem Gesetz war das ein Ehehindernis.«
»Das kann doch nicht wahr sein!«
»Doch, so war es. Damals gab es keine Medikamente dagegen, und Epilepsie galt als Erbkrankheit. Sie wurde als Geisteskrankheit gewertet. Vida war nicht ehefähig. Euer Gesetz hat sich in diesem Punkt erst in den sechziger Jahren geändert.«

Komm in mein Land, Vida. Bei uns bist du so wie die anderen. Wir heiraten und machen Kinder, du siehst doch, daß es so sein soll …

»Dann war es also gar kein Ehebruch«, bemerke ich lächelnd.

Der Mann kann nicht weit gehen, das Bein schmerzt wieder. Ich setze mich mit ihm auf eine Bank, gegenüber von dem traurigen, windumtosten Stephen Green.

»Nein.«

Lag da eine feine Ironie in seiner Stimme?

»Aber doch Untreue«, setze ich unnötigerweise hinzu.

Der Mann lacht.

»Ich aber sage euch: Wer ein Weib ansiehet, ihrer zu begehren, der hat schon mit ihr die Ehe gebrochen in seinem Herzen.«

Ich schubse ihn an:

»Ziehen wir doch um Gottes willen nicht Moses in die Sache hinein. Ich hab die Hälfte meiner Kindheit in der Sonntagsschule verbracht, das sollte eigentlich reichen.«

»Das hat Jesus gesagt. Niemand kann das Gesetz vollkommen erfüllen. Wo ziehst du da die Grenze?«

»Bei der Tat. Bei der, hinter der die nächste Generation wartet. Es spielt doch wohl eine gewisse Rolle, wer wessen Kind ist.«

»Das kommt auf den Fall an. Das hab ich nicht bedacht.«

Ich betrachte die dunklen Schattenkringel auf dem Bürgersteig, unter den Gewölben des Einkaufszentrums an der Ecke erklingen Weihnachtslieder. Auf dem Parkweg spielen kleine Jungen in ihren Wintersachen Fußball.

»Niemals?«

»Nein, niemals.«

»Wenn du sie selbst zur Welt bringen und erziehen müßtest, würdest du das nicht sagen.«

»Bestimmt nicht. An wen denkst du speziell?«

Ich denke an meinen Mann, der seine Untreue erst dann eingesteht, als er hört, daß ich schwanger bin. Und an Vida Harjula, die Frau voller Wünsche, die ihr nur deshalb verboten waren, weil die Zeit ihre Krankheit nicht verstand. Ich denke an meinen armen Vater, der in der Schule als Balg eines Spions beschimpft wurde und der vielleicht dadurch zu seinem unversöhnlichen Mißtrauen gegenüber dem ganzen weiblichen Geschlecht gekommen ist.

»Hat es dich nicht gestört? Daß Vida nicht gesund war?«

»Nein.«

Wir schweigen. Ein kleiner Junge läßt den Ball auf sein Knie prellen, zehn, elf, zähle ich.

»Überhaupt nicht?«

»Nein. Vollkommene Menschen hab ich nicht gern.«

Ich sehe ihn mißtrauisch an. Den freundlichen alten Mann am Rand des Parks, wie er den spielenden Kindern zuschaut.

Wir plaudern über Fußball. Er erzählt lachend von einer Nachbarsfrau, die während der Fußballweltmeisterschaften die Fahne der Nationalmannschaft zum Grab ihres Mannes brachte: *Brian liebte den Fußball. Er liebte ihn. Ich bin überzeugt, daß er dort oben auf den Wolken jedes Spiel aufmerksam verfolgt.*

Wir sprechen auch über das Blutbad in Laughisland an jenem Samstagabend, als Irland das Führungstor gegen Italien erzielte. Den Tod von sechs Katholiken, ermordet, vor den Augen ihrer nächsten Angehörigen am Samstagabend zur besten Öffnungszeit des Pubs in einer nordirischen Kleinstadt: *Glückwünsche zum Tor, ihr Schlaumeier!*

»Hast du Kinder, Sean?«

»Nein. Ich bin nicht verheiratet.«

Richtig. Und mögliche uneheliche Kinder braucht man nicht zu berücksichtigen. Die sind auch gar nicht der Erwähnung wert.

»Dir ist manches erspart geblieben.«

»Ist es so?«

Ja. Nur Dummköpfe stürzen sich Hals über Kopf in die Ehe und bevölkern das Land mit neuen Dummköpfen. Solche wie ich, die ganz verrückt sind nach einem Mann, weil er an der Verkehrsampel nicht stehenbleibt, um Grün abzuwarten, sondern nach rechts und links sieht: *Jetzt aber schnell rüber, daß die Schöße fliegen, wer sich nicht selbst vertraut, hat auf Sand gebaut.* Die sofort hingerissen ist. Nein, besser verliebt bis über beide Ohren. Die dem Mann vertraut, weil der Mann sich selbst vertraut. Die denkt, das ist aber bewunderungswürdig, und dann findet sie sich damit ab, jahrelang nach erbrochener Milch zu stinken, ihre plärrenden Gören von dem Regal mit Süßigkeiten wegzuzerren, während die Einkaufstüten ihr die Arme langziehen, und begreift erst dann, worum es eigentlich geht: Dieser Mann muß grundsätzlich bei Rot rüber, er erträgt es nicht, wenn man ihm sagt, was er tun darf und was nicht.

»Ich weiß nicht recht«, sinniert Sean O'Brien halblaut. »Wenn ich jetzt wählen könnte, dann weiß ich nicht, ob ich noch einmal ohne Frau alt werden möchte. Zu Weihnachten und an anderen Familienfeiertagen allein dazusitzen, wenn die eigenen Eltern schon tot sind und man sich den Freunden nicht aufdrängen kann. Bei den Kindern der Verwandten nur dann gern gesehen zu sein, wenn man die richtigen Geschenke mitbringt … Mir scheint, daß ich doch ein Familienmensch bin. Daß ich im Grunde dafür geschaffen bin, inmitten einer großen Enkelschar alt zu werden, als silberhaariger Patriarch mit der

Pfeife im Mund, den treuen Jagdhund zu Füßen. Ein roter Setter. Oder ein irischer Wolfshund, hast du so einen schon mal gesehen? Ein Mutant, so groß wie ein Pferd, wau, wau …! Daß es mir zugekommen wäre, beim Familienessen auf dem Ehrenplatz zu sitzen und alle Anwesenden mit meinem Gemecker über die Sitten der heutigen Jugend anzuöden: *Als ich ein Junge war, pflegte ich jeden Tag Vergil zu lesen, aber heutzutage macht die Jugend nichts anderes mehr als Videospiele und Safer Sex, das wäre damals undenkbar gewesen, als ich ein junger Bursche war, da könnt ihr sicher sein …*«

Ich lache. Ich kann mich nicht erinnern, wann ich das letzte Mal laut gelacht habe, und es tut gut. Aber gerade in diesem Augenblick verstummt der Alte überraschend, wirft mir einen langen, traurigen Blick zu.

»Ich weiß natürlich nichts von diesen Ängsten«, sagt er. »Von dem Kummer und den Sorgen, ganz zu schweigen davon, daß ich mir nicht einmal vorstellen kann, wie es ist, die eigene kleine Tochter zu verlieren.«

Er legt seine Hand auf meine:

»Es muß ein schrecklicher Schmerz für dich gewesen sein, du armes Kind.«

Ich sitze da, ohne mich zu rühren.

»Ich bin nicht … Vida.«

Welch unbegreiflicher Ausrutscher! Peinlich und unerträglich. Auch furchterregend. Wo wir gerade so vergnügt waren. Ob mein Lachen daran schuld war? Oder die Haare? Ich hätte mir die Haare nicht nach hinten kämmen sollen so wie die Großmutter. Das war eine Schnapsidee. Aber irgendwie steht es mir; da hat er schon recht.

Der Alte lächelt, um Nachsicht bittend, zieht seine Hand zurück:

»Nein. Ich weiß. Gehen wir weiter?«

Er schüttelt sein krankes Bein, steht auf.

»Die Gicht?«

»So was Ähnliches.«

Nein, dieses Gespräch ist dabei, völlig zu entgleisen. Wir sind auf Abwege geraten. Ich jedenfalls. Ich habe irgend etwas verloren. Mich geweigert, eine Andeutung wahrzunehmen, weil sie nicht zu meiner Theorie von dem paßt, was sie gemacht haben. Und warum. Das Selbstmitleid oder meine Begeisterung für diese Stadt haben mich in die Irre geführt. Alle haben es lustig außer mir. Mein Schmerz ist der größte und wichtigste.

Und die ganze Zeit hat dieser Mann mich an der Nase herumgeführt, hat zugelassen, daß ich mir einbilde, ihn zu kennen. Hat sogar die neue Vergangenheit genossen, die ich ihm angedichtet habe. Hat mich amüsiert beobachtet und mich meine Ideen weiterspinnen lassen. Was hat er mir letztlich von sich erzählt? Nichts Wesentliches. Hat mich in Museen, Kirchen und auf Friedhöfe geführt und mich nach eigenem Belieben an meinen Geschichten basteln lassen, hat sich um mich gekümmert und mich wegen meiner vielen Arbeit bedauert, aber mir nicht im geringsten weitergeholfen, indem er mir erzählt hätte, was wirklich passiert ist.

»Wieso warst du nicht bei der Krisensitzung deiner Gesellschaft in London dabei? Du mußtest doch das Terrain von Olkikumpu besser kennen als jeder andere.«

Er erwidert meinen Blick nicht.

»Wo warst du damals, Sean?«

Eine düstere Ahnung packt mich.

»Wo?«

Er tritt so unerwartet vor mir auf die Straße, daß er die Bremsen eines Busses zum Aufkreischen bringt. Zu meiner Überraschung gelangen wir dennoch lebend auf die andere Seite.

»Auf Solowki.«

Ich runzle die Brauen.

»Eine Insel im Weißen Meer«, präzisiert er.

»Solowki kenne ich natürlich. Und das Weiße Meer in Rußland. Aber was hast du da gemacht?«

»An Stalins Kanal gebaut«, sagt er. Den Blick auf die vom Regen glänzenden, viereckigen Gehsteigplatten gesenkt. Wir passieren die großen Marmorsäulen des Parktors und den Kiosk mit der Werbung für die Tageszeitung und für Agfa-Filme. Die kleine Teresa ist immer noch verschwunden, die Polizei befürchtet das Schlimmste. Ich dränge mich vertraulich an die Seite des Alten.

»Du machst Spaß, nicht wahr? Du warst doch gar nicht dort?«

»Möglich, daß ich damals schon in dem Uranbergwerk im Altai war, das ist da und da ...«

Stille. Die kahlen Zweige ragen durch den Eisenzaun, greifen nach meinem Mantel wie stäbchendünne, nasse Finger. Ich habe ein Haar im Mund, versuche, es mit der Zunge zu entfernen, meine Hände sind willenlose Eisklumpen.

Was soll ich jetzt sagen?

Was pflegt man zu sagen, wenn ein Mann erzählt, daß er im russischen Konzentrationslager Steine geschleppt hat, anstatt in seinem Stammpub in der Bridge Street Guinness zu schlürfen: Sorry, daß du es schwer hattest, entschuldige schon, das hab ich nicht gewußt.

Ein schmuddeliger Penner bleibt vor mir stehen, bittet um Unterstützung. Seine Augen glühen blutunterlaufen im weißen Gesicht.

»Jetzt nicht«, murmle ich.

Der Elende nimmt seine Pudelmütze ab.

»Danke, meine Dame. Vielen Dank.«

Warum dankt er mir, anstatt mich zur Hölle fahren zu lassen? Was ist nur in diese Menschen gefahren, daß sie derart hinterlistig sein müssen?

Der eisige Wind hat zugenommen. Er umschließt uns, immer enger und enger. Wenn ich etwas verabscheue, dann ist es frieren.

»So war das also?«

So hart bin ich gegenüber dem Leiden anderer. Meine Stimme ist nicht einmal gebrochen; das Leben im Gefangenenlager ist genauso ein Gesprächsthema wie die Energiewirtschaft, die Europäische Union, der Waffenstillstand der IRA, das Wetter.

»So war das.«

Ein englisch sprechender Mann ohne Papiere auf dem Territorium der Sowjetunion. Was hatte ich mir eigentlich vorgestellt? Daß sie ihn vor den Samowar setzen würden, während sie ihm einen neuen Paß ausstellten, daß sie ihn an die Grenze begleiten und ihm auf die Schulter klopfen würden: Angenehme Heimreise, Herr O'Brien!

»Wie lange warst du in den Lagern, Sean?«

»Elf Jahre.«

Vor dem Einkaufszentrum wimmelt es von Leuten, die die Hände voller Taschen haben. Mir fällt ein, daß es höchste Zeit ist, die Mitbringsel für die Jungen zu besorgen. Schirmmützen der Eishockeyvereine sind in dieser Stadt schwer zu finden, aber das ist keine Entschuldigung.

Elf?

Wie alltäglich und rasch man das feststellen kann. Beiläufig, während man über alles mögliche plaudert. Hab ich schon mal von den elf Jahren erzählt, die ich in der Hölle verbrachte?

»Man kann sogar sagen, daß ich noch gut davongekommen bin. Viele sind dortgeblieben.«

»Das war doch wohl schlimm genug«, sage ich und kämpfe gegen einen plötzlichen, schmerzhaften Anfall heftigen Heimwehs an.

»Ja«, stimmt er zu und nimmt seine Zigaretten zur Hand, »das war es.«

Das Leben ist unfair und verdammt traurig, denke ich.

Wir tun ja viel Schlimmes, aber wir verdienen doch nicht die Hälfte von dem, was uns aufgebürdet wird.

Das Leben ist eben so traurig.

Ich berühre seine Hand, die Fingerspitzen.

Aber ich weine nicht. Ich weine nicht wegen des Mannes, der sein Leben in Lagern vergeudete, nicht wegen Vida, die vor Sehnsucht verging, und nicht wegen Eero Harjula, der sich in seiner Eifersucht verzehrte. Nicht wegen Vaters kleiner Schwester, der es schlecht erging, und niemand weiß, warum. Keine Träne vergieße ich, nicht einmal wegen der armen kleinen Teresa, die immer noch nicht gefunden wurde.

Ich weine nicht wegen der Menschen, die durch Gift umkommen werden, wenn Olkikumpu versagt. Wenn der Berggrund unser und unserer Faxen und Hasardspiele, unserer Gier überdrüssig wird. Unserer Ideen, die keinen Bestand haben.

Gute Filme rühren mich zu Tränen, aber nicht die traurige Wirklichkeit. Wer würde denn weinen, wenn er die Nachrichten sieht? Beispiellose Schrecken. Gesprengte Krankenhäuser. Die Kinder von Sarajevo, denen die Scharfschützen in den Bauch schießen, damit ihr Sterben länger dauert. Vergewaltigte und zerstückelte Moslemfrauen. Menschen aus Ruanda mit leeren Augenhöhlen. In ihrem Kot verhungerte Pferde. Soll doch Gott weinen, wenn er kann. Was ist die Menschheit anderes als eine mißlungene Filmserie, die Gott geschaffen hat, um sich zu zerstreuen. Eine endlos scheinende Erzählung in Fortsetzungen, die sich selbst wiederholt. Stück für Stück, Generation für Generation; ein schrilles, protziges, sentimentales Machwerk voller Klatsch und Leidenschaften, herzloser Verbrechen, die man als menschliche Fehltritte bezeichnet. Ein schlechter Plot, an dessen Anfang sich niemand erinnert, aber über den man nicht müde wird, endlos zu disputieren. Saß Gott am Anfang in einem leeren Studio mit dem Weinglas in der Hand und sagte etwas von mehr Licht? Enthielten die ersten Aufnahmen viel blauen Himmel, sternenklare Nächte, funkelndes Meer und Gras zupfende Tiere? Gab es darauf einen schönen, gut gepflegten Garten, in dem sich ein nackter Mann und eine Frau tummelten, die sich um nichts kümmerten, nicht einmal um die Schlangen? Oder begann doch alles mit einem großen abstrakten Urknall, und die Personenproblematik kam erst sehr viel später dazu? Wie dem auch sei, schon lange besteht die einzige Frische der Serie darin, daß die Hauptpersonen wechseln. Gott hat schon immer ein Faible für stellvertretend Leidende gehabt, angefangen bei seinem eingeborenen Sohn. Und da es keine Zensur gibt, gibt es auch keine Obergrenze für Leiden und Opfer. Nein, aufgrund der bisher gesehenen Teile kann man Gott wirklich keinen Preis für ein gutes Drehbuch zusprechen. Die Frage lautet nur, wann ER selbst der Sache so überdrüssig wird, daß er einen Punkt macht hinter dem ganzen Mist.

Und ich bin nicht hierhergekommen, in diese Stadt und in dieses Land, um zu weinen. Neben mir steht ein Mann, der viel erlitten hat, für den ich ein Gespenst aus der Vergangenheit bin, ein nervöses, unnachsichtiges Phantom, das ihm auch noch die allerletzten Geheimnisse entlocken will, all seinen Schmerz, bevor auch er sie mit hinunter unter einen Stein nehmen kann.

Ich suche seinen Blick und versuche zu lächeln.

Ja, genau das bin ich, ein Gespenst, und Gespenster weinen nie.

OLKIKUMPU, JUNI 1936

Sie kommen Eero Harjula in der auf die Beerdigung folgenden Woche holen. Er wirkt nicht überrascht. Jeden Tag, wenn er von der Arbeit nach Hause kommt, macht er den Eindruck, als erwarte er jemanden. Sicherlich hat er es die ganze Zeit gewußt. Daß eines Tages ein schwarzes Auto vor der Pforte halten würde.

»Aha«, sagt er, als es endlich geschieht. »Na gut.«

Er steht auf, geht seine Schuhe holen.

Die Frau geht hinterher. Sie reden nicht miteinander. Der Mann will es nicht. Er will sich nicht erweichen lassen, solange die Frau nicht bereit ist, den Jungen wegzugeben. Solange nicht alles so ist wie früher.

Statt dessen spricht das Radio. Es berichtet vom schwedischen König, der dem Präsidenten in der Sommerresidenz einen Besuch abstattet. Am Goldstrand von Naantali. Irgendein Gustav. Ein kleines Mädchen hat ihm gerade einen Blumenstrauß überreicht, einen Knicks gemacht und gelächelt, so wie es sich für ein wohlerzogenes finnisches Kind gehört.

Ein Mann im grauen Ulster kommt durch die offene Tür herein. Die anderen warten auf dem Hof.

Die Frau sieht ihren Mann an.

Geh nicht mit. Tu es nicht.

Verlaß mich jetzt nicht.

Geh nicht.

Wenn du gehst, kommst du nicht wieder.

Wenn du jetzt gehst.

Sie sieht ihn an, sagt aber nichts. Da war etwas, das vor langer Zeit begann. Keiner von beiden weiß genau, wann. Solche Dinge geschehen ganz unmerklich, ohne von sich selbst Aufhebens zu machen.

»Na, dann tschüß«, sagt der Mann nur und setzt den Hut auf. »Mach's gut.«

Seine Fingernägel sind rissig. Voller schwarzer Furchen, und wenn er sie noch so gründlich wäscht. Wenn man mit dem Fels zu tun hat, bleiben immer Spuren zurück.

Sein Gesicht läßt keine Regung erkennen. Es ist nur eine reflektierende Fläche. Ein schönes Gesicht, denkt die Frau, in *der* Beziehung hat er sich kein bißchen verändert.

»Also tschüß. Mach's gut.«

»Fahr nicht«, bittet die Frau.

»Keine Angst, es ist alles in Ordnung«, sagt er.

Und dann ist auch er weg.

Das also geschieht eine Woche nach der Beerdigung des Mädchens. An die Tage davor kann sich die Frau zu diesem Zeitpunkt und auch später niemals mehr erinnern. All die Augenblicke sind vorbeigehuscht, verschwunden in trübem Schlamm. In dem weißen Nebel, durch den sie seit der Geburt watet, sich fast verirrt. Jemand sucht, irgendwo muß doch irgend jemand sein, es können doch nicht alle einfach so verschwinden, aufhören zu existieren.

Eigenartig ist, daß auch die Augenblicke entfliehen. Und man weiß nicht, wohin. Man weiß nicht, warum.

»Du darfst nicht«, sagt Natalia wieder und wieder. »Du hast

ein Kind«, sagt Natalia, »der Mensch darf nicht vergessen, daß er ein Kind bekommen hat.«

»Holt ihn, seid so gut!« bittet Vida. So schön, wie sie nur kann. Leise und wohlerzogen. »Sein Name ist Sean O'Brien. Ich muß mit ihm sprechen. Holt ihn her, seid so lieb.«

Natalia bürstet ihr die Haare. Antwortet nicht.

»Der Mann ist nicht mehr hier«, sagt Eero Harjula.

Die Frau ist still: Warum sollte ich ihm glauben. Es gibt keinen Grund, ihm zu glauben.

»Wo ist er dann?«

»Woher, zum Teufel, soll ich das wissen? Er ist verschwunden.«

»Warum?«

»Warum, warum. Warum fragst du nach diesem Mann? Deine Tochter ist tot, und du fragst nach irgendeinem verdammten Kerl«, sagt Eero Harjula.

So dürftest du nicht sprechen, denkt die Frau. Wie könnte ich nach der Kleinen fragen? Sie ist doch tot. Mein kleines Vögelchen ist tot. So sagen sie. Ihr kleiner Körper wurde leblos aufgefunden und in die kalte Leichenhalle gebracht. Wie könnte ich noch nach meinem Kind fragen, das in der Leichenhalle liegt?

»Du hättest früher danach fragen sollen, was der Mann dem Mädchen getan hat.«

Nichts. Nichts. Er würde meinem Kind nichts Böses tun. Niemandem. Die Frau hält sich die Ohren zu, dreht das Radio lauter. Im Pflanzgarten des Balletts. Onkel Markus mit dem Mikrofon in der Kinderschule der Oper. Am schwierigsten finden die Eleven die Pirouetten.

»Ich glaube nicht, daß es ein Unglück war. Jemand hat das getan. Aus irgendeinem Grund. Und dann – nichts wie weg.«

Das Radio lauter. Noch lauter. Die Pirouetten sind am schlimmsten, die muß man stundenlang üben. Richtig viele

Stunden hintereinander. *Tours en l'air* ist am allerschwierigsten, weil man das in der Luft macht. Jeden Tag hart trainieren. Ein faules Kind braucht gar nicht erst in die Ballettschule zu gehen.

»Vielleicht fürchtete er, du würdest es dir wegen des Mädchens anders überlegen. Weil das Mädchen nicht fortwollte. Sondern bleiben. Weil das Mädchen bei Papa bleiben wollte.«

Der Mann verstummt. Alles hat seine Grenzen. Die Anspielungen. Die Lügen. Das Leid, das man dem anderen zufügen kann. Und wenn man selbst noch so sehr gelitten hat.

Verzeihung, sagt die Frau.

Verzeih mir.

Verzeih verzeih verzeih.

Ich hab nicht gewußt, ich hab nicht begriffen, daß es dir etwas bedeutet hat.

Verzeih, daß es so weh tat.

Verzeihung. Verzeih mir. Nein, verzeih mir nicht, dazu hast du keine Veranlassung. Schlag mich. Töte mich.

Verzeih mir. Und weine nicht. Ich weine auch nicht. Du siehst ja, ich kann nicht mehr weinen.

Ich bereue nicht, was könnte ich auch bereuen, aber verzeih mir trotzdem. Hör auf. Du darfst nicht weinen. Männer weinen nicht, Männer müssen stark sein und dürfen nicht weinen.

Ich will nur mein Mädchen zurück, sonst nichts. Gib mir mein Kind zurück. Du brauchst mir nicht zu verzeihen. Wenn ich nur Aino zurückbekomme.

Verstehst du?

Fürchterliche Tage. Voll von grausamem Tageslicht, obwohl das einzige, was die Frau sucht, die Dunkelheit ist. Oh, wie verlockend ihr die Finsternis erscheint, jetzt, wo es keine gibt. Weder am Tage noch in der Nacht. Immer nur Helligkeit, Engellicht, das zwar schön ist, aber nicht lebendig. Die Fenster weit offen, die Vorhänge bewegen sich leicht. So warm und schön.

Und jede Nacht träumt sie dasselbe. Im Traum steht das Mädchen mal an der Pforte, mal auf der Straße. Aber immer derselbe verhangene Blick in den Augen.

Du kannst mich jetzt töten, Vater, ich bin jetzt bereit!

Nein, nicht das ist geschehen. Beruhige dich. So war es nicht. Das da war nur eine Geschichte, keine Vision. Niemand könnte so grausam, so gedankenlos sein. Zumindest nicht der leibliche Vater des Kindes. Er ist böse auf dich, aber dem Kind würde er nichts Schlimmes tun. Er wäre nicht bereit, so weit zu gehen, um dich bei sich zu halten. Niemals. Aber wenn es so vorherbestimmt war? Wenn es nun doch einen Gott der Rache gibt, der alles gesehen hat? *Nimm Isaak, deinen einzigen Sohn, den du lieb hast, und gehe in das Land Morija; und opfere ihn daselbst zum Brandopfer auf einem Berge, den ich dir zeigen werde.* So darfst du nicht denken. Dies ist nur ein Traum. Warum glaubst du, daß jemand ihr Böses angetan hat? Ein Mißgeschick ist passiert, der Fuß des Kindes ist auf den glitschigen Ufersteinen ausgerutscht, so etwas passiert, Kinder können so unvorsichtig sein. So ein kleines, wildes Mädchen wie sie. Es ist sinnlos, an das zu denken, was geschehen ist, was man nicht mehr ändern kann. Nein nein. Man kann nicht. Hab ich mein Kind getötet? Ganz ruhig, du hast den Tod des Kindes nicht verursacht. Nein. Du hast es geliebt. Warst gut zu ihm. Eine gute Mutter. Du wolltest es nicht haben, weil das Gesetz sagte, daß du es nicht wollen darfst, aber dennoch warst du seine Mutter. Die bestmögliche. Glaube nichts anderes. Aino wußte, daß du sie geliebt hast. Daß du sie niemals verlassen würdest. Die Liebe zwingt einen nicht zu wählen. Die Liebe ist groß, sie ist das Allergrößte. Besiegt alles, gibt alles hin. *Als der König sah, wie schön seine Tochter werden würde, beschloß er, sie zu opfern.* So darfst du nicht denken. Es dauert ein Weilchen, dann verstehst du es. Daß es so am besten war. Daß das Schicksal es so wollte. Warst du es, der sie getötet hat? Warum hast du an jenem Tag so viel getrunken, Eero? *Du kannst mich jetzt töten, Vater, denn ich kann mir keine größere Ehre vorstellen, als für dich geopfert zu werden …!* Nein. Bleib ganz ruhig, dann hat es keine Not. Nein, nein, überwinde diese Trauer. Trauer läßt sich ebenso begraben wie Leidenschaft. Wenn man nur stark genug ist. Und du hast doch ein zweites Kind. Einen kleinen Jungen. Du hast ihn doch wohl nicht vergessen?

Ja, der Junge.

Der, den Natalia ihr in die Arme legt, viele Male am Tag, viele Tage lang. Sie legt das kräftige Kind der Mutter in die Arme, öffnet die Knöpfe, legt den wimmernden Mund vorsichtig an die Brust. Die Frau sieht, daß es geschieht, empfindet aber nichts. Spürt nicht, daß der Mund saugt. Von mir strömt nichts in dieses Kind hinein, denkt sie, niemand bekommt je wieder etwas von mir.

Aber es ist ein bemerkenswertes Kind. Wächst und wird kräftiger von nichts, die Wangen runden sich, die Finger bekommen winzige Grübchen. Und die Frau hört, wie er vor unbändiger Jungenkraft schnauft und schnaubt.

»Jetzt reicht es«, sagt Eero Harjula. »Schaff ihn weg, Natalia, und bring ihn nicht wieder her.«

»Nein«, sagt die Frau. »Er darf zu mir.«

Von anderem wird nicht viel geredet. Außer einmal von Matti Järvinen, der in der Bestform seines Lebens ist. Bald wird er wohl seinen achten Weltrekord erzielen. Bisher ist der Speer schon über sechsundsiebzig Meter weit geflogen. Und auch von Tepe Tirkkonen sprechen sie, als er sechs Schlangen auf einmal gefangen hat. Natalia geht und macht eine Aufnahme von ihm. Es stimmt. Ganze sechs giftige Kreuzottern.

Mein Mann wirkt erfreut, als ich ihn anrufe. Er hat gute Nachrichten für mich. Es war gar nicht so schwierig, an eine Kopie der Verhörprotokolle von Eero Harjula heranzukommen, wie alle vorher vermutet hatten. Viele Akten der Geheimpolizei aus den dreißiger Jahren sind zwar für geheim erklärt oder vernichtet worden, aber diese hier zum Glück nicht. Mein Mann hat einen entsprechenden Nachforschungsantrag gestellt, und dem wurde sofort und ohne weitere Nachfragen stattgegeben. Ganz offenkundig gehörte der Fall des Eero Harjula, Obersteiger im Bergwerk Olkikumpu, nicht zu den allerschlimmsten.

Er bietet mir an, das Material sofort herüberzufaxen, wenn ich das möchte.

Ja, das wäre mir sehr angenehm.

»Wie aufmerksam von dir, daß du dir meinetwegen so viel Mühe machst!«

»Für dich tu ich alles, Liebste, das weißt du doch.«

Ja, das weiß ich.

Ich habe beschlossen, am Telefon nett zu ihm zu sein, und bin es auch. Wozu einen Menschen unnötig deprimieren, der sich immerhin um meine Söhne kümmert, solange ich fort bin?

Wir beenden das Gespräch, indem wir noch über dies und jenes plaudern, so wie in alten Zeiten. Ich bin überzeugt, daß mir über das Ganggrab von Newgrange eine richtig spannende Geschichte gelingen wird. Ich erzähle ihm von Sean O'Brien und von der Sensation in der Nationalgalerie, einem Gemälde, das als Caravaggio identifiziert wurde und Judas darstellt, wie er Christus verrät. Ich kann es mir auch nicht verkneifen, von der verschwundenen kleinen Teresa zu erzählen und meinen Mann zu beschwören, daß er die Kinder nicht allein in der Stadt herumlaufen läßt und daß der Ältere nicht ohne Pudelmütze in die Schule geht. Mein Mann gibt mir sein Wort darauf.

Nachdem ich ein Büro gefunden habe, das Faxdienste anbietet, rufe ich meinerseits kurz in Finnland an und segne die Errungenschaften der modernen Technik, während ich mit einem Kürbisbutterbrot, einer Dose Bier und dem neuen belastenden Beweismaterial ins Hotelzimmer zurückkehre. Ich ziehe die Schuhe aus und trällere gutgelaunt vor mich hin, während ich meine Mahlzeit auf dem Stuhl arrangiere, als würde ich für mich selbst ein großes Fest ausrichten. Endlich habe ich ein offizielles Gutachten darüber in der Hand, was an jenem Tag geschah, und wenn ich das weiß, bin ich frei. Das schwärzeste Loch der Vergangenheit soll endlich seine Kraft verlieren. Es würde nicht mehr versuchen, mich in sich hineinzusaugen, meine Energie zu binden.

Ich lege mich auf das Bett und beginne zu lesen. Eero Harjula muß nur eine Nacht in der Zelle verbringen. Die Metalltür ist dröhnend hinter ihm ins Schloß gefallen. Jetzt ist er gefangen. Vielleicht hat er Angst, wenn er an das denkt, was auf ihn zukommt. Er weiß, was ihn erwartet. Oder vielleicht starrt er auch nur die Wände an und läßt die Zeit vergehen. Er legt sich hin, zieht die graue Decke über sich, lauscht auf das Gejammer, das durch die Wand herüberdringt. Vielleicht schläft er nur. Wozu nachdenken. Nun geschieht, was geschehen soll, er kann nichts mehr tun, um sich selbst zu helfen. Es war doch dumm, sich einzubilden, daß sie es nicht herauskriegen würden, daß dieser Tag nicht kommen würde. Sie wissen alles, sehen alles. Darin sind sie wie Gott: die Augen überall.

Er bereut nicht. Zu dieser Sorte Mann gehört er nicht. Was getan ist, läßt sich nicht ungeschehen machen. Das weiß er. Er wußte es schon, als er es tat: das hier ist falsch, aber in gewisser Weise richtig. Ich habe diesen Weg, diese Lösung gewählt. Dem Leiden entgeht niemand. Nicht in diesem Leben. Man kann nur wählen, wofür man leiden will. Wofür, gegen wen.

Vielleicht ahnt er, daß die Sache schlecht ausgehen wird. Bereitet sich auf das Schlimmste vor, damit es keine Überraschungen gibt. Denkt an nichts anderes. Nicht an seine Frau, nicht an die Zukunft. Sperrt alles aus, starrt die Wände an, wartet nur.

Das Verhör beginnt am darauffolgenden Tag um 18.15 Uhr. Laut Protokoll dauert es einschließlich der Kaffeepausen für die Vernehmungsführer elfeinhalb Stunden. Anwesend sind zwei Geheimpolizisten, ein Büroangestellter und ein Stenograf, anfangs eine Stenografin.

Die Fragen wiederholen sich in derselben Form wieder und wieder:

»Wie sind sie erstmals mit den geheimen Aktivitäten, denen Sean O'Brien auf finnischem Territorium nachging, in Berührung gekommen?«

»Geschah es durch Vermittlung Ihrer Frau?«

»Wußten Sie, daß Ihre Frau sich schon vor ihrer Ankunft in Finnland an kommunistischen Umtrieben beteiligt hatte?«

»Warum haben Sie am 26. Mai dieses Jahres einem Spion über die Grenze in die Sowjetunion geholfen?«

»Was für Informationen hatte er bei sich, als er das Land verließ?«

»Was für Karten? Bodenuntersuchungen? Gesteinsanalysen von Olkikumpu?«

»Sind Sie Kommunist, Herr Harjula?«

Und der Mann gibt immer dieselben Antworten:

»Ich war an nichts von dem beteiligt, was Sie mir vorwerfen.«

Nach vier Stunden und einer kurzen Pause:

»Warum haben Sie Ihr Land verraten?«

»Ich habe niemals etwas oder jemanden verraten.«

»Aber Sie haben einem Spion über die Grenze geholfen. Einem Mann, der alles über das Terrain von Olkikumpu wußte.«

»Nein.«

»Schämen Sie sich, guter Mann. Man hat Sie gesehen. Man hat gesehen, wie Sie das Auto nahmen, mit dem Mann einstiegen, damit wegfuhren und es ohne den Mann zurückbrachten.«

»Ich schäme mich nicht. Ich habe nichts Unrechtes getan.«

»Und Sie sind Mitglied des Schutzkorps! Haben den Eid geschworen. Wie können Sie uns in die Augen sehen?«

»Ich kann jedem Menschen in die Augen sehen. Meine Ehre ist nicht befleckt.«

»Welchen Preis verlangt ein finnischer Schutzkorpsoffizier?«

»Ich habe nichts von dem getan, was Sie mir vorwerfen.«

»Was ist die Vaterlandsliebe eines finnischen Mannes wert?«

»So viel Geld, mit dem man mir meine Ehre abkaufen könnte, ist noch nicht gedruckt worden. Und es wird auch nicht gedruckt werden.«

»Warum lügen Sie die ganze Zeit, Eero Harjula?«

»Ich lüge nicht. Sie lügen.«

»Für welchen Preis haben Sie Ihr Vaterland verkauft? Ist Ihnen nichts heilig?«

»Meine Ehre ist nicht befleckt.«

Eine Pause von einer Stunde, wonach alles von vorn beginnt. Anstelle der Stenografin ist eine andere Person gekommen, diesmal ein Mann.

Und das Verhör dauert und dauert. Es ist eine grausame Prozedur. Das ist es. Großvater Harjula, der bis zum letzten standhaft an seiner Ehre festhält, hat entsetzlich gelitten, aber ich, die ich jedermann verraten würde, wenn ich den Rosenbohrer des Zahnarztes nur sehe, ermüde von den immer gleichen Fragen, den gleichen Antworten. Ich lese ein Drama, in dem die Anweisungen in den Klammern fehlen. Zwei Stunden später ist die Bühne immer noch dieselbe. Fünf Stunden später. Acht. Stimmliche Nuancen und Gesichtsausdrücke läßt das Protokoll unberücksichtigt, und damit fast alles.

Ich habe das Gefühl, betrogen worden zu sein. Wieder einmal.

Ich seufze, nehme einen Stift zur Hand und mache eigene Ergänzungen:

»Wen schützen Sie, Eero Harjula?« *(Menschliche, suggestive Annäherung.)*

»Niemanden.« *(Rasches, allzu schroffes Abstreiten.)*

»Hat Ihre Frau Sie zu diesem Spiel angestiftet? *(Äußerst brüderlicher Ton.)* Wir verstehen Sie, falls es so ist. Die Kommunisten sind verdammt gerissen. *(Feststellung, begleitet von einem Lacher, der zu verstehen gibt, daß auch die Vernehmungsführer ihnen schon mal auf den Leim gegangen sind.)* Niemand ist vor ihnen sicher.« *(Betonung auf dem Wort niemand.)*

»Meine Frau hat überhaupt nichts zu tun mit solchen Dingen, von denen Sie reden. Und sie ist auch keine Kommunistin.« *(Immer noch sehr entschieden.)*

»Wie war dann das Verhältnis zwischen Ihrer Frau und dem Spion?« *(Ekelhaft anzüglich, die Betonung auf dem Wort »Verhältnis«.)*

»Meine Frau war ab und zu als Dolmetscherin für ihn tätig.« *(Stolz.)*

»Hat er Ihre Frau gefickt?« *(Äußerst grob.)*

»Nein.« *(Blickt dem Fragenden direkt in die Augen.)*

»Wieso sind Sie da so sicher? Der Ehemann erfährt es doch immer als letzter, ob jemand seine Frau fickt.« *(Kalt.)*

»Ich weiß es.« *(Mit stolz erhobenem Haupt.)*

»Warum schützen Sie Ihre Frau, Eero Harjula? Sie hat Sie doch zuerst betrogen. Uns können Sie es doch erzählen. Wir versprechen Ihnen, daß die Geschichte innerhalb dieser Wände bleibt.« *(Begleitet von einem Augenzwinkern, das Einvernehmen unter Männern anbietet.)*

»Ich brauche sie nicht zu schützen. Sie ist unschuldig.« *(Schon ein wenig ermüdet.)*

»Warum um alles in der Welt haben Sie dann dem Spion über die Grenze geholfen?« *(Noch einmal im Geist eines fairen Angebots.)*

»Ich hab ihm nicht geholfen.« *(Leise, aber ohne Zögern.)*

»Sie haben ihn aber auch nicht daran gehindert. Sie hatten doch eine Waffe, warum haben Sie ihn nicht gehindert?« *(Offen aggressiv.)*

Keine Antwort. *(Der Inhaftierte schwankt leicht, das stundenlange Stehen strengt ihn an. Die Vernehmungsführer sehen sich bedeutungsvoll an. Der Gesichtsausdruck des Opfers zeigt an, daß er die Botschaft verstanden hat.)*

»Meiner Ansicht nach sollten Sie sich erschießen. Wenn ich Ihnen eine Waffe gebe, werden Sie sich dann erschießen?« *(Wie einer, der seinen Entschluß gefaßt hat, gekränkt, daß der zu Verhörende nicht bereit war zu begreifen, was das beste für ihn ist.)*

»Nein.« *(Zum ersten Mal lachend, wahrscheinlich vor Erschütterung.)*

»Sind Sie ein Feigling, Eero Harjula?« *(Kindisch provozierend.)*

»Nein.« *(Leicht gekränkt.)*

»Erschießen Sie sich also. Tun Sie Ihrem Vaterland wenigstens diesen Dienst.« *(Ein Befehl, der keinen Widerspruch duldet.)*

»Ich habe nichts Unrechtes getan.« *(Nach langer Pause, ziemlich leise.)*

»Gut, fangen wir also von vorne an. Wie sind Sie erstmals mit den geheimen Aktivitäten in Berührung gekommen …«

Was kann man sonst noch zwischen den Zeilen lesen? Darf ich mir einen in den Mund gestopften Fußlappen und erstickte Schmerzensschreie vorstellen, oder habe ich nur zu viele amerikanische Filme gesehen, zu viele scheußliche Darstellungen über die andere Wirklichkeit des liebenswerten, fröhlichen Irland gelesen: über die Verhöre der IRA und die Foltermethoden, die extremistische Loyalisten bei ihren zufälligen Opfern anwandten?

Ist es das, was dir jetzt zusetzt? Jahrzehntelang Serienmorde mit gebrochenen Knochen, ausgestochenen Augen und Geschlechtsorganen, die mit dem Schweißbrenner verbrannt wurden?

Ein Mann kehrt spät nachts nach der Arbeit nach Hause zurück, geht die menschenleere Straße entlang, als ein Auto neben ihm hält: *Katholik oder Protestant?* Du weißt nicht, welches von beiden diesmal richtig ist. Du weißt es nie. Aber alles hängt jetzt davon ab, was du antwortest. *Apfel oder Birne?* Was gibst du als deinen Namen an? Was bist du? Wie sprichst du das Vaterunser? Das rettet dich oder auch nicht: Die falsche Antwort bedeutet Folter, stundenlang, tagelang, wochenlang. Bis zum Äußersten getriebene Schmerzen, Demütigungen, Gebete, Schreie, bevor der barmherzige Todesschuß abgegeben, die Leiche an den Straßenrand geworfen wird.

Ein anderes Land und eine andere Zeit, aber derselbe abscheuliche Reigen. Ein Mann kommt von der Arbeit nach Hause. Dein Mann, dein Sohn, dein Großvater, die Zigarette in der Hand, den Mantel über dem Arm, als sie ihn kriegen. *Ein Roter, ein Weißer, ein Katholik, Protestant, Jude, Moslem, Kommunist ...* Ein Folterspiel, dessen Namen wechseln, während die Grausamkeit bleibt. Das unbezähmbare Verlangen, jemanden kriechen, leiden, sterben zu sehen, weil er ist wie einer von uns und doch auch wieder nicht. Ein Spiel mit Namen: Die Erlaubnis, böse zu sein. Die Erlaubnis, weh zu tun. Die Erlaubnis, einen Blick in das letzte Kästchen zu werfen.

Irgend so etwas.

Ich weiß es nicht, ich werde es nie erfahren. Ich kann nur die eintönigen Fragen und Antworten lesen, eine Deutung des Berichts versuchen, den der Arzt nach Eero Harjulas Einlieferung ins Krankenhaus über dessen Verletzungen schrieb. *»Zahlreiche Quetschungen an verschiedenen Stellen des Körpers ...«* Du solltest endlich aufgeben, armer Großvater! Zum Schluß kriegen sie dich doch. Gestehe irgend etwas, wenigstens pro forma, Finnland ist ein zivilisiertes Land, sie werden dich nicht umbringen!

Aber nein. Der Mann hat seine Ehre. Da gibt es nichts zu feilschen.

Erst nach der elften Stunde geschieht etwas.

Nur was?

An dieser Stelle wird der eintönige Bericht seltsam vage:

Der Geheimpolizist hat »aus Spaß« die Waffe hervorgeholt, als der zu Vernehmende sie ihm plötzlich entreißt und gegen sich selbst richtet. Es entsteht ein wildes Handgemenge, bei dem sich ein Schuß löst und den zu Vernehmenden trifft. Man bringt ihn ins Krankenhaus, wo der Arzt feststellt, daß Harjula bewußtlos ist.

Das ist alles.

Eero Harjula behielt sein Geheimnis für sich, und sie waren

an dem Kind nicht interessiert. Der Tod eines kleinen Mädchens bedeutete ihnen nichts.

Eine knappe Woche später erlangt der Mann das Bewußtsein wieder, aber er kann sich an nichts von dem erinnern, was geschehen ist. Er verbringt insgesamt zwei Monate im Krankenhaus. Die Kugel hat fatale Folgen, sein Unterleib ist teilweise gelähmt. Aus der ärztlichen Bescheinigung geht hervor, daß die Verletzung unheilbar ist.

Die Geheimpolizei holt ihn zu keinen weiteren Verhören mehr.

VIERTE SOHLE

Man muß ernst machen mit dem Ernsten, und es ist Gott, der allen seligen Ernstes wert ist, der Mensch aber ist dazu gemacht, ein Spielzeug Gottes zu sein, und das ist wirklich das Beste an ihm. So muß denn jedermann, ein Mann so gut wie eine Frau, dieser Weise folgend und die schönsten Spiele spielend das Leben leben.

Platon (427–347 v. Chr.)

OLKIKUMPU, AUGUST 1936

Die erste Frage des Mannes, nachdem er wieder zu Bewußtsein gekommen ist, gilt Emmanuel Aarnios Megalithen.

Der Findling ist doch immer noch da?

Ja, ja, versichern ihm Krankenschwester und Ehefrau ein ums andere Mal, während sie das besorgniserregende Schaukeln der Blutflasche beobachten. Sie möchten wissen, was geschehen ist, aber darüber will der Mann nicht sprechen; das ist jetzt völlig unwesentlich.

Nach der beruhigenden Nachricht über den Stein verwandelt sich sein Krankenhausbett mit dem eisernen Kopfende in die Stabsstelle der Operation Pikkönig. Mit dem Sprechen hapert es noch gewaltig, aber die Hände funktionieren gut. Es hagelt nur so Anleitungen und Zeichnungen, bis die Pflegerinnen laut ihre Besorgnis darüber äußern, daß der Patient allzu energisch agiere.

Doch Eero Harjula fühlt sich keineswegs wie ein Patient, sondern wie ein Mann, der eine *Aufgabe* hat. Wie ein Soldat, der einen Kampfauftrag erhalten hat. Die Umstände lassen es nicht zu, daß sein Platz in der vordersten Linie ist, aber es geht auch so. Zumal der Stabschef einen Adjutanten bekommt, der seine Gedankengänge versteht. Der genug Zeit und den Willen hat, den Plan voranzutreiben, so wie der Mann ihn gemacht hat.

Die einzig denkbare Person für diese Aufgabe ist Vida Harjula, seine Frau.

Natürlich ist sie dazu bereit. Sie ist aus Mitleid dazu bereit. Weil sie irgend etwas tun möchte, um wenigstens für einen Augenblick zu vergessen. Weil sie kaum eine Alternative hat.

Der Mann sagt, wie tief die Bohrlöcher sein müssen. Und mit welcher Maschine gebohrt. Vida lernt die automatische Atlas von Grund auf kennen. Das ist eine Maschine, die man an einem Stützpfeiler befestigt und die Wasserkühlung hat, deren Gestänge aber nicht rotiert. Der Steinblock ist natürlich eine Sache für sich. Da hinein macht man ein Spaltungsloch mit einem speziellen Bohrkopf. Die Löcher plaziert man längs den Schichtflächen, so einfach ist das. Hauptsache, daß Vida weiß, wie das gewünschte Endergebnis aussehen soll. Die Form des Monuments. Die Ausführung ist dann reine Routine. Eero Harjula weiß genau, welches die richtigen Männer für diese Aufgabe sind, damit es am Ende so aussieht, als hätte man mit der Schrotsäge gearbeitet.

Die Frau versteht doch?

Ja, sie versteht.

Und hat alles notiert.

Ja, ich habe alles schwarz auf weiß, so wie du es mir gesagt hast.

Es fehlt jetzt nur noch die Einwilligung der Kumpels, aber das ist reine Formsache.

Wirklich? überlegt die Frau, aber sie behält ihre Zweifel für sich.

Die Kumpels warten, glühend vor Begeisterung. Wenn ich nur mal erst hier rauskomme. Aber das ist lediglich eine Frage der Zeit.

Die Genesung schreitet voran, aber nicht so schnell, wie der Patient es selbst erwartet. Ärgerliche Rückschläge dann und wann, wundgelegene Stellen, Nässen, Fieber.

Als Eero Harjula aus dem Krankenhaus nach Hause zurückkehrt, ist es schon Ende August. Die Arbeitskollegen haben für ihren Chef ein Willkommensfest arrangiert. Im Garten des Junggesellenheims erwartet ihn eine Fete sondergleichen. Sie haben zwei Dutzend Liter Schnaps besorgt. Tepe Tirkkonen spielt auf seiner Klarinette Negerjazz.

Es ist schon später Abend, als das Auto in den Hof kurvt. Ein Rollstuhl wird herausgenommen und der Mann hineingesetzt. Ein Glas Wodka wird für ihn durchgereicht. Der Wind bläst ziemlich heftig. Die Sturmlaternen in den Bäumen tanzen hin und her. Es duftet nach Kerosin.

»Danke, Jungs«, sagt Eero Harjula gerührt zu seinen Kumpels, die sich in ihren Sonntagsstaat geworfen haben. »Ich hoffe wirklich, daß in Olkikumpu heute ordentlich gebechert wird zu Ehren dieser meiner Rückkehr. Aber ich persönlich habe beschlossen, daß ich nicht eher trinke, als bis der Stein für Pikkönig dort oben auf dem Olkikumpu steht.«

Betretene Stille.

Was sagt dieser Mann da eigentlich? Etwa, daß er die mit Mühe und viel Geld organisierte Bewirtung verschmäht und seine Mitarbeiter öffentlich vor den Kopf stößt?

Eero Harjula sitzt aufrecht in seinem Stuhl, läßt seinen Blick langsam von Gesicht zu Gesicht wandern.

»Emmanuel Aarnio war ein Mann, der nichts so sehr respektierte und liebte wie den Stein«, erklärt er mit vernehmlicher Stimme. »Ich kannte ihn. Ich habe mit ihm so viele Jahre zusammengearbeitet, daß ich sagen kann, ich kannte ihn. Er achtete den Stein, verstand ihn zu lesen. Er wußte, wann man an den Fels rühren durfte und wann nicht. Er rettete vielen Arbeitskameraden das Leben, weil er die Signale des Gebirges zu deuten wußte. So ein Mann war das. Wenn es auf der Welt etwas gab, was er ebenso sehr liebte wie den Stein, dann war es ein gutes Pokerblatt …«

Eero Harjula hat einen trockenen Mund. Als er die Hand nach etwas ausstreckt, um sich die Kehle anzufeuchten, recken sich ihm drei, vier Hände gleichzeitig entgegen.

»Ein Dreier und ein Paar«, fährt er fort. »Ein Vierer. Von einem Royal Flush mit Herz ganz zu schweigen, was, ehrlich gesagt, sogar bei ihm außerordentlich selten vorkam … Ein gutes Blatt. Dafür lohnt es sich zu spielen. Er war ein guter Spieler. Verteufelt schlau, um es geradeheraus zu sagen. Aber ehrlich. Beschiß hat er nicht geduldet. Die Spannung beim Spiel beruhte darauf, daß alle eine Chance bekamen. Das setzte *faires Geben* voraus. Ein Geben, mit dem garantiert war, daß alle die Chance hatten zu gewinnen, wenn sie ihre Karten richtig einsetzten. Der Ausgangspunkt war für alle derselbe. Fünf Karten pro Mann. Nicht mehr und nicht weniger.«

Verwundert hört Vida Harjula ihrem Mann zu, der da kerzengerade in seinem Stuhl sitzt wie Präsident Roosevelt, der mit donnernder Stimme den New Deal verkündet. Die bewundernden Seufzer der anderen Frauen vermischen sich mit dem Zirpen der Grillen in der Augustnacht. Sie starren wie gebannt auf diesen leidenschaftlichen und immer noch schönen Mann, in den man sich einfach verlieben muß, auch wenn ihn ein grausames Schicksal für immer an den Rollstuhl gefesselt und vielleicht gewisse lebenswichtige Funktionen lahmgelegt hat, aber er strahlt immer noch eine bemerkenswerte Kraft aus, das ist nicht zu leugnen.

»Aus demselben Grund«, predigt er, »aus demselben Grund wurde Pikkönig Sozialist und Kommunalpolitiker: damit beim Geben alle dieselbe Chance bekamen.«

Das, so sagt er feierlich, das war Emmanuel Aarnios Vorstellung von einem fairen Spiel.

»Und deshalb wurde er auch getötet. Abgeschlachtet wie ein Schwein. Es war ein und dasselbe. Abgesehen davon, daß es auf grausamere Weise geschah. Auf viel, viel grausamere ...«

Die Anwesenden wechseln, peinlich berührt, Blicke.

»Ich bin kein Sozialist, und ich werde auch nie einer werden. Aber dennoch denke ich, daß es falsch war, was man ihm angetan hat. Und daß niemand etwas gesehen und gehört hat. Nicht einmal ich, obwohl ich in der Nähe war und meine Augen und Ohren eigentlich funktionieren sollten«, sagt er.

Das Glas in seiner Hand zittert ein wenig.

»Er wurde in Schande und in aller Stille begraben. Wie ein Verbrecher. Nicht einmal ein anständiger Stein erinnert an ihn. So als hätte er keinen anständigen Stein verdient. Aber ich finde, wenn überhaupt jemand, dann hat er einen Stein verdient. Wie viele von euch denken ebenso? Daß das, was sie Pikkönig angetan haben, nicht richtig war?«

Die Männer stehen bestürzt und schweigend da. Einigen von ihnen ist überhaupt nicht aufgegangen, was man von ihnen erwartet. Manch einer erinnert sich noch leicht verbittert an die stattlichen Summen, die er beim Poker an Aarnio verloren hat, aber für die meisten ist es nur furchterregend oder ungewohnt, auf eine so pathetisch formulierte Herausforderung antworten zu müssen.

»Freunde, wer von euch will mitmachen, wenn wir dem finnischen Bergmann ein Denkmal setzen?«

Sie stehen da, stocksteif und verlegen. Wie in flagranti ertappt in inniger Umarmung mit ihrer lange verschwiegenen Schande. Nackt in ihrer Angst, die sie zwei Jahrzehnte lang aus dem schlammigen Boden der Exekutionsgruben ihrer Väter und Brüder bis in ihre Träume verfolgt hat. Von den Phantomgräbern her, die es nicht gab, weil die Sieger es so behaupteten. In Olkikumpu werden keine Menschen umgebracht, in Olkikumpu haben alle es verdammt gut, wenn sie nur ihre Arbeit tun und sich um ihre eigenen Angelegenheiten kümmern. Diejenigen, die das nicht zu schätzen wissen, verschwinden früher oder später. Und das sollen sie auch. Verschwinden. Sich davonmachen nach Rußland oder noch weiter weg, dorthin, wo der Pfeffer wächst.

Und jetzt behauptet dieser Mann, ein Offizier des Schutzkorps, öffentlich und von Angesicht zu Angesicht, daß Emmanuel Aarnio gar nicht Selbstmord begangen, seinen Körper Finger um Finger verstümmelt, sich in den Ameisenhaufen eingewühlt und schließlich sich selbst einen Schuß in den Nacken gesetzt hat. Was ist los mit Harjula, daß er immer noch nicht den Mund halten kann, obwohl man ihm sein Kind und seine Gesundheit und seine Arbeit genommen hat? Ist ihm nicht sein alter Vater eine Lehre, der auf einem weißen Hengst in den Bruderkrieg ritt, um das Land von den Roten zu befreien, von dort aber grauhaarig und als menschliches Wrack zurückkehrte, der einen Stuhl als Vogel bezeichnete und seinen Sohn als Onkel? Kapiert er nicht, daß man mit Worten niemals vorsichtig genug sein kann?

Nein, von Vorsicht will Eero Harjula nichts wissen. Er wartet. Er betrachtet die Gesichter um sich herum, die sich von ihm abwenden, und wartet. Wie ein Schauspieler, der davon überzeugt ist, daß Gott in seiner großen Gnade die Menschheit nur deshalb erschaffen hat, damit er ein Publikum hat, das seiner Darbietung applaudiert. Er hat doch nicht all das erlitten, nur um bei denen zu verlieren, deren Sache er zu vertreten meint: Was zögert ihr denn noch, Männer der Steine?

Die Situation wird unbehaglich.

»Ich jedenfalls bin nur hergekommen, um ein bißchen zu feiern«, murmelt jemand.

»Jaa, als müßte man im Berg nicht schon genug schuften im Schweiße seines Angesichts!«

»Was zum Teufel bildet der sich eigentlich ein, meint er, er wär ein Prophet? Mich jedenfalls kommandieren die Bosse in der Freizeit nicht herum, das ist so sicher wie das Amen in der Kirche.«

»Richtig.«

»Sind wir nun hergekommen, um einen zur Brust zu nehmen oder um dummes Zeug zu reden, häh?«

Die Durstigsten schnappen sich eine Flasche vom Tisch und ziehen sich, von der Rede angeödet, in die Büsche zurück.

Eero Harjula hebt sein Limonadenglas hoch gegen den dichten nächtlichen Augusthimmel, sieht seine Frau an, die da steht mit dem Kind, das an ihrer Schulter eingeschlafen ist.

Ich werde den Stein errichten, sagen seine Augen, ganz gleich, was geschieht. Die Frau nickt. Sie weiß, daß das Monument das innerste Anliegen ihres Mannes ist und daß nichts ihn mehr aufhalten wird.

Ich tue es, verkünden Eero Harjulas Augen, ich werde diesen verdammten Stein errichten, und sei es allein, das werde ich tun, hol mich der Teufel, nur der Stein wird meine Schande tilgen, meine bösen Taten und meine Unterlassungen sühnen. Wenn nicht im Guten, dann im Bösen, vom Grauen beflügelt – so kann man die Arbeit auch machen, aber sie endet erst, wenn das festgesetzte Zeichen über dem Kopf der Schänder errichtet ist, keinen Augenblick früher.

»Sollte es nicht auch Musik geben?« ruft jemand.

Tepe Tirkkonen seufzt, nimmt seine Klarinette zur Hand:

»Warum sollten wir andererseits diesen Stein nicht zurechtbohren können«, sinniert er, während er das Mundstück abwischt. »Und ihn vom Käärmesalmi fortschaffen, wo er die Landschaft verschandelt. Da hat er ja nun schon unverschämt lange gelegen ...«

Zwei, drei Stimmen geben ihm Schützenhilfe:

»Wenn meine Alte nicht anfängt darüber zu meckern, daß ich ewig auf Achse bin, kann ich ja mal drüber nachdenken.«

»Ein quietschendes Rad muß man nur ein bißchen ölen, dann verstummt es ...«

Das Einverständnis nimmt im Laufe des Abends in dem Maße zu, wie die Gläser geleert werden, es ist ja unbestreitbar ein schöner Gedanke, und Eero Harjula nickt erleichtert, es ist doch ansteckend in seiner Art, das Lied vom großen Stein, das verspricht, dieses Dorf noch stärker zu machen, diese Anhöhe und das Bergwerk. In diesen schweren Zeiten, inmitten verheimlichter Gräber soll das vergossene Blut geheiligt werden, so daß keiner, der sein Gewand mit Frevel befleckt hat, den anderen mehr das Leben zu schwer macht und die Menschen wieder Kraft und männliche Stärke gewinnen ...!

Die trinkfestesten Kumpel besprechen mit dem Mann bis zum Morgengrauen die Einzelheiten des Plans; du bist einfach ein toller Bursche, Harjula; denken sich zur Lösung des Transportproblems geniale Einzelheiten aus, reißen rauhe Witze und finden zu einer einzigartigen Einmütigkeit, die nicht einmal der fürchterliche Kater des nächsten Tages völlig zu untergraben vermag.

Die Arbeit sollte sechs Jahre dauern. Der Ort ist schwer zugänglich, und Vida Harjula muß die Aufgabe ihres Mannes an Ort und Stelle übernehmen. Manchmal hat sie den Jungen dabei, aber meistens bleibt er in Natalias Obhut. Aber wenn Natalia Kunden hat, muß sie das Kind manchmal notgedrungen für eine Weile unter der Aufsicht des Mannes lassen.

Im ersten Winter, an einem frühen, schneeigen Winternachmittag, nachdem die Tür hinter Vida ins Schloß gefallen ist und der Mann auf seine Schwester wartet, während er seine Blicke durch das Fenster über das unter einer weißen Decke daliegende Dorf und das Bergwerk schweifen läßt, in das er nie wieder hinabsteigen wird, kommt der Junge neben ihn gekrabbelt und richtet sich am Rollstuhl zum Stehen auf. Mit der Hand sucht er Halt an den Hosenbeinen. Sein Blick heftet sich auf das Gesicht des Mannes, mustert es hartnäckig. Der Junge steht da und schwankt auf unsicheren Beinen.

Der Mann schluckt. Er will das Kind nicht in seiner Nähe haben, aber was kann er tun? Er kann nur dahocken und darauf warten, daß der Junge ein anderes Untersuchungsobjekt findet.

»Nun ist es gut«, sagt er und räuspert sich, »nun geh da weg …!«

Ich hasse dieses Kind, ermahnt er sich düster. Und werde es immer hassen, weil ich nicht sicher sein kann.

Das Kind fährt zusammen, als es die Stimme hört. Der Mann fürchtet, es werde anfangen zu schreien, aber nein: die kleine Hand löst ihren Griff vom Hosenknie und streckt sich nach oben. Die Finger bewegen sich in der Luft, als wollten sie um etwas bitten.

Der Mann sieht das Kind an. Er sieht ihm zum ersten Mal direkt in die Augen. Der Junge neigt seinen Kopf zur Seite, verzieht den Mund zu einem Lächeln. Aus der Tiefe der Augen erstrahlt ein Licht. Wie das Meer. Der Mann hat noch nie etwas so Klares gesehen. Er ist wie geblendet, seine Wangen glühen:

»Na, was willst du denn …?«

Der Junge beginnt zu fremdeln, er preßt seine Wange gegen das Bein des Mannes.

Der Mann schlingt seine Arme um den Jungen, hebt ihn auf seinen Schoß.

Wie leicht er ist. Er berührt den flaumigen Nacken, spürt den starken Puls des Blutes unter der durchscheinenden Haut. Wie schön. Ein schöner kleiner Junge. Ist das verwunderlich? Trinkt er doch täglich die nie versiegende Milch seiner Mutter.

Er wird erstarken und auf eigenen Füßen stehen.

Er wird laufen.

Er wird sein erstes Holzscheit spalten, wütend heulen, wenn es nicht gleich gelingt; stell das Holzstück senkrecht hin und schlag in die Mitte, Junge. Richtig. Ein tüchtiger Angler, so viele Fische hast du bekommen, da wird Mama sich aber freuen! Ja, aber vergiß nicht den Ranzen, wenn du in die Schule gehst, der Lehrer schimpft, wenn du die Bücher nicht mithast.

Er prügelt sich und kommt blutend nach Hause; hast du we-

nigstens gewonnen? Rasierzeug brauchst du, was willst du denn damit, du Milchgesicht …! Woher kommen sie? Die Bilder, die es gar nicht gibt.

Aber der Duft. Der ist da. Solch einen Duft hat der Mann nie zuvor verspürt. Er schnüffelt noch einmal an der zarten Haut des Nackens. An den Duft des Mädchens kann er sich ums Verrecken nicht erinnern: Hab ich die Kleine niemals im Arm gehalten …?

»Sieh mal, Junge«, sagt der Mann und zeigt aus dem Fenster. »Schnee. Das ist Schnee. Der ist kalt. Huuh.«

Er reibt die Hände gegeneinander, um zu zeigen, wie der Schnee die Finger erstarren läßt.

In den Augen des Kindes zeigt sich Verwunderung, es wendet sich nach dem Fenster. Der Mann räuspert sich. Er hat einen seltsamen Kloß im Hals.

»Der Schnee deckt alles zu«, flüstert der Mann. »Verstehst du? Alles in der Natur hat eine bestimmte Bedeutung. Und das Zudecken, das ist die Aufgabe des Schnees«, sagt er.

OLKIKUMPU, NOVEMBER 1938

Man kann tagaus, tagein, jahraus, jahrein bestimmte Verrichtungen tun, still, mit immer derselben Sorgfalt. Das bedeutet aber nicht, daß man vergessen hätte. Arbeiten, Essen und Schlafen geben dem Tag einen Rhythmus, so wie die Sprossen einer Leiter dem Klettern, aber das ist kein Aufstieg, der einen aus dem Kummer herausführt, sondern eine Bewegung mitten in der Trauer. Man kann die Haken seiner Schuhe zu- und aufbinden, halblaut zählen, daß es auf beiden Seiten je neun Stück davon gibt, neun schwarze, hierhin und dorthin gewandte Häckchen, und dabei doch nicht wahrnehmen, wie verschlissen und häßlich die Schuhe geworden sind. Man kann Laken zusammenfalten, ohne sich an ihrer windigen Frische zu erfreuen, man kann einkaufen gehen, ohne bei den neuen, opalfarbigen Stoffballen stehenzubleiben. Man kann den gelähmten Mann aus dem Bett in den Rollstuhl heben, ohne einen aufmunternden Händedruck zu verspüren; das zahnende Kind bis an den Rand der Erschöpfung herumtragen, ohne zu bemerken, daß es schon längst auf dem Arm eingeschlafen ist; an den vor dem Kontor stehenden Wagen und deren Fahrern, die eine Dienstmütze tragen, vorbeigehen, ohne den Duft der holländischen Zigarren wahrzunehmen.

Man macht jeden Tag dieselben Bewegungen, dieselbe Arbeit, tut aber eigentlich nur so, weil man sie ja doch nicht richtig in den Griff bekommt, weil hinter jeder Bewegung etwas lauert, was nicht mehr ist.

Die in der Erde vergrabene Tochter, deren sommersprossiges kleines Gesicht von Würmern zerfressen wird und durch deren Finger die Pflanzen ihre Wurzeln schieben. Das Kind, von dessen Wiege sie die Fliegen verscheuchte, wenn sie den Schlaf der Kleinen mit ihrem Surren störten.

Wie kommt es, daß sie sich so gut daran erinnert? Wie sie auch auf die kleinsten Schrammen am Knie blies, sie verpflasterte, die Schmerzen wegküßte. Wie sie die widerspenstigen, moltebeerfarbenen Haare bürstete, sie zu zwei dünnen Zöpfen flocht und sie mit grünen Kreppschleifen band. Aber am letzten Abend gab sie ihr nicht die getrockneten Datteln, weil sie sie für die Torte aufsparen wollte. Sie gab sie ihr nicht, obwohl das Mädchen so schön darum bat. So spät nicht mehr, morgen sehen wir mal, ob beim Backen welche übrigbleiben, hat sie auf den allerletzten Wunsch ihrer Tochter entgegnet.

Warum war sie gerade damals so unnachgiebig? Warum nur mußte sie mit den verfluchten Datteln geizen, statt in die Küche zu gehen und sie dem Kind zu geben, das sie nie wieder lebend sehen sollte?

Ja, Vida Harjula ist bis ins Innerste festgefahren.

Auf der einen Seite das tote Kind, auf der anderen die zwei Männer. Der eine, der an seinen Stuhl gefesselt ist, und der andere, der fortging. Der verschwand. Der ebenfalls aufhörte zu existieren, einfach so, ohne die geringste Vorwarnung. An demselben Weltuntergangstag. Er ging ohne ein Wort des Abschieds und nahm den Trost mit sich fort.

Warum? Warum? Warum?

Sie hat versucht, den Tod ihrer Tochter, das Verhör ihres

Mannes, das Schicksal des irischen Geologen aufzuklären, aber niemand scheint zu wissen, was geschehen ist. Eero Harjula kann sich an nichts erinnern, was in der Zeit vor dem Unglück geschehen ist. Der Schock, sagt der Arzt. Die Unternehmensleitung wäscht ihre Hände in Unschuld, Natalia weint nur, und der Bezirkspolizeichef weist Vida mit immer derselben entschiedenen Freundlichkeit an der Tür seines Büros ab: Schreckliche Sachen, aber so was kommt vor. Lassen Sie die Vergangenheit ruhen, Frau Harjula, so ist es für alle am besten, denn es gibt doch nix, was Ihnen Ihr Mädel zurückbringt …

Das stimmt natürlich, aber diese schmerzhafte Sehnsucht ist nicht so einfach abzustellen, sie verschwindet nicht einfach dadurch, daß man mit den Fingern schnippt oder dadurch, daß man aufhört zu fragen.

Eine Zeitlang, die ihr endlos erschien, hat Vida Harjula die Schlange der Lastautos überwacht, die den Steinblock von der Stelle schleppten. Hat gesehen, wie die Wintersonne auf dem Blech der Maschinen gleißte. Hat beobachtet, wie die Wagen im Frühlingsmatsch zwei Dutzend Meter vorankamen und dann stehenblieben, als die Fahrer aussteigen und die Hindernisse und Befestigungen untersuchen mußten. Hat in der Sommerhitze mit Fahrern, Hilfskräften und den Leuten vom Bergwerk beraten, ihnen Kaffee und Bier gebracht. Hat in der nach Kerosin stinkenden Dunkelheit der Herbstabende über deren Kalauer gelacht, über die harmlosen und auch über die etwas unanständigen. Hat von einer Woche zur andern, von einem Monat, einem Jahr zum andern getan, was man von ihr erwartete, aber die ganze Zeit, stets und ständig, war sie sich dessen bewußt, daß sie eingeklemmt war zwischen dem toten Mädchen und dem verschwundenen Mann.

Jeden einzelnen Tag ist sie gegen Abend auch zum Friedhof gegangen und hat zu der Marmorplatte gesprochen, die die Gesichtszüge ihres Kindes trägt, hat erzählt, wie weit sie den Stein im Laufe des Tages von der Stelle bewegt haben, welche

Schwierigkeiten sie überwinden konnten, was noch bevorsteht. Hat Fotos gezeigt, die Tante Natalia von dem kleinen Bruder gemacht hat, wie er auf dem Schaukelpferd sitzt, das er vom Vater zu Weihnachten bekommen hat, und von den Drillingsmädchen des Fahrdienstleiters, die wegen einer unbehandelten Rachitis ihr Leben lang krumme Beine haben werden; ist das nicht ein Jammer, so hübsche, fröhliche Mädchen? Hat in heiteren Formulierungen die neuen Sommerpraktikanten beschrieben, die Diorit nicht von Quarzit unterscheiden können und zu den Geländeerkundungen wie ein Bergrat in Lacklederschuhen und Umschlaghosen erscheinen. Hat erzählt, daß der kleine Bruder gelernt hat, auf den Topf zu gehen, daß Janne Viita sich den Rücken verzogen hat, daß Hitler Österreich okkupiert und Innenminister Kekkonen die deutschfreundliche Patriotische Volksbewegung verboten hat. Hat geplaudert, ohne etwas zu verheimlichen, über den Alltag, den Klatsch, die Tragödien, die Nachrichten und weltbewegenden Ereignisse, wenn sie auch nur im geringsten erwähnenswert waren.

Aber immer hat sie das Gefühl gehabt, daß die Kleine etwas anderes, etwas völlig anderes von ihr erfahren will. Es besteht kein Zweifel: Die Tote ist mit ihr unzufrieden. Es kann kein bloßer Zufall sein, daß sich jedesmal, wenn sie auf den Friedhof geht, der Himmel mit Wolken bezieht, ein strenger Wind aufkommt oder Nieselregen einsetzt. Auch an den herrlichsten Sommertagen, wenn die Sonne den ganzen Tag ihre sengende Glut herabgesandt hat, finden böse Luftwirbel genau in dem Augenblick ihren Weg zur Kirche, wenn Vida Harjula die Scharniere der eisernen Pforte knarren läßt; und wenn sie die Blumen noch so hübsch auf dem Grab arrangiert, sie kann sicher sein, daß sie zusehends verwelken oder daß der Wind sie fortweht und sie unschön überall auf den Sandwegen verstreut. Keine einzige Rose, die sie auf das Grab pflanzt, schlägt Wurzeln. Die Begonien verfaulen, bevor sich auch nur die erste Blüte öffnet.

Das alles ist sehr störend und traurig, aber nichts im Vergleich zu dem, was dann geschieht.

An einem Novemberabend, als Vida Harjula wegen all ihrer Verpflichtungen etwas später als gewöhnlich bei der herbstlich erleuchteten Kirche anlangt, bietet sich ihr ein erschreckender Anblick.

Die Steine einer ganzen Gräberreihe sind systematisch umgestürzt worden. Die einen nach vorn auf den Grabhügel, so daß zerquetschte Blumen und zerbrochene Vasen unter ihnen hervorsehen, die anderen nach hinten, so daß sie den Sandweg blockieren.

Die Frau schlägt die Hände vor den Mund, atmet tief durch.

Sie läuft zur Kirche, aber dort ist niemand. Sie macht sich auf den Weg zur Dienstwohnung des Küsters, obwohl sie davon überzeugt ist, daß man den Schuldigen niemals finden wird.

»Bist du das gewesen, Kleine?« fragt sie den Marmorkopf des Mädchens später, als die Aufregung sich etwas gelegt hat, der erschütterte Pfarrer ins Pfarrhaus zurückgekehrt und der Redakteur der Lokalzeitung gegangen ist, um über die beispiellose Grabschändung einen Artikel zu schreiben. »Warum hast du das bloß getan …? Ich kann nichts dafür, daß ich so spät gekommen bin. An einer Zugmaschine war der Reifen geplatzt, der kleine Bruder hatte den ganzen Tag schlechte Laune, und Natalia ist in der Stadt, um irgendwelche Silbersalze zu kaufen …«

Aber das ist es nicht.

Nicht wegen der Verspätung ist das Mädchen böse, sondern wegen etwas ganz anderem.

»Oder willst du nicht, daß ich dich hier besuchen komme?« fragt die Frau und klaubt mit Tränen in den Augen die Ameisen vom Grabhügel herunter. »Willst du mir denn niemals verzeihen? Willst du so unnachsichtig mit mir sein?«

Die Frau streicht über die kalte Marmorwange; in dem klaren Blick der steinernen Augen zeigt sich keine Spur von Verständnis. Sie sind nicht ausdrucksvoller als die Blümchen auf einer Kaffeetasse.

Sie streckt den Rücken, seufzt. Irgendwoher aus der Ferne klingt schwacher Gesang herüber. Stärker als je zuvor wittert die Frau den Grimm, der ihr aus dem Grab des Kindes entgegenschlägt, und sie spürt die Versuchung zu beten, um zu verstehen, was die Tote von ihr will, aber auch das erscheint ihr falsch.

»So etwas solltest du nicht tun, das macht die Menschen traurig ...«

Das Herz krampft sich ihr zusammen, wenn sie auf die umgestürzten Grabsteine sieht, und sie löst von einer kahlen Geißblattranke ein blaues Seidenband, das wer weiß woher dorthin geweht worden ist.

So schwarz wie die Erde, so weiß wie der Schnee, und was zuletzt kommt, ist der Tod ...

Sie beißt die Zähne zusammen, daß es knirscht; ist es so falsch, daß sie den Mann trotz allem zurückhaben möchte? Was auch immer geschehen sein mag. Sie möchte etwas haben als Ersatz für das, was sie verloren hat. Möchte, daß sich eine Hand auf ihren Hals legt, auf ihren Schoß, auf ihre Brüste. Sie innen berührt, wo jetzt nur Leere und Dunkelheit herrschen. Ihre Schale füllt. Sie mit einem Sprühregen von Licht, Sternen, Monden, Sonnensystemen erfüllt. Pulsierendes Licht in ihre Dunkelheit bringt.

Aino ist gefangen, Aino darf wählen. Mensch oder Tier? Apfel oder Birne ...?

Da steht die Frau, an die eisige Mauer gelehnt, und wickelt das Band um ihren Zeigefinger, bis die dazwischen hervorschauende Haut ganz dunkelrot wird. Sie bemerkt es nicht, sie horcht, schaukelt leise vor und zurück, wiegt ihre unsichtbare Sehnsucht, späht hinauf zu dem beleuchteten Kirchturm, der ebenfalls schwankt, samt Kreuz und allem gegen den stockfinsteren Himmel schwankt.

Sie spürt, daß von der lautlosen Unendlichkeit des Weltraums ein stärker und stärker werdender Sog ausgeht. Früher fürchtete sie ihn, aber in letzter Zeit lockt er sie ebenso wie die fremden Städte und Straßen auf der Landkarte, deren Namen sie sich einprägt, die sie aber noch nicht besucht hat. Der schwindelerregende Rhythmus ruft sie wie das Stampfen eines abfahrenden Zuges, sie muß sich nur einen Platz suchen, sich setzen.

Aber nei-ein, das klappt nicht dann, wenn sie es will. Die Welt ist immer noch da. Der dunkle Friedhof und der Tod und alles andere. Sie löst das Band von ihrem Finger und zieht die Handschuhe an. Und schämt sich wie ein dummer blinder Passagier, der versucht hat, ohne Billett mitzufahren.

Es bleibt nicht bei dem einen Fall von blinder Zerstörungswut auf dem Friedhof. Gerade als man die Steine wieder aufgestellt und die Grabhügel geglättet hat, stürzen neue. Als auch eine nächtliche Bewachung kein Ergebnis bringt, ist man in Olkikumpu wirklich ratlos. Was für ein manischer, gewiefter Irrsinn steckt eigentlich hinter all dem?

Die Geschichte ist schon bis in die städtischen Zeitungen gedrungen, sogar aus Helsinki hat man angerufen und gefragt, ob dieser systematische Vandalismus seinem Charakter nach politisch sei.

Nein, auf keinen Fall, der ist ganz willkürlich, versichern sowohl der Pfarrer als auch der Polizeichef. Aber sie wissen, daß die neugierigen und unverschämten Reporter darauf brennen, in den Angelegenheiten von Olkikumpu herumzustochern, die vor dem Genossenschaftsladen herumlungernden großmäuligen Trunkenbolde auszufragen, Einsicht in alte polizeiliche Untersuchungsakten zu verlangen und die Geschichte des Bergwerks aufzurollen. Kurz, den guten Ruf des Ortes mit ihren aus der Luft gegriffenen Theorien zu beschmutzen, um für ihre Zeitung eine skandalträchtige Geschichte zu erhalten, die sich gut verkaufen läßt.

Das darf natürlich nicht geschehen.

Unter gar keinen Umständen.

Die Grabsteine müssen sich jetzt unbedingt beruhigen, sonst sitzt man in noch Schlimmerem als in der Tinte.

Dabei gibt es aber niemanden, den man beschuldigen könnte. Niemanden, der auch nur im geringsten verdächtig wäre.

Niemand hat etwas gesehen oder gehört.

Natürlich besuchen Angehörige ihre Gräber, eine Mutter, die ihr Kind verloren hat, sogar jeden Tag, den Gott werden läßt. Aber diese vom Gram gebeugten armen Menschen, die von dieser gottlosen Zerstörungswut am schmerzlichsten betroffen sind, stehen ja wohl außerhalb jedes Verdachts.

Oder?

Aber klar.

An diesem Nachmittag geht Vida Harjula wieder zum Grab der Kleinen. Schon von weitem sieht sie das dunkle Auto vor der Kirche. Der Polizeichef öffnet die Tür:

»Hätten Sie Zeit auf ein paar Worte, Frau Harjula?«

»Darf ich zuerst diese Blumen wegbringen?«

»Aber ja doch, aber ja doch ...«

Der Polizeichef steigt aus, zündet sich seine Pfeife an und betrachtet den schmalen Rücken der Frau, während sie über der Marmorplatte ihrer Tochter kauert und frisches Wasser in die Vase füllt. Die Blumen vom letzten Mal sind fort wie gewöhnlich, aber das ist für Vida Harjula keine Überraschung.

»Ihr Grab ist scheint's noch verschont geblieben?« ruft der Polizeichef, der sich halb unbemerkt neben die Mauer geschlichen hat.

Die Frau fährt leicht zusammen, wendet verstohlen den Kopf:

»Allerdings.«

Plötzlich fängt es unvermittelt an zu regnen, die kalten Regentropfen peitschen heftig das Land, verdunkeln den Himmel.

Der Polizeichef klopft die Pfeife aus, zieht den Mantel über den Kopf und rennt zum Auto. Die Frau beeilt sich nicht. Sie steht erstaunlich ruhig und irgendwie gleichgültig inmitten des grauen Regenschauers. Es ist, als hätte sie gewußt, daß der Regen kommen würde, und begnügt sich damit, mit der einen Hand das Gesicht zu beschirmen und zu beobachten, wie die Wasserfluten die späten Ringelblumen, die sie gebracht hat, mit sich fortreißen.

Und der schwarze schwarze Mann stieg in das schwarze schwarze Auto, und in dem schwarzen schwarzen Auto war ein schwarzer schwarzer Kasten …

Als die Frau endlich zur Kirche zurückkehrt, ist sie völlig durchnäßt. Der unter dem Mantel sichtbare anthrazitfarbene Rock klebt ihr an den Beinen, das nasse Haar hat sich teilweise aus der Frisur gelöst und haftet am Nacken. Der Polizeichef reicht ihr sein Taschentuch, aber die Frau nimmt es nicht. Und sie will sich auch nicht ins Auto setzen, da würde sie nur die sauberen Sitze naß machen.

»Na, so ein Pech«, sagt der Polizeichef.

»Die Kleine macht Sperenzchen, das ist alles.«

»Häh?«

»Meine Tochter. Sie wird immer böse, wenn ich herkomme.«

»Ach nee«, entfährt es dem verblüfften Polizeichef. »Das ist doch wohl …«

»Schlecht erzogen?«

»Das würde ich nun nicht sagen.«

Er hört zu, wie die Frau sich bezichtigt, eine pflichtvergessene Mutter gewesen zu sein, wie sie die schlimmsten Fehler aufzählt, die sie bei der Erziehung gemacht hat, Situationen, bei denen sie hätte strenger sein sollen, wo sie hätte zeigen müssen, wer das Sagen hat.

Der Polizeichef versucht herauszufinden, ob Vida Harjula ihn schamlos verspottet, aber danach sieht es nicht aus. Die Frau steht vor ihm mit klaren Augen, die Hände in den Taschen. Der Regen hat ebenso plötzlich aufgehört, wie er begonnen hat.

»Sehen Sie jetzt!«

»Warum macht sie denn … Sperenzchen?«

»Wie soll man das herauskriegen, wenn der andere tot ist.«

»Genau«, stimmt der Polizeichef zu.

Vida Harjula lächelt andeutungsweise, wringt sich das Wasser aus den Haaren.

»Und woraus schließen Sie, daß es gerade sie ist, Ihre Tochter, die …«

»Aus dem Trällern.«

»Sie hören etwas?«

»Ich höre etwas oder erinnere mich. Eins von beidem. Aber ich bin nicht verrückt, falls Sie das denken. Früher habe ich geglaubt, ich wäre es, aber jetzt weiß ich, daß ich es nicht bin.«

Der Polizeichef bückt sich und holt etwas aus dem Handschuhfach. Schokoladenkonfekt. Er öffnet die Schachtel, in der schon einige Stücke fehlen, und hält sie ihr hin. Die Frau nimmt eine Praline, überrascht von dem heimlichen Laster des Polizeichefs und davon, daß dieser es ihr zu erkennen gibt.

»Noch eine? Ich empfehle Ihnen die runde in dem roten Papier. Nougat.«

»Danke, eine genügt.«

Die Frau hat noch nicht einmal die erste Praline in den Mund gesteckt.

Und in dem schwarzen schwarzen Kasten ist eine schwarze schwarze Puppe, und die schwarze schwarze Puppe hat ein schwarzes schwarzes Herz …

»Und die Steine? Ist Ihnen nichts aufgefallen, wenn Sie herkamen?«

»Ich hab sie nicht umgestürzt, wenn Sie das meinen«, sagt die Frau. »Das würde ich gar nicht schaffen. Und wozu sollte ich das tun?«

»Niemand beschuldigt Sie, ich dachte nur, als Sie sagten, daß sie ... also Ihre Tochter, irgendwie unzufrieden ist, da ... fiel mir nur so ein, daß ...«

Vida Harjula bekommt richtig Mitleid mit diesem Beamten, dessen gewohnte Selbstsicherheit so vollkommen dahin ist, daß er nicht einmal mehr weiß, wie er den Satz zu Ende bringen soll.

»Es kann gut sein, daß sie ihre Finger im Spiel hat, aber was kann man da machen? Man kann sie kaum aus dem Grab ausgraben und zur Verantwortung ziehen, oder?«

»Das ist wahr«, räumt der Polizeichef ein. »Das kommt allerdings nicht in Frage.«

»Und es hat ja wohl auch keinen Zweck, die Sache den Zeitungen gegenüber zu erwähnen?«

Der Mann zuckt hilflos die Achseln und lächelt:

»Für Olkikumpu ist die Situation doch aber recht ärgerlich, nicht wahr?«

»Auch für mich.«

»Auch für Sie.«

O diese wunderbare Einmütigkeit! Wenn sie doch damals zwischen ihnen geherrscht hätte, als die schwarzen Autos kamen, um Eero Harjula zu holen, und als die Frau etwas über das Schicksal ihres Mannes, ihrer Tochter und des verschwundenen Geologen erfahren wollte.

»In dieser Gemeinde geschehen so viele mysteriöse Dinge«, seufzt Vida Harjula. »Menschen verschwinden. Geisterautos fahren herum. Kinder ertrinken an einer Stelle, an der es kaum Wasser gibt. Da fehlte nur noch, daß die Grabsteine umgestürzt werden.«

»Soll ich Sie nicht doch noch nach Hause fahren?« schlägt der Polizeichef vor. »Ehe Sie sich ganz und gar erkälten.«

»Das macht nichts. Ich werde ja fast jeden Tag naß.«

Der Mann nickt ihr mit unendlicher Geduld zu.

»Zwischen Mutter und Kind gibt es ein Band«, sagt Vida

Harjula und richtet ihren trauerschweren Blick auf ihn. »Das haben Sie sicherlich selbst schon erfahren. Wenn Ihre Mutter um Sie besorgt ist, dann spüren Sie es. So stark, daß es Sie belastet. Ein unsichtbares Band. Unendlich lang. Und nichts, was es zerreißen könnte. Nicht einmal der Tod. Ich glaube, meine Tochter spürt, daß ich unruhig bin. Deshalb weigert auch sie sich, Ruhe zu geben. Bis zu dem Zeitpunkt.«

»Bis zu welchem Zeitpunkt?«

»Bis ich es weiß.«

Ja. Bis dahin. Bis. Von Müttern soll man keine Gerechtigkeit erwarten. Sie stehen immer auf seiten des Kindes gegen die ganze Welt, wenn es darauf ankommt. Sie müssen es erfahren. Damit sie verstehen können. Anders geht es nicht.

»Ich würde Ihnen gern helfen, wenn Sie mir nur sagen, wie.«

Der Polizeichef hat plötzlich den dringenden Wunsch zu beweisen, daß er die Frau versteht, vollkommen und ohne längere Erklärungen versteht. Daß er nicht möchte, daß die Frau und ihre verstorbene Tochter auch nur einen Augenblick länger leiden, wenn es nur irgendwie in seiner Macht steht, diesen beiderseitigen Kummer zu lindern.

»Was ist bei der Vernehmung meines Mannes passiert? Worum ging es da?«

Weder hebt noch senkt die Frau ihre Stimme. Sie steht ebenso ruhig da wie zuvor.

»Ach, gute Frau, das sind Angelegenheiten der Geheimpolizei, die erzählen sie uns nicht.«

Bis hierher, sagt der warnende Blick des Muttertiers. Bis hierher und nicht weiter.

»Ich kann nur versuchen, es zu erraten …«

»Dann erraten Sie doch mal, warum die Geheimpolizei sich für Eero Harjula interessiert hat? Die jagen doch Spione. Kommunisten. Rote. Freunde der Russen. Aber doch nicht meinen Mann.«

Der Polizeichef preßt sich die Hand gegen die Stirn:

»Vielleicht haben sie sich geirrt? Das kann ja auch mal passieren.«

»Ich bitte Sie, er gehört dem Schutzkorps an, genau wie Sie!«

»Seien Sie so freundlich und steigen Sie ein«, bittet der Polizeichef. »Dann reden wir weiter. Aber doch nicht hier mitten auf dem Kirchberg.«

»Versprechen Sie es?«

Ich meine es ernst, sagen die Augen der Frau. Es reicht.

Der Mann nickt. Und diesmal glaubt ihm Vida Harjula.

Trauer. Das ist nicht der schwarze Schleier auf dem Kopf der Frau. Nicht die Tränen, die man zu vergießen pflegt, wenn jemand stirbt. Nicht der Pfarrer, der den nächsten Angehörigen die Hand drückt, und nicht Beethovens Eroica oder Chopins Sonate in b-Moll. Trauer ist nicht das Getuschel hinter dem Rücken, das man noch Monate nach der Beerdigung hört.

Trauer ist Versteinerung. Schwarzes Nicht-Leben. Umgang mit Nicht-Existenten.

Wohnen in der Nacht.

Die Menschen der Morgendämmerung wollten aus Stein eine Trauer errichten, in die man hineingehen kann. Einen Tempel der Todesstärke. Sie errichteten ihn Stein für Stein, Block für Block, um die Dunkelheit vom Licht zu trennen. Sie bauten einen für alle Zeiten dauerhaften Weg in die Ödnis äußersten Kummers, ins Innerste der Leere. Sie verstanden, daß die Dunkelheit gut ist. Tröstlich und gut.

Einen Augenblick, bevor die Sonnenstrahlen des Mittwinters in das Ganggrab von Newgrange, den kühlen Schoß des Todes, vordringen, spüre ich sie. Die herrliche Erleichterung, wenn alles vorbei ist. Der kindliche Friede der lebendig begrabenen Tanta Carhua geht auf mich über, den ein Jesuit viele hundert Jahre später am versteinerten Lächeln erkennt. Ich spüre Vida Harjulas Abendruhe und den letzten schwachen Händedruck der Mutter.

Ja, die Bewohner des Tals waren einfache Menschen, aber dennoch wußten sie mehr als wir. Sie wußten, daß die Dunkelheit gut ist. Und die Tiefe in der Dunkelheit. Sie wollten sie spüren und wetteiferten darum, erwählt zu sein.

Vater, ich bin jetzt bereit, dies ist für mich eine große Ehre ...

Es tat nicht weh, es machte keine angst, weil sie es sich zu wünschen verstanden. Davon zu träumen. Von der größten Ehre, dem vollkommenen Glück. Das Leben ist furchterregend. Das Leben. Nicht der Tod. Auch ich verstehe das jetzt. Auch mir ist wohl, in der Wiege dieses ewigen Grabes, dafür hatte ich reisen und suchen müssen.

Aber dann, gerade als.

Sie nehmen es mir fort. Lassen das Licht herein. Lassen das golden kreischende Leben herein.

Und zeigen mir das tote Kind.

Später behauptet Sean O'Brien, ich sei in Ohnmacht gefallen. Zumindest beinahe. Daß man mich deshalb schleunigst hinaus, an die frische Luft habe tragen müssen.

»Hast du es gesehen?« flüstere ich, aber der Alte denkt an nichts anderes, als mir etwas zu trinken zu besorgen.

»Das ist kein Wunder«, sagt er, als er mich auf eine Bank vor dem Kiosk gesetzt und ein Glas Mineralwasser besorgt hat. »In deinem Zustand. So ein enger Raum und zu viele Menschen. Auch mir wäre fast die Luft weggeblieben. Um den Mund bist du immer noch ganz weiß ... Weinst du, Iiris?«

Er steht auf, bittet im Kiosk um eine Serviette, reicht sie mir.

Nein, ich weine nicht, meine Heulsusenperiode ist endgültig vorbei.

Doch als sich der Alte zu mir herunterbeugt und mir das Papier an die Augen drückt, wird es naß und fleckig von Wimperntusche.

»Das Kind«, sage ich. »Das verschwundene kleine Mädchen war da ...«

Er ist voller Fürsorge und Mitgefühl. Ob es mir wirklich gutgehe, ob ich ganz bestimmt nichts brauche.

»Ja, das war eine unglaubliche Geschichte«, sagt er. »Endlich einmal haben die Zöllner wirklich aufgepaßt.«

Mir wird die Kehle trocken. Ich werde wohl doch etwas trinken. Aber wovon spricht er nur?

»Von dem verschwundenen Mädchen. Der libanesische Vater hatte jemanden angeheuert, der sie über die Grenze bringen sollte. Aber sie wurde auf dem Flughafen erkannt. Obwohl man ihr die Haare abgeschnitten und versucht hat, sie mit dem Paß eines Jungen über die Grenze zu schmuggeln.«

»Die kleine Teresa ...?«

»So sagten sie. In den Frühnachrichten. Morgen wird Genaueres in der Zeitung stehen.«

Das ist doch nicht möglich. Ich habe sie doch gerade eben gesehen! Habe gesehen, wie die Dunkelheit die Gestalt nackter Füße, eines kleinen Gesichts und für immer geschlossener Augen annahm.

Wenn es nicht Teresa O'Connor war, wer dann?

»Dort war ein totes Kind. Ich schwöre, daß ich auf dem Opferstein eine Mädchenleiche gesehen habe.«

Was war es dann?

Eine Halluzination?

Willkommen zur Séance. Iiris ist wieder in Fahrt. Vorsicht vor kollidierenden Astralleibern. Auf dem Programm steht jetzt Horrorvision Nummer sechs.

Gespenst, Einbildung, Betrug, Lüge.

Lüge?

Höre ich jemanden dieses Wort verwenden?

Nein, der Mann sitzt ganz still da, mustert mich besorgt.

»Da war irgend jemand. Eine Leiche. Ich hab mir das nicht ausgedacht. Diesmal sag ich die Wahrheit.«

»Ich weiß.«

Ich versuche, den Gesichtsausdruck des Alten zu deuten, aber es kommt mir so vor, als lösten seine Umrisse sich im künstlichen Licht der Lampen auf. Hab ich mir auch ihn nur eingebildet?

Nein, dort sitzt ein lebendiger, richtiger Mann, er hält mir eine fleckige Serviette entgegen, lächelt mir tröstlich zu wie einem Kind, das gerade aus einem Alptraum erwacht ist, oder einem Wirrkopf, den man nicht durch Widerspruch reizen darf.

»Ich bin mir meiner Sache absolut sicher. Und ich bin nicht verrückt.«

»Nein, du bist traurig.«

Ich runzle die Stirn. Was weiß er von meinem Kummer? Was weiß überhaupt irgend jemand davon? Ich lasse mich nicht darüber aus, trete ihn nicht breit, damit alle ihn begaffen. Er gehört mir. Meine ureigene Leere. Die Leiden der anderen sind voller Dramatik und Originalität, die anderen bezahlen für eine große Leidenschaft oder Zwangsvorstellung, aber ich bin so wie die dummen Geschwister des Grimmschen Märchens, die zu der Hexe verschlagen werden, ich bezahle für Dummheit, Egoismus und absurde Einfälle.

»Warum sollte ich traurig sein?«

»Wegen des Kindes.«

Wegen des Kindes? Moment mal, wir haben doch gerade festgestellt, daß da gar kein Kind war. Daß ich die Sache mit der kleinen Leiche erfunden habe. Nein, jetzt muß dieser Unsinn ein Ende haben, ich will nach Hause, wer weiß, was dort vor sich geht, während ich mich in irgendwelchen gottverlassenen Felshöhlen herumtreibe.

»Wegen des kleinen Mädchens, das du verloren hast.«

Ich stehe auf. Er folgt mir. Ich gehe die windige Landstraße entlang, ohne mich umzusehen, die Hände tief in den Manteltaschen. Wann kommt endlich dieser verdammte Bus? Wie lange sollen wir hier noch stehen und bibbern?

»Iiris …«

»Darüber möchte ich nicht sprechen.«

Wie kann er das wissen? Ich habe es ihm nicht erzählt. Ich habe auch meine Schwächen, aber ich werde doch nicht als erstes einem wildfremden Menschen davon erzählen, wie mein armes Baby aufgehört hat zu atmen, während ich mit meiner Schwester in einem Klamottenladen stand und sinnlos herumalberte – und ein Kleid für die Tauffeier anprobierte, das ich niemals tragen sollte. Wo war damals mein berühmter Todesinstinkt? Warum habe ich damals keine Blutrinnsale und offene Gräber gesehen, wo ich doch immer damit geprahlt habe, so ein großes Orakel zu sein?

Warum dröhnten die Trommeln des Jüngsten Gerichts nicht bei dem einen, einzigen Mal, als ich sie hätte hören sollen und das Kind nicht in der Obhut des Mannes zurücklassen? Nicht daß es seine Schuld gewesen wäre, gegen den Krippentod läßt sich nichts ausrichten, hatten mir die Ärzte ein ums andere Mal versichert, während sie mich voller Beruhigungsmittel pumpten, aber woher weiß ich denn, ob es vielleicht doch nicht geschehen wäre, wenn ich die Kleine auf dem Schoß gehalten hätte, wenn ich nicht so bodenlos eitel gewesen wäre, Schuhe gekauft hätte wie ein Tausendfüßler und gequengelt, daß mir nach der Geburt kein Rock mehr vernünftig paßte, wenn ich nicht …

»Soll ich dir noch ein Taschentuch holen?«

»Nein, danke.«

Ich will nicht mit ihm reden, weil ich ohnehin weiß, was er sagen würde. Daß es nicht meine Schuld war. Daß es niemandes Schuld war. Daß das jedem passieren kann. Das sagen sie alle, aber es ändert nichts an der Tatsache, daß ich damals zuerst an mich und erst dann an das Kind dachte. Und daß ich nicht zur Stelle war, als meine fünf Wochen alte Tochter aufhörte zu atmen. Daß ich nicht einmal einen schneidenden Schmerz verspürte, als es geschah. Nein, im Gegenteil, ich wollte noch einen Kaffee trinken, auf einen Cappuccino ins Café gehen, um meine neuen knöchelhohen Schuhe auszuführen. Um die Hinterteile der vorbeigehenden Männer zu taxieren, während gleichzeitig die Sanitäter vom Krankenwagen meinem laut weinenden Mann erklärten, daß nichts mehr zu machen sei.

Ich beschleunige meine Schritte. Ich höre, wie der Alte mühsam die eisglatte Dorfstraße hinter mir hertapert, und weiß, daß ich ihm helfen, ihm meinen Arm reichen müßte, aber ich will nicht.

Hinter der Bushaltestelle verläuft eine Einfriedung aus Stein, hinter der sich ein sanft gewelltes Tal öffnet. Die Einfriedung ist naß und kalt, aber das kümmert mich nicht, obwohl der Mantel schmutzig wird. Es tut gut, sich daran anzulehnen. Sich anzulehnen und die Wiese zu betrachten, die ihr Grün nicht einmal in dieser mittwinterlichen Kälte verloren hat. In der Ferne weiden Schafe, die mir so groß wie Kühe erscheinen. Was geben die Leute ihnen bloß zu fressen, daß sie derart groß werden?

Der Mann holt mich keuchend ein, er wickelt sich zum Schutz gegen den kalten Wind fester in seinen Schal.

»Im Memorandum des Energieministeriums der USA über eine garantiert sichere geologische Endlagerung von Atommüll gab es einen sehr interessanten Punkt«, sage ich. »Dort wurde vorgeschlagen, über dem Lagerraum, wenn er voll ist und versiegelt, eine gewaltige atomzeitliche Steinplattenkonstruktion zu errichten, die noch Jahrtausende später die kommenden Generationen vor dem tödlichen Müll warnt, der darunter vergraben liegt. Nach ihren Berechnungen würde allerdings schon ein einziger Lagerraum für hundert Tonnen Müll fast vierzig Milliarden Dollar kosten …«

Ich bin richtig froh darüber, daß ich zeigen kann, wie gut ich mich in dem Thema auskenne, das ihm am Herzen liegt, aber was tut der Mann: anstatt sachlich seine Einschätzung über die astronomischen Baukosten eines solchen Mausoleums darzulegen, die in diesen harten Zeiten in kaum einem Staatshaushalt durchgehen würden, legt er mir die Hand auf den Kopf und streicht mir über das Haar.

»Ich weiß, es ist schwer zu ertragen, daß es nicht für alles eine Erklärung gibt«, sagt er. »Aber manchmal muß man einfach akzeptieren, daß man nichts weiß.«

Ich bin so bestürzt, daß ich kein Wort herausbringe.

Er läßt seine Hand sinken, holt die Zigaretten hervor:

»Man muß versuchen zu verstehen, daß der Verlust endgültig ist.«

»Das hab ich verstanden.«

»Ja?«

Ja. Aber verstehen und akzeptieren sind zwei Paar Schuhe. Hast du es akzeptiert, daß sie dich hinter dem verfluchten Stacheldraht einsperrten? Glaubst du, daß Eero Harjula es akzeptiert hat, nie wieder gehen zu können? Und daß Vida es akzeptierte …

Ich wende mich ihm zu.

»Du glaubst, daß ich in Aino Harjulas Geschichte herumstochere, weil ich mein eigenes Baby verloren habe. Gib es zu …!«

Er sieht mich ratlos an, bestreitet es nicht, gibt es aber auch nicht zu.

»Für mich bedeutet es viel, daß du hier bist, daß ich dich kennenlernen durfte«, bringt er schließlich heraus und holt tief Luft, um seine Verwirrung zu verbergen.

»Wie hast du das ausgehalten? Dort in den Straflagern.«

»Nicht besonders gut.«

Vielleicht sollte ich nicht fragen. Ich würde es doch nicht ertragen, mir das Ganze anzuhören. Vielleicht ist es ebenso gefährlich, die Tür des Straflagers einen Spaltbreit zu öffnen, wie als Kind die Bilder von Doré in der Familienbibel zu betrachten. Ich habe Statistiken darüber gelesen, wie viele Millionen dort kaserniert waren. Aber Zahlen weinen nicht. Geschichten weinen, nicht Nachrichten. Im Grunde glaube ich nicht einmal an Nachrichten, zum Beispiel daran, daß sie Frauen vergewaltigten und eine Bluthochzeit veranstalteten auf dem Platz, wo ich im gelben Minirock zusammen mit meinem künftigen Mann kaltes tschechisches Bier trank und meine Sandalen wippen ließ. In Jugoslawien hatten es doch alle so gut. Die Leute freundlich. Die Musik schön. Und als ich meine Schultertasche auf dem Stuhl vergaß, lief der Kellner uns zwei Viertel weit nach, um sie mir zurückzugeben.

»Erzähl mir was«, bitte ich. »Irgendeine Einzelheit. Sonst kann ich gar nicht glauben, daß du überhaupt dort gewesen bist.«

»Das sind so alte Sachen. In meinem Alter beginnt man schon zu vergessen ...«

Unsinn. Von Vida hab ich gelernt, daß der Mensch, je älter er wird, sich desto besser an längst Vergangenes erinnert.

»Das waren doch elf Jahre. Du mußt dich doch an *irgend etwas* erinnern.«

In meiner Stimme schwingt schon ein flehentlicher Ton mit, der nicht weit entfernt ist vom Lächerlichen.

Er sieht mich an, als lote er Tiefe und Ernst meines Bedarfs an Geschichten aus.

»Ich erinnere mich an eine Mohnblume«, fällt ihm ein, und er ist sichtlich erfreut darüber.

Eine Mohnblume? Ich interessiere mich nicht für Botanik. Ich will erschrecken.

»Das klingt interessant.«

»Solowki war ursprünglich ein Kloster, aber damals schon ein Gefängnis. Und dieses Gefängnis besaß einen Innenhof, in dem morgens der Zählappell stattfand. Manchmal hingen dort die Leichen derjenigen, die versucht hatten zu fliehen. Meistens hatten die Hunde sie bis zur Unkenntlichkeit zerfleischt. Manche wurden mit einer Kapuze über dem Kopf die hohe Treppe hinuntergestoßen. Das hatte meistens einen Genickbruch zur Folge … und wenn es dazu nicht kam, dann wurde der Betreffende erschossen. Einmal in einem Sommer erschien auf diesem Hof zwischen den Steinen eine kleine Pflanze. Es war ein staubiger, trockener Hof, jeder Zentimeter festgetreten, aber aus irgendeinem Grund hielt sich die Blume dort. Niemand trat darauf. Ziemlich bemerkenswert, finde ich. Tausende von Männern und garantiert keinerlei Absprache, aber alle wichen ihr aus. Bestimmt hat sie jemand gegossen, sonst hätte sie sich dort nicht halten können. Vielleicht war es sogar jemand vom Wachpersonal, wer weiß …«

»Hat sie geblüht?«

»Wie eine Primadonna in einem roten Kleid sah sie aus in dieser grauen Umgebung.«

Ja. Eine hübsche kleine Blume. Hübsch und lebendig. Aber was half sie denen, die dort umkamen, die niemals zurückkehrten?

»Es gibt einem Kraft, wenn da etwas Schönes ist, das es zu beschützen gilt«, sagt er.

»Hast du dadurch die elf Jahre überlebt?«

»Ich hatte viel zu beschützen«, erwidert er. Und fügt nach einem Augenblick des Zögerns hinzu: »Viele Erinnerungen. Viel Freude.«

Die unteren Zweige der Bäume haben ihm den Hut vom Kopf gestreift, und er dreht ihn in den Händen.

»Du bist also nicht verbittert? Hegst keinen Groll auf Vida und auch sonst niemanden?«

»Zumindest nicht auf Davida. Mein Gott, es war doch sie, die mich gerettet hat.«

Von der Landstraße her hört man das Geräusch des sich nähernden Autobusses, und wir wenden uns gleichzeitig um.

»Endlich. Ich bin schon völlig erstarrt vor Kälte.«

Auf der Rückfahrt nach Dublin zu dem gemütlichen Hotelzimmer löst sich etwas in mir. Ich fange an zu heulen wie ein Kind. Der Alte nimmt mich in die Arme und läßt mich in Ruhe weinen.

Ich schäme mich, kann das Weinen aber trotzdem nicht abstellen.

Offenbar konnte man noch vor einem halben Jahrhundert den Menschen alles nur Erdenkliche antun, und dennoch kamen sie wieder auf die Beine. Immer wieder und wieder. Ungebrochen, ohne den Lebenswillen zu verlieren. Der Mann neben mir hat die Schrecken der Straflager überstanden und kann trotzdem noch lachen. Und auch Vida Harjula hat ihre Lebensfreude nicht verloren, obwohl sie auf einen Schlag ihr Kind und ihren Geliebten verlor.

Wir sind anders. Diese Generation. Oder zumindest ich. Ich bin schwach. Schwach und elend. Schon das kleinste Mißgeschick wirft mich um. Wirft mich auf das Krankenbett, von dem ich nicht mehr aufstehe.

Das hat ja auch mein Mann behauptet. Er hat gesagt, ich hätte ihn schon lange betrogen, bevor er mich betrog. Mit meiner Trauer. Und meiner Schuld. Ein jahrelang andauernder Ehebruch mit einem toten Säugling: *Was in drei Teufels Namen hast du für ein Alleinrecht, in Selbstbeschuldigungen zu verfallen und die ganze Welt außen vor zu halten! Ich war es doch, der mit dem verdammten Kind alleine war! Ich hätte es bemerken müssen, daß nicht alles in Ordnung ist. Ich, ich, ich, hörst du!*

Manchmal möchte ich wohl auch am liebsten alles sausen lassen, aber zufällig glaube ich einfach an das Leben. Und daran, was wir haben. An die Kinder. Und an dich. Du bist mir von allen das wichtigste. Gerade du. Bist es immer gewesen. Aber ich bedeute dir nicht mal einen Dreck neben diesem verdammten toten Balg!

Nicht mal einen Dreck, so sagte er, bevor meine Hand sich

hob und ich ihn mit aller Kraft schlug. Bevor ich ihm, der bösen Tradition der Harjulas folgend, das Hemd vom Leibe riß und ihn schlug, schlug, schlug.

»Bist du ganz sicher, daß da auf der Opferplatte kein Kind lag?« flüstere ich dem Alten zu, als ich mich endlich so weit beruhigt habe, daß man verstehen kann, was ich sage.

»Schon möglich, daß da irgendwann mal eins war«, sagt er. »Aber jetzt nicht mehr. Die Archäologen sprechen vom Geruch des rituellen Todes. Und im Volk kursieren Geschichten von Kindern, die innerhalb jener Steinkreise verbrannt wurden.«

»Warum nicht Kriminelle. Oder Sklaven. Warum gerade Kinder?«

»Etwas weniger Wertvolles reichte nicht aus, um das Wohlergehen der Gemeinschaft zu sichern. Um eine gute Ernte zu bekommen, um den Handel zu fördern, das Kriegsglück zu garantieren. Die Götter forderten gerade das, worauf es am schwersten fiel zu verzichten. Sonst wäre es kein Opfer gewesen. Häufig opferten die Herrscher ihr eigenes Kind. Das schönste. Liebste. Klügste.«

»Ja«, sage ich. »Das hab ich dort gerade gesehen. Das Allerteuerste.«

Der alte direkte Pfad …

So etwas wird behauptet. Daß es Stellen gibt, über die unbekannte Kräfte dahinströmen. Bergkuppen, Steinblöcke, Gräber aus aufgehäuften Steinen. Wurzeln des Baums der Erkenntnis von Gut und Böse.

Der Bus fährt eine schmale Straße zwischen weiß verputzten Steinhäusern hinauf. Das ruhige und freundliche Leben einer Vorstadt. Vernünftige, alltägliche Verrichtungen, in denen sich glühende Herzen, schmachtende Seelen, heldenhafte Aufopferungen verbergen.

»Woher wußtest du das mit meiner Tochter?« frage ich.

Hellsehen. Offenbar habe ich so etwas an mir. Manche Menschen wissen Dinge, die sie eigentlich nicht wissen können. Sie sehen Geschichten. Ich sehe sie. Habe sie von klein auf gesehen. Oder höre sie. Als ich klein war, hörte ich die Gräber sprechen. Aber die anderen sagen, das sei meine Phantasie gewesen. Ich hätte mich tödlich gelangweilt und mir das alles nur ausgedacht, um mich selbst zu unterhalten. Aber dieser Mann *weiß*, daß ich ein Kind verloren habe. *Er weiß* es. Er errät es nicht, nimmt es nicht an. Die Wahrscheinlichkeit ist verschwindend gering; ich komme aus einem Land mit der niedrigsten Kindersterblichkeit der Welt. Wenn eine finnische Touristin auf der Grafton Street in Tränen ausbricht, sollte einem nicht als erstes einfallen, daß ihr sicherlich ein Kind weggestorben ist. Ist also er hier das Medium?

»Davida hat es mir erzählt. Sie war sehr besorgt um dich. Wie auch dein Vater.«

Der feuchte Mantel saugt sich an den Beinen fest, kalte Schauer wandern mir die Seiten und den Rücken entlang.

»Meine Großmutter ist tot«, antworte ich so ruhig und freundlich wie nur irgend möglich. »Und meinen Vater könnte es nicht weniger interessieren, wie ich mich fühle. Aber wenn du behauptest, daß Vida dir von mir erzählt hat, dann glaub ich dir.«

Durch das beschlagene Fenster sehe ich, wie draußen kleine Bäche vorbeihuschen, die die steinigen Abhänge hinabfließen, und Bäume, deren kahle Äste in dem dämmerigen Nieselregen glänzen. Der Bus fährt für meinen Geschmack zu schnell; wir sitzen oben, und hin und wieder habe ich das Gefühl, daß wir in der nächsten Kurve auf der Wiese landen werden.

»Sie hat es mir geschrieben«, sagt der Mann und richtet sich auf. »Vor drei Jahren. Oder eine Krankenschwester schrieb es nach ihrem Diktat. Die Handschrift war nicht mehr die ihre. Das muß einer ihrer letzten Briefe gewesen sein.«

Ein Briefwechsel mit Vida bis zu ihrem Totenbett? Das ist

ja interessant. Jetzt, wo die Sache zufällig zur Sprache gekommen ist.

»Ich wußte nicht recht, ob ich es erwähnen sollte«, sagt der Mann, als hätte er meine Gedanken gelesen. »Wo sie selbst es euch nicht erzählt hat, hätte ich es vielleicht auch nicht tun sollen.«

»Sie hat dir von uns geschrieben?«

»Ja. Als ihr geboren wurdet. Zur Schule kamt. Als deine Mutter starb. Und von diesem zweiten schweren Kummer, der dich traf.«

»Auf jeden Fall ist es Blödsinn, daß Vater um mich oder sonst jemanden besorgt gewesen wäre. Wie hätte Vida das wissen können? Vater hat sie doch im Krankenhaus gar nicht besucht. Ihm war der Geruch dort zuwider. Er hat nicht einmal seine eigene Frau besucht.«

»Es gibt doch auch Telefone.«

»Das ist wahr.«

So ein Gefühl ist das also. Wenn sie sich über mich wälzen, die Generationen, die ich versucht habe, für die Wahrheit zu retten. Und ich hab mich wieder einmal lächerlich gemacht: Sie haben alles gewußt. Oder zumindest mehr als ich. Vida, die mich die Schönheit der Steine lehrte. Tante Natalia, die mir die Briefe gab und die Fotos zeigte. Sean O'Brien, der die Haarrisse im finnischen Felsgrund entdeckte. Dies ist nichts Geringeres als eine Verschwörung. Eine listenreiche, teuflische Verschwörung der Vergangenheit, um ein ungeborenes Clanmitglied zu retten. Und um Iiris ihrer hilflosen Trauer zu entreißen. Sie wissen, daß ich zu grausamen und stürmischen Geschichten neige und mir gern solche Geschichten ausdenke, und deshalb haben sie mir finstere Köder und Zündschnüre hingeworfen, an deren Ende etwas detonieren würde oder auch nicht; haben mir schwarze Männer mit schwarzen Autos und Kästen in den Weg geschoben, in deren Innerem ein zweiter Kasten wartete …

»Und als dein Vater eure Mutter begraben hatte ...«

»Das mußte er ja schließlich, als sie gestorben war. Aber der Grabstein war der kleinstmögliche ...«

»... begnügte er sich nicht damit, das Grab zu besuchen so wie die anderen. Sondern er verlegte seine Arbeit und sein Zuhause dorthin«, sagt der Alte. »Das hat mich sehr gerührt, als ich es las.«

Gerührt?

Ja ja, alles ist möglich in dieser neuen Vergangenheit, die sie für mich schreiben. Es ist wahr, daß Vater sich ziemlich oft auf der hügeligen Rasenfläche hinter der Friedhofskapelle aufhielt. Dort verweilte und seine sonstigen Pflichten vernachlässigte, aber ich bin nie darauf gekommen, daß Mutters Grab der Grund dafür war. Ich dachte, der von Blutahornen umstandene schattige Winkel sei ein guter Platz, um ungestört lesen und den Schreibkram erledigen zu können.

»Dies ist also eine geplante Geschichte?«

»Was?« fragt er unschuldig.

»Alles. Das Mysterium von Aino Helena Harjula und die Tatsache, daß ich jetzt hier bin.«

Der Alte runzelt die Brauen.

»Nein nein. Das mit Aino wußte ich doch gar nicht. Davida gab mir zu verstehen, daß alles zum besten stehe. Daß es Aino gutgehe. Daß sie schon damals, als ich freikam, von zu Hause weggezogen sei, ich weiß nicht mehr, wohin. Daß sie ein wenig wild sei wie schon als Kind, aber gutherzig. Daß sie Freunde habe. Und einen Hund natürlich. Sich mit Theater beschäftige. Alles mögliche ... in Itania! Genau, so hieß es. Itania. Es klang so, als wäre es ein angenehmer Ort.«

»So einen gibt es gar nicht. Zumindest nicht in Finnland«, sage ich gnadenlos.

»Sie hat ihn so schön beschrieben«, verteidigt sich der Mann. »Es kam mir gar nicht in den Sinn zu denken, daß das alles nicht stimmte.«

Nicht alles, was von der Wahrheit abweicht, ist Lüge. Manchmal bedarf es der Maskierung, damit man so sein kann wie die anderen.

»Gut, daß du mir von dem Mädchen erzählt hast«, sagt der Mann. »Jetzt ist es leichter für mich, ihre Entscheidungen zu verstehen. Gegen einen toten Menschen zu verlieren ist nicht so demütigend wie gegen einen lebenden.«

Ja. Die Toten sind *stark*. Stärker als jemals zu ihren Lebzeiten.

Wir sitzen lange still da. Wortlos. So als brächte die Erwähnung unserer Toten die Verpflichtung mit sich, zu schweigen. Zugleich ist es aber auch ein heimliches Einvernehmen darüber, daß das Schlimmste jetzt gesagt ist, daß die schrecklichste Alternative vom Tisch ist, unser gegenseitiges Vertrauen nicht mehr beeinträchtigen kann.

»Und du hast auch geschrieben? Ihre Briefe beantwortet?«

»Natürlich.«

Ein alter Mann. Ein alter, stolzer Liebhaber. *Bis auf den Grund.*

Aber diese Briefe werde ich niemals sehen. Die waren nicht für unsere Blicke bestimmt. Die hat Vida mit ins Grab genommen. Vielleicht hätte sie auch die restlichen Briefe vernichtet, wenn sie gewußt hätte, daß sie immer noch existieren.

»Die Frau konnte schreiben«, seufzt er.

Das hab ich gehört: witzige Glückwunschkarten und feurige Leitartikel für die »Genossin« und die Rekrutierungsversammlungen der kommunistischen Frauenbewegung Kanadas. Aber erst auf dieser Busfahrt beginnt mir die tatsächliche Tiefe und der Umfang von Vida Harjulas Korrespondenz, ihrem Hobby, zu dämmern:

Daß sie seit dem Jahr 1938 eine ununterbrochene Flut von Briefen an alle möglichen Behörden sandte, um den Aufenthaltsort von Sean O'Brien in der Sowjetunion herauszubekommen und sich für seine Freilassung einzusetzen. Die Geheimpolizei wußte zu berichten, daß der Mann nach der Grenzüberschreitung staatenlos geworden war und daß alles vom Zufall abhing. Das genügte der Frau nicht. Sie nahm Kontakt zu allen möglichen Botschaften auf, zum Hauptsitz der GESELLSCHAFT in London, zum Volkskommissariat für auswärtige Angelegenheiten der Sowjetunion, zuletzt zu Stalin selbst, und nach dem Krieg auch zu verschiedenen Gefängnissen, soweit sie von heimgekehrten Kriegsgefangenen deren Namen und Lage erfuhr.

Natürlich mußte von einem solchen Briefterror etwas durchsickern, und die Leute begannen, sich über Vida Harjula das Maul zu zerreißen. Das, was sie tat, grenzte schon an Irrsinn und war geeignet, die Gerüchte und den Klatsch zu bestätigen, die über sie und den irischen Geologen in Umlauf gewesen waren. Es war schon haarsträubend, daß die Frau überhaupt keinen Wert darauf legte, ihre Schande für sich zu behalten. Vida Harjula verstand das mißbilligende Hüsteln sehr wohl, aber sie scherte sich einen Dreck darum.

Trauer ist nicht das Adagio von Albinoni. Ich weiß es: Trauer ist Leere, die ausgefüllt werden muß, um weitermachen zu können. Ausgefüllt. Egal, womit. Mit Arbeit, Schnaps, Reisen, Geschichten, Nistkästen, Steinen.

Oder so, wie sie es tat: mit Briefen.

OLKIKUMPU, NOVEMBER 1943

Obwohl im Land Krieg herrscht, bedeutet das doch nicht, daß der Frühling nicht rechtzeitig käme, daß die Jungen nicht ihr Angelzeug zusammensuchten und ans Wasser gingen, um die Fische anzulocken, daß die Frauen nicht ihre kleine Wäsche zum Trocknen draußen aufhängten und den vorbeimarschierenden Arbeitsdienst Leistenden nicht zulächelten.

Der Frühling kommt, und der Herbst kommt, das Leben unterbricht wegen des Krieges nicht seinen Lauf, nicht einmal das Bergwerk, obwohl viele Männer aus dem Ort an die Front geschickt worden sind. Man hat sie durch russische Kriegsgefangene ersetzt, die in so schlechter Verfassung sind, daß sie sich kaum auf den Beinen halten können. Seitdem die Deutschen das Bergwerk in Besitz genommen haben, erinnern die Männer, die in den Schacht einfahren, immer mehr an eine Gespensterbrigade. Der Tod wird etwas Alltägliches. Und je weiter der Krieg fortschreitet, desto nervöser werden die Deutschen. Sie richten auch eigene Leute hin, für die kleinsten Vergehen: für Tabakhandel, Verspätungen, für das Verkosten von Methylalkohol im Dynamitkeller. Sie lassen sie zur Grube auf der anderen Seite der Anhöhe marschieren und erschießen sie.

Als der kleine Olavi Harjula einmal auf dem Weg zum Angeln mit seinen Freunden eine Abkürzung durch ein Erlenwäldchen nimmt, sieht er am Grund der Kiesgrube einen deutschen Soldaten knien. Der Soldat weint und ruft nach einer Frau, deren Name Maria ist. Die Kinder laufen weg, hören aber einen Augenblick später eine Serie von Schüssen, deren Ziel sie erraten. Eero Harjula ist erbost, als er von dem Vorfall erfährt. Nicht so sehr über die Hinrichtung an sich, als deshalb, weil ein Fünfjähriger etwas so Abscheuliches mitansehen muß.

Aber gegen alles stumpft man ab. Gegen das Töten und die Hinrichtungen. Gegen den fernen Geschützdonner. Dagegen, daß viele Dinge nicht mehr so schmecken und aussehen wie früher. Jetzt sind auch Frauen im Bergwerk willkommen – wenn auch nicht unter Tage, so doch zum Hacken der Birkenscheite, die die Kraftmaschinen in Gang setzen. Kriegsgefangene und Frauen ersetzen die Männer des Bergwerks, und die großen Kinder ersetzen zu Hause die Mütter. So sieht die Welt jetzt aus. Es mangelt an allem, für alles erfindet man Ersatz. Nicht nur für Tabak, Kaffee und Zucker, sondern auch für Zündschnur. Jetzt wird der Kupferdraht mit einer Schicht Kunstwolle überzogen und dann noch lackiert. Danach hilft nur noch Beten; die Brennzeiten liegen in Gottes Hand. Es kann passieren, daß die Schnur überhaupt nicht zündet oder daß sie in wenigen Sekunden über einen ganzen Meter hin abbrennt. Die Löcher detonieren vorzeitig und die Männer mit ihnen. Besonders, wenn man dabei Anfänger einsetzen muß.

Daran gewöhnt man sich. An die ständige Furcht und Unsicherheit. Solange das Bergwerk nur irgendwie funktioniert, solange die Männer jeden Tag ihre Zigaretten bekommen – und seien sie auch in die ofengetrockneten Blätter von Butterblumen gewickelt – und die Truppen an der Heimatfront es schaffen, irgendein Abendessen auf den Tisch zu zaubern, so lange kann man allmorgendlich aufstehen und mit den Rationierungskupons in der Hand auf die Straßen hinausgehen, deren Namen durch deutsche ersetzt worden sind. Die Geschäftsstraße heißt jetzt Pionier-Straße und der zum Bergwerk führende Gartenweg Prenzlauer Straße, weil der aus Berlin stammende Direktor des Bergwerks in einer Straße dieses Namens geboren wurde.

Bald werden wohl auch diese Namen durch neue ersetzt, denn Hitler, der findet, daß es mit Petsamo schon genug Ärger gibt, hat offen seine Unzufriedenheit mit dem Zustand von Olkikumpu bekundet. Die Arbeit im Bergwerk geht zu langsam voran, es kommt nicht genug Nickel, obwohl erfahrene Branchenspezialisten aus dem Ruhrgebiet geschickt worden sind, die die Arbeiten beschleunigen sollen. Aber die an weiche Steinkohle gewöhnten Deutschen stehen ratlos vor der Härte des finnischen Felsgesteins; die jahrhundertealte Erfahrung aus den traditionellen Bergbaugebieten versagt angesichts der besonderen Beschaffenheit der fennoskandischen Mineralmasse. Die finnischen Führungskräfte versprechen ihrerseits, daß Arbeitstempo und Ergebnisse sich entscheidend verbessern würden, wenn die Fachkräfte von der Front freigestellt würden. Die Anträge werden eingereicht und im Prinzip wohlwollend geprüft, doch zugleich wird die Lage an der Front immer schwieriger: Was bedeutet letztlich ein schlecht produzierendes Bergwerk, wenn Finnland nur noch aus dem Bezirk Turku und Pori besteht?

Eero Harjula verfolgt finster die Nachrichten von der Ostfront. Der Krieg bedeutet nicht nur den Tod guter Männer. Er hat auch die Operation Pikkönig unterbrochen. Das Denkmal für Emmanuel Aarnio steht immer noch nicht auf dem Gipfel des Olkikumpu. Es ist aber auch nicht mehr weit davon entfernt: eigentlich in so geringer Entfernung, daß es ärgerlich ist und der Mann seine eigene Hilflosigkeit fast schmerzhaft empfindet. Knapp zweihundert Meter, wenn überhaupt.

Immer noch bittet der Mann seine Frau bisweilen, ihn zu

dem Steinblock zu schieben. Er muß ihn einfach sehen. Wenn er schon nicht mehr in den Schacht einfahren kann, drückt er wenigstens sein Ohr an den großen Stein, um etwas zu hören, was vor mehr als tausend Millionen Jahren tief im Innern der Erde geschah. Um als matten Nachhall das Beben der Erde, das Donnern der Vulkane, das Knirschen des Felsens zu hören, wenn er sich aufwirft. Um die Felsen zu vernehmen, die wallen wie flüssiger Brei, so wie manche Menschen in einer Muschel das Meer rauschen hören.

Er schwört entschlossener als je zuvor, daß er die Arbeit zu Ende führen wird.

Sie aufgeben kann er nicht mehr. Nicht so kurz vor dem Ziel.

So verdammt kurz vor dem endgültigen Sieg über die Kraft des Steins.

Er tätschelt den Steinblock, klatscht mit der Hand dagegen, kratzt Erde und Unkrautsamen ab, die sich in den Löchern einnisten wollen: Versuch gar nicht erst, dich da niederzulassen, wir sind noch nicht da!

Aber es sieht nicht gut aus. Wenn der Krieg nicht bald endet.

Einige Männer sind zwar schon zurückgekehrt, aber im Sarg. Natalias Janne fiel auf der Karelischen Landenge. Und Tepe Tirkkonen, der Stolz der Partisanen des Ortes, geriet in Ylä-Sommee in einen Hinterhalt, und seitdem hat man nichts mehr von ihm gehört.

Eero Harjula, der geglaubt hat, alles über unruhige Geister und Gespensterautos zu wissen, ist überrascht, wieviel Geister in ein einziges Haus passen. Aber die Männer erträgt er, mit Männern kommt man immer zurecht, ob tot oder lebendig, von denen weiß man, was sie wollen, aber nun hat sich zu der Reihe gebräunter Gesichter eines von ganz anderer Art gesellt, das ihn verfolgt: die runden Augen eines kleinen Mädchens, die wie durchsichtiger Kalzit sind. Zu Lebzeiten des Kindes waren sie nicht so, aber in den Tagträumen des Mannes verschwindet die

Fleischlichkeit der Kleinen; sie ist nur noch metallischer Glanz und Unbeweglichkeit.

Was willst du von mir?

Da sitzt er, gefesselt an seinen Stuhl. Der Sommer kommt, und der Herbst kommt. Der Mond vereint sich mit der Nacht, schwillt und schwillt, trägt einen neuen Mond in seinem Schoß. Nur mit Mühe vermag der Mann für sich und den Jungen ein Essen zu zaubern, während die Frau zur Arbeit im Bergwerkskontor ist, aber das Geisterkind schwebt vor ihm, das Gesicht wie ein Spiegel, in dem er sich selbst sieht, von dem er seine eigenen Taten abliest.

Und es spricht auch. Aber leise: *Darf ich mitkommen, Papa, darf ich …?*

Eine scheue, hoffnungsvolle Stimme.

Nicht so wie der Junge. Der ist die verkörperte Selbstsicherheit. Er unterbricht die Arbeiten seines Vaters, wann immer er will, egal, was dieser tut. Flucht wie ein alter Seemann, wenn er mit den Bauklötzen hämmert, singt auf dem Hof, daß der Berg widerhallt, kommandiert mit der Selbstsicherheit eines Sergeanten Tante Natalia herum, für die auch der kleinste Wunsch des Jungen Vorrang hat vor allem andern.

Nein, dies ist eine Geisterstimme. Ein schöner, kleiner Klang. Und ein versteinerter Blick. Ein Gesicht, in dem es keine Angst und kein Leid, nicht einmal einen Vorwurf gibt, das aber nicht bereit ist zu verschwinden.

»Weißt du noch, wie brennend Aino an dem Stein für Pikkönig interessiert war?« fragt der Mann eines Tages laut seine Frau.

Er muß es sagen, muß den Gedanken, der seinen Kopf quält, zu einem Satz umformen. Er spricht ihn aus, obwohl er weiß, daß die Frau in Tränen ausbrechen und Hals über Kopf aus dem Zimmer stürzen wird.

Doch nein; die Frau nickt, das Gesicht den traurigen Lichtsplittern des Herbsttages zugewandt. Sie erinnert sich tatsächlich an die Begeisterung des Mädchens. Wiederholt Wort für Wort eine frühreife Bemerkung. Lächelt sogar traurig, während sie daran denkt.

Von da an sprechen sie vorsichtig von ihr, vergleichen den Charakter und die Beschäftigungen des Jungen mit denen der großen Schwester, streiten sogar manchmal über Einzelheiten. Über die Hauptsachen sind sie sich jedoch völlig einig: daß das Mädchen ein für sein Alter unerhört weit entwickeltes und außergewöhnlich schönes Kind und von zärtlicher Natur war. Vielleicht sogar zu sensibel und gut für eine so harte Welt, wo in erster Linie die Krallen gefragt sind und danach erst das Herz.

Ja. Vielleicht war es sogar ein Glück, daß ...

Ach ja, sie blieb vom Krieg verschont, und wer weiß, von welchem bösen Schicksal sonst noch, die sensible kleine Süße.

Und je mehr sie von ihr plaudern, desto träger wird die Frau, den Friedhof zu besuchen, und desto seltener zuckt der Mann unter dem gläsern glänzenden starren Blick des Geistermädchens zusammen. Erinnerung ist Vergessen. Ist Wiederaufbau der Vergangenheit zu etwas Neuem. Gutem und Richtigem. Kein Lügen, aber ein Konstruieren und Dekorieren, das Konzentration erfordert.

Es kam, wie es kommen mußte. Anders konnte es nicht sein.

Wenn abends der Mann seiner Frau hilft, die Knöpfe der Bluse auf dem Rücken zu öffnen, beklagen sie einhellig die wilde Natur des Jungen. Aber insgeheim sind beide froh über diese Wildheit. Ein Draufgänger, der sich durchsetzen kann. Ein Mann, der klarkommt im Leben. Diesmal brauchen sie sich keine Sorgen zu machen; dieses Kind dürfen sie behalten.

Den Stein vergißt der Mann dennoch nicht. An einem Morgen, als er sich rasiert, denkt er: Wenn ich es schaffe, allen Schaum wegzuschaben, bevor irgendein Auto am Haus vorbeifährt, dann geschieht bald etwas Gutes, etwas Entscheidendes in der Sache mit dem Stein.

Er schafft es.

Der gute Geist mit dem Zauberstab hat sich als deutscher Soldat verkleidet. Dem neuen Bergwerksdirektor fällt bei einer seiner winterlichen Erkundungsfahrten besonders der an der Flanke der Anhöhe ruhende Monolith auf.

Er liegt da wie eine Riesenschnecke, die eine gefrorene Schleimspur im Gelände hinterlassen hat. Die Furche hat sich allmählich mit Wasser gefüllt und ist schließlich zu einer in der Wintersonne glänzenden, hellen Rinne gefroren. Der Dolmetscher wiederholt eine bereinigte Version der ursprünglichen Geschichte, so wie er sie gehört hat. In seiner Erzählung ist es ein einfaches Heldenlied von einem finnischen Schutzkorpsoffizier, der durch einen Unfall zum Invaliden wurde und den Transport des Steins vom Ufer des Käärmekoski leitete und immer noch davon träumt, ihn auf den Gipfel der Anhöhe zu wuchten, damit er von der Ehre des Soldaten künde, die niemals vergeht.

Der Direktor ist gerührt.

Der Traum des Mannes hat etwas Beeindruckendes und besonders Beispielhaftes. Gerade jetzt, wo die deutsche Armee vor Stalingrad vernichtet wurde und man in den Zeitungen mit schamloser Offenheit über die Unvermeidlichkeit eines Sonderfriedens schreibt, sollte der Glaube der Verbündeten an die Zusammenarbeit mit allen nur erdenklichen Mitteln verstärkt werden. Er läßt Eero Harjula zu sich holen und verspricht, ihm zehn russische Kriegsgefangene zur Verfügung zu stellen, damit dieses schöne Vorhaben vollendet werden kann.

Eero Harjula ist perplex. Er weiß nicht, was er auf den Vorschlag erwidern soll, den der Deutsche selbst offenbar für großzügig hält. Zumal angesichts der von Hunger und Ödemen aufgedunsenen Russen, die sich kaum noch auf den Beinen halten können. Von der Kraft des Steins scheint der Deutsche wirklich nichts zu verstehen. Autos würde man da brauchen, viele Lastwagen und die doppelte Menge gesunder Männer. Aber der neue Bergwerksdirektor steht in dem Ruf, ein nervöser Mann zu sein, und Eero Harjula will ihn nicht kränken.

So marschiert die schwankende und hustende Kompanie zerlumpter Jammergestalten unter der Aufsicht von zwei deutschen Soldaten jeden Morgen zu dem Findling, nur um festzustellen, daß er sich nicht von der Stelle bewegen läßt. Wohl versuchen es alle. In Ermangelung einer gemeinsamen Sprache zeigt Eero Harjula durch Zeichnungen, was mit den Tauen, Trossen und Hilfsklötzen zu tun ist. Aber die Kräfte reichen einfach nicht hin.

Es herrscht fünfzehn Grad Frost, und die Gefangenen hocken da in ihren dünnen Mänteln, ohne Handschuhe und Mützen. Sie wirken todkrank, und der Mann begreift, daß diese Männer zu denen gehören, die ihr endgültiges Urteil erwarten und die man nicht einmal mehr ins Bergwerk schicken kann.

Dennoch tummeln sie sich einen Tag nach dem anderen auf dem festgetretenen Schnee um den Stein herum. Ausgesetzt dem immer schärferen Nordwind. Still, mit Augen, die vor Müdigkeit und Angst brennen.

Es stürmt und schneit.

Nach einigen Tagen verstehen die Männer, daß sie endgültig mit diesem schneematschtriefenden Stein verheiratet sind; nur der Tod würde sie aus dessen eisiger Umarmung erlösen. Bald werden sie vor meinen Augen leblos zu Boden stürzen, denkt der Mann.

Bald. Bald.

Aber so leicht geht es nicht. Die Tage folgen einer auf den anderen. Regen Wind. Und dann Schnee. Das Schneegestöber hält tagelang an. Am Ende dieser Woche sinkt einer der Russen auf die Knie, so als bäte er darum, auf der Stelle erschossen zu werden. Die Bewacher, beide sehr jung, starren einander verlegen an, versuchen vergeblich, ihren Junghähnchenstimmen einen barschen Ton zu verleihen, als sie ihm befehlen, aufzustehen.

Zur Erleichterung aller kommt der Gefangene unter Aufbietung all seiner Kräfte wieder auf die Beine und setzt mit den anderen den nassen Schattentanz um den Stein herum fort.

Es ist kalt.

Kalt und windig, und der Stein rührt sich nicht.

Eero Harjula hat das Gefühl, in eine Sackgasse geraten zu sein. Nachts stöhnt er in seinem Bett unter entsetzlichen Alpträumen: Im Traum wälzt sich der Riesenstein auf seine Brust und erstickt ihn mit seiner fürchterlichen Kraft.

»Diese Gefangenen taugen zu nichts«, sagt er zu seiner Frau, die von seinen Schreien aufgewacht ist. »Sie sterben vor Hunger oder vor Kälte, bevor etwas geschieht. Einer hat heute morgen gefehlt. Er wird wohl kaum noch am Leben sein. Nur noch neun sind übrig, und auch die sind völlig am Ende.«

»Vielleicht solltest du ihnen etwas Brot geben. Oder irgend etwas sonst.«

Der Mann lächelt. Er hat vorausgesehen, daß die Frau das sagen würde.

»Man darf ihnen nichts zu essen geben. Man darf ihnen überhaupt nichts geben. Wir müssen alle sterben, wenn wir gegen die Regeln verstoßen.«

Er liegt im Bett, die Hände hinter dem Nacken verschränkt. Ganz allmählich stellen sich seine Augen von dem Alptraum auf die vertraute Dunkelheit des Zimmers um. Seine Frau liegt mit angewinkelten Beinen neben ihm, seufzt, legt ihm eine Hand auf die Brust. Sie schlägt nicht vor, er solle endlich aufgeben, sie wirft ihm nicht vor, er sei roh. Er nimmt die Hand in seine, legt sie sich auf die Stirn. Er spürt den tröstlich-weichen Flanellärmel des Nachthemds an seinem Gesicht, den kühlen Druck der Finger in den Haaren.

Da, genau in diesem Moment, kommt er darauf:

Ein Schlitten.

Das ist ihre Rettung: ein gewaltiger Schlitten!

Eero Harjula bittet seine Frau, Licht zu machen und Schreibzeug zu holen. Mit raschen, eifrigen Strichen entwirft er einen Schlitten. Früh am andern Morgen schickt er die Skizze dem deutschen Bergwerksdirektor, um die Erlaubnis einzuholen, die Gefangenen zu einem kleinen Waldstück zu bringen, das ihm gehört, ein Fußmarsch von anderthalb Stunden, sie dort Bäume fällen und einen so großen und starken Schlitten bauen zu lassen, daß man den Block damit endlich von der Stelle bekommt.

Er ist bereit, die Gefangenen auf eigene Kosten zu verpflegen, so wie es auch die Landwirte tun, die Arbeitsdienstpflichtige zu ihrer Verfügung haben. Nur einige wenige Arbeitstage, und der Schlitten würde fertig sein. Der Rest wäre dann nur noch ein Kinderspiel.

Der Direktor ist von dieser Nachricht nicht besonders erbaut. Ihm gefällt der Gedanke nicht, daß die russischen Gefangenen im Wald herumlaufen. Wie will Eero Harjula garantieren, daß nicht einer von ihnen zu fliehen versucht? Die ständige Bereitstellung einer Militärbewachung für ein offenbar aussichtsloses Unterfangen hat sich schon jetzt als ein ärgerlicher Fehler erwiesen, und er, der Direktor, habe auch nicht die geringste Garantie dafür, daß er sich wegen dieses ganzen Vorhabens nicht lächerlich macht.

Eero Harjula gibt sein Wort als Mann und Offizier des Schutzkorps, daß der Stein sich bewegen wird, wenn nur der Schlitten erst fertig ist. Und er verspricht, jeden Gefangenen eigenhändig zu erschießen, der versuchen sollte zu fliehen.

»Woher soll ich wissen, ob dieser Mann nicht total verrückt ist? Woher soll ich wissen, ob er überhaupt schießen kann?« fragt der Deutsche gereizt den Dolmetscher, der allmählich das Gefühl bekommt, daß diese ganze Geschichte in verhängnisvoller Weise auf seinem Buckel ausgetragen wird. Harjula genießt den Ruf eines ausgezeichneten Schützen, versichert er. Vor seinem Unfall war der Mann mehrfacher Kreismeister.

Der Bergwerksdirektor seufzt. Man sollte nicht in unverantwortliche Gutgläubigkeit verfallen. Er weiß, daß die Arktische Hysterie eine gefährlichere Krankheit ist als jede Kriegsneurose. Er hat abschreckende Geschichten über den SCHREI gehört, der manchen hartgesottenen deutschen Soldaten fertiggemacht hat unter diesen extremen Bedingungen: in der kohlrabenschwarzen Finsternis des Winters, der unnatürlichen Helle des Sommers.

Am wichtigsten ist es, den Sinn für die Realitäten zu bewahren. Und letztlich geht es nur um einen Stein. Kann der noch irgend jemanden retten?

»Dann wollen wir doch mal sehen, was wir hier für einen Wilhelm Tell haben!« sagt der Direktor und klatscht in seine feisten Hände. Er befiehlt einem der Bewacher, einen Kriegsgefangenen auf die andere Seite des Steinfeldes zu führen. Dort zieht der Russe einen Stiefel aus und stellt ihn sich auf den Kopf. Der Bewacher reicht Eero Harjula sein Gewehr.

»Nein«, sagt der, »ich schieße nicht.«

»Er schießt nicht«, sagt der Dolmetscher.

»Wagt er es nicht?« fragt der Chef.

»Wagst du es nicht?«

»Ich will nicht.«

»Er will nicht.«

»Warum will er nicht?«

»Warum willst du nicht?«

»Ich will einfach nicht.«

»Er will einfach nicht.«

»Das muß doch einen Grund haben.«

»Das muß doch einen Grund haben.«

»Ich schieße nicht auf Stiefel.«

»Er schießt nicht auf Stiefel.«

»Wie kann dieser Neunmalkluge sich dann einbilden, einen laufenden Menschen zu treffen?«

»Wie kannst du dir einbilden, einen laufenden Menschen zu treffen?«

»Ich weiß, daß ich ihn treffe.«

»Er sagt, er wisse, daß er ihn trifft.«

Der Deutsche betrachtet den schneebedeckten Steinblock und den im Rollstuhl sitzenden Mann. Ein tristes Land. Eine triste Zeit. Triste Menschen. Er versteht nicht, warum gerade er mit diesem abgelegenen Erdenwinkel bestraft wird, er, der nichts anderes möchte als in Frieden alt werden. Nachmittags einen Humpen gutes Bier trinken und einen Radioapparat mit Kurzwelle bekommen, damit er sich die Fußballübertragungen anhören kann. Seltsam, daß er noch vor ein paar Tagen in diesem Steinblock eine große Symbolik zu sehen gemeint hat. Den Sieg des Geistes über den Körper. Er stimmt ein unfrohes Gelächter an und macht auf dem Absatz kehrt. Geht kopfschüttelnd den vereisten, kurvenreichen Weg zurück: so trist, trist …

»Ich wollte nicht schießen«, sagt Eero Harjula abends zu seiner Frau und zu dem Jungen, wendet aber den Blick nach innen in Finsternis und Kälte, auf etwas, was noch furchterregender und bitterer ist als die Enttäuschung. »Ich wollte dem Mann nicht seinen letzten Stiefel zerschießen. Wie soll er denn arbeiten können, wenn er sich auch noch den Fuß erfriert?«

»Das hast du richtig gemacht«, sagt die Frau.

»Papa hat es richtig gemacht«, lacht der Junge zustimmend.

»Garantiert. Er hat es richtig gemacht«, sagt seine Mutter. Der Mann denkt, jetzt ist es vorbei. Er denkt es die ganze Nacht, sinnt über sein Leben nach und über vom Himmel herabfallende Kometen, die das Firmament verdunkeln, Berge zerreißen und die ganze Menschheit in die Erdkruste hineinpeitschen können. Er denkt an die eisige Bergkuppe. Die Gefangenen, die Geräusche des Todes. Er ist davon überzeugt, daß die Russen sofort zur Erschießung geführt worden sind.

Er schläft nicht. Der Haß rotiert und mahlt in seinem Kopf;

die Welt ist irgendwie in fürchterlicher Weise aus der Bahn geraten, Krieg und Bosheit sind zu weit gegangen, so weit, daß sie außerhalb der Reichweite einer Verzeihung liegen.

Er möchte gern rennen. Egal, wohin, aber rennen. Barfuß durch den Schnee, möchte die Feuerkälte des gefrorenen Bodens an seinen Fußsohlen spüren. Er schlägt sich mit der Faust auf die Beine, die ihm nicht gehorchen. Hämmert immer wieder mit den Fäusten auf sie ein, aber er spürt nichts, überhaupt nichts.

Da liegt er, die Hände vor dem Gesicht, horcht auf das Knistern der Sterne und auf das aufregende Hufgetrappel des aus dem Bruderkrieg heimkehrenden Pferdes, das begreift, daß es endlich nach Hause kommt. Und er sieht, wie sein Vater, der große weiße Befreier, vom Pferderücken herabgleitet, sich auf den Brunnenrand setzt und das Wasser durch die Finger auf den Boden rinnen läßt. Wie er stundenlang dasitzt und Wasser auf die Knie, die Stiefel schüttet, ohne ihm, seinem eigenen Sohn, zu antworten, der den Haß seiner Stiefmutter ohne einen Mucks ertragen hat, um sich seines heldenhaften Vaters würdig zu erweisen. Wie er am Brunnen sitzt wie ein hilfloses, verzweifeltes Kind, das sich auf dem eigenen Hof verirrt hat und seinem Sohn das Wassergefäß entgegenhält: *Möchtest du auch ein paar Vögel, Onkel?*

Wenn die große Flutwelle herangebraust kommt, bleibt niemand davon verschont. Niemand.

Eero Harjula liegt im Bett und findet sich in seine Niederlage, liegt da wie ein verwundeter Seehund im Uferwasser und erwartet den langsamen, qualvollen, demütigenden Tod.

Es gibt keine Ehre, die es zu schützen gilt. Es gibt nur das Ende. Nur so viel, daß er es wagt, sich zu sagen: Jetzt ist alles vorbei. Sie haben mich endgültig geschlagen. Ich bin bejammernswert, und der Traum vom Stein ist eine Lüge. Ein Selbstbetrug. Die Menschen lachen über mich, so wie sie meinen Vater ausgelacht und verspottet haben, und ich lasse den Jungen leiden und sich schämen, so wie ich wegen meines Vaters gelitten und mich geschämt habe.

Diesmal weckt er seine Frau nicht. Der Stein hatte ihm geholfen, sich selbst als würdig, stolz und stark zu sehen, aber jetzt hat der Stein sich in ein Instrument zu seiner Bestrafung verwandelt.

Ein verkrüppeltes menschliches Wrack, das den Sinn für die Realität verloren hat.

Kalter Schweiß läuft an ihm herab, die Verzweiflung wird zu einem Entschluß, reift ganz plötzlich in seinem Hirn heran: Ich muß mich umbringen. Das ist die einzige ehrenhafte Tat, die mir noch zu tun verblieben ist. Den Geistern den vollen Preis zahlen, den sie verlangen. Emmanuel Aarnio und der Kleinen. Die wollen keinen Stein, die wollen mein Leben.

So sei es also: Ich sterbe.

Dafür bin ich noch Manns genug, denkt er und verspürt eine Art Stolz. Zum ersten Mal, seitdem die Schande begann. Der Verfall und das Zerbrechen. Aber der Tod stellt mich wieder her, denkt er und hört, wie sein Herz wilder schlägt als das des aus dem Krieg heimkehrenden Pferdes; er spürt, wie die Sterne in der Dunkelheit vorwärts stürzen, lautlos und in rasender Rotation.

Ich sterbe. Ich erschieße mich.

Was ich genommen habe, ist dann bezahlt. Und auch quittiert.

Und als sich die Reihe der Geister in der Dunkelheit der Nacht vor ihm versammelt, versucht er nicht mehr, den schrecklichen Anblick zu verscheuchen, sondern schaut direkt hin. So als versuchte er, sich die Gesichtszüge so genau einzuprägen, daß er sie mit Sicherheit erkennt, wenn der Augenblick des Wiedersehens gekommen ist.

Aber nein, Eero Harjulas Stündlein hat noch nicht geschlagen. Kein Gedanke daran. Es geht ganz anders, als er gedacht hat:

Die Gefangenen stehen am nächsten Morgen so wie bisher vor der Tür. Und der Bewacher hat ein vom Chef unterschriebenes Papier dabei, das ihm das Recht zugesteht, sie – bewacht von zwei deutschen Soldaten – bei Holzfällerarbeiten zum Bau eines Spezialschlittens einzusetzen.

Der Mann sitzt in seinem Stuhl und rührt sich nicht. Der Morgen ist in Licht gebadet.

Oder so scheint es ihm zumindest. Zum ersten Mal lächelt er den vor ihm stehenden bärtigen Gesichtern, den trüben Augen zu: Na, da hab ich ja eine Arbeitskolonne. Aber was bedeutet schon das Aussehen, wo sie sich einmal als Glücksbringer erwiesen haben. Wo sie trotz allem eine tolle Truppe siegreicher Teufel sind! Das wissen sie zwar selbst noch nicht, aber so ist es.

Da sind sie also. Lebendig und hungrig. Bereit zu einer großen und heroischen Leistung.

»Meine Frau macht einen prima Imbiß«, sagt er und weist mit dem Kopf in Richtung Haus. »Ich wette, ihr werdet nicht enttäuscht sein.«

Die Gefangenen verstehen ihn nicht, nicken aber empfindungslos zu allem, was man ihnen sagt.

»Nicht enttäuscht sein, sofern ich überhaupt irgend etwas verstehe.«

Zwischen Geburt und Tod gibt es anscheinend noch etwas anderes als falsche Stiche und berggroße Schwierigkeiten, denkt er. Da kann es auch Wunder geben. Überraschungen, bei denen niemand etwas verliert. Im Gegenteil: Es wird etwas gerettet.

Als er die Jammergestalten betrachtet, die ihm und seinem Willen anvertraut worden sind, verspürt er ein Zusammengehörigkeitsgefühl, das ihn an das Band der Ehe erinnert. Leid verbindet stärker als Glück oder Liebe.

Sie haben ihr unmöglich erscheinendes Bündnis um den großen Stein besiegelt, der Ritus ist vollzogen, und die gnädigen Götter haben das Opfer angenommen. Der Stein kann dem draufgängerischen Pikkönig und dem unvorsichtigen kleinen Mädchen nicht mehr helfen, aber er kann diese neun retten.

Zumindest einen Teil von ihnen. Auch schon ein einziger, von der Schwelle des Todes Geretteter ist ein Sieg.

Eero Harjula lächelt und trällert, von heftiger Freude beschwingt, ist fast trunken von dieser neuen Möglichkeit der Wiedergutmachung: Deshalb also bin ich auf die Sache mit dem Stein gekommen. Irgend etwas in mir hat geahnt, gewußt, daß dieser Tag kommen würde.

Ja, an allem sieht man, daß etwas Gutes daraus wird. Ein wunderbarer Tag für sie alle, aber besonders für ihn. Für den Mann, der gesagt hatte: Nein, ich schieße nicht.

Natalia zeigt mir Bilder von der feierlichen Enthüllung des Denkmals. Sie fand an Vaters achtem Geburtstag im Mai 1944 statt. Es ist offenkundig, warum Eero Harjula gerade diesen Tag wählte. Mit Emmanuel Aarnio hatte er nichts zu tun. Es war der Tag, an dem sein erstes Kind ums Leben gekommen war. An dem der Junge geboren wurde. Und der Liebhaber seiner Frau verschwand.

Mit der Errichtung des Steins hatte es viele Probleme gegeben, auch die dicksten Hebelarme zerbrachen unter dem Gewicht Dutzender von Tonnen, aber zuletzt gelang es mit einer von Eero Harjula entworfenen, selbstgebauten Hebevorrichtung und der gemeinsamen Anstrengung aller nur irgendwie abkömmlichen Männer des Ortes tatsächlich, ihn in der richtigen Position am Grund der Grube aufzurichten.

Da stand er nun, ein acht Meter hoher, grauer Granitblock im Glanz der abendlichen Frühlingsonne, und reckte sich zum Himmel empor wie ein stolzer Riesenpenis.

An der Feier nahm ganz Olkikumpu teil. Die Finnen, die Deutschen und sogar die russischen Kriegsgefangenen. Uniformen und geblümte Kleider. Auch Tepe Tirkkonen. Er war irgendwann wieder aufgetaucht, hatte durch schlimme Erfrierungen an einem Fuß die Zehen verloren, war aber immer noch genauso eine Frohnatur wie früher. Als er stundenlang in einem selbstgegrabenen Schützenloch gesessen hatte, war ihm am Grund der Grube ein blaugrüner Glanz aufgefallen; er grub ihn so weit aus, wie er es unter den gegebenen Umständen vermochte, und war überzeugt, daß er auf ein bedeutendes Labradoritvorkommen gestoßen war. Er wollte so schnell wie möglich an die Front zurück, um seine Entdeckung zu schützen.

Dank Tepe Tirkkonen war auch eine Art Orchester zustande gekommen. Natalia erinnert sich nicht mehr, welche Stücke gespielt wurden. Dennoch höre ich sie, die rhythmischen Nordlichter von Klarinette und Trommel, die atemberaubend feierliche Einleitung, bevor die Hülle von dem großen Stein herabglitt.

Und ich sehe sie. Den Mann und die Frau. Sie heben sich vor dem Gruppenbild nicht ab, aber dennoch sehe ich sie deutlich. Sie sind nahe beieinander, der Mann sitzt, und die Frau steht. Der Mann hat seinen Arm um die Taille seiner Frau gelegt.

Auf dem Bild, das ich habe, sind der Mann und die Frau eins. Endlich haben sie aufgehört, ihre Plus und Minus gegeneinander aufzurechnen, ihre Verrücktheit zu vergleichen, zu messen, wer von ihnen mehr gelitten hat. Kurz: sie haben Freundschaft geschlossen. Auch mit den dunklen Seiten des anderen. Vielleicht auch sich wieder ein wenig ineinander verliebt. Zusammen fotografiert sind sie, was alle sagen: ein stattliches Paar.

Freilich kauft die Frau nicht mehr so wie früher Kleiderstoffe, probiert nicht mehr die neue Dauerwellenmaschine des Friseursalons aus, aber sie ist schlank, rank wie der Ast eines Pflaumenbaums, und in den Augen immer noch der aufregende Glanz. Und der Mann ist hochgewachsen so wie alle Mannsbilder der Familie Harjula. Auch als Gelähmter zieht er noch die Blicke der entgegenkommenden Frauen auf sich.

Warum soll man sich da nicht noch einmal neu verlieben? Das brünstige Pumpen von früher ist eine Sache für sich, vielleicht braucht die Frau jetzt nicht mehr ins Kopfkissen zu beißen, um mit ihren Schreien nicht das Kind zu erschrecken, aber die Liebe kann dennoch gedeihen. Sie erfordert keine übermäßige Güte. Nur Verzeihung und ein wenig gute Sitten. Und daß man auch den anderen berücksichtigt.

Natürlich wäre es schön, wenn Natalia sie gerade dann auf das Zelluloid gebannt hätte, so daß ich einen Beweis dafür hätte, für das, was ich sah. Vielleicht hat sie es auch getan, aber das Negativ nicht entwickelt, und es verschwand irgendwo. Ihre Zerstreutheit wird verständlich, wenn man bedenkt, daß sie zu jener Zeit alle Hände voll zu tun hatte: die Witwe eines Mannes, der den Heldentot gestorben war und die von einem lokalen Begräbnis zum nächsten ging, um andere Witwen von Männern zu fotografieren, die auch den Heldentod gestorben waren. Die den Rest der Zeit in ihrem Arbeitszimmer saß, das Porträt des gefallenen Ehegatten oder Sohnes vergrößerte, das so wie das von Janne Viita an die Wand gehängt werden sollte, und die die Wangen mit Henna färbte und die Lippen zum Küssen blutrot. Und als nur zwei Wochen nach der Errichtung des Monuments die alles überrollende Sommeroffensive der Russen ihren Anfang nahm, hagelte es mehr Bestellungen, als sie erledigen konnte, selbst wenn sie bereit war, auch noch ihren letzten Nachtschlaf zu opfern.

Die feierliche Enthüllung war für lange Zeit das letzte Fest in Olkikumpu. Mittsommer war wegen der Großoffensive eine einzige Hölle, obwohl Frau Gerda Ryti, die Gattin des Staatspräsidenten, im Radio ein Gebet verlas, von dem sie behauptete, Gott selbst habe es ihr am Vorabend eingegeben und ihr beim Aufschreiben die Hand geführt, während zu gleicher Zeit der Präsident schwierige Verhandlungen mit dem deutschen Außenminister führte. Die Zeit war solcherart, daß das Land nicht mehr ohne die Hilfe der geistigen Welt zurechtkam. Der

Präsident selbst ließ sich dazu herab, einen Hellseher in Loviisa aufzusuchen, welcher seinerseits um Aufklärung der düsteren Lage bei einem Erzengel nachsuchte, der regelmäßig hinter dem Kvarbakken in Loviisa erschien. Der Engel erteilte den Rat, sich vor dem Rachen des bolschewistischen Elends durch den Beistand einer fremden Macht zu retten, und der Präsident dankte dem Medium mit zwölf Flaschen ausgezeichneten alten Weins. Die Sommeroffensive der Russen ging Ende Juli zu Ende. Das Land zählte seine Toten und war reif für einen Führungswechsel. Finnland und die Sowjetunion einigten sich auf eine Feuereinstellung. Es begann der schnelle Abzug der deutschen Truppen.

Aber im Mai, an einem hellen Frühlingsabend, hatte man noch die Zeit, am Fuße des Steins schöne Reden zu halten, zu tanzen, zu essen und zu trinken. Ja, und auf dem Programm stand auch ein Schießwettbewerb. Den Eero Harjula mit Abstand gewann.

Da die Zeit nicht gut zu den Menschen war, mußten die Menschen gut zu der Zeit sein. Man konnte einfach nicht alle Mißgeschicke so ernst nehmen. Jetzt genügte auch ein mäßiger Witz, um schallendes Gelächter auszulösen, und man war nicht mehr so wählerisch mit der Gesellschaft wie früher. Hauptsache, es war überhaupt jemand da, mit dem man plaudern konnte. Und mit etwas Glück auch anderes tun.

Ich aber möchte annehmen, daß der Burgfrieden, der jetzt zwischen Vida Harjula und ihrem Mann herrschte, mehr war als nur ein Diktat der Zeit. Ich stelle mir verstohlene Berührungen beim Aufstehen vom Kaffeetisch vor, ansteckendes Lächeln, gleichzeitig ausgesprochene Worte.

Sie trauern nicht mehr. Nicht mehr so wie früher. »Schwermut ist das größte Verbrechen gegenüber dem Leben«, sagt Natalia, als Vida Harjula sich beklagt, daß das Kind nicht will, daß sie sein Grab besucht. »Man kann und darf nicht alles auf seine Kappe nehmen. Die Menschen gehen, wenn es so bestimmt ist. Das beschließt jemand anders als du. Und dagegen kann niemand etwas ausrichten. Die Kleine ist nicht wegen deiner Fehltritte gegangen. Sie wäre gestorben, auch wenn du einen Strumpf gestrickt oder im Kirchenchor gesungen hättest. Deshalb ist sie dir böse. Weil du nach den Toten und nicht nach den Lebenden blickst.«

»Darf ich denn nicht zum Grab meines Kindes gehen?« fragt Vida Harjula gequält.

»Du kannst dort ab und zu einen Besuch machen, aber du sollst nicht dorthin *laufen*. Halte die Kleine nicht mehr zurück. Laß sie gehen.«

»Aber ich kann nicht, ich bring es nicht über mich«, heult die Frau auf.

»Du hast doch auch Genja begraben.«

»Aber Aino ist mein eigen Fleisch und Blut!«

»Nicht mehr, Vida. Nicht mehr.«

Laß sie gehen, sagt Natalia. Immer wieder, wenn sie zu zweit im Dämmer der Dunkelkammer sitzen. Manchmal weinen sie gemeinsam, Kopf an Kopf. Lindern einander ihren Schmerz. Sieh mal, wie schön der Flieder blüht. So buschig ist er seit Jahren nicht gewesen… Und wenn sie im Garten sitzen und Erbsen auspulen und dabei mit den Blicken den steilen Kurven folgen, die die Schwalben in die Luft schneiden. Oder mit der Schürze voller duftender Herbstäpfel auf der Terrasse tuscheln. Süßsäuerlicher Antonovka, der schon ein wenig Frost abbekommen hat. Horch mal. Ich unterscheide das nicht mehr vom Wind. Das Trällern der Kleinen. Nein, man hört nur den Wind. Nur das Sausen des Windes.

Und so geschah es: Sie genasen. Nicht in einem Tag, auch nicht in einem Jahr, aber allmählich verlor der Schmerz sein Ausmaß und seinen Schrecken. Sie lernten, ihn sich vom Leibe zu halten. Sie lernten, wieder zu lächeln. Und laut zu lachen.

Der Krieg war zu Ende, und es begann die Zeit des Wiederaufbaus. Das Böse mußte nun wie haftender Schmutz abgewaschen werden, und man mußte versuchen, wieder rein zu werden und dem Leben die Herrschaft zurückzugeben.

Ohne zu übertreiben, kann man sagen, daß Vida Harjula es gut hatte. Zwar war ihr Mann nicht ganz gesund, aber sie hatte an ihm doch viel mehr, als viele andere Frauen hatten, die sich so wie Natalia mit einer vergrößerten Fotografie begnügen mußten. Sie hatte doch jemanden, der antwortete, wenn sie zu ihm sprach, und ein erfinderischer Mann wie er konnte seine Frau auch nächtens beglücken, mit oder ohne Behinderung. Und dann noch ein hübscher, munterer Junge, der da unter den wachsamen Blicken dreier Augenpaare heranwuchs. Etwas verzärtelt drohte der kleine Olavi Harjula bei dieser Massenvergötterung zwar zu werden, aber was sollte man da tun, er war einfach ein Herzensbrecher, das goldige Jungchen.

Ja, jetzt scheint es mir, daß das Leben meiner Großeltern nach all den Prüfungen in gar nicht so üblen Bahnen verlief. Eher hatte man den Eindruck, daß sie all das, was das Schicksal ihnen auferlegte, akzeptiert und ihren Frieden gefunden hatten, auch sie.

Vida Harjula hatte zwar Briefe eines gewissen Inhalts an alle nur denkbaren Ämter gesandt, aber das bedeutete nur, daß sie einem Mann helfen wollte, der ihretwegen so viel hatte erdulden müssen. Nichts sonst. Keine unbeschreibliche *Erwartung*. Nicht, daß sie all diese Jahre nur gewartet, gewartet und gewartet hätte, daß sich auch für sie etwas ereignen würde.

»Ja, sie kamen gut miteinander aus«, bestätigt Natalia, als sie das Album schließt. »Eero und Vida. Natürlich haben sie sich manchmal gestritten so wie alle Ehepaare, aber das klang nicht sehr ernst. Da schwang keine Bosheit mehr mit. Und ich habe niemals einen Menschen so weinen sehen wie Vida bei der Beerdigung deines Großvaters. Niemals auch nur irgend jemanden, und ich kann wahrlich von mir sagen, daß ich das eine oder andere Begräbnis miterlebt habe...!«

Ich nicke. Habe gefunden, was ich gesucht habe: ein glückliches Ende. Die Namen des Mannes und seiner Frau hübsch nebeneinander auf einem gemeinsamen Grabstein. Und es ist ein Bild, das ich unversehrt bewahren möchte, nachdem ich so mühselig alle diese Splitter zusammengetragen habe. Deshalb möchte ich mir nicht Natalias Gejammer über die seltsam fixe Idee ihres Bruders anhören. Daß er nämlich den Stein schon lange vor seinem Tod anfertigen ließ. Im Oktober 1947, als seine Frau zwei Wochen von zu Hause fort, weit entfernt in der Hauptstadt war.

Er fragte nicht einmal. Als seine Frau ihre Tasche packte und sagte, daß sie fahren müsse, nickte Eero Harjula nur. Es hatte ihm nicht entgehen können, daß seine Frau ein paar Tage zuvor einen Anruf aus dem Amt bekommen hatte, das sich um die Repatriierung der Gefangenen kümmerte, die aus der Sowjetunion zurückkehrten. Er hatte es hören müssen, hatte den ungläubigen Ausdruck im Gesicht seiner Frau, die tiefe Erschütterung wahrnehmen müssen. Sich über die Eile wundern müssen, mit der sie sich für die Reise rüstete. Dennoch fragte er nichts. Zum Beispiel, ob seine Frau beabsichtige zurückzukehren. Er polterte nicht herum, fuchtelte nicht mit der Waffe, dem Ehevertrag, den Medaillen, die der Junge beim Skilaufen gewonnen hatte. Forderte sie nicht auf zu wählen. Und sagte nicht, daß der Junge auf alle Fälle bei ihm bleiben würde. Daß sie keinen Pfennig bekäme. Gab nicht zu bedenken, was die Leute sagen würden.

Vida Harjulas Einsteigen in den Zug nach Helsinki mit dem Koffer in der Hand war eine suffragettenhafte, anmaßende Tat, die den Ortsbewohnern in keinster Weise verborgen blieb. Viele fühlten sich in ihrer schlechten Meinung bestärkt, die sie von Anfang an von dieser Frau gehabt hatten, schon damals, als sie vor zwanzig Jahren mit ihrem perlenbestickten Trauergewand und dem russischen Familiennamen auf der Bahnstation von Olkikumpu aufgetaucht war. Die Tatsache, daß man auf diese

Schamlosigkeit so lange hatte warten müssen, war nur geeignet, das Abstoßende der Tat noch zu verschlimmern. Schließlich war sie kein junges Mädchen mehr; sie hatte die Vierzig schon weit überschritten, war mit anderen Worten in einem Alter, wo man annehmen sollte, daß eine Frau schon etwas besser einschätzen kann, was sich gehört und was nicht.

Ihr Mann aber sagte also nicht: Wähle.

Vielleicht half er ihr sogar beim Packen: Bist du sicher, daß du nicht frierst in diesem Mantel, es kann dort sogar sehr kalt sein, wenn ein scharfer Wind vom Meer kommt und über die breiten Straßen fegt...! Er holte seine Börse hervor und steckte ihr ein paar Scheine zu, die er für einen Doppelkopfabend aufgespart hatte: Hast du jetzt bestimmt genug Geld, deine Verwandten haben nicht unbedingt die Mittel, dich freizuhalten...? Sprach wie selbstverständlich von Verwandten, obwohl seine Frau niemals behauptet hatte, in Helsinki irgend jemanden zu kennen.

Erst als die Frau in den Zug eingestiegen war, löste sich etwas in ihm, und er bat seine Schwester, ihn zu einer Steinmetzwerkstatt zu fahren. Aufmerksam ging er die Lager durch und wählte zuletzt einen großen, schönen Stein, warmroten Granit, dessen Kristalle eng zusammenstanden und wie die Teile eines Puzzlespiels ineinanderpaßten. Er bat, in diesen Stein ihrer beider Namen und Geburtsjahre einzugravieren.

Vielleicht verstand Eero Harjula, daß der Fremde niemals die Erlaubnis bekommen würde, im Land zu bleiben. Daß die finnischen Behörden ihm gegenüber immer noch mißtrauisch waren und ihn abschieben würden, sobald seine körperliche Verfassung die Heimreise zulassen würde. Oder stellte Eero Harjula sich vor, was elf einsame Jahre in feuchten Gefängnissen und Silberbergwerken aus dem Mann gemacht haben mußten? Der Frau war dieselbe Anzahl von Jahren gnädig gewesen, aber auch ihre Haut war nicht mehr so elastisch wie früher, die Bewegungen nicht mehr so lockend wie bei einer, die weiß, daß sie in der Blüte ihrer Weiblichkeit steht. Nein, keiner von ihnen war dieselbe Person wie vor elf Jahren.

Oder vielleicht glaubte Eero Harjula wirklich an die Verwandten in Helsinki, die er selbst erdacht hatte: an die kinderlose Tante mit Topfhut, die nicht mehr allzu lange zu leben hat, an den dicken Vetter zweiten Grades mit der lauten Stimme, der in einer Autoreparaturwerkstatt arbeitet und dessen ältester Sohn an der Front gefallen ist. Glaubte an sie und dachte, daß es nun an der Zeit sei, daß seine Frau sie nach langer, langer Zeit besuchte.

»Ich vermute, daß sie niemals ein Verhältnis im eigentlichen Sinne gehabt haben«, sagt Natalia, während sie das hölzerne Kamerastativ herbeischleppt und vor mir aufbaut.

»Wovon redest du?«

»Vida wollte nicht, solange sie unter Eeros Dach lebte. Und als der Ire den Klauen dieser Teufel entronnen war, da war es zu spät. Na, du hast ihn ja im Winter getroffen, ich brauche dir also nichts zu erzählen. Hatte er jetzt schon etwas mehr Fleisch auf den Knochen?«

»Ja.«

»Gut. Nicht, daß ich ihn noch einmal gesehen hätte. Aber Vida hat mir natürlich alles erzählt.«

»Alles?«

Sie schraubt ihre uralte Kamera auf das Stativ, anscheinend weiß sie nicht mehr, wie herum sie sie daraufsetzen muß.

»Was sonst. Der besten Freundin. Wie war es da? hab ich sie gefragt. Ich wollte ihr nicht sagen, daß Eero die ganze Zeit ziemlich nervös gewesen war …«

Was für Frauen: Da saßen sie mit untergeschlagenen Beinen auf Natalias Sofa und schwatzten mit gedämpfter Stimme über Vidas große Liebe wie Schulmädchen.

Kann man so etwas dulden, kann man sich so etwas überhaupt vorstellen?

Wie erging es Vida Harjula in der Hauptstadt mit dem Mann? Das heißt, mit dem Schatten, der von dem Mann übriggeblieben war. Natalia hätte ihn sehen müssen, sonst verstand sie es nicht, könnte es nicht glauben…

Wirklich nicht.

Zuerst stand die Frau nur stumm da. Dachte, das ist nicht derselbe Mann. Dachte, sie hätten einen anderen mit den Papieren von Sean O'Brien geschickt. Und so saß sie nur da, steif vor Trauer, und sprach kein Wort.

Dann sagte der Mann, sie könnten doch ein bißchen spazierengehen. Falls Davida nichts dagegen hätte.

Nein. Mein Gott. Nein, sie hatte nichts dagegen, gewiß nicht.

So gingen sie spazieren. Den verregneten Bulevardi entlang, von der Annastraße zur Eerikstraße. Saßen auf einer eisigen Parkbank. Gingen Kaffee trinken. Nahmen die Straßenbahn. Machten einen Abstecher nach Katajanokka. Aber die ganze Zeit war es so seltsam. Der Mann hinkte. Und sie wußten nicht, was sie sagen sollten. Fanden absolut kein vernünftiges Gesprächsthema. Und es war entsetzlich kalt. Der Mann wohnte in einem Sammellager, dorthin konnten sie nicht. Also gingen sie wieder Kaffee trinken. Und er erzählte, daß er bald das Land verlassen müsse, weil die politische Polizei es so wollte. Die Frau war erschöpft und fühlte sich uralt und sehnte sich nach Hause. Aber sie gingen also Kaffee trinken. Oder essen. Und ein Mitbringsel aus der Hauptstadt für den kleinen Olavi besorgen, der eigentlich gar nicht mehr klein war. Die Menschen sahen sich mitleidig nach ihnen um, wenn sie zur Tür hereintappten, die nett vor ihnen ausgebreiteten Pullover und Lederschuhe für Jungen berührten. Die Kleider des Mannes! Und das auf einen Millimeter Länge gestutzte Haar! So gingen sie wieder hinaus, spazierten die Parkwege entlang. Gingen ans Ufer und auf irgendeine Brücke. Und so fort.

Und das war alles?

Nein, das nun doch nicht.

Was dann? Hat der Mann die Frau überhaupt nicht berührt?

Die Frau hat den Mann berührt. Oder versuchte, ihn zu berühren. Ihm die Wange zu streicheln oder so etwas. Aber der Mann zuckte vor der Hand zurück, als hätte sie versucht, ihn zu schlagen.

Und Vida Harjula brach in Tränen aus, begann mitten auf der Mannerheimstraße lauthals zu weinen: Wer bist du eigentlich, verflucht, ich erkenn dich nicht wieder…!

Ja, aber…? Sie blieb dort zwei Wochen. Warum, um Himmels willen? Sie hätte doch auch zu Hause Kaffee bekommen: *Was hat dich aufgehalten, Vida…?*

Er. Er hat mich aufgehalten.

Er nahm die Frau bei der Hand und fragte, ob sie es sich leisten könne, für sie beide ein Hotelzimmer zu nehmen.

Das, was dann folgte, war höchst eigenartig. Gut und zugleich furchterregend. Leidenschaftlich. Und Vida Harjula spricht jetzt nicht von Beischlaf. Dazu war der Mann nicht imstande.

Gib mir den Sommer, bat er. Das Wasser und die Steine und die tote Spitzmaus. Und den Sturm, der sich erhob und dich leerfegte. Etwas anderes will ich nicht. Nur den Sommer und den Sturm.

Zwei Wochen in diesem Zimmer. Der Mann schlief zwischendurch. Die Frau schlief nicht. Zumindest erinnert sie sich nicht, es getan zu haben. Ihr genügte es, auszuruhen und den Mann zu betrachten. Sie wartete darauf, daß er erwachte: Wach auf, wach auf, wach auf. Der Mann erwachte. Mach mich neu, bat er.

Keine Gespräche mehr über Steine. Was gab es darüber denn schon zu reden? Sie wußten schon alles, was wissenswert war: Der eine Stein ist härter als der andere, verschiedene Steine brechen das Licht auf unterschiedliche Weise. Wenn ein Lichtstrahl auf die Oberfläche eines undurchsichtigen

Steins trifft, spiegeln sich, werden ins Auge des Betrachters nur diejenigen Farben reflektiert, die der Stein nicht in sich festhält. Die dauerhaftesten Steine sind Diamanten, sie haben die größte Widerstandskraft gegenüber Kratzern. Aber auch aus einem weicheren Stein kann ein Edelstein werden, wenn er den Weg ins Innere einer Muschel findet. Er ist dort ein so störender Fremdkörper, daß die Muschel eine harte, glänzende Hülle um ihn herum wachsen läßt, um sich vor dem Schmerz zu schützen.

Es galt also, einen anderen Weg zu finden, der sie zurückführen konnte. Sie mußten alles von vorn beginnen, das Reine und Wesentliche an die Stelle alles Falschen setzen. Und das ohne Bodenkarte und Kompasse, ohne Worte und ohne Rücksicht auf die dahineilende Zeit.

Und dann reiste der Mann ab.

Und die Frau kehrte nach Hause zurück.

Zu ihrer Familie.

Der Mann reiste ab, und Vida Harjula stieg in den Zug und kehrte heim nach Olkikumpu, wo ein Grabstein sie erwartete. Darauf stand ihr Name neben dem von Eero Harjula.

Das war alles. Weiter sollte man in ihrem Leben nicht herumstöbern. Man sollte nicht in allem bohren. Damit die Schale des privaten Daseins nicht allzu brüchig wird, damit sie nicht völlig zerbricht.

Ich habe niemals einen Menschen so weinen sehen wie Vida bei der Beerdigung deines Großvaters.

Niemanden.

»Stütz deinen Kopf in die Hand«, sagt Natalia. »So, daß die Blumen auf dem Fensterbrett zu sehen sind. Die haben dasselbe Grün wie deine Augen.«

»Ich will nicht fotografiert werden, wenn ich so drall bin.«

»Sei still. Das wird ein gutes Bild.«

Die vom Rheumatismus gekrümmten Finger gehorchen ihr

kaum, aber sie muß hinter die Kamera. Sie ist so gräßlich entschlossen, wenn sie etwas will. So voller Berufsstolz.

Ich stelle mir diese selben Hände vor, wie sie das Kind aus dem Bach ziehen, den an einem stacheligen Strauch hängengebliebenen Rocksaum losmachen, die kleine Faust aufbiegen und das herausnehmen, was das Kind an sich gedrückt hatte: *Wer kann einer Sechsjährigen, die von dem Bösen nichts weiß, so etwas antun?*

Gott kann es.

Sie wollte, daß ich sie erforsche, die Gründe ihres Gottes. Wollte, daß ich eine Antwort für sie suchte. Sie, die ihren Glauben behalten, noch mehr aber ein Kind haben wollte. Gott hat ihr keins gegeben, aber Vida tat es. Fast hat sie es ihr gegeben. Hat ihr das Teuerste geliehen, was sie hatte, so wie es sich für eine gute Freundin gehört. Vida wußte, was das ist: die Sehnsucht nach einem Kind, wenn sie einen so richtig packt. Fleckfieber und Typhus sind nichts dagegen. Ganz zu schweigen von Migräne. Sie brachte das Kind in ihr Haus. »Könntest du auf die Kleine aufpassen, während ich…!« Aber das paßte der Himmlischen Majestät nicht. Sie nahm ihr das Geschenk wieder weg. Ihnen beiden: *Da habt ihr es, ihr falschen Weiber, wenn ihr hinter meinem Rücken Ränke schmiedet!*

Wenn man die Verfehlungen der Menschen verstehen will, muß man nach den Gründen forschen. Doch Gottes Taten erklären sich aus ihren Folgen. Wir handeln, *weil.* Er handelt, *damit.* Unerforschlich sind die Wege des Herrn. Bis jemand kommt und sie erforscht.

»Lächle! Denk an etwas Schönes«, sagt Natalia.

Ich weiß nicht, ob sie unzufrieden ist mit den Brocken der Geschichte, die ich für sie gesammelt habe. Letzten Endes hat sie schon fast alles gewußt. Aber zumindest findet sie es schön, uns umsorgen zu können, die alten Fotos zu zeigen, über Menschen reden zu können, die es nicht mehr gibt. Durch das Fenster meine wilden Jungen zu beobachten, wie sie die glasdünnen Eisdecken der Frühlingspfützen zerkrachen lassen.

»Mir fällt nichts ein.«

»Na, stell dir vor, daß Tepe Tirkkonen um meine Hand angehalten hat. Das ist noch gar nicht so lange her. Er war sogar fast nüchtern. Ungefähr an demselben Platz wie du jetzt: Wäre es für uns beide nicht langsam Zeit, dieser verzehrenden Leidenschaft nachzugeben und unsere Siebensachen zusammenzuschmeißen, mein Herzblättchen…?«

Ich lache, aber das will sie nicht. Sie will ein Lächeln. Ein ganz bestimmtes Lächeln.

»Denk an das Kind. Leg die Hand auf den Bauch und denk an das Kleine.«

Sie hat niemals laut gesagt: *Ich war nicht auserwählt zu erwarten, aber du bist auserwählt. Du. Aber ich nicht.*

»Was geschah mit Großvaters prächtigem Monument? Haben die Russen es zerstört? Oder die Deutschen?«

»Weder noch. Es stand dem Atommüll im Wege. Es wurde gestürzt und zerstückelt, als das Gelände erweitert und der Tunnel für diese Behälter gebaut werden mußten. Ich bin froh, daß Eero das nicht mehr erleben mußte. Er hatte doch gehofft, das Monument würde ewig sein. Eine Art Zeichen: bis hierher und auf keinen Fall weiter. Er muß es geahnt haben. Böse Schauer auf der Haut gespürt haben. Die Harjulas sind so: verrückt, aber *wissend*. Oder vielleicht macht gerade der Druck des Wissens unsere Sippe so eigensinnig.«

Sie schweigt einen Augenblick, um das von meiner Haut reflektierte Licht zu messen, ist aber von ihren Erinnerungen so aufgewühlt, daß sie einen Augenblick später den abgelesenen Wert nicht mehr weiß und noch einmal messen muß.

»Aber dein Vater war aufgebracht. Er kämpft bis zum letzten Atemzug gegen diese Todeshändler. Und ich helfe dem lieben Jungen natürlich, wo ich nur kann …«

»Ich habe über die Risiken des Lagerns über geologische

Zeiträume einen ziemlich kritischen Artikel geschrieben, aber den haben sie nicht veröffentlicht.«

»Du wirst dir einen anderen Weg ausdenken. Wirst sagen, was du willst. Das sehe ich dir an. Ob es klug ist oder nicht, du wirst es sagen. Dagegen kommt man nicht an, wenn einem das im Blut liegt.«

Natalia kneift die Augen zusammen: Irgend etwas stimmt noch nicht, aber der Teufel soll sie holen, wenn sie nicht herausfindet, was es ist.

Die Greisin beugt sich zu mir herab, bewegt vorsichtig mein Kinn in die Stellung, die ihr vorschwebt.

Hier sitze ich nun, um von Tante Natalia verewigt zu werden. Voller dicker, sanfter Mütterlichkeit. Vida Harjulas goldene Gehänge in den Ohren. Eine bemerkenswerte Ähnlichkeit: zurückgekämmtes Haar und ein Lachgrübchen an genau derselben Stelle. Und die Augen Moosachat, je nach Licht Eis oder Vulkanregen sprühend.

Ich korrigiere meine Haltung, will ebenso stattlich, ebenso stark aussehen wie sie auf ihrem Bild, wo sie furchtlos in die unbekannte Zukunft blickt. So muß man sagen: Ich kann das. Auch in mir ist diese Kraft.

»Gut. Behalte diesen Gesichtsausdruck«, sagt sie und betrachtet mich zufrieden hinter ihrer Kamera. »Das wird ein gutes Bild. Wahrscheinlich das beste, das ich je gemacht habe.«

Der Finger drückt auf den Auslöser, der Augenblick gerinnt zum Bild. Wenn es gut geht, graben die Enkelkinder oder die Forscher vom Museumsamt es irgendwann aus und äußern ihre Vermutungen. Bis die Zeit meine Gesichtszüge und die Farben der Erinnerungen verblassen läßt und die Umrisse ihren Hintergrund verlieren.

Allmählich verschwinden alle Bilder. Der Film, der nicht mit der Zeit zerfiele, ist noch nicht erfunden. Alles vergeht. Selbst die in Stein gehauenen Bilder. Nur die Steine bleiben.

Und das soll alles sein? Und der schwarze Sarg an jenem schwarzen Tag des Leidens auf der schwarzen schwarzen Bergkuppe?

Das Mädchen.

Das ausgerissen und seiner eigenen Wege gegangen war. Das von der überraschenden Wärme des Frühsommers dazu verführt wurde, den ganzen Tag zu tanzen, und dazu verleitet, an Stellen zu gehen, an die sie zu allerletzt hätte gehen dürfen. Obwohl die Sonne sengend heiß am Himmel steht, braut sich etwas zusammen, das der Luft eine besondere Spannung verleiht; sie vibriert, verzieht sich wie ein großer, durchsichtiger Flügel. Alles ist für das Mädchen jetzt höchst geheimnisvolles Zeichen, Geschichte, Geflüster.

Jetzt aber erstarrt sie in Erwartung. Hockt mit der Streichholzschachtel im Schoß auf der Veranda, hat dort schon eine Ewigkeit gesessen, nur gesessen und gewartet. War schon nahe daran, die Hoffnung aufzugeben, als sie den Mann endlich kommen sieht.

Der Vater kommt und trällert, bleibt merkwürdig lange an der Pforte stehen, streicht sich über das Haar. Er wirkt wie ein Fremder, der nicht so recht weiß, ob er durch die Pforte eintreten soll oder nicht. Dann macht er einen plötzlichen, fast an einen Tanzschritt erinnernden Sprung und biegt vom Weg in den Hof ab.

Als er das Mädchen sieht, schiebt er den Hut in den Nacken und legt den Kopf auf die Seite:

»Na, was gibt's, mein Mädel?«

»Ich hab einen Marienkäfer.«

Der Mann breitet erstaunt die Hände aus, schwankt ein wenig.

»Ist das wahr? Einen *richtigen* Marienkäfer? Bist du ganz sicher?«

»Ja. Den müssen wir zum großen Stein bringen.«

Der Mann nickt, setzt sich auf die oberste Stufe neben das Mädchen:

»Zeig mal.«

Das Mädchen holt die Schachtel hervor. Der Mann nimmt sie zwischen seine großen Fäuste und hebt sie vor die Augen:

»Ja, wirklich. Und der ist ganz schön groß.«

Er fährt mit seinem dunkelgeränderten Daumennagel den Rand der Schachtel entlang, wendet sie vor sich hin und her.

»Du meinst also, zum großen Stein.«

Der Vater reicht ihr die Schachtel zurück und holt eine fast leere Flasche aus der Tasche.

»Du bist doch Papas Liebling, oder?«

Das Mädchen nickt eifrig, lächelt.

»Das mein ich auch. Das ist gut. Es kann nämlich passieren, daß…«

Der Mann beugt sich zu dem Kind hinab, streicht ihm ungeschickt die Haare hinters Ohr und ist nahe daran, auf das Mädchen draufzufallen.

»… es kann nämlich passieren, daß Mama weggeht. Aber du bleibst Papas Liebling, nicht wahr?«

Das Kind erstarrt. Sitzt lange, ohne sich zu rühren. Der Vater hat etwas gesagt, das es nicht versteht, nicht glaubt, nicht hören will.

Das Mädchen beobachtet, wie die Nasenflügel des Mannes vibrieren, wenn er spricht. Sie hat bisher nicht bemerkt, daß der Vater auch in der Nase Haare hat.

»Mama geht weg?«

»Es kann sein, daß sie weggeht«, sinniert der Mann und sackt nach hinten weg, liegt rücklings auf der Veranda. »Das kann man nicht ganz ausschließen, nicht wahr? Jetzt, wo sie das neue Kind hat und alles… Wie kann man da sicher sein. Die Launen der Frauen. Es kann doch so kommen, daß sie beschließt, ihr neues Balg unter den Arm zu nehmen und ganz und gar zu verschwinden…«

Das Mädchen spürt, daß sie einen Klumpen im Bauch hat. Auch die Beine sind wie Blei, als sie versucht aufzustehen.

»Mama geht doch nicht weg?«

Die schrille Stimme bewirkt, daß der Mann die Hände vom Gesicht nimmt, mit hervorquellenden Augen das Mädchen anblickt:

»Sie geht, wenn sie geht«, lispelt er. »Aber du bleibst doch bei mir, Papas Mädel, nicht wahr…? Papa und Tante Natalia werden sich gut um dich kümmern, da brauchen wir keine Mutter, verdammt noch mal…!«

Das Mädchen faßt den Vater bei der Hand, spürt, daß die

Hand naß geworden ist. Sie blickt ihm ins Gesicht, sieht, wie ihm Tränen aus den Augenwinkeln laufen.

»Mama geht nicht weg.«

Der Mann antwortet nicht. Er hat sich die Hände wieder auf die Augen gelegt, liegt ganz still da. Die Büsche rauschen, und ein schwarzer Vogel singt irgendwo ganz in der Nähe. Das Mädchen betastet den auf dem Rücken liegenden Vater, schüttelt ihn zärtlich, ganz vorsichtig, befühlt ihn wie einen Schlafwandler, wartet darauf, daß er die Augen öffnet und alles zurücknimmt, was er gesagt hat.

Aber der Mann will nicht mit seiner Tochter reden und auch mit niemandem sonst; er will nichts mehr denken.

»Mama fährt nicht fort. Nicht wahr?«

Das Mädchen sieht den Mann an, der daliegt wie ein Toter. Plötzlich rührt sich nichts mehr. Der Hof ist grün, leer, lautlos. Auch der schwarze Vogel ist fortgeflogen.

Das Mädchen steht auf, steigt die Treppenstufen hinunter. Sie verfällt in blindes Rennen, überquert den Hof, springt wie eine Feuerflamme über die Straße, die Baustelle, rennt aus allen Kräften in Richtung Anhöhe, zum Bach. Sie jagt wie ein aufgeschrecktes Wild durch das Wasser, rennt aus Leibeskräften, bis sie nicht mehr anders kann als stehenbleiben und innehalten.

Sie preßt sich gegen den Fels, als wollte sie darin versinken, darin verschwinden.

Plötzlich ein Lichtschein von oben. Was war das? Sie öffnet die Augen einen Spaltbreit, betrachtet prüfend den Himmel.

Da sieht sie etwas aus dem Augenwinkel heraus, weiter entfernt am Unterlauf des Baches. Sieht eine bekannte Gestalt.

Es ist Tante Natalia, die niemals auf die Anhöhen geht, weil die Anhöhen für die Toten da sind. Das Mädchen steht auf, reckt den Hals: Was ist denn das, was da im Arm der Tante jammert? Was *weint* denn da?

Die Sonne schlängelt sich über den Sand. Das Mädchen hält

die Hände vors Gesicht, schnuppert ihren staubigen Duft, betrachtet durch die Finger hindurch den gebeugten Rücken.

Schaut, aber begreift nicht. Heute ist alles wie verzaubert, niemand und nichts ist so wie sonst.

Das Kind sitzt im Heck des Bootes, der Wassergeist kommt und holt es…

Sie sieht den gebeugten Rücken der Tante, den blaukarierten Rock, der hochgeschlagen und in die Schlüpfer gesteckt ist, damit er nicht naß wird. Und sie hört etwas, das sich in der Hand der Tante bewegt, weint. Winselt, bis es unter Wasser gedrückt wird. Es dauert lange. Es dauert und dauert, der Tante ist kalt, sie zieht die Beine abwechselnd aus dem Wasser, geht aber nicht weg. Und das Mädchen sieht alles. Kann es nicht verstehen. Die Tante, die gut und lieb ist, immer lieb lieb lieb. Das Mädchen begreift nicht. Sieht nur.

Die Tante ist aus dem Wasser gekommen, hat ihren Rocksaum wieder heruntergelassen. Aber das *Etwas* ist im Bach geblieben!

Das, was geweint hat. Dem die Tante Böses getan hat.

Etwas dümpelt im Wasser, hat sich an einer Baumwurzel verfangen. Tante Natalia hat es dorthin getan, obwohl es geweint hat, obwohl es ihm weh tat. Das Mädchen zögert nicht mehr. Es rennt ins Wasser, watet mit den Sandalen an den Füßen, fischt mit den Händen in der Strömung. Bekommt es zu fassen und holt es heraus. Schlaff, triefend naß, schleimig. Die Augen geschlossen, aber die hellrote Zunge hängt aus dem Maul heraus.

Das Kind des Hundes!

Tante Natalia hat das Kind des Hundes umgebracht. Sie ist also gar nicht lieb, wie das Mädchen geglaubt hat. Hier auf der Anhöhe hat sie sich als böse Hexe entpuppt, die genauso weh tun kann wie der Vater.

Das Mädchen hört, wie die Tante sie beim Namen ruft, antwortet aber nicht, jetzt gerade nicht.

Aino steht taub am Ufer, wiegt das leblose Junge im Arm. Gibt es etwas Traurigeres, Hübscheres, Kraftloseres? Es schwindelt sie, wenn sie die nassen runden Tatzen berührt, die rosa Zungenspitze, die glatte Satinhaut des Bauches, aus dessen Mitte der kleinste Pimmel der Welt ragt.

Was war das für ein Geräusch? Ein Donnergrollen?

Das Kind, hell und unscheinbar, steht auf dem Hügel, wiegt sich hin und her, starrt in die Pfütze, sieht dort ein anderes Mädchen, ebenso eines, wie sie selbst es ist.

Es steht da in seinen roten Gummistiefeln, eingeschlossen in die diamantenen Spiegelungen der Pfütze.

Was hast du? Was möchtest du, kleines fremdes Mädchen?

Ich möchte sterben.

Warum?

Weil sie meine Mutter in der Erde vergraben haben. Und sie kommt nie mehr zurück. Und der Vater hat meinen Hund getötet, weil man auf dem Friedhof keine Tiere halten darf.

Das ist ja allerhand, aber das geht trotzdem nicht. Jetzt bin nämlich ich an der Reihe.

Nein, ich.

Wollen doch mal sehen: Auf dem Berge Sinai wohnt der Schneider Kikriki. Guckt mit seiner Brille raus – eins, zwei, drei, und du bist raus. Nein. Du bist noch nicht dran. Noch lange nicht. Geh endlich weg. Was trödelst du hier noch rum?

Ich hasse Vater, weil er meinen Hund getötet hat. Und den Scheißgott, weil er mir meine Mutter weggenommen hat.

Das glaubst du nur. Und trotzdem bin ich jetzt dran, da kannst du nichts machen, und sei mir nicht böse, aber ich muß jetzt langsam gehen…

Nein. Ich will nicht hier sein. Ich will zurück auf die INSEL. Ich will zu Mama. Zu Mama und zu sonst niemand. Ich hab nichts zu tun. Und alle ärgern mich.

Na so was. Schau mal auf die Erde. Da kannst du sonst was

finden. Dieser kleine Rote da sieht ein bißchen so aus wie ein Rubin... kuck mal, wie er glüht.

Ich kuck nicht. Es ist sowieso kein Rubin.

Es könnte einer sein. Dies ist eine Stelle, an der man Schätze finden kann. Wenn man hier die Steine klein macht...

Es ist Aino Helena Harjula sechs Jahre, aber mit wem spricht sie? Mit der Pfütze, dem Sand, dem Wind. An ihr bricht sich die Zeit in zwei Richtungen, wie wenn das Licht auf einen richtigen Stein fällt. Fünf Minuten sind für sie eine Ewigkeit, hundert Jahre nur ein Huschen. Ein Ausflug in die Welt ist immer eine Forschungsreise, auch ein kurzer. Sie ist es, meine Zwillingsschwester, die vor und nach mir geboren wird, die mich an der Oberfläche der Frühlingspfütze erwartet; sie ist da, um mir zu helfen, wenn ich mich mit dem Leben aussöhne, denn man muß sich aussöhnen.

Es grummelt wieder. Ein befremdliches Geräusch. Ein unbekannter Faktor, den niemand voraussehen konnte. Ist das ein Zeichen? Eine Erinnerung daran, daß durchaus nicht alles vergeben und vergessen ist, so wie ich es glauben möchte. Ist es der Berg, der sich hier entlädt, all die Kraft, mit der Ketten von Generationen ihn belastet haben? Jetzt bröckelt er. Bricht mit allem Drum und Dran zusammen. Ist dies der Tag, an dem wir die Geduld des Berges zu lange auf die Probe gestellt haben und das Dorf und die Städte weit in den lautlosen dunklen Raum hinausgeschleudert werden?

Nein. Du liebe Güte. Das nun doch nicht. In die Annalen wird dies nur als ein Tag im Mai des Jahres sechsunddreißig eingehen, der vom Wetter her ein wenig launisch war. In der Atmosphäre oberhalb von Olkikumpu gibt es für diese Jahreszeit ungewöhnliche Entladungen von Energie, die an sich natürlich sind und verwandt mit der Radioaktivität der Erdkruste und elektrischen Störungen der Hirnrinde. Nichts Besonderes.

Aino Harjula blickt hinauf. Der Himmel ist tiefblau geworden. Sie spürt die ersten Tropfen und das Klopfen ihres Herzens gegen den schlaffen Körper des Welpen. Sie macht einige Schritte in Richtung Pfad. Kalt pladdert es auf ihre nackten Arme herab.

Es regnet. Herrlich.

Wieder sind Tante Natalias Huhuh-Rufe zu hören, aber das Mädchen tut so, als hörte sie nichts. Sie steht da mit zurückgeworfenem Kopf und versucht, mit der Zunge die Tropfen aufzufangen. Als sie sich umwendet, bemerkt sie, wie die vom Himmel herabfalllenden Tropfen den Bach durchlöchern, ihn rhythmisch peitschen, ihn zum Kochen bringen, etwas auftauchen lassen, das nicht dorthin gehört.

Das Mädchen strafft sich. Ist da noch ein Welpe im Wasser?

Ja, ja, dort bewegt er sich, an einen Ast geklammert. Noch ein Spielkamerad. Oijoi. Wie schön. Sie stürzt zum Bach hin: Er gehört mir, mir und keinem sonst.

Niemand hört, wie das Mädchen lacht, als es ins Wasser steigt, niemand sonst sieht dasselbe wie sie: daß sich vom Himmel bis in den Bach hinein ein leuchtender Streifen erstreckt wie ein Riß mit silbernen Rändern in einem blauen Riesenteller. Er schafft aus den Wolken bis ins Wasser eine heiße, phosphoreszierende Bahn, einen schnellen, brennend-strahlenden Tunnel.

Die anderen Leute in Olkikumpu sehen und spüren ihn nicht. Sie sind mit ihren eigenen Angelegenheiten beschäftigt. Das Wasser ergießt sich über das Bergwerksdorf, fließt die bemoosten Dachziegel hinab, spült die Wäsche von der Leine und vertreibt die Katzen, die sich auf dem Geländer der Veranda gerekelt haben. Die Straßenpassanten ziehen sich die Jacken über den Kopf und laufen ins nächste Geschäft hinein, klagen, das frühe Gewitter kündige schlimme Zeiten an, und geben, während sie darauf warten, daß der Regen aufhört, viel mehr Geld für allen möglichen Kleinkram aus, als sie es sich eigentlich leisten können. Es kommt ihnen nicht in den Sinn, sich Sorgen zu machen um ein kleines Mädchen, das sich heimlich auf die Anhöhen geschlichen hat. Sie sind vollauf damit beschäftigt, ihr eigenes Leben zu leben, zu streiten, zu lieben, Blut und Zukunft zu gebären. Fehler zu machen. Und mit klopfendem Herzen den Augenblick zu erwarten, an dem die Zahlung fällig wird.

Auf ein Opfer zu warten.

Auf eines wie das Schicksal des Mädchens, von dem später manch einer sagen wird: Das geschah meinetwegen. Einzig und allein meinetwegen. Sie werden wetteifern darum, wer von ihnen der Allerschuldigste ist. Wochen-, ja jahrelang. Warum gerade sie, werden sie fragen in ihrem Kummer: ein unschuldiges Kind, das niemandem etwas zuleide getan hat. Sie, die den Tod für eine Strafe halten, die Armen. Ihn in einem Atemzug nennen mit Krankheit, Leiden, Verkrüppelung. Die darin etwas unendlich Bedrückendes und Finsteres, die luftlose Sackgasse einer eisigen Höhle sehen.

Sie wissen nicht, was das Mädchen schon weiß.

Sie ahnen nicht einmal das Geheimnis des letzten Kastens.

Daß der vom Himmel fallende Lichtstreifen ein Pfad ist; wie das glänzende, klingende Seil eines Zirkustänzers, über das man gehen kann, wohin man will. Wo man nur die Arme ausbreitet und seinen Fuß hebt.

Leicht, leicht.

Wohin man nur will.

NACHWORT

Die Handlung von Leena Landers Roman ist naturgemäß Fiktion. Sie entwickelt sich jedoch vor realen Hintergründen, die sich dem deutschen Leser nicht ohne weiteres erschließen und einiger Erhellung bedürfen.

Den auf Fiktion verweisenden Namen des Schauplatzes der Handlung »Olkikumpu« hat die Autorin aus Outokumpu und Olkiluoto zusammengefügt; ersteres bezeichnet eine mittelfinnische Kleinstadt und den dortigen Bergwerkskonzern, letzteres ein Atomkraftwerk an der südwestfinnischen Küste. Das Bergwerk wurde seinerzeit von einer kanadisch-englischen Gesellschaft erschlossen; während des Krieges in den vierziger Jahren stand es unter deutscher Verwaltung.

Ein hochaktuelles Problem in Finnland ist die Lagerung des Atommülls, der in den vier einheimischen Atomkraftwerken anfällt und bisher nach Rußland exportiert wurde. 1996 änderte nämlich das finnische Parlament das Kernenergiegesetz und verbot die Ausfuhr ab 1997.

Das Kernstück des Romans, die Geschichte der Vida Harjula, spielt in der zweiten Hälfte der dreißiger Jahre. Damals hatten die Menschen die blutigen Ereignisse des Bürgerkriegs von 1918 noch in frischer Erinnerung. Dieser Krieg wird je nach politischem Standpunkt des Sprechers auch als Aufruhr, Freiheitskrieg, Bürgerkrieg, Klassenkrieg und Bruderkrieg bezeichnet. Darin kämpften die Weißen (sogenannte Schutzkorps, eine freiwillige Bürgerwehr der wohlhabenden Bevölkerungsschichten) und die Roten Garden, die Arbeiterwehren, gegeneinander. Der Kampf begann nur wenige Wochen nach der Selbständigkeitserklärung Finnlands (6. 12. 1917) im Januar 1918; die Hälfte des Volkes erhob sich gegen die legale Regierung. Die Aufständischen forderten soziale Gerechtigkeit und Land für die besitzlose Landbevölkerung. Aber maßgebliche Teile von ihnen hielten nach der russischen Oktoberrevolution den Augenblick für gekommen, in Finnland einen kommunistischen Staat nach dem Vorbild der jungen Sowjetunion zu errichten. Sie installierten in Helsinki ein Volkskommissariat, und die Regierung floh nach Westfinnland.

Rund vier Monate dauerten die Kämpfe, und sie wurden auf beiden Seiten mit aller Grausamkeit und Härte geführt. Den Sieg errangen die Weißen mit deutscher Hilfe, und sie stellten danach die früheren Machtverhältnisse wieder her. Sie nahmen so grausame Rache an den Besiegten, daß eine Versöhnung zwischen den beiden gesellschaftlichen Lagern für Jahrzehnte nahezu unmöglich war. Insgesamt fanden im Bürgerkrieg und danach mehr als dreißigtausend Menschen (das ist ein Prozent der Bevölkerung) den Tod, ein Drittel davon durch Hinrichtungen und die Hälfte in Gefangenenlagern. Zehntausend weitere verließen das Land und emigrierten.

Das tut auch Vida in diesem Roman, die Sozialistin. Ihren sechzehnjährigen Bruder haben die Weißen erschossen, weil er Mitglied der Arbeitervereinigung war. Daß die Weißen den Todeskandidaten ihr Mitgliedsbuch auf die Brust nagelten und bei der Erschießung darauf zielten, war nach Berichten von Zeitgenossen eine häufig praktizierte Hinrichtungsmethode. Um einem ähnlichen Schicksal zu entgehen, schlug Vida sich nach Murmansk zu den Truppen der Entente durch, die dort bereitstanden, um in den russischen Bürgerkrieg gegen die Bolschewisten einzugreifen. Für die Weißen steht im Roman beispielhaft Eero Harjulas Vater, der symbolträchtig auf einem weißen Hengst in den Krieg zieht.

In den zwanziger Jahren begannen die finnischen Sozialdemokraten, sich auf parlamentarischem Wege um eine Verbesserung der Lebensbedingungen für die armen Bevölkerungsschichten zu bemühen. 1926/27 bildeten sie sogar die Regierung. Die Kommunisten dagegen strebten weiterhin in Zusammenarbeit mit Moskau den Sturz der Regierung an.

Um diese Gefahr abzuwehren, gründete die Rechte 1929 in Finnland die halbfaschistische Lapuabewegung. Sie versuchte mit allen Mitteln, die Aktivitäten der Linken einschließlich der Sozialdemokraten zu behindern. Durch Demonstrationen, Druck auf Regierung und Parlament, vor allem aber durch beispiellosen Terror gegen mißliebige Einzelpersonen und Gruppen bis hin zu politischen Morden prägten sie die Atmosphäre jener Jahre.

Die übliche Einschüchterungsmethode der Lapualeute bestand darin, die Opfer zu kidnappen, in weit entfernte, abgelegene Gegenden zu verschleppen, zu mißhandeln und allein zurückzulassen. Vorher mußten die Betroffenen versprechen, ihre gesellschaftlichen oder politischen Aktivitäten aufzugeben. Kamen sie dem nicht nach, wurden sie beim nächsten Mal gezwungen, die Grenze zur Sowjetunion zu überschreiten (von wo es keine Rückkehr gab), oder umgebracht.

Beide Varianten finden sich im Roman wieder: abgewandelt im Schicksal des Sean O'Brian und in der Gestalt des Emmanuel Aarnio. Letztgenannter ist einem authentischen Vorbild nachempfunden, dem sozialdemokratischen Gemeindevorstand Onni Happonen aus Heinävesi. Dieser wurde im September 1930 auf Betreiben der Lapualeute von Auftragskillern bestialisch ermordet. Der Mord wurde niemals vollständig aufgeklärt; gehörten doch auch Polizisten und Richter der Lapuabewegung an. Einer der Mörder nahm im Laufe seines Lebens mehrmals Anlauf, die Hintermänner zu benennen, rückte aber, vermutlich durch Drohungen eingeschüchtert, immer wieder davon ab. Er starb in den sechziger Jahren eines gewaltsamen, ebenfalls nie aufgeklärten Todes.

Zwischen dem 1. Mai und dem 15. September 1930 verschleppten die Lapualeute insgesamt zweihundertvierundfünfzig Personen.

Die Terrorakte nahmen schließlich unerträgliche Ausmaße an: Im Oktober 1930 verschleppten Lapualeute sogar den ehemaligen Staatspräsidenten K. J. Ståhlberg und seine Gattin in der Absicht, sie über die Grenze in die Sowjetunion abzuschieben. Als die Bewegung sich im Februar 1932 zum bewaffneten Aufstand gegen die Regierung verstieg, wurde sie verboten.

Die Atmosphäre der Angst jener Jahre hat Leena Lander im Motiv der schwarzen Autos eingefangen, die noch Jahre nach dem Verbot der Lapuabewegung die Menschen in Angst und Schrecken versetzten. Mit dem Verbot der Organisation endete ja nicht deren Wirken; Eero Harjula fällt ihr noch 1936 zum Opfer.

Sowohl der Bürgerkrieg als auch der Terror der Lapuabewegung haben die finnische Gesellschaft tief traumatisiert. Noch Presseberichten unserer Zeit kann man entnehmen, daß es in Finnland bis heute Dörfer gibt, in denen eine unsichtbare Linie die Bewohner der »roten Hälfte« von denen der »weißen« trennt; zwischen ihnen gibt es keine Kommunikation.

Als Leena Landers Mann, der Fernsehjournalist Esa Silander, für einen Bericht über die Ereignisse um Emmanuel Aarnio alias Onni Happonen vor Ort Zeitgenossen und deren Nachkommen befragen wollte, stieß er bei manchen immer noch auf verängstigtes Schweigen.

Der Bürgerkrieg von 1918 ist in der finnischen Literatur erst

1960 von Väinö Linna in seiner Romantrilogie »Hier unter dem Polarstern« behandelt worden. Das Besondere daran: In den Mittelpunkt des Geschehens stellte Linna einen Kätner, der bei den Roten kämpfte, und gestaltete sein Handeln plausibel und menschlich verständlich. Damit leistete der Autor einen wesentlichen Beitrag zur nationalen Versöhnung.

In demselben Buch schildert Linna auch die Entführung und Mißhandlung eines Kommunisten und eines Sozialdemokraten durch Lapualeute (und wurde deswegen heftig angefeindet). Aber einen Roman, in dem die Ereignisse jener Jahre eine solche Beachtung finden, hat es in der finnischen Literatur bisher nicht gegeben. Auch die Medien wenden sich allmählich dem Thema zu. Fünfundsechzig Jahre danach scheint nun der Zeitpunkt der Aufarbeitung gekommen.

Angela Plöger

ERLÄUTERUNGEN

Bezirk Turku und Pori – der südwestlichste Bezirk Finnlands, im Jahr 1945 einer von insgesamt neun Verwaltungsbezirken, in die das Land aufgeteilt war

»Blauschwarze« – Bezeichnung für die Angehörigen der Lapuabewegung (nach dem schwarzen Hemd und der blauen Krawatte)

Bulevardi – eine der Hauptstraßen im Zentrum von Helsinki

Epilepsiegesetz – bis 1967 gab es in Finnland ein Gesetz, wonach Epilepsie als Geisteskrankheit und Ehehindernis zu gelten habe

Moltebeeren – orangegelbe, eßbare Beerenart, die in Mooren und Sümpfen wächst

Parktante – die Parktante ist in Finnland eine landesweite Institution, eine Erzieherin oder Kinderpflegerin, die auf einem Spielplatz Kinder beaufsichtigt. Eltern können ihre Kinder unentgeltlich dorthin bringen. Die Parktante wird von der Gemeinde bezahlt, und die Kinder erhalten täglich eine kostenlose warme Mahlzeit.

Winterkrieg – Krieg zwischen Finnland und der Sowjetunion, 30. 11. 1939–13. 3. 1940 (darauf folgte der sogenannte Fortsetzungskrieg 1941–1944 gegen die Sowjetunion und 1944–1945 gegen Deutschland)